魯迅的焦慮與精神之戰

楊劍龍 主編

序言　在魯迅研究的沃野上耕耘

　　魯迅是中國文化巨匠、中國文學巨擘，研究中國近現代文化史，研究中國近現代文學史，魯迅是繞不過的最重要的研究對象，因此走近魯迅研讀魯迅是從事中國現當代文學研究的必修課。20世紀80年代初，我考入揚州師範學院攻讀中國現當代文學碩士學位時，導師曾華鵬先生專門給我們開設了魯迅研究課程，我以20年代鄉土文學作為碩士學位論文的選題，大概也與這門課程的學習有關，魯迅就是鄉土文學的開拓者餞行者。1991年，我赴京參加了「魯迅誕辰110周年學術研討會」，開幕式在人民大會堂舉行，由中共中央總書記、國家主席江澤民致辭，中央在京的重要領導都出席了開幕式，這次會議無疑促進了中國的魯迅研究。

　　在開始招收碩士生、博士生的過程中，魯迅總是成為我們必須研究的論題，這成為碩士生入門的第一課。在開設魯迅研究課程時，讓研究生獨立研讀作品尋找論題，經過我與他們討論論題、修改論文提綱、修改初稿，有的碩士生的魯迅研究課程作業是經過我多次提出修改意見，常常修改三稿四稿一直修改到達到發表水準才罷，因此碩士生第一篇課程作業大多都能夠發表，從中讓研究生們經歷了從選題、撰文、修改、投稿整個過程，他們對於論文撰寫學術研究就有了更為直接深刻的感受和體驗，對於他們學位論文的選題與撰寫打下了比較紮實的基礎，有的研究生就是從魯迅研究走向學術之途的。

　　在中國現代作家中，魯迅是最為博大精深的研究對象。張寧在研究中，曾經指出：魯迅逝世後的最初幾年，左翼文化界就魯迅思想「轉變」問題爭執中隱含了兩種不同的焦慮：一種是維護魯迅思想遺產之完整性和獨立性而又難以尋找到明確批評對象的焦慮；另一種則是感到魯迅與自己一致而又不一致的焦慮。這是深入肯綮的。由於研究對象本身的豐富

性複雜性，決定了對於魯迅研究的多樣性。在魯迅的一生中，他始終抱著一種絕望抗戰的姿態，一種十分焦慮的心境，既與中國社會的老舊傳統鏖戰，又與民族的惰性決戰，還與自我的內心奮戰，魯迅的孤獨、痛苦、焦慮、絕望等也就始終存在其種種精神之戰中。本著以「魯迅的焦慮與精神之戰」為題的意味，正在於突出魯迅本身及魯迅研究的複雜性和豐富性。

在我指導的研究生中，幾位博士生是以魯迅研究為學位論文的，如張寧的《魯迅與中國左翼文化》、梁偉峰的《魯迅與上海文化》、王傳習的《論魯迅的城市體驗與城市書寫》，張寧的論文還獲得了上海市優秀學位論文獎，受到資助以《無數人們與無窮遠方——魯迅與左翼》之名，2007年由復旦大學出版社出版。張寧現為廣東外語外貿大學中文學院教授、文藝學學科負責人。此文集中的作者，季玢、杜素娟均為我指導的博士後，前者是常熟理工學院教授，後者是華東政法學院副教授。論文作者中，巫小黎是佛山科技學院中文系教授，李洪華是南昌大學中文系教授，李浩是上海魯迅紀念館研究館員，葛濤是北京魯迅博物館研究館員，梁偉峰是江蘇師範大學文學院副教授，王傳習是紹興文理學院教師，林雪飛是瀋陽師範大學文學院教師，劉暢是上海師範大學人文與傳播學院教師，高興是曲靖師範學院人文學院教師，蔣進國是中國計量學院人文社科學院教師，趙鵬是商丘師範學院文學院教師，張勐是浙江工業大學人文學院教師，諸多我培養的研究生們仍然在科研與教學的崗位上兢兢業業地工作，這是我所感到十分欣慰的事。需要一提的是，本論文集收入了日本愛知大學工滕貴正教授的一篇論文，1998年他到我們學校跟隨我訪學10個月，當時我給了他的論題是「廚川白村與中國現代文學」，他十分認真地查閱資料、撰寫論文，成為該論題的著名專家。

本論文集所收的論文大多為研究生們在讀期間發表的論文，我將本論集分為文化視野、比較視閾、文學觀念、小說天地、悲情魯鎮五輯，將相關的論文編在同一輯中，其中有的論文有著學者的深邃與老辣，有的論文仍然帶有初學者的稚氣，我都按照論文發表時的情況輯入該著中。

　　選編該著有一種農夫收穫似的愉悅，論文的作者們都與我有過一段師生關係，有幾位還是在讀的研究生。在選編該著過程中，我恍惚間置身於一片沃野上，滿眼是沉甸甸金黃的稻穗，那種收穫的喜悅湧動於胸。

　　雖然魯迅研究已經成為一門學問——「魯學」，但是魯迅研究仍然是一片開闊的沃野，誘惑著我們繼續在這片沃野上耕耘！

楊劍龍

2013年3月21日於譫語樓

目 次

文化視野

1936-1941：兩種焦慮
——左翼文化界關於魯迅思想「轉變」討論的歷史考察

張寧[1]

在瞿秋白之前，左翼文化陣營尚沒有人能夠解釋魯迅「向左轉」的思想基礎。當上海灘小報驚呼魯迅「轉向」「投降」時，左翼內部的「創、太情結」也暗含著某種「受降者」心態。直到瞿秋白於1933年發表《魯迅雜感選集序言》前後，兩本持有左翼立場的文學史讀物[2]，仍然堅持認為「站在小資產階級的立點」上的魯迅，「被時代的洪流所摧殘，終於身受創痛，開始認識到了革命的到來和舊世界的崩潰，1930年以後，他要追上時代的洪流，……他不願做一個時代的落伍者」[3]云云。瞿秋白序言的發表，基本上中止了這類似是而非的擬斷之正當性，也糾正了不少左翼人士類似的「定見」。同時，他文中的「從進化論最終的走到了階級論，從進取的爭求解放的個性主義進到了戰鬥的改造世界的集體主義」[4]，也成為左翼文化界、進而成為1949年後文學史言說魯迅思想「飛躍」的「定則」。

但在這之後，尤其是魯迅逝世後，左翼文化陣營如何對待魯迅思想「飛躍」前後的連續性，則成為左翼文化界面對魯迅思想遺產的一個令人困惑的問題。用「從……到……」的公式來概括魯迅思想變化的簡易性和人們閱讀魯迅作品時的複雜感受之間的反差，越來越為敏感的人們所注意。從30年代到40年代，直至1949年後，論述魯迅前後期思想連續性的

---

[1] 張寧（1960-），男，山東菏澤人，文學博士，廣東外語外貿大學教授。

[2] 這兩本讀物是：賀凱的《中國文學史綱要》，新興文學研究會1933年1月版；譚丕模：《中國文學史綱》，北新書局1933年8月版。

[3] 張夢陽：《中國魯迅學通史》上卷，廣東教育出版社2001年版，第138-139頁。

[4] 何凝編：《魯迅雜感選集》，貴州教育出版社2001年版。

文章一直持續不斷，但其間的情形卻頗為複雜。而在1936年至1941年之間，圍繞著如何解釋魯迅思想的「轉變」，兩種不同的潛在焦慮正在左翼文化界暗暗滋長。

魯迅逝世後不久，圍繞這一問題就有過一次小小的爭論。從《申報》的一則《平文化界悼念魯迅》的報導可以看出事情的端倪。這篇報導把涉及到魯迅的「『轉變』問題」概述為如下中性的文字：

> 魯迅於民國十六年後之二三年內，曾因創作態度問題，與當時屬於前進分子之創造社、太陽社等人物，從事筆戰。其後民國十八年左右，氏之態度變更，左翼作家大同盟成立，前進文人，紛紛加入。宣言發表時，署名其首者，赫然為魯迅者。此後，即一貫的社會主義立場，發表言論，文壇上謂氏此時期態度之變更，為「轉變」[5]。

記者接著報導了「北平文化界」對這一問題的看法，稱「雖總結論之期，尚未達到，但觀察一般趨勢，認氏民十八之態度變更，乃為一貫前進者，已佔有優勢。蓋凡此間熟知氏之生平者，無不謂其向來創作態度，均為一貫立場，不過因環境不同，而變其方式而已。根本上為前進，為一貫，並非轉變也」。然後特別舉出「北大前國文系主任馬裕藻氏，⋯⋯於一班企藉此『轉變』說法，以達私人目的之人，尤致以無限之憤慨」[6]。馬裕藻並非左翼中人，僅為魯迅故交，為什麼言及魯迅「轉變」會使他如此「憤慨」？後來參與爭論的雪葦曾出示了令人「憤慨」的語義背景：「『轉變』、『突變』這些名詞，是早給中國的市儈投機家們糟蹋利用懷了，有了不潔的印象，由此生出反感。」[7]如果仔細閱讀《魯迅雜感選集序言》就會注意到，瞿秋白在文中也一直小心翼翼地迴避著「轉變」一

---

[5] 《北平文化界悼念魯迅》，《1913-1983魯迅研究學術論著資料彙編》第2卷，中國文聯出版公司1989年版，第148頁。

[6] 《北平文化界悼念魯迅》，《1913-1983魯迅研究學術論著資料彙編》第2卷，中國文聯出版公司1989年版，第148頁。

[7] 雪葦：《論魯迅先生的「轉變」》，李宗英、張夢陽：《六十年來魯迅研究論文選》上卷，中國社會科學出版社1982年版，第334頁。

詞，他寧願使用「飛躍」、「走到」、「進到」。由此透露出了中國現代社會中某種情緒性的社會氛圍，即一個事件的意義還沒有敞開，各種私見就已本能地「登堂入室」，「反客為主」，各各榨取著於己有利的一份，滿足著自己那從未清理過的「意欲」，從而繼續維繫著自身的非理性和封閉性。而恰恰是這種非理性和封閉性，常常壓倒一切，成為主宰多數人意識和感覺的不容分辯的力量。

　　在哀悼魯迅的那些日子裡，「轉變」一詞變得有點敏感。因為這個詞之於魯迅，曾經和「投降」粘合在一起。這種「粘合」不僅來自各種傳佈流言的小報和「反動者的造謠中傷」（王淑明語），也來自隱約存在於左翼內部的某種久已有之的「受降者」心理。這種心理自然受制於情感的親疏，但更取決於一種至深的感覺方式和思維邏輯。所以，當郭沫若的一篇悼念文章在《東京帝國大學新聞》上發表後，其中一段話的微妙之義便被敏銳的讀者捕捉到了：

> 由於人事上的齟齬，和地域上的離隔，他和我的會面，到底竟不能夠得到；然而，我對於他，常常作為精神上的大哥地尊敬著。固然，做後輩的小弟，對於大哥的叱斥，也不時執拗而有所辨答；特別是在一九二七年與一九二八年之間，和我關係很深的創造社同人，跟他爭論著「意特奧羅基」上的問題，相當地激烈了。可是，那件事成了他底方向轉換的契機，我以為寧可是一件很可紀念的事情[8]。

　　這段話本只是解釋創造社同人對魯迅從不抱敵意，不管態度真誠與否，對已故者的不敬是絲毫沒有的。但郭沫若所涉及的魯迅「轉向」以及也許連作者自己都難以覺察的微妙之義，還是成為王任叔隨後予以評論的依據。王從雪葦剛剛發表的《導師的喪失》中也捕捉到「彷彿也隱隱承認魯迅先生這一『轉變』」的資訊。在刊發於《中流》雜誌的《魯迅先生

8　郭沫若：《吊魯迅》，《1913-1983魯迅研究學術論著資料彙編》第2卷，中國文聯出版公司1989年版，第608頁。

的「轉變」》一文中，王任叔認為：「『轉變』兩字，有當於進化論上
的『突變』。是自量到質的變化。所謂前後判若兩人的意思。絕不是進化
論上那種漸進的意思。日本把這種『轉變』叫做『轉向』，到更來得明白
確定些。」王斷然否定魯迅有過這種「轉向」或「突變」，認為「他自從
發表《狂人日記》起，一向就是以現實主義者的姿態出現的，而且他始終
站在歷史的現實主義的土臺上。始終隨著歷史的進化的法則，走著他的
路」。對於「現實主義」，作者給出的解釋是：既具有人類「偉大的理
想」，又「注重實做」。而「實做」在作者那裡，似乎不僅指埋頭實幹，
也包含著「動態」之義，即一方面隨著「歷史的進展」而進展，另一方面
又在每一個時代、每一個時期，都著手解決這個時代或時期的問題，既不
滯後，也不超越之。作為這種「現實主義」的具體例證，作者列舉了魯迅
與左聯「領導者們」的兩次衝突——關於以「作品」為標誌和作家飛行機
會的衝突；關於「兩個口號」的衝突，以證那些「領導者們」從左到右的
「突變」和魯迅基於「現實主義」的「不變」。對於「進化論與階層論」
（原文如此），「爭求解放的個性主義與戰鬥的改造世界的集體主義」，
作者也認為「絕無衝突之處」，「更有共通之處」。文章最後的結論是，
由於「魯迅先生自始至終是個歷史的現實主義者，一九二七年以後與一九
二七年以前，他並沒有什麼『轉變』，或『轉變』的『遲緩』。自然，
隨著歷史的進展，魯迅先生也邁進了，但那不是一般意義上說來的『轉
變』」[9]。

　　對於王任叔的批評，雪葦迅速寫出了回應文章。他解釋說，《導師的
喪失》一文只是舉例說明魯迅具有「徹底的自我批判精神」，並沒有論及
魯迅的「『轉變』或『轉變』的遲緩」問題，因為他知道「轉變」、「突
變」這些詞，「早給中國的市儈投機家們糟蹋利用懷了」。但魯迅的思想
是發展的卻是事實，「從進化論到階級論，就不是用『漸變』、『漸進』
解決得了的」。雪葦認為，「中國社會思想」的「各階段發展的特徵」，
均「反映在魯迅先生思想發展的過程上」。「因魯迅先生是個徹底的現實

9　王任叔：《魯迅先生的「轉變」》，《1913-1983魯迅研究學術論著資料彙編》第2
卷，中國社會科學出版社1982年版。

主義（唯物主義）者，而且是個缺點很少的現實主義者的緣故，所以他的思想發展過程，自始就帶著一種一貫發展的特徵，很相似於馬、恩的發展過程」。所以，不必忌諱「轉向」一詞，因為「真實的『轉向』，是絕對不能拿與中國一般市儈投機分子相提並論的」[10]。雪葦的中心意思是魯迅的思想是發展的，這種發展是可以用「轉向」或「突變」來形容的，但魯迅的「突變」是魯迅意義上的「突變」，魯迅的「轉向」也非「革命文學家」式的腳踏「兩隻靠近的船」（魯迅語），而「發展」則是魯迅思想的一貫性特徵。

　　王任叔承認魯迅「邁進」卻拒絕承認「轉變」的奇特觀點，也招來第三方的批評。王淑明在《一個偉大作家的歷程》中，論證了魯迅「在思想上的轉向」與辯證法「自量到質的變化」法則相「吻合」。針對王任叔「始終的現實主義」論，他指出：「無論先生有著怎樣的現實主義的精神，這只是一個內在的契機，由於這，我們才看出先生在一九二八年的轉變，並不是一種偶發的現象，一種從觀念的立場出發的突發性運動，相反的，乃是在思想和精神的素質上，有其本來的根源。」這本來的根源「經過社會的養育，歷史的進展，逐漸的將先生推送到正確之路上來」。作者顯然是以外因是條件，內因是根本的辯證法，以證王任叔觀點的生硬與背謬，顯示了作者的邏輯自洽和「理論正確」。但正是在這篇邏輯自洽和「理論正確」的文章裡，作者幾次使用「正確之路」、「最後的道路」、「終極點」[11] 這類富有終極性價值色彩的用語。他當然是在真誠地頌揚魯迅的偉大，但這種偉大卻是「先生」今是而昨非的「偉大」，是克服了「舊有的殘存意識」的「偉大」，是「終於決定走上最後的道路」的「偉大」。

　　富有意味的是，這個隨後介入的第三方批評，卻成為我們解讀王任叔奇特觀點的一把鑰匙。在與雪葦的論爭中，表面上看起來，王任叔是在做一種無謂的批評，因為不管是他本人，還是雪葦，都承認魯迅思想的

[10] 雪葦：《論魯迅先生的「轉變」》，李宗英、張夢陽：《六十年來魯迅研究論文選》上卷，中國社會科學出版社1982年版，第332-334頁。
[11] 王淑明：《一個偉大作家的歷程》，《1913-1983魯迅研究學術論著資料彙編》第2卷，中國社會科學出版社1982年版，第714-716頁。

「現實主義」特徵，他們所針對的事實也幾乎是同類的——王針對左聯中後期的「領導者們」的易變，雪葦針對的則是「革命文學家」腳踏兩隻船的易變，所爭僅限於「名詞」。但在這些表面之下，卻表現著某種深深的焦慮。王任叔的反應自然基於「轉變」一詞在當時語境中的含義，但當他認為瞿秋白「從……到……」命題的兩組對立項之間「絕無衝突之處」、「更有共通之處」時，問題就沒有那麼簡單了。瞿秋白《序言》以相知者身份大篇幅地肯定了魯迅前期的思想和寫作，其所針對的恰恰是某種溢於言表的等級觀，即以「革命文學」發起者的身份，把魯迅的既往業績等而下之，把魯迅的「向左轉」視為「投降」，而「飛躍」一詞在這樣一種連接魯迅一生的上下文裡，並無「轉變」、「突變」在當時語境中的貶義（他也的確避開了「轉變」之類的詞）。但當「從……到……」的「飛躍」離開了瞿序的上下文，而被嵌入左翼文化陣營中普遍存在、且一如既往的絕對主義思維邏輯中時，同樣的等級觀又以新的形式悄然滋長，那就是魯迅的「後期」在等級上高於其「前期」。與「創、太」集團給予魯迅前後「轉向」之等級觀不同，這是一種沒有明說、也無法明說的情形，是一種明顯存在而又好像根本不存在的狀態，所以，王任叔的「挑戰」才顯得那麼「笨拙」，以找錯了對象顯示著他的無以對象。正是從王任叔這種「笨拙」中，我們才得以窺見左翼文化陣營內部賦予魯迅思想以獨立性的艱難努力和表述困境。然而，這還僅僅是開始。

　　胡風在魯迅逝世一周年時曾撰文指出：「他（魯迅）從來沒有打過進化論者或階級論者的大旗，只是把這些智慧吸收到他的神經纖維裡面，一步也不肯放鬆地和舊勢力作你一槍我一刀的白刃血戰。」[12] 如果不細辨這段話，就會把胡風感覺到的魯迅精神中的一種決定性特徵，淹沒在他和別人並無不同的左翼話語方式之中。這一決定性特徵，不在於魯迅使用的是什麼武器，而在於他使用武器的方式——這一方式使武器「智慧」化，化進「神經纖維裡面」，武器是什麼反而並不顯得頭等重要了，至少不比化進「神經纖維裡面」更重要了。這解釋了胡風在40餘年後像化石一樣復

---

[12]　胡風：《關於魯迅精神的二三基點》，《劍‧文藝‧人民》，上海泥土社1950年版。

出時，堅持說魯迅五四時期就是馬克思主義者[13]，而在30年代後半期人們紛紛言說魯迅思想構成時，他反而不以為意，直接接受了瞿秋白「從⋯⋯到⋯⋯」的命題。在他的意識和潛意識裡，魯迅屬於世界，但也始終屬於魯迅自己。

　　魯迅去世所引發的「哀悼的狂潮」（胡風語），使關於魯迅思想的討論持續了好幾年。其中對魯迅思想「轉變」的問題，由於左翼哲學社會科學家的介入，在保留瞿秋白命題基本框架的同時，也使這一命題得以拓展。艾思奇發表於1937年6月的《民族的思想上的戰士——魯迅先生》一文中，便把瞿秋白的命題修正為：從個人主義到集團主義；從人道主義到社會主義；從進化論到歷史的唯物論[14]。這個判斷在瞿氏命題的基本框架上雖無改變，但語義上卻有拓展，也使得原有「從⋯⋯到⋯⋯」的對立項在對應上更為規範。翌年10月根據魯迅思想座談會發言而李平心改寫、署名「魯座」的《思想家的魯迅》，刊登在當年出版的《公論叢書》第三輯上。這篇論證嚴謹、分析細密的近三萬字的長文，在論及魯迅思想「轉變」時，直接吸收了艾思奇的說法，但語義上同樣做了拓展。他的表述為：由進化論進一步走向史的唯物論；由人道主義走向社會主義；由反對壓制個性發展的個性主義走向爭取大眾解放的集團主義；由『為人生』的啟蒙主義走向改革世界的國際主義[15]。與《思想家的魯迅》出版同時，遠在延安的周揚在《解放》週刊也發表了一篇紀念文章《一個偉大的民主主義現實主義的路》。關於魯迅思想的「轉變」，周揚在文中的一個比較新穎的提法可以概括為：從徹底的民主主義「走向無產階級」[16]。這離茅盾等1949年後的提法「從革命民主主義到共產主義」[17]已經不遠了。

[13] 胡風：《關於魯迅「轉變」論的一點意見》，《胡風全集》第7卷，湖北人民出版社1999年版，第3-9頁。

[14] 艾思奇：《民族的思想上的戰士——魯迅先生》，《1913-1983魯迅研究學術論著資料彙編》第2卷，中國社會科學出版社1982年版，第781頁。

[15] 魯座：《思想家的魯迅》，《1913-1983魯迅研究學術論著資料彙編》第2卷，中國社會科學出版社1982年版，第1041頁。

[16] 周揚：《一個偉大的民主主義現實主義者的路——紀念魯迅逝世二周年》，《1913-1983魯迅研究學術論著資料彙編》第2卷，中國社會科學出版社1982年版，第1019頁。

[17] 茅盾：《從革命民主主義到共產主義》，李宗英、張夢陽：《六十年來魯迅研究論

　　但構成要素的增加和闡釋概念的豐富，並不一定意味著被闡釋出的精神的豐富和充盈。在魯迅被熱烈的紀念、尊崇和闡釋時，那種取代「創、太」模式的潛在「等級觀」並不因為王任叔的「焦慮」而有絲毫減少。魯迅思想遺產在中國現代特有的歷史情景中，不僅為整個右翼文化界所拒絕，在左翼文化陣營內也陷入了不可避免的兩難之境。這個兩難之境是：人們一旦做出了歷史的選擇，就情不自禁地傾向於將之終極化；魯迅也同樣做出了這種選擇，但其思想的根底裡卻拒絕任何終極化。於是，那些將歷史選擇終極化了的人們，便感到了魯迅與自己一致而又不一致的某種潛在焦慮。他們通過把魯迅也納入終極化的理解中，來削平自己的那種不一致感。而這種「削平」過程便轉化為對魯迅前後期「連續」和「斷裂」的處理過程，其方式有二：一是賦予魯迅前期以更多的「後期性」；二是在無法賦予之處，讓那潛在的「等級觀」浮出水面，用以說明那僅屬於魯迅前期的局限。

　　在上述列舉的文章中，艾思奇明確提出魯迅思想是一貫的，但他解釋說，這個「一貫，是發展的一貫，不是靜止的一貫」。艾文的立意在於談魯迅的民族主義，並將民族主義區分為「最勇敢」的和「較勇敢」的，而像魯迅這種「最勇敢的民族主義者」的標誌，則是「和物質生活要求最切近的人民一致」。除了在魯迅前期思想中尋找唯物主義因素外，艾文也尋找辯證法，認為魯迅雜文在「巧妙地暴露事實的矛盾」時，「雖然沒有有意地在講辯證法，但事實上卻有意無意地在隨時應用」。作者顯然是想以他駕輕就熟的馬列主義唯物辯證法來解讀魯迅，但面對這個王任叔曾「笨拙」地加以捍衛其「獨立性」的複雜的存在，這個才華橫溢的年輕哲學家也不免時而精彩辟透，時而拘泥生硬。而下述對魯迅的判斷自然為王任叔式的「焦慮」再次提供了「依據」：「他也曾蹉跌，走上歧路。他曾失望，感到虛無，……然而他……從反對精神勝利的舊唯物論思想，終於達到了科學的唯物論的境地。」[18]

　　文選》下，中國社會科學出版社1982年版，第256頁。

[18]　艾思奇：《民族的思想上的戰士——魯迅先生》，《1913-1983魯迅研究學術論著資料彙編》第2卷，中國社會科學出版社1982年版，第782-783頁。

　　周揚用以證明魯迅從徹底的民主主義「走向無產階級」的方法很有意思，他引用列寧在《論民族自決》裡的一段話作為起始時，暗示了他所言的民主主義的「資產階級」性質，但在比附「魯迅的民族思想就是反對壓迫的民主主義的內容」時，卻巧妙地迴避了以這種階級論直接為魯迅定性，從而使之出現了一個在邏輯上具「有」而詞句上卻「無」的話語空白。這一空白在諸多真誠肯定和讚頌魯迅的話語中又極易被淹沒，但這一空白在邏輯上的「有」卻始終存在著，所以他才真誠而含蓄地批評魯迅作品沒有表現「中國工人階級由『自在的階級』的鬥爭轉到『自為的階級』的鬥爭」，但也緊接著給予了真誠的諒解：「由於這種時代的限制和他個人生活的特殊性的結果，現實主義者的魯迅沒有能夠創造出積極的形象，正是很自然的事。」文中另一處的文字也顯示了周揚像艾思奇一樣對魯迅20年代中早期內在思想和情緒的不理解，他寫道：「這個忠實的民主主義者，目睹中國人民的民主自由屢次地橫遭蹂躪，確曾有過懷疑失望的時候，但那是並不長久的。」[19] 他把魯迅思想中根深蒂固的「懷疑失望」的一面，當作了應該加以克服的缺點以及後人（比如他本人）應該予以辯護的東西。

　　比艾、周和魯座文章晚幾年發表的洪亮的《魯迅思想的蛻變》（1941年），則非常詳細地對比了魯迅在與創造社、尤其是成仿吾論爭時前後語氣、態度，甚至「意見」之間的差別，從中尋覓魯迅思想在那個時候「蛻變」的蹤跡。雖然作者對魯迅敬愛有加，但其「創、太情結」在文中還是不時有所流露的。通過列舉，他認為魯迅在「革命文學」論爭中對人和事的態度是發展的，由「多少帶有些意氣」到「比較客觀、中肯」，由「站在整個革命陣營之外，但卻巴望革命文學能更完美無缺陷的立場上來指摘革命文學的某些壞傾向」，到「參加左翼作家聯盟」，「站在革命文學之內執行自我批判或提供意見以便進行」。洪文還以很多筆墨論述魯迅思想「蛻變」前後的一貫性，根據史達林關於唯物辯證法的「四大基本法則」，一一對照、尋找魯迅前期思想中「所孕育」的「許多唯物辯證法的

---

[19] 周揚：《一個偉大的民主主義現實主義者的路——紀念魯迅逝世二周年》，《1913-1983魯迅研究學術論著資料彙編》第2卷，中國社會科學出版社1982年版，第1019-1023頁。

個別因素」，這些因素在他遭遇了新的現實境遇後，便「很快地拋棄了進化論，而接受了階級論的思想哲學」[20]。這裡「拋棄了進化論」與魯座幾年前「進一步走向史的唯物論」的表述適成鮮明對比。

儘管不同的觀點、指向之間並沒有形成正面交鋒，但魯座的《思想家的魯迅》顯然與艾、周和洪亮文章不同。魯文雖然亦在同一話語系統內，但卻竭力以「同情的理解」走入對象的複雜性，接近對象自有的邏輯，以揭示魯迅思想的豐富性。作者認為在魯迅「前期思想和後期思想之間，並沒有橫著一道鴻溝」，而是始終有著「它的一貫性和統一性的」。「個性主義和集體主義，人道主義和社會主義，進化論和歷史唯物論在他的思想發展歷程中可以表示不同的階段，然而他們並非前後脫節的」。作者提供的理由是：「魯迅思想的發展諸階段只是中國民主革命和民族解放鬥爭的發展諸階段之反映。如果中國革命運動的發展有它的前後連續性，那麼魯迅思想發展的諸階段當然也有他的前後連續性，作為連貫他前後思想發展的主要脊骨的，就是他始終抱定的現實主義。」[21]

以「現實主義」概括魯迅思想在當時幾乎成為定則，但相互之間歧異很大。「魯座」的「現實主義」與前述王任叔的表述在精神上相通，但表述和解釋得卻較為清楚有力。這種「現實主義」當然不是通常所說的藝術創作方法，而是一種始終充盈著「生活實感」的思維和實踐的能力。這種能力保證了當事者「從生動而豐富的現實中」、「在勇猛而不息的戰鬥中」，而不是在「書本」裡、在權威理論和時尚思潮的追慕中「發掘真理」。作者意欲概括的是一種存在於魯迅身上的非常獨特的東西，這種東西被感覺到了，只是被裝進了一個現成的、似是而非的、缺少更為深邃的揭示力的術語裡。但可以說，這是當時左翼文化界所可利用的理論資源中最為準確的用語，因為通過具體的闡釋，在由瞿秋白開啟的既有敘述框架裡，「兩個魯迅」正是由其所闡釋的「現實主義」一詞而被粘合為「一個

---

[20] 洪亮：《魯迅思想的銳變》，李宗英、張夢陽《六十年來魯迅研究論文選》上，中國社會科學出版社1982年版，第452-455頁。

[21] 魯座：《思想家的魯迅》，《1913-1983魯迅研究學術論著資料彙編》第2卷，中國社會科學出版社1982年版，第1019頁。

魯迅」，粘合為一個不可分割的有機體。這使作者能夠得心應手地處理魯迅思想「差別」這個最為棘手的問題，他這樣比喻道：「當然，我們同時不能否認魯迅思想前後的差異性，正如不能否認中國革命各階段的差異性一樣……」[22] 把各個時期的魯迅給予歷史化和境遇化，正顯示著作者對魯迅的理解並給魯迅思想以獨立性的努力。

不僅如此，對圍繞魯迅而發出的各種聲音，包括敵對的右翼及其他各種誹謗者，「魯座」也將其主體化，看成自有價值的存在，認為：「當它們從不同的嘴巴裡喊出來或者從不同的筆底下寫出來的時候，其中的任何一個其實都代表一定人群對於魯迅的看法，並且多少是帶有一定社會意義的」。「不論它們是從哪一方面發出來，也不論其發出時的動機怎樣，決不能簡單地看作一種私自的感情衝動」[23]。顯然，《思想家的魯迅》一文反映了當時左翼文化界中一種值得注意的傾向，其表現就是在堅持自身之理論立場時，也給對象以主體性，而不是予以隨心所欲的客體化。這是不同於絕對主義的另一種思維邏輯，也呈現了中國左翼文化在發展趨勢上的多重可能性。

1936年至1941年，左翼陣營內部關於魯迅思想「轉變」的公開爭論和潛在分歧，並未在現代思想史、甚至魯迅研究中留下深刻的痕跡，但其中所暗含的兩種不同的潛在焦慮，卻已經預示了稍後幾年左翼內部圍繞同樣問題的公開衝突，也留下了潛藏於左翼文化內部的兩種不同的發展脈絡的蛛絲馬跡。

原載《上海師範大學學報》2005年第2期

---

[22] 魯座：《思想家的魯迅》，《1913-1983魯迅研究學術論著資料彙編》第2卷，中國社會科學出版社1982年版，第1019頁。
[23] 魯座：《思想家的魯迅》，《1913-1983魯迅研究學術論著資料彙編》第2卷，中國社會科學出版社1982年版，第1025頁。

同遇與殊途

——論胡適、魯迅的婚戀情感及其影響

李洪華[1]

　　胡適與魯迅是「五四」文學革命各走一脈的巨擘。新文學伊始，胡適對白話文學的首倡和魯迅的白話小說寫作都於中國文學的現代化不可或缺。然而，在現實生活中尤其是婚戀情感方面，胡、魯二人卻遭遇了相似的難題，都有一個由母親包辦的小腳女人；選擇了不同的路途，胡適與江冬秀從一而終，魯迅中途與知識女性許廣平共築愛巢。這一相同的遭遇和不同的抉擇有著各自不同的緣由，體現出殊異的文化心理並對他們的創作人生產生了深遠的影響。

一、同遇：母親的「禮物」

　　1906年的夏天，魯迅頭戴結婚禮帽，拖著一條假辮子，按紹興舊俗，與頭戴鳳冠身披紅紗的朱安拜了堂。但新婚後的第四天，他便以學校功課不能耽擱為由離家去了日本。在此後的日子裡，魯迅一直把朱安當作是「一件母親送給我的禮物」好好地供養。在他看來，「女性一方面本來也沒有罪，現在是做了舊習慣的犧牲。我們既然自覺著人類的道德，良心上不肯犯他們少的老的罪，又不能責備異性，也只好陪著做一世的犧牲，完結了四千年的舊帳。」[2] 在這場舊式的婚姻悲劇中，作為封建禮教「逆子貳臣」的魯迅最初採取的「與子偕亡」的消極悲觀策略曾經讓無數人費

1　李洪華（1971-），男，江西瑞昌人，文學博士，南昌大學教授。
2　魯迅：《熱風·隨感錄四十》，《魯迅全集》（卷一），人民文學出版社，1981年，第320-321頁。

解歎息。在諸多人生問題上持「明知不可為而為之」的反抗態度的魯迅一旦在家庭倫理問題上便保守起來。當初在南京求學時，母親魯瑞在沒有徵詢魯迅意見的情況下，就獨自作主替他定下了這門親事。當時魯迅的父親去世不久，魯迅不想因自己的婚姻問題再次造成母親的傷心，雖然內心不滿，仍然勉強默認了下來，但提出兩個條件：一是放足，二是進學。然而當時朱安的小腳已經纏定變形，不能放大，上學讀書又被認為是不體面的事情，所以兩個條件一個都沒有滿足。這使得魯迅對朱安越發地失望。即便是以後在北平一起生活的那段於朱安彌足珍貴的日子，魯迅也幾乎不跟她說話。魯瑞曾對當時照看她的小鄰居俞芳說：「我曾問過大先生，她有什麼不好？他只搖頭說，和她談不來。問他怎麼談不來？他說和她談話沒味道。」[3] 另據魯迅在北平時家裡的老媽子講：「大先生與太太每天只有三句話，早晨太太喊先生起來，先生答應一聲『哼』，太太喊先生吃飯，先生又是『哼』，晚上先生睡覺遲，太太睡較早，太太總要問門關不關？這時節，先生才有一句簡單話：『關』或者『不關』。」朱安曾對人說：「老太太嫌我沒有兒子，大先生終年不同我講話，怎麼會生兒子呢？」[4]其憂怨之情莫不讓人生憐。

　　魯迅雖然在生活上對朱安一直供養著，忠實地實現他的諾言。但對於朱安的內心苦楚和悲戚也許從未顧及。在他看來這位纏著小腳目不識丁的舊式女子也許根本就沒有內心生活。1932年當朱安得知魯迅與許廣平結婚的消息時，她很失望地說：「過去大先生和我不好，我想好好服侍他，一切順著他，將來總會好的。我好比是一隻蝸牛，從牆底一點一點往上爬，爬得雖慢，總有一天會爬到牆頂的。可是現在我沒有辦法了，我沒有力氣爬了。我待他再好，也是無用。」[5]「哀莫大於心死」，我們不能對魯迅放棄「陪著做一世的犧牲」的初衷作任何非議，但對於抱定「生為周家人，死為周家鬼」的朱安來說，這是多麼悲哀的一個人生啊。

---

[3]　俞芳：《我記憶中的魯迅先生》，《魯迅回憶錄》，北京出版社，1999年，第1469-1477頁。

[4]　荊有麟：《魯迅回憶錄》，北京出版社，1999年，第119-166頁。

[5]　荊有麟：《魯迅回憶錄》，北京出版社，1999年，第119-166頁。

　　1904年胡適十三歲時，他年輕的寡母為他定下一門親事。女方江冬秀也是一位纏著小腳斗字不識的村姑。對母親懷有至孝之心的胡適不想拂逆母意，當時沒有表示異議。當他1910年8月赴美留學後，也向這位比自己年長數月的未婚妻提出了放腳和識字的要求。在未婚夫的感召下，江冬秀也真的開始努力放腳。家人也為她「延師課讀」。功夫不負有心人，經過努力，江冬秀把「小腳」放成了「中腳」，且能與遠隔重洋的未婚夫婿「時通魚雁」訴說相思。雖然這一後天的努力距一代宗師的要求相去甚遠，但已使得胡適感到十分欣慰。1915年4月28日，胡適在日記中寫道：「得冬秀一書，辭旨通暢，不知係渠自作，抑係他人所擬稿？書中言放足事已行數年，此大喜也。[6]」1917年底，胡適回國與江冬秀在安徽績溪老家的廂房裡以舊式的習俗結婚了。

　　諸多事實表明，婚後江冬秀在胡適的影響下一方面相夫教子努力做好一個家庭主婦，為胡適營造一個穩定的後方。另一方面她還主動向現代文明的生活方式和思想方式靠近。據胡適晚年的小同鄉兼「口述歷史」記錄員唐德剛說：江冬秀是一位相當爽朗的老太太，愛打麻將，燒得一手好吃的徽州菜，愛讀武俠小說。這一對老夫婦在紐約相依為命，實在看不出他們伉儷之間有絲毫不調合和不尋常之處[7]。另據曾親見過江冬秀和胡適夫婦的程法德回憶，她講一口京話，也能說純粹的徽州方言，態度和藹大方，令人感到確實有點「大使夫人」的風度（胡適曾任國民黨政府駐美大使）。對《紅樓夢》一定透熟，賈府中眾多丫環的名字，她都能背出來。不過她在議論賈母的那一套封建排場時，則不是羨慕，而是譏誚。她對胡適的衣食起居無不躬自過問，治家井井有條，使胡適能專心致力於學術研究與繁忙的應酬[8]。

　　1918年4月胡適在《新青年》上發表了新婚雜詩五首，表白了對未婚妻江冬秀十三年等待的歉疚和相思：「十三年沒見面的相思，於今完結。把一

[6]　唐德剛：《胡適雜憶》，臺灣傳記文學出版社，1980年，第139-189頁。
[7]　唐德剛：《胡適雜憶》，臺灣傳記文學出版社，1980年，第139-189頁。
[8]　程法德：《關於胡適及其家庭》，《胡適研究叢錄》，三聯書店，1989年，第248-253頁。

樁樁傷心舊事，從頭細說。你莫說你對不住我，我也不說對不住你，且牢牢記取這十二月三十夜的中天明月！」民國九年（1920）胡氏夫婦生日剛好碰在了一天，胡適很是興奮並賦詩一首《我們的雙生日（贈冬秀）》：

> 他干涉我病裡看書，常說：「你有不要命了！」我也惱他干涉我，常說：「你鬧，我更要病了！」我們常常這樣吵嘴——每回吵過也就好了。今天是我們的雙生日，我們訂約今天不許吵了！我可忍不住要做一首生日詩，他喊道：「哼！又做什麼詩了？」要不是我搶得快，這首詩早被他撕了。

從這首充滿生活情趣的幽默詩作中，我們不難發現婚後生活中江冬秀對丈夫的關愛和嬌嗔。在封建禮俗重重的鄉土中國，像胡適與魯迅那樣由父母包辦一個門當戶對的婚姻是很普遍的事情。而那時女子以「三寸金蓮」為時尚，恪守「無才便是德」的舊訓。因而對於胡、魯二夫人的小腳和文化水準也不值得大驚小怪。但胡、魯二人在這一問題上所採取的態度和選擇以及對他們此後的生活和事業等諸多方面所產生的影響是值得我們深入思考的。

二、殊途：愛情的抉擇

沉入舊式婚姻家庭生活的胡適與魯迅，在他們日後的感情之旅中並非「死水微瀾」，而是分別遭遇了浪漫的現代愛情。1925年，女子師範大學鬧學潮，作為女師的教員魯迅一直是支持和同情學生方面的。這時候，學生許廣平、陸晶清、張靜淑等人時常到他家中拜訪。據魯迅的學生荊有麟回憶，豪爽的許廣平在談笑中時常與先生相譏罵，相打鬧，這裡種下了他們倆人戀愛的根[9]。「三・一八」慘案後魯迅被段祺瑞政府通緝。而此時京城學界對魯、許二人的「緋聞」也早已雲遮霧罩。於是，1926年9月魯

9　荊有麟：《魯迅回憶錄》，北京出版社，1999年，第119-166頁。

迅與許廣平結伴南下。二人同車離開北平,先到上海,後魯迅走廈門,許廣平去廣州。1927年1月,魯迅辭廈大職,赴廣州任中山大學文學系主任兼教務主任。許廣平擔任其助教。據當時與他們同住一起的許壽裳說,魯迅、許廣平和他三人先同住中大「大鐘樓」,後在白雲樓一起合租共住。1927年9月,魯迅與許廣平一起離開廣州到上海,直至1936年病逝,除其間幾次去北平看望母親和演講之外,一直留住上海。自離開北京到定居上海這一年的顛沛流離中雖然外界對魯、許二人緋聞的猜測、批判和謾罵不斷,但直到1929年9月海嬰出生以前,他們對相互之間的愛情一直沉於心底怯於坦然面對。據荊有麟回憶:「民國十六年(1927)冬,我去看先生時,他們已居住在東橫濱路景雲里23號。許女士住三樓,魯迅先生住二樓。我到後,先生將二樓的鋪位讓給我。他自己住三樓去。」[10]

　　關於魯迅與許廣平之間的情感歷程最好的注釋是他們當年的《兩地書》。雖然魯迅本人表面上不以為然,他曾用詼諧的調子對日本友人增田涉說:許廣平是他的學生,以前向他徵詢過關於種種問題的意見,民國十五年(1926)「三‧一八」事件的時候,兩人都成了北京政府追逐的人,一起同車向南方逃跑了。這樣一來,有人便惡意捏造他們的關係而散佈起謠言來。本來是沒有什麼關係的,聽了這種風傳,覺得很麻煩,就結婚了[11]。但單從《兩地書》中兩人的稱呼、落款和通信的頻率來看,完全是一個初戀到熱戀的真實記錄。二人由開始的五天一封,到二至三天一封,最高潮時是一個晚上兩封。許廣平對魯迅的稱呼最初是「魯迅先生」、「魯迅師」,接著是「MY DEAR TEACHER」、「迅師」、「先生」最後變為「B、EL」、「EL、DEAR」、「D、B」(B:德語bruder或英語brother兄弟之意;EL:德語elefant或英語elephant)。其落款也由開始的「學生許廣平」改為「小鬼許廣平」、「你的H、M」(H、M:「害馬」羅馬字拼音的縮寫)。魯迅對許廣平的稱呼由「廣平兄」到「H、M、D」再到「D、H!」(D:英語dear,H、M:同上)。落款分別為「魯迅」、「迅」、「L、S」、「EL」、「L」(L、S即魯迅簡稱,EL:同上)等。

<hr>

[10]　荊有麟:《魯迅回憶錄》,北京出版社,1999年,第119-166頁。
[11]　增田涉:《魯迅的印象》,《魯迅回憶錄》,北京出版社,1999年,第1374-1375頁。

　　胡適留美八年，先後邂逅了兩位紅粉知己。一位是康乃爾大學教授H. S. Williams的次女韋蓮司（Edith Ciifford Williams）女士。胡適在日記中記有：韋女士最灑脫不羈，不屑事服飾之細。女士所服，數年不易。其草冠敝損，戴氏如故。又以髮長，修飾不易，盡剪去之，蓬首一二年矣。余所見女子多矣，其真具思想、識力、魄力、熱誠於一身者，為一人耳。在他們相識後的短短一年中，胡適竟向韋氏寫了一百多封「情書」（胡適去世後三年，韋蓮司將她收藏了半個多世紀的書信寄給了江冬秀保存）。1916年7月胡適因事由紐約赴綺色佳，適逢韋蓮司在家度假，胡適在韋家作客八日，可見胡適對韋氏的舊情之深。但從另一方面來說，性情溫厚純良的胡適與韋氏的相交又只能是「發乎情止乎禮」，在一起談的是文學、人生和理想，並相約「以後各專心致志於吾二人所擇之事業」[12]。胡適留美結識的另一位女友是莎菲（陳衡哲）。1917年4月7日，胡適與任永叔到紐約的沃莎（Vassar College）女校去拜訪莎菲，這也是他們在留美時唯一的一次會面。但在此之前的五個月胡適與莎菲已通信達四十餘封，二人早已是心儀已久。但由於好友任永叔對莎菲情有獨鍾。於是守著「朋友之『妻』不可『欺』」之古訓的胡適不得不「忍疼割愛」了。但這一情結卻始終在胡適內心深處難以割捨。胡適曾給自己的愛女取了個洋名「素斐」。據唐德剛考證，「素斐」者「莎菲」也。理由是胡適生平最反對人取洋名，但他自己卻一改初衷，實際上這是對莎菲的寄託。胡適在1927年重訪美國的匆匆旅途中賦詩《夢見亡女》：「素斐，不要讓我忘了，永永留作人間痛苦的記憶。」唐德剛認為「這是一首纏綿悱惻的一石雙鳥、悼亡懷舊之作」[13]。夏志清在《胡適雜憶》中認為，1924年10月陳衡哲在《小說月報》上發表了一篇名為《洛綺思的問題》的小說以影射她與胡適之間的不尋常關係。從小說創作的動因和內容上來看，夏氏的推測不無道理。1917年底胡適回國後即與江冬秀結婚，並曾寫信向莎菲表白心跡。一直暗戀著胡適的莎菲接到此信後即有了創作《洛綺思的問題》的最初衝動。從小說內容來看，男女主人公瓦德與洛綺思相戀三年並已訂婚，

---

[12]　胡適：《胡適的日記》，中華書局，1985年，第97-98頁。
[13]　唐德剛：《胡適雜憶》，臺灣傳記文學出版社，1980年，第139-189頁。

但後來怕妨礙學業雙雙解除婚約。可四個月之後，哲學教授瓦德竟然與一位中學體操女教員結了婚。蜜月之後，他寫信向洛綺思表白了自己的心跡，稱妻子是一個爽直快樂而有些粗魯的人，並說他的心中有一角之地藏著無數過去的悲歡，雖然他已結了婚，應當盡丈夫的責任，但他的心永遠向洛綺思開放著。可是這位哲學教授寫完這封情意綿綿的情書之後有大覺不妥，於是決定把這封信永藏心中，另外寫了封十分常規化的信給以前的女友，說他們之間「除了切磋學問，勉勵人格之外，是沒有別的關係可以發生的」。從這些情節來看，與當時胡、陳二人的情景十分相似。此外，胡適還在自己的婚禮上認識了作為伴娘的曹佩聲。但他們真正的來往是1921年上半年，曹佩聲主編《安徽旅浙學生報》，求胡適為之作序，自此以後關係日益密切，逐漸發展為愛情。曹在杭州浙江女子師範學校讀書時，顯示出文學才華。1923年春，胡適在西湖養病，曹前往看望。此時曹雖然與胡冠英結婚，但婚後沒有生孩子，受到丈夫和婆婆非議，生活幾乎無愛可言。共同的婚姻不幸使兩人心貼得更近。胡適離開杭州時作詩《西湖》表達了愛意。一個多月後，胡適又返杭州，住煙霞洞賓館，曹佩聲與其相伴三個月。胡適後作《煙霞雜詩》。胡適本打算與江冬秀離婚，但江以殺死孩子相威脅，胡適只好與戀人分離。1956年6月，胡適逝世的前兩年，仍念念不忘大陸的情人曹佩聲。曹佩聲也此後終身沒有再嫁。

三、溯源：壓在心頭上的「墳」

胡、魯二人在婚姻情感上的不同選擇與他們的家庭背景、早年經歷以及在此基礎上形成的性格和婚配對方的表現不無關聯。胡適出身於官僚地主兼商人家庭，家庭環境較開明。從小對人謙和有禮，性格寬厚從容。魯迅出身於沒落的地主士大夫家庭，早年又經歷了家庭中落和父親病故的重大創傷，作為長子的他自覺地與母親一道承擔起家庭的重擔，洞悉了世態炎涼和人情冷暖，由此形成了他憤世嫉俗的心理。而朱安對魯迅提出的兩個要求竟一個也沒有去做，婚後除照顧魯瑞，料理家務，唯一的嗜好便是

躺在臥榻上抽水煙，可謂兩耳不聞窗外事，如何能找出與魯迅的共同語言呢？這與江冬秀婚前婚後的積極努力自不可同日而語。深受孝悌思想影響的胡適與魯迅面對著一份大致相同的「禮物」，不違母意地接受了。但他們當時的心理顯然是不盡相同的。胡適的新婚雜詩五首，表白了他對未婚妻江冬秀十三年等待的歉疚和相思，而魯迅的出走與沉默則表明了他「陪著做一世犧牲」的無奈和痛苦。

　　從胡、魯二人當年的經歷來看，在舊式婚姻已成事實之後都曾遇到了自己的真愛。但他們所作的選擇卻大相徑庭。溫文爾雅的胡適始終持守著一份古老的契約和恬靜，把那份浪漫和真誠永藏內心的一角，直到不得已處才曲折隱晦地透漏出些許感傷和懷舊。而先前「自己背著因襲的重擔，肩住了黑暗的閘門」的魯迅終於掙脫了舊式的婚姻，奔向了「寬闊光明的地方去，此後幸福的度日合理的做人」[14]。

　　胡適的舊式婚姻到底在多大程度上影響了他的學術人生，我們不好妄自揣測。但這一影響愈往後來愈加明顯，這是世人皆知的。晚年的胡適曾感慨萬千地回憶起二、三十年代的學術時光：「那是我一生最閒暇的時期，也是我最努力寫作的時期。在那時期，我寫了約摸一百萬字的稿子。」[15]這時期他完成了《白話文學史》（上卷）、《中國中古思想史長編》等代表性著作。而那未完成的半部哲學史和半部文學史的遺憾，胡適至死一直耿耿於懷。這些遺憾與江冬秀不能說毫無關聯。婚後三、四十年裡江冬秀並無多大進步，只能停留在看武俠小說階段，對於胡適的學術、思想，她既無能力理解，更沒能力幫助。從上文《我們的雙生日（贈冬秀）》一詩中也能反映出來。在二人寓居紐約時期，江冬秀經常邀請許多朋友去家裡打牌。想要靜心治學的胡適總顯得心有餘而力不足了，這一煩惱一直延續到胡適的最後日子。據胡適的秘書王志維回憶，胡適臨死前兩天還囑咐他為太太打牌另購一所房子[16]。而對於魯迅來說，有了北京女師

---

[14] 魯迅：《我們現在怎樣做父親·墳》，《魯迅全集》（卷一），人民文學出版社，1981年，第127-129頁。
[15] 胡適：《淮南王書手稿影印本序·淮南王》，商務印書館，1962年，第1-2頁。
[16] 王志維：《記胡適先生去世前的談話片段》，《聯合副刊》（臺北），1977，第24頁。

畢業的許廣平無異於如虎添翼。無論在創作上還是在生活和精神上,許廣
平對他的幫助都是巨大的,使得他即便在環境日益險惡的上海也能夠始
終保持著戰鬥的品格。魯迅說,在他的近四百篇雜感中,「後九年中的
所寫,比前九年多兩倍;而這後九年中,近三年所寫的字數,等於前六
年」[17]。為了支援魯迅,許廣平毅然放棄了出去工作的初衷,「一面料理
家務,一面協助他做抄錄出版的工作」,決定做一個「無名人物」[18]。魯
迅去世後,許廣平更是全身心地投入到收集、整理、出版魯迅著作的工作
之中。夏志清曾不無感慨地說:「魯迅去世才兩年,就有《魯迅全集》二
十冊問世。而胡適去世十六年了,我們還看不到他的全集,這是說不過
去的。」[19] 這裡面雖然有著社會、政治、文化等多方面的原因,但毫無疑
問,這與許廣平和江冬秀二人在魯、胡去世之後的不同作為不能說毫無關
聯。總的看來,對於胡適和魯迅來說,舊式的婚姻、倫理思想猶如壓在二
人心的一座「墳」,無論是「陪著做一世的犧牲」,還是「去光明的地方
幸福地度日」,都是一個二難的選擇,都不可避免地對婚姻雙方產生重大
的影響。他們相似的遭遇、不同的選擇及其所表現出來的文化心理和影響
對於後人來說,都是值得深思的沉重話題。

原載《江西社會科學》,2005年第5期

---

[17] 魯迅:《且介亭雜文二集·後記》,《魯迅全集》(卷六),人民文學出版社,1981
年,第448-465頁

[18] 許廣平:《我又一次當學生》,《魯迅回憶錄》,北京出版社,1999年,第1147-
1151頁。

[19] 夏志清:《五十年代的胡適·我的朋友胡適之》,四川文藝出版社,1995年,第
206頁。

被「浪子」反抗的「浪子之王」

——論魯迅與亭子間文化

梁偉峰[1]

　　魯迅與20世紀30年代左翼文化的關係，從來就不是一個新鮮話題，但研究界似乎尚未對理解兩者關係至關重要的「亭子間文化」予以充分關注。一位當代上海作家曾這樣寫道：「上海是一個容易製造傳奇的城市。上海有許多密碼。如果說石庫門弄堂是海派文化的圖騰，那麼亭子間就是上海人的靈魂，無數資訊密碼都藏在亭子間裡。」[2] 誠哉斯言，30年代上海左翼文化以及與其代表人物魯迅的關係的「無數資訊密碼」，也可以說「藏在亭子間」裡。要破譯這些密碼，應當先到左翼青年文化人居住的亭子間裡打量一番。小小亭子間作為一種文化意象和隱喻空間，具有重要的文化意義。通過探討魯迅與亭子間文化的關係，將會使我們視野中的魯迅與上海文化、左翼文化互動的圖景更加清晰。

一

　　就參與群體的年齡特徵以及在上海城市語境中滋生的生活方式的雙重意義而言，20世紀30年代在上海蔚為大觀的左翼文化主要是一種青年文化（youth culture）。所謂亭子間文化，即是就主要指稱這種生活方式、帶有青年文化特徵的上海左翼文化而言。

---

[1]　梁偉峰（1975-），男，江蘇徐州人，文學博士，江蘇師範大學副教授。
[2]　程乃珊語，見徐穎：《上海女作家尋找上海靈魂》，《新聞晨報》（上海），2003年1月3日。

　　「青年文化」是文化學的一個後起概念，大多數學者將其定義為青年這一社會群體的亞文化，包括青年特有的心理、角色及其精神需求、生活方式、行為模式以及價值觀念等。青年文化在整體上體現了青年群體基本的價值觀念與行為規範，是一種亞文化形態，它「具有鮮明的對位性特徵，它與社會主體文化和成人文化相對應，一方面具有反抗性、衝突性因素，但同時也包含了接受性、繼承性因素。它在具有自身獨特的發展演變規律的同時，作為一種社會現象，也具有推進青年的社會化等社會功能」。[3]

　　20世紀30年代上海的左翼文化運動，參與者主要是外地來滬的青年知識份子，這個特殊群體能夠將在當時的社會背景下產生的帶有激進性的利益需求和價值觀念，提升到文化意義上進行理論綜合，從而使左翼文化具有了青年亞文化的特徵。通過左翼青年知識份子的「整合」作用，左翼的青年文化最終產生。它也就是所謂亭子間文化。

　　亭子間文化是上海特有的文化形式，同所謂石庫門文化一樣，它是在特定的建築環境中產生的群落文化。建築是社會生活的影子，居住建築尤其如此。亭子間是上海弄堂房子格局中堪稱居住條件最差的一間，是位於灶披間之上、曬臺之下的空間，高度2米左右，面積6、7平方米，朝北背陰，原本大多用作堆放雜物，或者居住傭人。民居建築一向能夠反映上海社會的階層結構。在上海，有大量的亭子間可供租住，租賃費用相對低廉。經濟拮据的市民大多選擇租賃一間亭子間居住，而「一些單身在滬謀生的職業青年，往往願意合租亭子間，吃包飯，既省錢方便又可免去孤獨的傷感，而且別有一番苦中作樂的浪漫請調。」[4] 事實上，作為一種文化人生活方式，居住亭子間，是和居住者的近乎赤貧的經濟地位和無名小卒的文壇地位直接聯繫著的。在30年代，創造亭子間文化的真正主體，基本上是手中物質資源和文壇名望都缺乏的外地來滬的左翼青年文化人。

　　30年代的左翼青年文化人，一方面滿懷著參予左翼文化的壯志豪情和飽滿自信，一方面又面對嚴峻的物質生存困境而倍感窘迫。幾乎每一個

[3]　王寒松：《當代文化衝突與青年文化思潮》，中國青年出版社1997年版，第5頁。
[4]　羅蘇文：《石庫門：尋常人家》，上海人民出版社1991年版，第59頁。

文藝生命誕生、成長於30年代的左翼作家，都曾把亭子間作為他們在上海的第一個落腳點，作為進入上海城市社會、上海文化界的起點，他們都有過亭子間經驗。亭子間代表了一般左翼青年文化人所處的相類的惡劣居住和生存環境，它既是一個實體空間，又是一個文化隱喻。所謂亭子間文化，可以說是30年代從上海的這類惡劣物質生存環境中創造出來的一種帶有邊緣性和激進性的青年文化。

　　30年代許多來到上海的追逐人生夢想的左翼青年文化人都處於赤貧狀態，經濟地位靠近上海社會的最底層。艾蕪甚至給自己的經濟地位這樣「定性」：「儘管在意識形態方面，還是未改造好的小資產階級，但在日常的物質生活方面，遠不如在工廠裡做工的無產階級。」[5] 他們的生存焦慮是非同一般的，這也是「上海居」的應有之義和代價。他們中的絕大多數，僅僅是默默無聞的文藝青年，往往來自於各地破落家庭，缺乏各種有形或無形的資本，卻毅然選擇了上海，選擇了左翼文化，看重的正是上海這個「大熔爐」中蘊涵的機遇和文化光彩。在窘迫中，左翼青年文化人日常衣、食、住、行的各方面開銷，只能極度儉省。住租金低廉、陰暗逼仄的亭子間，吃比較實惠的羅宋菜，成為左翼青年文化人的生活方式。「亭子間」、「羅宋菜」甚至成了指代這個群體的標籤，成為這種生活方式的象徵。殷夫曾自稱「蟄居亭子間同時站在十字街頭做詩弄文學的文丐」，[6] 這是對一般亭子間左翼文化人身份與境遇的極好概括。

　　這種「亭子間」、「羅宋菜」的左翼文化人生活方式，深刻「介入」和「規定」了左翼文化人的文化創造成果和方式。就上海社會整體而言，左翼文化人的亭子間生活方式是邊緣化的。絕大多數左翼文化人都有著強烈的以稿賣錢、以錢得飯的生存焦慮，並在現實生存壓力下儘量加快他們的文化創造的節奏。亭子間生活方式，也為他們提供了一個觀察世界的獨特視角。左翼文化人的文化創造之所以具有鮮明的平民性，上海亭子間生活方式無疑會起作用——亭子間生活方式使左翼文化創造中的平民向度被進一步加強了。

5　艾蕪著、唐文一編：《往事隨想·艾蕪》，四川人民出版社2000年版，第89頁。
6　姜馥森：《魯迅與白莽》，《大風》十日刊（香港）第55期，1939年11月15日。

　　認識亭子間文化，那些亭子間作家身上的波希米亞氣質是不應被忽視的。波希米亞（Bohemia）為西方文化語詞，是流浪藝術家的代名詞。被指為波希米亞的人，身份往往跟文化藝術創作有關，生存環境往往是近代大都市，經濟上常常處於拮据狀態，生存姿態是反叛、浪漫、灑脫的，生活方式往往不合時俗而特立獨行、放蕩不羈。他們崇尚的是自由、想像力、身心並重和潛能的發揮以及人生成就。

　　勿庸置疑，波希米亞以反叛、個性、浪漫為存在。就這一點來說，在近代工業化和市場經濟高度發達的都市，波希米亞的存在本身就是意義。近代以來，上海總得說來並不是一塊缺乏波希米亞的場域，尤其在20世紀20-30年代，波希米亞氣質的青年文化人如過江之鯽，紛紛來到上海這座首屈一指的「大碼頭」尋求自己的理想和自我價值實現。瞿秋白較早闡述了20世紀20年代以來的上海的波希米亞現象。他指出：「『五四』到『五卅』之間中國城市裡迅速的積聚著各種『薄海民』（Bohemian）——小資產階級的流浪人的知識青年。」[7] 30年代一般左翼青年文化人的波希米亞化，也被一些右翼文化人注意到，比如鄭學稼。他根據李健吾譯作中對近代巴黎「浪子」的描述，注意到以魯迅為旗幟的一般左翼文化人身上的類似巴黎「浪子」的氣質。[8] 這裡的「浪子」就是典型的波希米亞式的人物。

　　30年代一般住亭子間、吃羅宋菜的左翼青年文化人帶有比較鮮明的波希米亞氣質，他們都擁有登上文壇、被上海文化界認同而實現自我、構築個人成就的憧憬以及奮鬥、冒險的精神。許多原本「夠不上」作家、藝術家資格乃至「夠不上」文化人資格的激進青年，出於為自己尋找人生出路的考慮，也參與到左翼文化運動中來。30年代的以左聯為代表的左翼文化組織之所以能夠吸納大量知識青年參與，使激進青年們聞風景從，一方面可以歸因於左翼文化意識形態方面的固有感召力，一方面也應該歸因於左翼文化組織的「低門檻」。它的「入場券」價值低廉，基本對參與者的文化資

---

[7]　何凝（瞿秋白）：《〈魯迅雜感選集〉序言》，《魯迅雜感選集》，青光書店（上海）1933年版，上海文藝出版社1980年影印。
[8]　鄭學稼：《論我國文學家及其作品》，《中央週刊》（重慶）第4卷第4期，1941年9月4日。

本或者「個人成就」不作要求。左翼文化組織從來不標榜精英色彩，它可以向經濟資本和文化資本雙重欠缺的大量外地來滬的激進青年敞開大門。左翼文化組織的「低門檻」，導致了其參與人員的眾多和社會涵蓋面的相對廣泛。因其在參與動機和文化意識方面的駁雜性，又決定了它難以真正調動有利於文藝創作的積極因素，因而就難以達到整體性的精純藝術成就。

二

　　一個勿庸置疑的事實是，魯迅一生從未居住過亭子間[9]，他在上海過的是獨賃一宅的生活，不屬於亭子間階層。如果說亭子間體驗與經濟資本和文化資本的雙重匱乏相聯繫的話，則可以說魯迅沒有亭子間體驗。他雖然是30年代上海的左翼文化的代表，但他從來不屬於亭子間作家。從這個角度說，魯迅並不是亭子間文化完全意義上的創造主體。但是，魯迅在1935年末把自己的文集之一名為「且介亭」，卻又明白無誤地說明了他對亭子間生存體驗、生活方式的認同，或者說，他樂意擺出亭子間文人的姿態。這種選擇的背後，其實是魯迅對亭子間這種文化意象和隱喻空間所代表的青年文化精神的認同，是對左翼文化運動和左翼文化人的整體認同。

　　因為魯迅對30年代左翼文化的代表和象徵意義，所以鄭學稼也曾把魯迅比擬為「浪子」的領袖──「浪子之王」[10]。「浪子之王」本來是鄭學稼送給魯迅的一個「惡謚」，但若剔除他強附在「浪子」詞語之上的情緒化和人身攻擊的色彩，則大體可以說「浪子之王」也可以算是從一個方面靠近了魯迅的──魯迅30年代被一般左翼青年「浪子」們擁上了左翼文化組織的盟主的「王者」地位，扮演了「浪子」們的「導師」和精神領袖的角色。

---

[9]　根據作者閱讀所及，沒有資料顯示魯迅曾居住過上海亭子間。魯迅始終不是貧苦而又需要常住上海的人，他對居處的採光、面積等條件一向有相當要求。早年途經上海時他曾住上海旅館，而定居上海後即使在離寓避難及留客小住時，也未曾居住亭子間。

[10]　鄭學稼：《論我國文學家及其作品》，《中央週刊》（重慶）第4卷第4期，1941年9月4日。

　　自「五四」時期以來，魯迅一直受著青年「浪子」的蠱惑。上海時期，魯迅對左翼青年文化人進行的各種幫助，本質上，可以被看作一種對自身社會和文化資本的最大限度的讓渡，而同時代沒有任何一個作家能象魯迅一樣不吝惜自己擁有的任何資本，來幫助眾多的經濟資本和文化資本雙重匱乏的亭子間裡的左翼青年文化人。30年代，魯迅與亭子間文化的創造主體──青年「浪子」的密切聯繫，成為上海文壇的重要景觀。他對於青年一代地位和作用的推崇，對青年願意付出的種種犧牲，在人情澆薄、勢利實際的30年代上海文壇，多少有點特立獨行的反主流、反世俗的意味。

　　魯迅上海時期雖傾極大心力幫助廣大「浪子」式的青年文化人，卻屢遭後者攻擊，絕非偶然，亭子間文化所具有的波希米亞氣質應該是一個關鍵。波希米亞氣質是一把雙刃劍，魯迅看重青年「浪子」身上的波希米亞的反叛和追求個性和自由的青春黎明氣質，從而幾乎毫無保留地幫助青年，但很多青年身上的波希米亞氣質的反叛表現又經常是帶有絕對性的，從而在反叛、挑戰舊社會、舊秩序的同時，也難以避免地把魯迅自己就當作一個反叛、挑戰的對象。30年代，年輕的亭子間文化人與一般「五四」時期成名的擁有較多文化資本的「老作家」之間的「代溝」已經十分明顯。對於一些30年代的上海亭子間裡的更為激進的青年「浪子」文化人而言，魯迅畢竟「非我族類」而「其心必異」。魯迅畢竟不是亭子間青年「浪子」，從一開始，魯迅就是以一個成名作家、一個從「五四」時代走過來的被普遍認為是文壇和思想界「權威」的「老」作家、一個包括經濟資本、文化資本和文壇聲望在內的多種資源的擁有者，一個有著「為父」者能力的「強者」，來走近左翼文化運動和左翼的青年「浪子」的。在一部分更加激進和敏感的「浪子」文化人眼中，魯迅擁有著他們需要得到而尚未得到的經濟資本和文化資本，文壇聲望，他既然是「權威」的化身，就同樣可以作為「浪子」們不憚加以反抗、破壞的對象。在這部分30年代的「浪子」們看來，魯迅沒有象他們那樣具備足夠的「激進」、「革命」、「反叛」、「破壞」的精神，卻至少在名義上成為左翼文化運動的旗手、代表、盟主乃至「領導」，這在對於更激進、浮躁的他們來說

是難以接受和容忍的。因而他們面對魯迅這位權威的「老作家」，總有一股難以掩飾的傲氣和反抗傾向，他們心中並不服膺魯迅在左翼文化運動中的盟主地位。他們身上的波希米亞的反叛、挑戰、追求自由而藐視傳統、率性放任而反抗不公的傾向，不僅針對現實社會、國民黨的統治秩序，而且必然針對往往被目為「權威」的「老作家」魯迅自身。魯迅成為「浪子之王」，而自身就被很多「浪子」反抗。這是一個悖論，魯迅30年代乃至一生中與青年們的糾葛和種種悲劇，在其深層就藏有這樣一個悖論。而亭子間文化、波希米亞氣質對魯迅的的反抗，應該說也受到了上海文化中不輕易承認權威更不迷信權威的人格心理的影響。30年代，上海文壇雖言魯迅往往必稱「老將」，其實卻是對「老將」最不尊重的，上海社會服膺「英雄不問出身」，講究凡事「以自我為中心」的「小我性」，亭子間文化的波希米亞氣質，也與這種上海文化心理暗合，從而決定了魯迅的「權威」時時被挑戰的境遇。

　　青年文化的波希米亞氣質對於魯迅的反抗和反叛，濫觴於二十年代中期的高長虹、向培良等「狂飆」社文人，興盛於二十年代末無產階級革命文學論爭期間的創造社、太陽社激進青年文人，深化於30年代後期周揚等左聯實際領導。以高長虹為代表的「狂飆」文人，在各個方面都具有波希米亞文化人的氣質，他們對魯迅的攻擊，可以被看作是後來30年代的上海激進青年「浪子」反抗魯迅的先聲。從高長虹表達以「青年」來傲視「老人」的優越感，到20年代末創造社青年文人以「老生」代稱魯迅，再到30年代楊邨人給魯迅的公開信中以大量的篇幅寫到魯迅的老態，波希米亞氣質的「青年」都喜歡圍繞著魯迅的年齡作文章。從這些現象中，可以挖掘到魯迅的年齡在20世紀二三十年代語境中的某種特殊文化意義。魯迅的年齡貌似一個自然的對象和過程，但在一般青年「浪子」文化人那裡卻成了一種高度文化的和具有文化特定性的東西，它意味著一種「不中用了」的文化想像的生成。從而將魯迅年齡的「老」與亭子間文化、青年「浪子」的波希米亞反抗氣質糾纏在了一起。「青年」的波希米亞氣質對魯迅的「老」的心理想像，從一個側面說明了「年齡是被象徵性地置於生物學隱喻中的一種文化建構，……總是被在一定年齡適合做什麼

和通常做什麼的文化理念所塑造」[11]。

以「反權威」為名行搶奪地位與名望、文化資本之實、以自己身為「青年」來傲視「老人」的空虛的意識和心態，成為20世紀30年代具有波希米亞氣質的激進「浪子」青年的一種「時代病」，在革命文學論爭時期和左聯時期都有頑強的表現。這實在是魯迅與青年的關係中的一大夢魘。令魯迅欣慰的是，上海的青年「浪子」文人中，仍有不趨時而動、人云亦云者在，30年代，崇敬魯迅、建立了與魯迅的友誼的亭子間裡的「浪子」，就是以馮雪峰、柔石、蕭軍、蕭紅、黃源等人為代表的。而作為一個名作家，文壇「名流」，魯迅對自己的可被形形色色的人利用的價值也是自覺的。正因為從20年代以來有了太多幫助青年反而受傷的經歷，魯迅在30年代面對一般亭子間作家、左翼文化人時，內心極為敏感，也有一分特殊的謹慎。也正是這種敏感與謹慎，當與左翼青年在「權威」的「老作家」面前的特別敏感的自尊心相觸時，便不免要產生隔膜感、距離感或言戒心。

三

30年代左翼文化陣營之所以時常有瞄準魯迅的暗箭，亭子間作家和魯迅間的代溝和各自佔有的文化資本的落差是隱而不顯地在起作用的因素。事實上，如果從亭子間文化的波希米亞氣質的視角，把文化資本的缺失和積累作為開啟左翼文化運動所謂宗派主義、關門主義等各種內外部矛盾的鑰匙，或許會得出這樣的結論：左聯內部的所謂宗派主義缺點，對外的所謂關門主義等缺點，都具有不得不然、生而俱來的性質，乃是普遍性的和結構性的缺陷。

魯迅與亭子間「浪子」文化人之間常出現的一種態勢就是：魯迅是以一種甘願讓渡文化資本和文壇聲望、甘做人梯、甘於被一般後進的左翼青年文化人利用的心態，來做「浪子之王」、參與左翼文化運動、扶助亭子

---

[11] 阿雷恩・鮑爾德溫等：《文化研究導論（修訂版）》，高等教育出版社2004年版，第128頁。

間左翼文化人的，這中間，以或一種眼光看，多少有點「降尊紆貴」的意味，然而，在一般後進的左翼青年文化人「浪子」那裡，卻往往不禁不對魯迅「領情」，反而時時要質疑和挑剔魯迅成為「浪子之王」乃至參與左翼文化運動的資格，並造成了一種魯迅「不配」做左翼作家的輿論空氣。這種悖論使得兩方關係必然有緊張一面。

魯迅的晚年心情，受一部分左翼青年「浪子」們的影響特別大。一些敢於「反抗」的青年們時不時要傷害這位「老頭子」盟主一下。從已經眾所周知的左聯內部射向魯迅的幾枝暗箭來看，其實都在表面上的道理之爭下面藏有根本對魯迅這塊「招牌」毫不為意的輕視和反抗態度。

30年代，亭子間文化的波希米亞「浪子」氣質對魯迅的反抗，最突出地體現在以周揚為代表的一般左聯實際領導與魯迅之間發生的一系列深刻矛盾上。這裡想強調的是，周揚事實上是作為真正的「浪子之王」來反抗魯迅的。周揚是亭子間裡的「土皇帝」。[12] 這是「兩個口號」論爭中馮雪峰的一篇文章中的話，也是符合事實的論斷。周揚本來就生活在那些蟄居亭子間的激進、浪漫、反叛、浮躁的左翼青年「浪子」中間，浪子所擁有、所欠缺的一切，周揚同樣擁有和欠缺，周揚擁有真正的「浪子」身份。他在左聯的中共黨組織中的領導地位，決定了他在左翼青年文化人中的實際領袖地位，他才應該是最完整意義上的左翼文藝青年的「皇帝」或曰「浪子之王」。一個不應忽視的歷史事實是，左聯後期，伴隨著魯迅在左翼文化運動中的日見孤立，周揚及其追隨者則日漸成為左翼文化組織內的主流。周揚作為中共組織領導，從最合法和正統的方面獲得了眾多左翼文化「浪子」的認同和擁護。這是歷史事實能夠證明的。

魯迅晚年對周揚等左聯實際領導的人格和思想作風的批評極其深刻。需要強調的是，魯迅對周揚等人鼓吹「國防文學」、籌備成立新的文化組織的用意，比較側重於點出他們試圖借助這次政治和文化風向的改變來達到進入上海文壇中心地帶的目的。在魯迅眼中，周揚一些人對於「國民文學」的鼓吹，對籌備新的文化組織的熱衷，主要是出於他們的名利心、領

---

[12]　呂克玉（馮雪峰）：《對於文學運動幾個問題的意見》，《作家》第1卷第6號，1936年9月15日。

袖欲和趨利避害、順風使舵的心理。他較多地指出周揚等藉統一戰線的
「東風」順勢來積累文化資本。魯迅把原先為人身安全考慮而隱蔽起來的
周揚、夏衍等現在為「國防文學」和「文藝家協會」的奔走，看作是他們
處心積慮想爭取公開和自由活動並提升自己的文化資本、從「地底下」
「入於」上海文壇的「交際社會」[13]、從上海文壇的邊緣進入中心的手
段。他眼中的「文藝家協會」，只是周揚等人「要名聲，又怕迫壓」[14]、
為一己安全及利益著想的趨利避害的美妙去處罷了。魯迅這種著眼於文壇
邊緣－中心、地下－地上關係的評論，正說明了在魯迅與亭子間文化的衝
突中文化資本以及社會地位名望的落差這些因素的重要性和活躍程度。如
前所述，文化資本的缺失和積累往往可以成為開啟很多左聯內外部矛盾的
一把鑰匙，魯迅對周揚等人的這些說法可以作為一個注腳。

　　30年代，當魯迅租住拉莫斯公寓時，左翼青年文化人的馮雪峰一度
租住在這座公寓的地下室，這種居住空間格局可以被看作魯迅和青年「浪
子」們在所擁有的文化資本上的落差和社會經濟地位上的等差的隱喻。而
魯迅與周揚，一方處於上海文壇中心地帶的眾目瞻望的從「五四」時代走
過來的成名作家，一方是亭子間裡的「皇帝」，一方擁有強勢的經濟資本
和文化資本，一方擁有強勢的政治組織權力資本，他們之間的矛盾，具有
亭子間青年文化對反抗魯迅「權威」的象徵意義。

　　一個顛撲不破的事實是，亭子間裡的「浪子」曾反抗魯迅，但時間站
在了魯迅一邊，魯迅仍然以一個常勝者的卓越姿態屹立於近現代中國的社
會歷史空間。在曾反抗魯迅的那些左翼青年「浪子」中，沒有任何一個人
能在20世紀30年代的上海左翼文化運動中積累下如魯迅一般雄厚的文化
資本，能以自身來掩蓋魯迅因參與左翼文化運動而煥發出的光芒。

　　魯迅通過與上海亭子間文化的互動，促進了左翼文化在上海社會和
上海文化系統中地位和作用的擴大，對30年代上海文化中的亭子間青年

---

[13]　魯迅：《360214致沈雁冰》，《魯迅全集》第14卷，人民文學出版社2005年版，
　　　第25頁。
[14]　魯迅：《360229致曹靖華》，《魯迅全集》第14卷，人民文學出版社2005年版，
　　　第39頁。

文化的走向有著積極影響和引導作用。30年代的亭子間文化的主體——左翼文藝青年，基本都是赤貧的「城市邊緣人」，他們不僅遊走在上海文壇的邊緣，而且遊走在上海社會的邊緣。魯迅作為「浪子之王」，對這些「浪子」的扶助，對左翼青年文化的參與和塑造以及兩者之間的張力，表明魯迅扶助弱勢對抗強勢、扶助邊緣對抗中心，在對抗國民黨的政治和文化專制之外，甚至具有某種對抗上海都市社會文化的意義。而魯迅對左翼文化陣營內部種種不良現象的批評，對亭子間文化空疏一面的批評（如「空頭文學家」等），對亭子間文化人「浪子」的上升到文化人格的種種歸納（如「革命工頭」、「奴隸總管」）等，也是對左翼文化、亭子間文化的整體批評，並從未與魯迅對整個上海文壇以及其他文化力量的批評嚴格區隔開來，而是在同一的上海文化場域進行的。總之，魯迅與左翼文化、亭子間文化的互動，可能也應該被納入到魯迅與整個上海文化的互動過程中來考察。

原載《上海師範大學學報》2007年第1期

論《野草》的現代倫理價值

杜素娟[1]

　　當我們論及魯迅《野草》的倫理價值，往往強調的是魯迅對於社會倫理道德的質疑和批評，突出它「反對舊式道德」和「社會黑暗」的內容和意義。但眾所周知，《野草》是魯迅面對人生虛無和挫敗時進行的自我整理，這使得《野草》遭遇到了一個現代性的倫理問題：對於生命的自我感覺以及內在秩序的思考。而這正是現代倫理學的核心問題之一。魯迅憑藉一個作家的敏銳和獨特的倫理勇氣，對這個問題做出了自己的諸多探索。

一、從「我應該做什麼」到「我是誰」：
現代性自我倫理命題的提出

　　倫理學家赫舍爾認為倫理學從傳統到現代轉變的一個重要表現，就是從思考「我應該做什麼」，到思考「我是什麼」。他說：「長久以來，倫理學所探究的問題是『我應當做什麼？』其實，這個問題本身是很成問題的，因為沒有任何倫理的規則可以替代你決定在具體的境況中應當這樣或那樣做。這樣的倫理學是無用的。與其提出諸如『我應當做什麼』這類沒有答案的問題，不如提出『我是什麼』亦即『人是什麼』的問題。」[2]

　　「我應該做什麼」是通過外在規範和模式，來限定自我內容；「我是什麼」是通過認知人的內在秩序和需求，探詢尊重自然的、個體生命活動的合理自我。西方從十九世紀末到二十世紀初開始了對「我應該做什麼」

[1]　杜素娟（1969-），女，山東濟寧人，文學博士，華東政法大學人文學院副教授。
[2]　隗仁蓮：《中文譯者序》，赫舍爾《人是誰》，貴州人民出版社1994年版，第4頁。

這一傳統命題的反思，從居友、尼采到摩爾，雖然學說各不相同，但這種反思卻讓我們看到了西方倫理求變的痕跡。

中國傳統道德倫理對於「我應該做什麼」更是有著長久的興趣，它的影響之大，即便是「五四」新文化運動時期對於道德倫理問題的討論，都難逃其窠臼。其討論的重點依然是在「我應該做什麼」的問題中尋求改變。沒有內在自我認識能力和自我決定能力的培養，只是尋求外在行為規範和價值模式的變革，這種「倫理解放」是很難真正發生效用的。甚至還會帶來意想不到的道德倫理的茫然與混亂。比如，陳獨秀就曾發現了這一問題，他在1921年6月1日出版的《新青年》上發表《青年的誤會》一文，談到：「教學者如扶醉人，扶得東來西又倒。現在青年的誤解，也如醉人一樣……你說婚姻要自由，他就專門把寫情書尋異性朋友做日常重要的功課。你說要打破偶像，他就連學行值得崇拜的良師益友也蔑視了……你說要脫離家庭壓制，他就拋棄年老無依的母親。」這種誤會的發生，其重要的原因就在於內在倫理命題的陳舊。

而真正能夠觸及新的現代色彩的倫理命題的，正是魯迅的《野草》。

在《野草》之前，魯迅的倫理思路已經表現出與眾不同之處。比如在著名的「娜拉是應該留在家裡還是應該出走」的問題上，魯迅就認為這兩方面都不是重點，無論哪種「應該」都是把人的行為從一個模式換為另一個模式，並不能真正解決青年的自我生存問題。正如《傷逝》中所表現的，你可以破除舊的價值規範給予青年行動的外在自由，但內在局限依然讓他們舉步維艱。「我應該做什麼」根本回答不了自我的基本問題。

於是，《野草·墓碣文》中我們就看到了新的倫理命題的出現，那就是：「抉心自食，欲知本味」[3]。《墓碣文》中的「死者」苦苦追尋、並要求「答我，否則離開」的問題，正是「我是誰」。在整本《野草》中，「我應該做什麼」都不再是思考的重點，重點就是「我是誰」。

《題辭》中說：「當我沉默著的時候，我覺得充實；我將開口，同時感到空虛」。這是自我迷茫導致的失語痛苦。《影的告別》中的自我難以

---

[3]　此處以及本文他處所使用的《野草》引文，均來自魯迅：《野草》，人民文學出版社1979版。

確定,以至於有著「影子」般的自我生存感受。《過客》中的「自我」,除了死亡,一切內容都模糊不清。《希望》在已然消失的「身外的青春」和即將凋零的「身中的遲暮」之間,苦苦探詢自我生存的合理性。在《野草》中,被苦苦追問的問題之一就是「我是誰」。

「我是誰」以非先驗的方式,進行關於人的內在秩序、內在空間的探詢與討論。「人不同於其它的事物,他的真正實存在內心世界繼續發展」,人「存在於他認識或理解自身的方法之中」[4]。真正意義上的對於人的倫理解放,必須從對內心生命秩序、自我認知與選擇能力的培養開始。《野草》一個重要的倫理發現,就是中國傳統倫理體系中,這種基於自我認知的倫理內容的嚴重缺失。在中國固有的倫理體系中,傳統倫理體系對於「我應該做什麼」擁有詳盡的答案,但對「我是誰」這一現代性的倫理命題的思考幾乎是缺失的。《墓碣文》中「創痛酷烈,本味何能知?……痛定之後,徐徐食之。然其心已陳舊,本味又何由知?……」的痛苦表白,就表現出了這種現代倫理需求與傳統倫理資源之間的巨大斷裂與隔膜。

「我是誰」的無從回答,是《野草》所捕捉到的最內在的倫理困境,也從最根本的層次上,探索了中國傳統倫理的內在癥結。如果「我是誰」無從回答,那麼在此基礎上制定出的「我應該做什麼」的規範和價值標準,就是危險的、荒謬的、不可信的。《聰明人和傻子和奴才》中的「奴才」的人格悲劇是如何發生的?這並不是一個簡單的社會問題,也不是一個特定時代的悲劇問題,而是有著深刻的倫理機制的根源。

文中的「奴才」並非對於奴隸生活麻木不仁,而是多有抱怨:「所過的簡直不是人的生活」,「吃的是一天未必有一餐」,「做工可是晝夜無休息」、「頭錢從來沒分,有時還挨皮鞭」。但是當「傻子」要幫助他實現正當的生存要求時,他卻堅定地站到了被他抱怨的「主人」的那一邊,,趕走了要幫助自己爭取利益的「傻子」。

「奴才」這麼做並非完全出於對權力的恐懼,而是因為倫理觀念提供

---

[4]　赫舍爾:《人是誰》,隗仁蓮譯,貴州人民出版社1994年版,第7頁。

給他的「道德自我」中本來就沒有生存自我的內容。「我是誰」以及建立在這個問題上的諸多自我的倫理要求，都徹底地被忽略了。一個可悲的事實是「奴才」要追求「善」───一個人做「應該」的事情，就是「善」。當一個人要追求「善」的「道德自我」時，就必須犧牲「生存自我」的合理要求，走向自我意願與需求的反面。這就是魯迅所揭示出來的比社會矛盾更為深刻的倫理悲劇。只規定「應該做什麼」，卻缺失「我是誰」的關照，奴才般的病態的「道德自我」就是倫理對人的塑造的必然結果。

因此尼采曾對那許多基於「應該」的道德命令發問：「這些價值判斷本身又有什麼價值？迄今為止它們是阻礙了還是促進了人的發展？」[5] 尼采正是在倫理道德基礎的層面上，發現了「美德」所蘊涵的現實規定性，指出對於「好」與「應該」的判斷，很大程度上來自那些上層的、擁有話語權的階層的判斷，而不是來自生命本身的籲求。對「應該」的單一制定，背後隱藏著社會不平等的權利與義務分配。也正是對於道德和倫理原則的這一發現，尼采才提出了砸爛一切價值的觀點，並對魯迅產生了深刻的影響。魯迅說：「那時還有一點讀過尼采的《Zarathustra》的餘波，從我這裡只要能擠出───雖然不過是擠出───文章來，就擠了去罷，從我這裡只要能做出一點『炸藥』來，就拿去做了吧。」[6]

這「炸藥」衝擊的不只是「三綱五常」舊式道德規範，它已經深入倫理深層，把倫理道德基礎從「應然」層面轉向「實然層面」，直搗倫理道德的基礎，在「道德何以形成」的層面上直接發問，呈現了陳舊倫理的荒誕之處。

《墓碣文》的倫理力量就在於它魯迅是在倫理道德基礎這一最根本的層面上，揭示倫理道德之舊與倫理道德之謬，揭示了傳統倫理中的自我認識能力和自我決定能力培養的缺失。如果不能發現和改變這一缺失，那麼不但舊的倫理原則和內容不能真正被改變，就是對於中國的現代倫理的討論也會發生困難，這也是「五四」時期「個性獨立」、「個性自由」等概念流於空洞浮泛，而不能深入文化內層的原因。

---

[5] 尼采：《論道德的譜系》，周紅譯，三聯書店1992年版，第3頁。
[6] 魯迅：《我和語絲的始終》，《魯迅全集》第四卷，人民文學出版社1981年第168頁。

　　只有在解決「是」的基礎上，結合「應該」，才能在不依賴道德目的的前提下，去發現倫理行為與人性的結合點，在此基礎上道德倫理的健康與優良與否。從倫理學的角度來說，這屬於元倫理學的命題，倫理學的討論，即便是在西方也是在20世紀處才剛剛開始，其背景之一就是對於固有價值規範的質疑。我們不能不驚訝於魯迅先生的倫理敏銳度。

　　從自我倫理發展的意義上來說，魯迅提出了一個雖然沒有答案、但卻意義重大的問題，他用文學的方式指明了現代倫理討論的重點。

二、「善」、「惡」重估：自我行為價值的辨析與質疑

　　「我是誰」的現代倫理命題的提出，直接推動了對於善惡標準的反思。摩爾指出：「怎樣給『善的』下定義這個問題是全部倫理學中最根本的問題。除『善的』對立面『惡的』外，『善的』所意味著的，事實上是倫理學特有的唯一單純的思想對象。」[7]

　　「我是誰」的現代倫理命題，是建立在對於「生存自我」的關注上，這就讓一個問題成為討論的重點：我們的行為到底是應該遵循「已然」的外在的道德命令，還是遵循自我的生存需要和內心選擇？《野草》正是在這一點上，顯示出現代性的倫理勇氣。它穿破「已然」的思維局限，直指倫理的「實然」，發出了現代的倫理疑問：被指定為「善」的何以為「善」？被指定為「惡」的又何以為「惡」？傳統的善惡標準是否是絕對真理？

　　「蘇格拉底是一個懷疑者，他問：究竟是行為之正當是因為諸神命令這樣做；還是做諸神命令之事，是因為它是正當的。這是哲學史上最著名的問題之一。英國哲學家安東尼‧弗盧認為：『對一個哲學天資的較好測試之一就是，看他能否抓住這個問題的實質和要點。』[8] 我們轉引這段話，是因為它很好地幫助我們理解到《野草》的倫理價值──《野草》正是抓住了蘇格拉底的問題的要點，而這個要點正是傳統倫理走向現代的必經之路。

7　唐凱麟：《西方倫理學名著提要》，江西人民出版社2000年，第380頁。
8　詹姆斯‧瑞吉兒斯：《道德的理由》，中國人民大學出版社2009年版，第58頁。

首先，《野草》質疑了傳統「善」的合理性。

在《求乞者》中，「我」對「佈施」這一傳統的「善行」，發出了自己的質疑：如果求乞者本是詐術，佈施者的「善行」，豈不是對這詐術的縱容？那麼，「佈施」行為何以為「善」？因此，「我不佈施，我無佈施心，我但居佈施者之上，給予煩膩，疑心，憎惡。」

在《立論》中，「善惡」既定標準的不可靠性，更是被淋漓盡致地寫了出來：按照善惡的標準，面對一個新生的嬰兒，給予「必死」的預言，是一種惡行；給予「升官發財」的祝福，則為善意。但按照生命的真實狀況來看，那麼這「惡行」正是真實的預見，「善意」卻是應景的謊言，即「說要死的必然，說富貴的許謊」。更為重要的是：「說謊的得好報，說必然的遭打。」這就是傳統善惡標準的邏輯荒誕性。

其次，《野草》指出了「善」與「惡」的相對性。

「善」與「惡」不具備絕對區別。我們用以區別善惡的界限因其先驗性而具備相對性。換句話說，從不同的立場來看，被指定為「善」的可能是「惡」的，被指定為「惡」的可能是「善」的。「善可能成為新的隱藏著的形式的惡」，而惡則可能成為「新的，還沒有被意識到的形式的善。」[9] 越是思想活躍，精神求變的時期，這種善惡的相對性就更為明顯，而且思想的解放和精神的自由，就潛伏在這種辨證的相對性之中。

《復仇》就寫了這種善惡的相對性。

與魯迅的其他作品一樣，《復仇》所猛烈攻擊的是「庸眾」和「看客」，即「路人們」。我們會思考到一個問題，魯迅對這些旁觀者的攻擊，比對始作俑者的攻擊還要猛烈，這是為什麼？始作俑者是無需爭辯的「惡」，而旁觀者卻是以「善」的方式出現的「惡」。在魯迅看來，這種以「善」的方式出現的「惡」比純粹的「惡」，更加可怕也更加強大。

《復仇》中寫到「路人們」「衣服都漂亮，手倒空的」，也就是說，他們的行為並不觸犯道德標準，但與這種無可指責的行為方式相對應的，是他們內心惡意的放縱：「他們從四面奔來，而且拼命地伸長頸子，要賞

9　尼・別爾嘉耶夫：《論人的使命》，張百春譯，上海學林出版社2001年版，第211頁。

鑒這擁抱或殺戮。他們已經豫覺著事後的自己的舌上的汗或血的鮮味。」傳統善惡標準強調「我應該」的控制，卻與「我是誰」的個體生存狀況脫節，這一方面使得個體行為表現出拘謹、守規和缺乏自我的特點，另一方面，被動地遵循道德規範，並不能引領和克服內心的荒蕪醜惡，於是造就「偽善」的「路人人格」。

在「路人們」那裡，無可指摘的道德行為表層與充滿惡意的內心並存，表現為以「善」的方式出現的「惡」。在《野草》的其他幾篇文章，諸如《死火》、《過客》、《失掉的好地獄》等篇中，這種以「善」的方式出現的「惡」，形成了作者難以對抗的「無物之陣」，使得人間到處充滿了無法跨越的深淵，無以改變的荒誕。對魯迅而言，最讓他感到恐怖和痛苦的，正是這種在中國社會文化中過於普遍的以「善」的方式出現的「惡」。

正如他在《這樣的戰士》所表述的，他所面對的並不只直接的「惡」，而是一系列的「好」：「那些頭上有各種旗幟，繡出各樣好名稱：慈善家，學者，文士，長者，青年，雅人，君子……。頭下有各樣外套，繡出各式好花樣：學問，道德，國粹，民意，邏輯，公義，東方文明……。」他不是對著「惡」舉起投槍，而是要對著這些「善」與「好」舉起投槍。——當「善」就是「惡」時，與「惡」的對抗自然是艱苦卓絕，難以取勝。這是魯迅在道德批判中感到虛弱無力的最主要的根源。

這是魯迅給我們揭示的在中國傳統倫理背景下的一種倫理價值的真實，也是魯迅揭示的尋求倫理變革的最深層困難。

其三，《野草》表現出「以惡對惡」的倫理行為特點。

《野草》中彌漫著各種冰冷的情緒：仇恨、憎惡、敵對、恐懼、緊張、詛咒、嘲弄、殺戮……，以及各種晦暗的意象：火焰、毒舌、腐爛、死屍、墳墓、地獄、血腥的歌聲、僵墜的蝴蝶、暗中的花、貓頭鷹的不詳之言……。這些情緒和意象，無論是從東方還是從西方的倫理標準來看，都是用常規意義上的「善」和「善意」無法概括的形態，更重要的是，也是用常規意義上的「惡」和「惡意」所無法概括的形態。

而且，細讀《野草》就會發現，相對於善，作者對於這些「惡」有著更多的興趣、甚至沉醉和迷戀。在作者筆下，「碎骨的大痛楚透到心髓

了，他即沉酣於大歡喜……」，「鬼魂的叫喚」、「火焰的怒吼」都「造成醉心的大樂」，即便是「無血的大戮」，也讓人「沉浸於生命的飛揚的極致的大歡喜中」。痛苦、殺戮、死亡……在這種種「惡」的意象和情緒中，洋溢著沸騰而壓抑的激情、審美的快感、精神的滿足。

我們以往比較安全的做法，是在社會倫理的層面上解讀它。那些「惡」的意象被破解為封建道德的罪惡、社會制度的弊病、文化傳統的頑疾、人性的醜惡的象徵；而那些「惡」的情緒則可以理解為一種社會倫理意義上的「善」——對於這一切黑暗現象的勢不兩立的憤怒以及對於文化命運的自覺承擔。

但是這樣的解釋卻恰好掩蓋了魯迅所作出的對於倫理現代化的努力。魯迅所要做的不是否定「封建道德」這麼簡單，而是打破舊的「善」與「惡」的秩序與指定，尋求現代闡釋和重建。這樣我才能更好地解釋以下問題：在社會倫理的範疇中，「惡」與「善」、「生」與「死」、「愛與恨」……這些概念都有著鮮明的界線，以兩極的方式存在。但是《野草》似乎並不具備這麼清晰且界限分明的倫理觀念；相反，作者似乎在努力地打破這種界限，致力於表現善中之惡、惡中之善；生中之死，死中之生；愛中之恨、恨中之愛……。如他在《墓碣文》中所說：「於浩歌狂熱之際中寒；於天上看見深淵。於一切眼中看見無所有；於無所希望中得救。」在魯迅這裡，善惡本是一體，生死也是一體，愛恨竟也是一物。

既然中國傳統的善惡標準中，強化的是人對於規範和指令的遵守，只有對規範和指令的絕對遵守，才是「善」，那麼要尋求到與生存的真實需要相結合的自我倫理選擇，往往就要突破這「善」，以「惡」的方式出現，也就是以「惡」對「惡」，以這種方式殺出沉重的倫理包圍，獲得自我感的確立。魯迅自己這樣說到：「我自己對於苦悶的辦法是專與襲來的苦痛搗亂，將無賴手段當作勝利，硬唱凱歌，算是樂趣。」[10]

薩特曾說：「為惡而惡，這是在人們都肯定善的時候，唱反調」[11] 深受尼采影響的法國學者喬治・巴塔耶在分析「為惡而惡」這種道德現象

---

[10]　魯迅：《兩地書》，《魯迅全集》第十一卷，人民文學出版社1981年版，第16頁。

[11]　喬治・巴塔耶：《文學與惡》，北京燕山出版社2006年，第18頁。

時表示，為惡而惡是一種最高意義上的「惡」，不同於為了私利而活動的「惡」，他們是為了突破「善」的圍剿和控制，而進行的悲壯突圍：「他們剛從黑暗裡出來，一種強烈的聲音宣告，他們就是純潔的惡」。[12]

　　在魯迅所唱的反調中，我們看到的內容不是反封建這麼簡單，而是魯迅所傳達出的對於現代倫理的設想：人需要通過行動把自己與其他人區別開來，並因此而成為個體的人。但人的這個行動不只是對於外在規範的機械遵循，而是必須建立在內在行為能力和選擇能力的培養之上。讓倫理標準與自我存在相聯結，在從「我應該如何」到「我是誰」的倫理重點的轉移中，，把倫理的核心從控制人對於規範的遵守，轉向內在倫理能力的培養，這才能真正實現個體精神和民族精神的健康發展和成長。

　　「來自黑暗的純潔的惡」，這句話我們可以藉以表達《野草》的倫理價值，當然也可以幫助我重新理解魯迅《野草》中那些冰冷的情緒，以及晦暗的意象的關鍵——我們以往經常用「頹廢」來概括《野草》中的這些情緒和意想，但是如果能夠看到魯迅這「以惡對惡」的倫理激情和勇氣，也許才能真正從中看到魯迅所具備的無與倫比的現代性的倫理勇氣和創造力。

　　而這些都源於魯迅潛在的建設擁有自我內容的倫理理想。沿用尼采的觀點，要確立真正的自我，需要「堅持自己作自己的主宰和仲裁者，絕不求助任何外在的理性之類作為價值的標準」[13]。這是魯迅所指出的傳統道德的最深刻的不合理，也是魯迅在《野草》中所傳達出的一個現代性的倫理設想。

原載《蘭州學刊》2010年第10期

---

[12] 喬治‧巴塔耶：《文學與惡》，北京燕山出版社2006年，第53頁。
[13] 黃鎮定：《上帝與魔鬼：西方善惡觀念的歷史嬗變》，湖南大學出版社2003年版，第276頁。

於「鬼氣」中「祛魅」
──論魯迅與中國巫文化的精神之戰

高興[1]

對魯迅精神內涵的闡釋永遠不可能窮盡。談論魯迅與中國巫文化的精神關係,絕無「妖魔化」魯迅的意圖,而是要立足於魯迅的全部作品,對魯迅矛盾複雜的精神世界進行一種文化心理視角的分析。不僅「巫」、「巫鬼」、「巫史」、「巫師」這些詞語曾多次閃現於魯迅的筆端,而且魯迅作品中的不少地方表明了他對「巫」、「巫師」及「巫術」的理性評價,隱含著他對這種文化現象的情感體驗。

一、「巫師」讓位給「科學家」:對於科學精神的宣導

1934年10月,魯迅有感於中國人相信運命而又認為運命可以轉移的迷信觀念,寫下了《運命》一文。在此文中,魯迅提到了中國婦女使用畫有符咒的桃木避免克夫的做法,又談到了中國人以風水、符咒、拜禱等途徑改換運命的愚昧行為,禁不住發出這樣的慨歎:「以後倘能用正當的道理和實行──科學來替換了這迷信,那麼,定命論的思想,也就和中國人離開了」,「假如真有這一日,則和尚,道士,巫師,星相家,風水先生……的寶座,就都讓給了科學家,我們也不必整年的見神見鬼了。」[2]當魯迅寫下這篇文章的時候,他已經身處十里洋場的「魔都」上海七年之久,與早年創作《祝福》等小說的時期(以「民主」和「科學」為主題的「五四」時期)相比,此時他的文化批判焦點應當有所不同了,而他依然

---

[1] 高興(1978-),男,安徽樅陽人,文學博士、曲靖師範學院教師。
[2] 魯迅:《運命》,《魯迅全集》第6卷,人民文學出版社2005年版,第135-136頁。

沒有忘記對於封建迷信思想的抨擊、對於科學精神的宣導。

　　魯迅從早年開始就表現出對於科學精神的熱情禮贊和執著追求。1908年6月發表在《河南》月刊上的《科學史教篇》是魯迅學思想的集中闡述。在文章的開始部分，魯迅揮起豪情之筆盛讚人類社會物質文明的巨大進步，如「自然之力」、「交通貿遷」之方便，「饑癘之害減」，「教育之功全」等等，他將人類的這些傑出成就歸結為「多緣科學之進步」，甚至認為科學的進步引起了社會的改革：「蓋科學者，以其知識，歷探自然見象之深微，久而得效，改革遂及於社會」。魯迅追尋科學的源頭至希臘時代，稱「希臘羅馬科學之盛，殊不遜於藝文」[3]。隨後繼起的阿拉伯人則向基督教和猶太人學習，大興翻譯詮釋之業，「眩其新異，妄信以生，於是科學之觀念漠然，而進步亦遂止。」由於阿拉伯人熱衷於模仿前人，「懷念既爾，所學遂妄，科學隱，幻術興，天學不昌，占星代起，所謂點金通幽之術，皆以昉也」[4]。魯迅認為阿拉伯人缺乏希臘羅馬人的探索精神，因此幻術勝過了科學，占星術、煉金術、接神學逐漸盛行。到了基督教興起的中世紀，「景教諸國，則於科學無發揚。且不獨不發揚而已，又進而擯斥夭閼之」，由於基督教國家重道德義務而輕科學知識，「科學之光，遂以黯澹」[5]。直到十七世紀中期，科學事業才重新繁盛起來，湧現了笛卡爾、培根等傑出人才。在這篇論文的結尾部分，魯迅以詩意盎然之筆熱烈謳歌科學對於人類無與倫比的價值：「故科學者，神聖之光，照世界者也，可以遏末流而生感動。」[6] 在魯迅看來，科學是開啟民智、激動人心的精神之光，它可以幫助人類走出黑暗和愚昧，極大地推動人類文明事業的不斷進步。

　　應當看到，與中國近代以來宣導洋務運動、謀求技術革新的知識份子明顯不同的是，魯迅並不迷信應用科學和應用技術，他在《科學史教篇》中直接批評了「眩至顯之實利，慕至膚之方術」[7]的幼稚行為。科學在魯

---

[3]　魯迅：《科學史教篇》，《魯迅全集》第1卷，人民文學出版社2005年版，第25頁。
[4]　魯迅：《科學史教篇》，《魯迅全集》第1卷，人民文學出版社2005年版，第27頁。
[5]　魯迅：《科學史教篇》，《魯迅全集》第1卷，人民文學出版社2005年版，第28頁。
[6]　魯迅：《科學史教篇》，《魯迅全集》第1卷，人民文學出版社2005年版，第35頁。
[7]　魯迅：《科學史教篇》，《魯迅全集》第1卷，人民文學出版社2005年版，第29頁。

迅那裡是被視為一種戰勝蒙昧、倡明真理的文化精神，他曾經指出：「現在有一班好講鬼話的人，最恨科學，因為科學能教道理明白，能教人思路清楚，不許鬼混，所以自然而然的成了講鬼話的人的對頭。」[8] 驅散「鬼話」、戒絕「鬼混」的理性力量正是魯迅所推崇的科學價值的重要體現。魯迅之所以在作品中多次揭露「巫師」的惡跡，一個重要的原因就是「巫師」慣於施展靈魂欺騙的詭計，其裝神弄鬼、蠱惑人心的虛偽姿態與實事求是的科學精神背道而馳，對此魯迅直陳其害：「巫師對人見神見鬼，但神鬼是怎樣的東西，他自己的心裡是明白的。」[9] 因此，宣導科學精神以照亮蒙昧的思想誤區，驅逐「巫師」而將歷史舞臺留給科學理性，還原一個被妖魔化、被謊言和恐怖所遮蔽的真實世界，成為魯迅終生懷有的文化理想之一。

二、「路德」的功績：
魯迅、馬克思・韋伯「祛魅」觀念之比較

　　論及文化「祛魅」的觀點，馬克思・韋伯顯然是不可繞開的，他在《儒教與道教》一書中對於中國宗教與巫術難以分割的糾纏關係闡述了很多獨到的見解。韋伯看到「生活方式受儒教影響的中國民眾，卻堅信鬼神靈論，囿於這些巫術觀念。」[10] 與西方的清教相比，韋伯認為「儒教的是巫術」[11]，「儒教徒無法從內心深處根除道教徒基本的、純巫術性的觀念」[12]，而「道教專事以巫術為取向的救世技術」[13]。韋伯認為「現代是

---

[8]　魯迅：《熱風・三十三》，《魯迅全集》第1卷，人民文學出版社2005年版，第314頁。

[9]　魯迅：《通信（複張孟聞）》，《魯迅全集》第8卷，人民文學出版社2005年版，第262頁。

[10]　[德]馬克思・韋伯：《儒教與道教》，洪天富譯，江蘇人民出版社1995年版，第259頁。

[11]　[德]馬克思・韋伯：《儒教與道教》，洪天富譯，江蘇人民出版社1995年版，第269頁。

[12]　[德]馬克思・韋伯：《儒教與道教》，洪天富譯，江蘇人民出版社1995年版，第226頁。

[13]　[德]馬克思・韋伯：《儒教與道教》，洪天富譯，江蘇人民出版社1995年版，第231頁。

一個理智化、理性化或『世界祛除巫魅』的時代」[14]。令人悲觀的是，韋伯認為理性力量的薄弱使得中國人缺乏自然科學的思維。

　　姑且不論韋伯對於中國人的精神品格的看法有多少合理性，在否定巫術世界觀、宣導科學理性方面，魯迅和韋伯確有相近之處。除此之外，魯迅與韋伯還有一個共同點：都很重視德國宗教改革家路德的歷史功績。韋伯在其經典名著《新教倫理與資本主義精神》中專立一章闡述路德宗教改革的歷史意義，認為路德的「職業」概念包含著對世俗活動的道德辯護，這種「職業」觀認為「修道士生活放棄現世的義務是自私的，是逃避世俗責任」[15]。因此他認為路德的宗教改革在一定程度上影響了西方資本主義精神內質的形成。魯迅在《科學史教篇》、《文化偏至論》等文章中也提到了路德。在《文化偏至論》中魯迅論述歐洲人力爭擺脫宗教束縛的精神努力時尤其稱頌路德的功勞：「時則有路德（M. Luther）者起於德，謂宗教根元，在乎信仰，制度戒法，悉其榮華，力擊舊教而僕之。自所創建，在廢棄階級，黜法皇僧正諸號，而代以牧師，職宣神命，置身社會，弗殊常人；儀式禱祈，亦簡其法。至精神所注，則在牧師地位，無所勝於平人也。」[16] 魯迅也認為路德對於教會聖威的反抗有助於祛除宗教施加於平民的精神束縛。魯迅和韋伯之所以如此肯定路德的宗教改革意義，正是因為他們在路德身上發掘出一種破除神之代言者對於大眾進行精神欺騙和靈魂壓迫的「祛魅」意義，一種還原人的精神自主性的文化價值取向。

　　儘管魯迅和韋伯都盛讚了路德的宗教改革，但是我們應當看到魯迅和韋伯是從不同的價值層面來審視路德的文化功績的。對於韋伯來說，路德宗教改革最大的意義在於「有組織的從事一項職業的世俗勞動受到越來越高的道德重視、越來越多的教會許可」[17]，這一點對於西方世俗近代文化的發展發揮著一定的作用。而在魯迅看來，路德宗教改革最重要的影

---

[14]　蘇國勳：《理性化及其限制——韋伯思想引論》，上海人民出版社1988年版，第28頁。

[15]　[德]馬克思・韋伯：《新教倫理與資本主義精神》，於曉、陳維綱等譯，生活・讀書・新知三聯書店1987年版，第59頁。

[16]　魯迅：《文化偏至論》，《魯迅全集》第1卷，人民文學出版社2005年版，第48頁。

[17]　[德]馬克思・韋伯：《新教倫理與資本主義精神》，於曉、陳維綱等譯，生活・讀書・新知三聯書店1987年版，第61頁。

響是促進了社會思想的解放，有利於造成思想自由的社會局面，而社會思想的自由發展又將導致科學的興盛、政治的革新：「加以束縛弛落，思索自由，社會蔑不有新色，則有爾後超形氣學上之發見，與形氣學上之發明。以是胚胎，又作新事：發隱地也，善機械也，展學藝而拓貿遷也，非去羈勒而縱人心，不有此也。顧世事之常，有動無定，宗教之改革已，自必益進而求政治之更張。」[18] 可見，魯迅之所以看重路德的宗教改革功績仍然是基於「五四」前後他所宣導的思想革命、「立人」學說。在《科學史教篇》中，魯迅認為路德等人是科學遭到壓制的中世紀時代的精神「嘉葩」：「蓋中世宗教暴起，壓抑科學，事或足以震驚，而社會精神，乃於此不無洗滌，薰染陶冶，亦胎嘉葩。二千年來，其色益顯，或為路德，或為克靈威爾，為彌耳敦，為華盛頓，為嘉來勒，後世瞻思其業，將孰謂之不偉歟？」[19] 如果說韋伯看重的是路德宗教改革有助於西方人形成積極肯定塵世工作的文化觀念，這種文化觀念反映了正視現實世界的現代理性精神，那麼魯迅比較欣賞路德宗教改革所體現出的解放社會思想的精神向度。就對抗古代文化中蒙昧保守、迷信權威的消極因素而言，同樣是出於文化「祛魅」的主張，魯迅和韋伯所選取的思想路徑是不一樣的。

三、「鬼氣」的糾纏：巫文化留下的心理陰影

　　馬克思・韋伯多次在著作中論述巫術觀念對於科學技術和經濟社會發展的消極影響，他認為「基督教世界之外的巫術之統治對經濟生活的合理化構成了最嚴重的障礙之一，是巫術同技術和經濟關係的舊框框有關。」基於這一論斷，他舉例說明瞭巫術對於中國的社會建設產生的巨大阻礙：「在中國企圖修建鐵路和工廠時，出現了同風水占卜的衝突，因為占卜要求穿行某些山脈、通過森林、靠近合流以及位於墳塚之上的建築的位置不

---

[18] 魯迅：《文化偏至論》，《魯迅全集》第1卷，人民文學出版社2005年版，第48-49頁。
[19] 魯迅：《科學史教篇》，《魯迅全集》第1卷，人民文學出版社2005年版，第28-29頁。

應打擾神靈的安寧。」[20] 韋伯的這一看法與魯迅的觀點有相似之處，1933年的魯迅也曾經這樣批判國人對於巫術的迷信：「外國用火藥製造子彈禦敵，中國卻用它做爆竹敬神；外國用羅盤針航海，中國卻用它看風水；外國用雅片醫病，中國卻拿來當飯吃。」[21]魯迅和韋伯都認為在中國人身上隱伏著巫文化傳統導致的心理劣根，它深深地影響到了中國人對於科學技術的認識和應用，如果不清除巫術心理對於中國人的精神羈絆，中國社會的現代化進程必然會遭到嚴重的阻礙和危害。

儘管馬克思·韋伯認為在西方現代社會中巫術遭到了壓制，他仍舊清醒地看到：「即使在今天，巫術也不能被根除，而只是被降低到某種不神聖並且是兇暴之物的地位。」[22] 對於整個人類來說，只要科學的理性思維沒有遍及到每一個社會個體而宗教化的思維模式仍然存在，巫術就不可能真正絕跡。而對於封建文明的「長明燈」所燭照下的貧困落後的舊中國而言，巫文化更有著頑強的生命力。在與幾千年來的封建歷史文化傳統的整體對壘中，魯迅總是不遺餘力地標舉科學精神以對抗巫文化的流毒，但是不可否認的是，這種長期緊張疲倦、穿肌透骨的文化精神手術必然會給魯迅自身留下難以磨滅的心理陰影。一直以來，魯迅書信中的一句話被魯迅研究者們無數次地加以引用，幾乎成為「陳詞濫調」：「我自己覺得我的靈魂裡有毒氣和鬼氣，我極憎惡他，想除去他，而不能。」[23] 一個有趣的現像是，雖然很多魯迅研究者已經注意到了魯迅與「鬼」文化之間的糾葛，但是偏偏很少有研究者從「鬼」的字面意義上來理解魯迅本人的精神困境，而且，當國內外魯迅研究者談起魯迅與「鬼」文化的聯繫時，「鬼」更多地被理解為奇特「生命力」的隱喻（例如錢蔭愉的《彷徨於明暗之間的隱秘世界——魯迅作品與病與死與鬼》[24]，伊藤虎丸的《魯迅的「生命」與「鬼」——魯迅之生命論與

---

[20] [德]馬克思·韋伯：《文明的歷史腳步》，黃憲起、張曉玲譯，上海三聯書店1988年版，第162頁。

[21] 魯迅：《電的利弊》，《魯迅全集》第5卷，人民文學出版社2005年版，第18頁。

[22] [德]馬克思·韋伯：《文明的歷史腳步》，黃憲起、張曉玲譯，上海三聯書店1988年版，第163-164頁。

[23] 魯迅：《書信·240924致李秉中》，《魯迅全集》第11卷，人民文學出版社2005年版，第453頁。

[24] 錢蔭愉：《彷徨於明暗之間的隱秘世界——魯迅作品與病與死與鬼》，《魯迅研究

終末論》[25]等），或自身內部矛盾的象徵、自我精神探求的符號（例如丸尾常喜的《「人」與「鬼」的糾葛——魯迅、周作人、胡適等的比較》[26]，程凱的《「招魂」、「鬼氣」與復仇——論魯迅的鬼神世界》[27]等）。筆者以為，假如我們在研究中能夠更多一點地考慮到魯迅故鄉的文化氛圍（據考證，生活在紹興的古代於越族本來就「信巫術，敬鬼神，占卜是他們決定許多事情的依據」[28]。）以及魯迅本人與巫文化長期糾纏衝突所形成的思維方式，我們或許更能夠從「忠實原文」的意義上來理解魯迅的內心世界。

　　一個無可置疑的事實是，魯迅在作品中曾多次表達巫文化給他留下的深刻的精神體驗。中國巫文化十分迷信話語神力：「相同的聲音可以把不同的事物聯繫在一起，而且叫出它的聲音就會獲得相應的效果。為了這一點，在廣大民間形成了一種喜歡聽吉語（吉祥話）的風氣。」[29]在魯迅的筆下，清朝將領刻意地將軍隊命名為「虎神營」來戰勝「洋鬼子」，「取虎能食羊，神能伏鬼的意思」[30]，而長媽媽緊張地期待「我」在元旦的早晨叫出「福橘」來[31]，江浙人在紅紙上寫上「姜太公在此百無禁忌」或「泰山石敢當」以安身立命[32]。與此關聯的是中國人對於語言禁忌的極端畏懼，例如阿Q對「癩」的同音詞以及相近詞語的無比忌諱，可見在近代中國，上至國家機器下至普通民眾共同表現出非同尋常的巫術心理。在魯迅的作品中我們又能看到阿長相信裸體婦女能夠戰勝大炮、祥林嫂求助於廟裡的門檻來做替身，這些非理性的迷信行為又分別體現了中國巫文化中所謂的「厭勝法」、「移災術」對於底層勞動者的心理欺騙。由於魯迅在創作中是

月刊》1987年第7期。

[25] ［日］伊藤虎丸：《魯迅的「生命」與「鬼」——魯迅之生命論與終末論》，《文學評論》2000年第1期。

[26] ［日］丸尾常喜：《「人」與「鬼」的糾葛——魯迅、周作人、胡適等的比較》，《魯迅研究月刊》1995年第6期。

[27] 程凱：《「招魂」、「鬼氣」與復仇——論魯迅的鬼神世界》，《魯迅研究月刊》2004年第6期。

[28] 車越喬、陳橋驛：《紹興歷史地理》，上海書店出版社2001年版，第72頁。

[29] 張紫晨：《中國巫術》，上海三聯書店1990年版，第73頁。

[30] 魯迅：《父親的病》，《魯迅全集》第2卷，人民文學出版社2005年版，第297頁。

[31] 魯迅：《阿長與〈山海經〉》，《魯迅全集》第2卷，人民文學出版社2005年版，第251頁。

[32] 魯迅：《〈如此廣州〉讀後感》，《魯迅全集》第5卷，人民文學出版社2005年版，第460頁。

以自己的個體靈魂直接面對巫文化所籠罩的精神環境的，他在描摹筆下人物的悲劇處境時自身難免也會被烙上陰冷的心理創痕，因此在他的作品中讀者看到的是那些幽玄而兇險的物象：大毒蛇、烏鴉、惡鳥、孤狼、貓頭鷹、飛蜈蚣、白光、長明燈、關帝廟、死屍、骷髏、鬼魂、地獄、死火、墳墓、虛空、無物之陣、黑暗的閘門、人造的面具、鬼臉上的雪花膏……從這個意義上說，魯迅認為自己「靈魂裡有毒氣和鬼氣」並非故弄玄虛。此外，由於魯迅長期對巫術心理保持著警惕，巫文化所體現的思維方式也必然給魯迅的主體意識造成微妙的影響。弗雷澤在《金枝》中指出巫術是一種「偽科學」，它有兩個思想原則——「相似律」和「接觸律」，並且這兩個思想原則都是對「聯想」的誤用[33]，而「這種聯想的原則，本身是優越的，而且它在人類的思維活動中也確實是極為基本的。運用合理便可結出科學之果」[34]。魯迅思維的一個重要特質就是超常的聯想能力，他常常以一種洞穿歷史本質的眼光來審視眼前光怪陸離的社會現實，又總是感覺到「動起筆來，總是離題有千里之遠」[35]，以至於他有時不免懷疑自己「神經也許有些瞀亂了」[36]，造成這種「瞀亂」的原因是多方面的，而批判對象的精神反作用也是其中的一個重要因素。直到逝世前的四十天左右，魯迅仍舊擺脫不了「鬼氣」的困擾，他在《死》一文的結尾寫道：「但究竟如何，我也不知道。」[37]可見巫文化的精神體驗給魯迅留下了多麼沉重的心理陰影。

四、「離奇和蕪雜」：魯迅作品描畫的精神之戰

馬克思・韋伯宣稱：「只有偉大的改革的和理性的預言家才能打破巫術的權力，建立一種生活的理性指導。……這種預言家已經把世界從巫術

---

[33] [英]詹・喬・弗雷澤：《金枝》，徐育新等譯，中國民間文藝出版社1987年版，第19-20頁。
[34] [英]詹・喬・弗雷澤：《金枝》，徐育新等譯，中國民間文藝出版社1987年版，第76頁。
[35] 魯迅：《慶祝滬寧克復的那一邊》，《魯迅全集》第8卷，人民文學出版社2005年版，第196頁。
[36] 魯迅：《忽然想到》，《魯迅全集》第3卷，人民文學出版社2005年版，第16頁。
[37] 魯迅：《死》，《魯迅全集》第6卷，人民文學出版社2005年版，第635頁。

中解放出來，並且在這一過程中，創造了我們的近代科學技術的基礎以及資本主義的基礎。而中國沒有湧現出這樣的預言家。」[38] 韋伯是以一個社會科學家的身份，從自己的思想立場來評價中國古代文化的整體特徵的，雖然他的觀點不乏真知灼見的成分，但是他的這個斷語似乎有誇大巫術的社會作用之嫌，其合理程度需要進一步商榷。並且，中國人並非沒有表現出對於巫術的排拒，魯迅在自己的作品中就曾經以自己的方式揭露和批判中國的巫文化心理，當然，魯迅的對抗方式充滿著難以言喻的複雜性。

　　魯迅在其學術著作《中國小說史略》中曾將中國傳統文化中的「巫」分成兩類：「巫到後來分為兩派，一為方士；一仍為巫。巫多說鬼，方士多談煉金及求仙……」[39] 從科學的精神理念出發，魯迅對這兩派的「巫」文化都進行了批判，但是採取的批判策略有所不同。就方士來說，魯迅認為「道士思想（不是道教，是方士）與歷史大事件的關係」很有研究價值[40]，以仙道為終極理想的方士們一方面散播關於「天堂的遠」的「怪話」[41]，另一方面沉溺於煉金治丹方面的臆想實驗。對於巫「鬼」而言，魯迅所不滿的是巫師通過捏造「鬼話」來達到謀財害人的「搗鬼」勾當，但是對於充滿民間想像色彩的有人情味的「鬼」則給予同情，如女吊、無常之類。魯迅對於巫文化的否定並非採取馬克思・韋伯的理論立場。如前所述，魯迅是側重於從思想解放的維度而非建構資本主義社會理性的角度來理解路德宗教改革的文化意義的，這就導致了魯迅為中國傳統文化「祛除巫魅」的精神歷程是那樣的複雜而又充滿著緊張感。

　　曾經被錢理群視為「魯迅的安魂曲」[42] 的散文集《朝花夕拾》較為真切地反映了魯迅為傳統文化「祛除巫魅」的深層心理。《貓・狗・鼠》記

[38] [德]馬克思・韋伯：《文明的歷史腳步》，黃憲起、張曉玲譯，上海三聯書店1988年版，第162頁。

[39] 魯迅：《中國小說的歷史的變遷・六朝時之志怪與志人》，《魯迅全集》第9卷，人民文學出版社2005年版，第317頁。

[40] 魯迅：《馬上支日記》，《魯迅全集》第3卷，人民文學出版社2005年版，第351頁。

[41] 魯迅：《熱風・三十三》，《魯迅全集》第1卷，人民文學出版社2005年版，第315頁。

[42] 錢理群：《文本閱讀：從〈朝花夕拾〉到〈野草〉》，《江蘇社會科學》2003年第4期。

下了童年的「我」對於傳說中食人的「貓婆」、作怪的「貓鬼」之可怖記憶。《父親的病》一文抨擊了方士一樣的庸醫斂財害命的劣跡，庸醫開出種種離奇難覓的「藥引」的做法與巫師鎮邪驅疫的神秘行徑如出一轍，而「我」在父親臨終前被衍太太催喚「父親」的愚昧表現不幸淪為荒謬絕倫的巫術「叫魂」，這些都給「我」的人生記憶造成了不堪承受的精神重壓，「我」在文中禁不住發出憤激的聲音：「軒轅時候巫醫是不分的，所以直到現在，他的門徒就還見鬼。」[43] 在《瑣記》中，從事教育事業的辦學者為了防範兩個淹死的年幼學生的魂靈，不僅讓「伏魔大帝關聖帝君」加以鎮壓，而且請來和尚念咒放焰口，說明中國人對於儒、道、釋的信仰常常沾染了濃厚的巫術底色。《范愛農》中提到了刺殺清朝官員的徐錫麟被清兵炒食心臟一事，可見清廷軍隊之魔性獸道，氣質酷肖魏晉阮籍的范愛農又怎能見容於鬼魅盛行的清末亂世。《二十四孝圖》揭示了中國封建孝道摧殘人性的罪惡，在荒誕不經的奉孝行為中滲透著巫術禮儀的原形舊影，因為儒家思想形成的過程中本來就存在這樣的現象：「孔子將上古巫術禮儀中的神聖情感心態，轉化性地創造為世俗生存中具有神聖價值和崇高效用的人間情誼，即夫婦、父子、兄弟、朋友、君臣之間的人際關係和人際情感，以之作為政治的根本。」[44] 凡此種種，都可以看出魯迅揭示中國封建文化暗含「巫魅」毒素的內在動機。基於歷史「中間物」的人生哲學以及前文提到的巫文化體驗導致的心理陰影，魯迅在為傳統文化「祛魅」的過程中採取了一種特殊的戰術——與其說他與「鬼」對坐，毋寧說他與「鬼」相容、以「鬼」打「鬼」，即魯迅本人所言的那樣韌戰：「糾纏如毒蛇，執著如怨鬼，二六時中，沒有已時。」[45] 這樣的作戰方式使得魯迅帶著強烈的共鳴頌揚了那些倔強可愛的「鬼」戰士，他在《無常》中讚美了公正活潑的「無常」鬼，而在人生末期又創作《女吊》來同情「女吊」的復仇精神。「鬼」和「戰士」如影隨形的精神狀態甚至影響了魯迅的鬥爭方式，素來主張「以牙還牙」的魯迅有時不惜動用「咒語」來咀咒

[43] 魯迅：《父親的病》，《魯迅全集》第2卷，人民文學出版社2005年版，第297頁。
[44] 李澤厚：《己卯五說》，中國電影出版社1999年版，第62頁。
[45] 魯迅：《雜感》，《魯迅全集》第3卷，人民文學出版社2005年版，第52頁。

黑暗勢力，如《二十四孝圖》的開篇第一句就是：「我總要上下四方尋求，得到一種最黑，最黑，最黑的咒文，先來詛咒一切反對白話，妨害白話者。」[46] 又如《野草》之《頹敗線的顫動》中，那個被鄙棄的老女人是如此的怨恨：「……又於一剎那間將一切併合：眷念與決絕，愛撫與復仇，養育與殲除，祝福與咒詛……。她於是舉兩手儘量向天，口唇間漏出人與獸的，非人間所有，所以無詞的言語。」[47] 為了貼近封建文化的黑暗幽靈來作一番殊死的肉搏，魯迅的靈魂不得不幻化為摩羅、野草、暗影、死火、鬼魂、黑衣人、無物之陣中的戰士、精神病患者等異端存在；為了突入歷史文化的深淵，魯迅的主體精神也不得不傾向於上古神話和民間傳說所包含的奇異想像力，而這種靈魂交戰的方式與魯迅所推崇的現代科學理性不免產生劇烈衝突，於是我們看到了那些「精神界之戰士」[48] 孤獨、彷徨、頹唐、憤激、決絕、不安的悲情姿態。

　　總之，在為中國傳統文化「祛魅」的過程中，魯迅的靈魂不得不遊蕩在魑魅橫行的精神空間裡，衣襟沾滿「鬼氣」而又毅然前驅。那個幽深的世界明暗交接而又光怪陸離，我們或許可以引用魯迅《朝花夕拾·小引》中的表述來形容他的心情和寫作——訴說「心目中的離奇和蕪雜」，將其「轉成離奇和蕪雜的文章」[49]。

原載《內蒙古農業大學學報（社會科學版）》2010年第6期

---

[46] 魯迅：《〈二十四孝圖〉》，《魯迅全集》第2卷，人民文學出版社2005年版，第258頁。

[47] 魯迅：《頹敗線的顫動》，《魯迅全集》第2卷，人民文學出版社2005年版，第211頁。

[48] 魯迅：《摩羅詩力說》，《魯迅全集》第1卷，人民文學出版社2005年版，第87頁。

[49] 魯迅：《小引》，《魯迅全集》第2卷，人民文學出版社2005年版，第235頁。

前現代夢魘中的市民空間

──論魯迅小說的城市書寫

王傳習[1]

　　魯迅一生曾先後輾轉紹興、南京、東京、北京、廈門、廣州、上海等中外城市，這一事實盡人皆知。然而，學界向來側重魯迅小說的啟蒙主題和鄉土特色，忽視甚至質疑魯迅小說與城市文化的關聯。該傾向早在30年代初露端倪，連魯迅在評價蹇先艾、許欽文等人的作品時，也諱談城市性而強調鄉土性，命名為「鄉土文學」和「僑寓文學」[2]，這種疏離城市的創作心態和文化身份，也左右了研究者的判斷。魯迅小說的都市題材得以發掘，歸功於著名批評家李長之，他曾富有創見性地提出：「在《吶喊》裡，幾乎只有《端午節》是寫的都市的知識份子的生活，在《彷徨》裡卻就差不多除了《祝福》，《長明燈》，《離婚》之外，全都是都市生活的記錄了。」[3] 不過，李長之對這些小說評價平平，認為「慣於以農村為背景，而且在他的故事中，也往往以農村為背景的為最出色」[4]。日本學者竹內好也曾敏銳地注意到魯迅小說「題材上有農村和都市、過去和現在之區別」，但他同樣略有微詞，認為有的小說「完全歸於失敗」[5]。這些觀點被長期沿用，甚或起到蓋棺定論的作用。時過境遷，魯迅小說的城市敘事問題近乎一個燙山芋，鮮有人觸及，即使在都市文學研究領域內也不受青睞，近年有關「魯迅與城市」的討論[6]，更熱衷於從雜文中來觀照

---

[1]　王傳習（1979-），男，山東臨沂人，文學博士，紹興文理學院元培學院講師。
[2]　魯迅：《中國新文學大系小說二集序》，《魯迅全集》第6卷，人民文學出版社2005年版，第255頁。
[3]　李長之：《魯迅批判》，北京出版社2003年版，第23頁。
[4]　李長之：《魯迅批判》，北京出版社2003年版，第5頁。
[5]　竹內好：《魯迅》，李心峰譯，浙江文藝出版社1986年版，第88頁。
[6]　對魯迅城市活動進行系統梳理的論著包括鄧雲鄉的《魯迅與北京風土》（文史資

二者的關係，且魯迅與上海的成果更豐[7]。諸類研究的意義自不待言，但總體上側重追溯作家的城市足跡，較少對文本的內部考察，而魯迅肇始於小說創作的城市敘事，很大程度上仍被遮蔽著。本文認為，借鑒都市文化研究的相關範式，有助於彰顯其城市書寫的話語空間，為解讀魯迅小說提供新的視域。

一、「鎮」與「城」：魯迅小說的城市空間譜系

由於《吶喊》、《彷徨》中的作品主要以紹興為背景，魯迅過去常被定性為「懷舊」式的鄉土作家，如夏志清所說「他的故鄉顯然是他靈感的主要源泉」[8]。實際上，除了水鄉氣息氤氳的「未莊」、「魯鎮」等村鎮，魯迅小說中還存在「S城」、「京城」以及無名城市所組成的空間譜系，涵蓋了城鎮、城市乃至都市等形態。這些「城」與人們司空見慣的現代都市相去甚遠，但就其類型而言，它們恰昭示了具有中國城市化特徵的歷史樣態。

「城市」在社會學本是一個複雜的範疇，因文化傳統、經濟水準的差異，其發展規模、地域分佈、文化特徵等參差不齊。「聚落有一個從低級到高級的發展過程，即從小自然村（hamlet）、村莊（village）、鎮（town）、到城市（city）、大都市（metropolis）、大都市區（metropolitan area）、集群城市或城市群（conurbation）和城市帶或

料出版社1982年版）、倪墨炎的《魯迅的社會活動》（上海人民出版社2006年版）、劉麗華和鄭智的《尋訪偉人的足跡：魯迅在北京》（北京工業大學出版社1996年版）、周國偉和柳尚彭的《尋訪魯迅在上海的足跡》（上海書店出版社2003年版）、徐昭武主編的《追尋魯迅在南京》（中國畫報出版社2007年版）等；錢理群的《鄉村記憶與都市體驗：走進魯迅世界的一個入口》（《海南師範學院學報》2006年第1期）、《魯迅和北京、上海的故事》（《魯迅研究月刊》2006年第5、6期）等論文，追溯了魯迅在京滬的城市活動，且從文本層面探討魯迅與都市文化的因緣以及小說呈現的京滬文化圖景。

7　趙園《北京：城與人》（上海人民出版社1991年版）、李書磊《都市的遷徙——現代小說與城市文化》（時代文藝出版社1993年版）等著述，確立「城與人」的範式，從城市文化視閾開拓性地闡述了現代城市文學與文化的關係、作家身份與心態變化等命題，其中對魯迅有部分涉及，但是未作專題討論。迄今為止，論者更傾向於以雜文為例討論魯迅的城市書寫，因此魯迅與上海文化的研究成果更豐。

8　夏志清：《中國現代小說史》，香港中文大學出版社2001年版，第29頁。

城市連綿區（megalopolis）。」[9] 而「鎮」又恰是農業文化向城市文化轉型的一種過渡形態。社會學家費孝通將鄉村文化的特徵總結為：「農業和遊牧業或工業不同，它是直接取資於土地的。遊牧的人可以逐草而居，飄忽不定；從事工業的人可以擇地而居，遷移無礙；而直接靠農業來謀生的人則是粘著在土地上的。」[10] 認為孤立、隔膜和封閉是鄉土文明的重要表徵。在中國城市史上，城市類型複雜不一，包括都城、中等城市、小城鎮等，也包括傳統城市、近現代城市，並且地域分佈不平衡，因時因地而異，總體而言，現代工商業城市大多勃興於東南沿海地區是不爭的事實。

魯迅小說呈現的城，大半屬於城市的一種原始形態和中國的本土形態，或曰「城鎮」、「市鎮」，而非西方意義上工業革命的產物，即便是那些充滿鄉土氣息的「故鄉」世界，仍與蕭紅等北方作家描繪的完全意義的農村存在明顯差別，「土地」不再是主宰人物命運的決定性因素，而且市鎮與城市之間也不完全如社會學家所說的「孤立、隔膜和封閉」，比如進城的阿Q、返鄉的知識份子「我」作為文化紐帶，把城、鄉聯結為一個整體；另一類「城」是《在酒樓上》等作品中的「S城」，兩者的共同在於，都黏附著作者的故鄉記憶，具有明顯的水鄉特色。魯迅筆下最接近現代城市範疇的是「京城」，從《吶喊》到《彷徨》，市鎮風情愈來愈讓位於城市場景，城市勞工小說《一件小事》、城市家庭婚姻小說《肥皂》、《幸福的家庭》、城市職員小說《弟兄》、城市愛情小說《傷逝》、城市知識份子小說《端午節》、《高老夫子》、市民群像小說《示眾》，構成了獨特的城市鏡像。

除了市鎮、城市、京城等多元空間，魯迅小說城市書寫的方式也頗為複雜，既側面折射城市影子，又正面描摹市民群體，而且創作行為、敘事結構也深受城市文化的制約：

一是在城鄉對比中隱形地敘述城市。《故鄉》儘管被視為鄉土文學，實際上與大多數「五四」鄉土小說判然有別，最明顯的是即便描寫鄉土，視野也不囿於窮山惡水，而通過「城－鄉」對立，暗示城市的存在，並

9　　陳立旭：《都市文化與都市精神》，東南大學出版社2002年版，第10頁。
10　費孝通：《鄉土中國》，上海人民出版社2006年版，第6頁。

通過文明、醜惡兩種紐帶，考察複雜的城鄉關係。一方面，《故鄉》中的「我」代表著從城市回鄉的啟蒙者，魯迅通過遊子「離去－歸來－離去」的「歸鄉」模式[11]，連通「城」與「鄉」兩個世界，可是，在文明與愚昧、現代與傳統的碰撞中，最終「我」無力拯救鄉村世界，既不能救閏土於水火之中，也無法解答祥林嫂的精神困惑，城與鄉，實質上構成了此岸與彼岸的二元對立，隔著現代文明所不可溝通的文化鴻溝。另一面恰相反，在《阿Q正傳》、《風波》裡，「城－鄉」之間的紐帶卻是遊民（阿Q）、投機者（假洋鬼子、趙七爺）等惡性因素，他們從城市舶來的並非文明訊息，反而是蒙蔽、愚弄和威儡鄉民的偽文明、偽革命，文明成了他們牟取權勢的工具，小鎮的民眾常常從這些人的流言蜚語、欺詐恐嚇中感到「殺頭」威脅和精神驚悸，「城市」形象被這些鄉間勢力所破壞，成為農民心目為一種不可捉摸、令人恐懼的神秘力量，突出了城與鄉、現代與傳統的衝突。

二是城市文化的外部滲透，影響和制約著敘事結構。城市是現代小說發生發展的外部語境，報刊作為印刷文化載體，出版策略、報刊定位、讀者趣味，無不深刻影響著創作主體的意圖與敘事敘述。就魯迅小說而言，最具說服力的莫過於《阿Q正傳》成因，為了適應傳媒需要，這部連載小說不僅在文體選擇方面受到約束，「既注意到報紙連載的讀者閱讀需要，使每一章保持相對獨立性，具有一定『故事化』特點，而又注意到整部小說的有機整體性特點，使得每一章與整部小說都保持著緊湊的有機聯繫」[12]。不僅如此，《晨報副刊》編輯孫伏園臨時更換，這一出版因素，左右了創作進度和人物塑造，小說不得不以「大團圓」倉促收尾，不然阿Q的故事仍會延續，而正是這個被城市媒體所操控的結尾引起了非議。可以說，「阿Q」命運和小說結構，既源於作者的主體想像，同時也是城市文化影響的結果。

三是魯迅小說不乏對城市景觀、市民群像的正面摹寫。對城市文化、市民形象進行直觀敘述，是現代城市文學的重要表徵。如果說《吶喊》

---

[11] 錢理群：《走近當代的魯迅》，北京大學出版社1999年版，第154頁。
[12] 周海波：《傳媒與現代文學之間》，中國社會科學出版社2004年版，第164頁。

側重對城市的隱形書寫，《彷徨》則將城市敘述從城鄉對立模式中剝離出來，正如李長之所說，《彷徨》與《吶喊》的差異不僅表現於創作心態的變化，同時體現在城市題材的激增上，魯迅頻頻觸及家庭婚姻（《幸福的家庭》、《肥皂》、《傷逝》）、社會倫理（《弟兄》）、市民心態（《示眾》）等城市母題，人物囊括了包括政府職員、教師、車夫在內的市井眾生，既有守舊派，也有新式知識份子，既嘲弄男性遮遮掩掩的欲望邪念，又刻畫女性心理，建構了市民形象的長廊。而且，魯迅小說呈現的家庭、大街、職場等城市空間也十分獨異，既區別於左翼作家展示的繁華糜爛之都、海派小說熱衷描寫的洋場風情，又迥異於「京味」小說中的老北京。魯迅一貫描繪遠離現代化、守舊落後的本土城市，淡化繁華市景，始終聚焦城市底層角落，觀照市民的灰色人生，所建構的「城」不同於「故鄉」，往往不挾帶地域文化的痕跡，拒絕以現實城市為原型進行城市寫真，這一象徵性的文化符號，堪稱前工業文明階段中國城市的總體隱喻。

二、「欲望」與「倫理」：魯迅城市書寫的文化內涵

現代都市與城市文化，作為社會文明發展的高級階段和現代工業的必然產物，具有田園牧歌的鄉土文化所不具備的異質性，通常與商品經濟、消費主義、大眾文化等相聯繫，在市場運作、滿足消費方面魅力無窮，但是釀成的拜金主義、人性扭曲等卻常受詬病，城市在文學視域中的形象千差萬別、善惡參半。魯迅小說並不營造消費天堂或罪惡之源的城市，而是祛除了覆蓋在城市之上的物質釉彩，從社會心理、倫理道德等層面，深刻剖示轉型時期中國本土城市的底層社會與市民精神狀況，這在20世紀中國文學形形色色的城市書寫中獨樹一幟。

（一）「肥皂式心理」：消費刺激和道德壓抑下的市民欲望

欲望書寫通常為都市文學屢見不鮮的主題。魯迅小說中的「欲望」，並非消費主義式的物欲橫流，主要表現為道德壓制下的欲望萌動，且在男

性身上體現得淋漓盡致。《高老夫子》中的單身漢高爾礎，欲望被女性氣息所喚醒，但基於倫理觀念，只好假充為人師表的面孔，面對誘惑而道德根深蒂固的舊市民，於是陷入了「舊我」、「新我」糾纏的道德困境。《肥皂》中四銘、道統、薇園等男性都屬於這一共同體，由於道德約束，他們只能沉湎性的想像，誰也沒有拋棄家庭、玩弄風月的資本，永遠存活在欲望的烏托邦裡。

除了揭示男性隱秘心理，魯迅還對女性心理進行深入觀照，最具代表性的是《肥皂》。這部歷來被當作醜化偽君子的揶揄之作，如果從城市文化的角度看則另有寓意，「肥皂」作為現代城市的消費品，打破了市民平淡乏味的婚姻生活，喚醒了物質和情欲的渴望。一開始，四銘太太「忽聽得又重又緩的布鞋底聲響，知道四銘進來了，並不去看他，只是糊紙錠」[13]，寫出中年夫婦的婚姻情感早已過了蜜月期，被現實生計所替代；接著，她誤以為丈夫出於體貼而送肥皂，頓時喜形於色，「便覺得顴骨以下的臉上似乎有些熱」；可獲知真相後她倍感失落，又怒斥男性下流的心理；有意思的是，最終她對「肥皂」難以割愛，「身上便總帶著窸似橄欖非橄欖的說不清的香味；幾乎小半年，這才忽而換了樣」[14]。「肥皂」作為城市商品的象徵，對兩性心理和家庭婚姻起到了潤滑作用，啟動了女性愛美天性和愛欲心理。小說通過一系列細節，暗示出城市女性微妙複雜的內心變化。

該類人物在《幸福的家庭》、《端午節》曾反覆出現，困窘的生活及複雜的心態，是魯迅小說的母題之一，成為底層市民的命運縮影：作為城市最卑微的平民群體，他們首先面臨著物質匱乏，一切羅曼蒂克，都那麼遙不可及，而生活貧困和道德理性，極度壓抑了市民的欲望。可以說，雖然魯迅城市小說中鮮見官能刺激，但並非意味著疏離欲望描寫，只是重在表現城市貧困一族在道德底線下的欲望騷動。與海派小說不同的是，這種極富保守性的心理，絕非都市的洪水猛獸，社會墮落的誘因，而是道德柵欄中的焦躁動物，把市民推向了焦慮的深淵。

---

[13] 魯迅：《魯迅全集》第2卷，北京，人民文學出版社2005年版，第45頁。
[14] 魯迅：《魯迅全集》第2卷，北京，人民文學出版社2005年版，第56頁。

（二）「兄弟反目」：傳統倫理的危機與困境

　　除了生活窘迫和欲望壓抑，小說中的市民還背負著沉重的倫理十字架。《弟兄》採取明、暗兩條敘事線索，講述了兩對弟兄的故事，隱喻了傳統倫理與城市生活的衝突：暗寫秦益堂兄弟之間的財產糾紛，通過「壞兄弟」形象，勾畫出一個利慾薰心、背信棄義的市儈世界，揭示了金錢觀念從根本上動搖了人與人之間的血緣情結和親情人倫；明寫張沛君兄弟的「手足之情」，先是刻畫張沛君為救治兄弟而四處求醫的「好兄弟」形象，隨後撕破道德面具，還原出一個真實的「張沛君」——肩負著家庭重擔，又要想方設法照顧兄弟病情，深陷於自我與他者、情感與道德的漩渦，為了履行社會道德責任，只能偽裝出模範面孔。小說不僅寫了兩對兄弟，而且描摹兩個「張沛君」，一是重情信義、道德化的外在形象，一是苦不堪言、情感化的內在形象，接受道德擺佈還是甩掉倫理包袱便成為市民的兩難選擇。

　　從根本上說，「兄弟」反目和「張沛君式心理」，隱喻了文化轉型所造成的道德矛盾：在城市社會中，市民須承受日常生活和倫理道德的雙重壓力，尚不能成為主宰自己命運的獨立個體。根深蒂固的舊式倫理與城市現實格格不入，已經失去了合法性，違背了市民的個體訴求，然而他們無力擺脫宿命。魯迅小說透過城市道德外衣，剖示出人格矛盾與心理分裂背後普通市民遭遇的文化困境。

（三）「城中看客」：市民心理和公共意識的痼疾

　　「看客」一直是魯迅批判的矛頭所指。除了研究者歸納的種種類型[15]，農民／市民看客也是區分這一群體的重要向度。鄉鎮看客無論是紅

---

[15] 關於看客類型，目前學界存在不同分法。例如繆軍榮《看客論——試論魯迅對於另一種「國民劣根性」的批判》（《華東師範大學學報》2000年第5期）分為「合眾的看」、「單個的私底下的看」；還有的把看客分為麻木型、冷酷型等。

眼睛阿義之於夏瑜，還是酒客之於孔乙己，多屬於彼此熟識的鄉鄰，而
《示眾》的城市看客則是彼此陌生的市井人群。《藥》通過啟蒙者和被啟
蒙者「看／被看的二元對立」[16]，揭示文化愚昧與啟蒙悲劇，而《示眾》
把空間由小鎮切換到城市，淡化「革命」背景，主要描摹市民「看」相，
至於「被看者」究竟是悲壯殉道的革命者還是理應伏法的罪犯，都甚為含
混。與《藥》相比，《示眾》實現了「革命」、「啟蒙」祛魅，淡化了獨
異英雄的悲劇色彩，側重描摹市民群體百無聊賴的圍觀姿態與集體心態。

　　按照視覺原理，觀看作為人先天的生理機能，在感覺系統中是「首當
其衝的感受」[17]，西方學者考察城市文化時，就十分強調感官中的視覺功
能，認為：「在過去的幾個世紀裡，西方文化中的感官等級系統將視覺放
在頭等位置。」[18] 眼球除了攝取社會圖像，還洩露人的心靈秘密。魯迅正
是從市民眼睛中窺見了靈魂，把「看」賦予了罪感：市民精神還遠遠未「進
城」，缺乏現代市民應有的人道情懷與公共意識。摩肩擦踵的男女老幼看
客，不過是為了「賞鑒」同類的鮮血，尋找視覺快感，非但沒有一絲悲
憫、恐懼或救贖，反而顯出嗜血的傾向。這種日常生活的「看」，作為低
級原始的本能需求，可謂現代化過程中亙古不絕的惡性基因。魯迅作品通
過精神世界的深層透視，裎露出前現代階段的市民價值的缺失。

三、魯迅小說城市書寫的特徵及文學史意義

　　僅就小說創作而言，魯迅雖稱不上城市書寫的專業戶，描寫城市的
作品數量有限，且不合乎20世紀城市文學的常規邏輯，拒絕闡述現實的
城與人。但不容否認，魯迅在「五四」時期將城市較早納入視野，在城市
形象、市民心理、性別敘事上獨闢蹊徑，深刻地呈現了底層市民的生存狀
況，隱喻了中國本土城市艱難而複雜的現代性過程，對於都市文學可謂是

---

[16] 錢理群、吳福輝、溫儒敏：《中國現代文學三十年》，北京大學出版社1998年版，
　　第39頁。
[17] 卡洛琳・M・布魯墨：《視覺原理》，北京大學出版社1987年版，第17頁。
[18] 約翰・厄裡：《城市生活與感官》，汪民安等主編《城市文化讀本》，北京大學出
　　版社2008年版，第156-157頁。

一個異數，為20世紀中國文學中的城市書寫提供了新的質素：

　　首先，擅於表現普通市民的生存困境，建構了20世紀中國文學城市書寫的底層敘事傳統。魯迅筆下的城市，無一例外地遠離摩登繁華、紙醉金迷，毋寧稱其為物質、精神雙重貧困的城堡，主要突出市民生活拮据、道德束縛的卑微庸常的命運，擅於表現弱勢、底層、幾乎與現代城市文明絕緣的市民群體，不僅成為「五四」時期城市書寫的肇端，而且在20世紀中國文學的城市敘事中形成獨特的範式。「五四」「人的文學」、「平民文學」風氣中，「像魯迅一樣，『五四』以後的許多小說家是從廣袤的農業社區進入繁華喧囂的大城市，在封閉落後的封建宗法制度與光怪陸離的現代文明的衝突中，一種強烈的心理反差迫使他們拿起筆來描寫『上流社會的墮落和下層社會的不幸』，但就『五四』以後許多小說作家的創作實績來看，他們似乎更專注『下層社會的不幸』」[19]，像魯迅一樣將底層敘事和城市書寫有機結合的卻屈指可數，即使許欽文等受魯迅影響的鄉土作家，似乎獲得了鄉土創作的真傳，卻未能繼承城市書寫的衣缽。

　　在文學史的座標上，魯迅對城市的底層敘事佔有獨特地位，與京派、海派小說的城市書寫大異其趣。沈從文《八駿圖》等小說，把主要矛頭對準上流的、貴族式文化，重在醜化城市文明，顛覆城市優越的文明，反而無意燭照普通市民的複雜心理。在關注下層市民方面，老舍的北京書寫與魯迅最為接近，然而無論沈從文還是老舍，均把城市作為道德墮落和人性沉淪的罪魁禍首，注重勾勒病態、罪惡的城市形象——充滿巧取豪奪、爾虞我詐、情欲陷阱、道德失範的混亂世界。這種書寫，與上海文學也相去甚遠，「上海文學在滿足市民的文學消費過程中突出了人生的世俗況味，在對於人的存在與價值的發現中，注重對於世俗人生的體察描寫，強調生活本身的豐厚性、生動性，注重對於日常生活瑣事的細緻描寫中展現出世俗況味的真趣」[20]。新感覺派作家、張資平、葉靈鳳及至張愛玲等人，甚至連同左翼作家，營構五光十色、官能誘惑的「欲望城市」或充滿世俗色彩的「傳奇城市」，固然切合城市的中上層消費文化，但遮蔽了城市底層

[19] 丁帆等：《中國鄉土小說史》，北京大學出版社2007年版，第42頁。
[20] 楊劍龍：《上海文化與上海文學》，上海人民出版社2007年版，第21頁。

的民間世界。相比之下，魯迅小說毫不誇張地渲染城市的靡爛和醜惡，而表現弱勢群體，貼近下層市民，展示一個危機四伏卻又壓抑閉塞的市民世界，為20世紀中國文學的城市書寫提供了不可替代的路徑。

其次，對市民看客心理的批判，豐富了市民形象塑造和現代市民文化話語。在20世紀中國文學版圖上，市民角色在不同作品中幾經勾勒，形象千差萬別，或是聲色犬馬的都市男女，或是唯利是圖的市儈，總體上，從衣食住行等物質文化層面表現市民文化的敘述屢見不鮮。而魯迅對城市看客的塑造，在城市敘事中獨出機杼，注重刻畫市民群體的局外者身份、旁觀者心態、漠視公共責任的陋習等精神症候，迥異於任何其他作品的市民形象。後來魯迅定居上海後，在批判市民「推」、「揩油」、「吃白相飯」心理的同時，對看客心理仍予以針砭：「在中國，尤其是在都市里，倘使路上有暴病倒地，或翻車摔傷的人，路人圍觀或甚至於高興的人盡有，肯伸手來扶助一下的人卻是極少的。」[21] 他所揭櫫的看客心理，在20世紀中國文學的市民形象長廊中是絕無僅有的。

不可否認，魯迅的市民刻畫往往與國民性批判屬於同構關係，重群體素描，少個體觀照。但在「五四」語境中，這種描述觸及了一個深刻的文化命題，即尚處於前現代階段的中國城市，市民文化蘊藏著深重危機，無疑應是啟蒙的題中之義。「正是這種基本的民族主義的目標和願望導致人們從事文化、社會和政治的變革。在五四時期的最初幾年，這種變革的要求則是極力主張採納當時在中國所理解的西方的民主和科學思想以及價值觀念。」[22] 魯迅進行的市民看客心理批判，是對本土城市文化與市民性格的獨特發現。「五四」後刻畫市民的城市文學，從左翼話語到海派小說，從上海文苑到北京文壇，對市民形象與城市文化進行了多維表現，而魯迅所開創的模式，超越了任何地域的、階級的、世俗的視角，書寫了轉型期中國城與人的精神寓言，開啟了難以企及的文化向度。

再次，魯迅小說以性別視角切入，拓展了20世紀中國文學的視域。現代城市小說，即便指向同一對象，卻常常因敘事方式的差異而發生審美

---

[21] 魯迅：《經驗》，《魯迅全集》第4卷，人民文學出版社2005年版，第555頁。
[22] 林毓生：《中國意識的危機》，穆善培譯，貴州人民出版社1986年版，第14頁。

歧異。魯迅小說中以塑造城市男性見長，集中了精神困境、生活焦慮、情欲想像等集體心理，構建了一部城市男性心史。女性雖然常常作為被敘述的他者，然而並非屬於男權話語，魯迅小說同樣塑造了子君、四銘太太等一批新舊女性形象，揭示出她們共同的宿命，即生存在傳統文化陰影中，處於社會從屬地位，即使新女性子君也最終擺脫不了這種角色，傳統落後的城市遠遠沒有賦予她們一個自由消費、具有獨立人格的個性天地。在都市文學中，女性形象往往是敘事焦點，茅盾《子夜》中的墮落男女，新感覺派小說的尤物，抑或是張資平、葉靈鳳筆下的女性，常常是作為男性欲望化身而出現，多圍繞女性身體作官能描寫，而較少內心刻畫；老舍塑造的虎妞等形象時誠然剔除了男性想像，但是摻入道德成分，顯得醜陋有餘。在20世紀中國文學中，塑造豐滿、獨立言說的女性，大多出自女作家筆下，誠然魯迅小說描寫城市女性的文字微乎其微，卻未把女性作為欲望符號或道德標杆，而是以人的角度揭示了她們的附屬角色與尷尬心理，不僅豐富了個性解放的思想，而且從性別角度為市民形象的塑造作了重要開拓。

原載《貴州師範大學學報》2009年第2期

都市憧憬與鄉村羈絆
——海派文化視野觀照下的魯迅三十年代文藝活動

李浩[1]

一、一種都市文化——20世紀30年代海派文化概觀

　　成長在上海的海派都市文化並非無本之木、無源之水，它直接承襲於傳統吳越地域文化，是吳越文化的現代化、都市化的形態之一。海派都市文化的最初表徵就是由旅滬的浙江紹興人趙之謙所開創的「海上畫派」，簡稱海派，海派畫家以創新求變見長，又能趣俗[2]，成為現代意義上海派文化的先導，由此，具有海派精神的海派文藝漸次增長、擴散，逐漸成為上海都市的主流文化。「海派」也由對繪畫流派的專指而變為上海整體都市文化的指稱。

　　海派文化作為一種成熟的文化類型，定型於20世紀20-30年代間，與上海的都市現代化進程密切相聯。1843年開埠後，上海還是以農業和手工業為主的傳統城鎮，雖然出現有別於單純農耕的生產生活方式，仍不具備現代的都市品格。移民文化的植入使它逐漸脫離傳統農耕文化的發展模式而形成新型的都市文化。經歷了近百年發展，上海經濟結構逐漸發生轉變，20世紀30年代，工業和商業成為上海的經濟支柱，僅1930年在上海開設的工廠就有八百多家[3]。城市工商業的發展吸引了以江蘇浙江為主的農村勞動力湧向城市，也使文化教育、商業服務等城市的相關行業得到了

---

[1]　李浩（1966-），男，文學碩士，上海魯迅紀念館研究館員。
[2]　參見王伯敏：《中國繪畫史》，上海人民美術出版社1982年版，第668頁、672頁。
[3]　參見羅志如：《統計表中之上海》，中央研究院社會科學研究所1932年，第63頁。

長足的發展，應城市發展而產生的各類機構臻於完備。生產、服務、商業機構的完備帶來了社會分層細化。到30年代，上海大致可以分為：官僚、紳士、資產階級、職員、專業人員、知識份子、自由職業者、工人、苦力等，前三層可以粗列為上等階層，其中，特別是資產階級是中國第一代的民族資本家，他們對於上海文化的貢獻主要是通過他們所經營的產業而致效的。職員、專業人員、知識份子、自由職業者可以算作上海城市的中層階層，他們中絕大部分都是有著現代教育背景，並且各有專長，有相對穩定的工作或收入，他們既是上海都市文化的生產者，也是上海都市文化的主要消費者。而工人和苦力等構成了上海的下層社會，是上海通俗的街頭文化的主要承載者。

　　20世紀20、30年代的上海是一個商業化程度很高的城市，存在於城市中的每一運作環節，包括文化的發展都是取決於商業的指標，被納入消費領域。如果當年創造社的郭沫若沒有為泰東圖書局編輯的三部書稿：詩集《女神》，改譯《茵夢湖》和標點《西廂記》，特別是《女神》，如果沒有得到社會的強烈反響，為泰東圖書局獲取高額的利潤，那麼中國文學史上也許就沒有了創造社的輝煌[4]。上海的文化消費主要是根基於上海的城市品格，因此商業化帶來的消費繁盛保證了上海海派文化的市民性，即市民的本能要求在商業社會中擁有相當大的表達空間。政治強權只能進行表面的壓制，並不能從根本上去除市民的文化公共空間。在海派文化的發展過程中，誠如哈貝馬斯所指出的文化領域的公共空間始終存在[5]。李歐梵在《「批評空間」的開創——從〈申報〉「自由談」談起》[6]論證了20世紀初的上海都市中已經存在著市民公共空間領域。進入30年代，上海的市民公共領域因經濟發展而更為充實。同時這一時期公共領域的發展也與上海的多元政治結構有著密切的聯繫，各種文化主張都有棲身之地，並從不同方面對上海城市文化的發展產生影響。

---

[4]　秦豔華：《泰東圖書局如何成為創造社的「搖籃」》，《中華讀書報》2004年2月25日。

[5]　參見哈貝馬斯：《公共領域的結構轉型》，學林出版社1999年版，第32-35頁。

[6]　參見李歐梵：《現代性的追求》三聯書店2000年版。

　　30年代海派文化公共領域中，文化的主要推動者是居住於上海的知識份子和自由職業者，職員等則是這一海派文化的主要消費（承載）者。海派文化的發展是遵循著商業原理的，這並不表明海派文化的創造者就因此失去了他們對文化的創造能力、推動能力和糾正能力。所謂創造能力是新的文化主張和文化產品的生產能力。30年代以降，上海文化的創造者們主要在文學方面極大地張揚了創造力，造成了中國現代文學的第二次繁榮，這次的繁榮無論是數量還是在品質上形成20世紀後來的中國都市文化無法超越的高峰。推動能力，即文化再發展和廣泛的輻射能力，30年代的海派文化雖一度為京派文人所不齒，又不如鄉村文化質樸和真誠，但它還是源源不斷地吸引著文學青年湧入這一城市，並成為海派文化的新的生產者和消費者。糾正能力就是文化的批評功能和矯正能力。30年代的海派文化之所以沒有因現代城市所造成的人的個性迷失而進入完全的頹唐，以及沒有因為商業化而完全進入媚俗，就是海派文化創造者利用了都市所形成的公共領域展開了多方位多層次的批評，對文化發展進行及時糾正，其實這一能力的生成是與西方資本主義現代觀念的大規模進入和「五四」所建立的國民性改造的文化主旨的深入人心密切相關的。

二、上海都市文化中的魯迅文藝活動

　　1927年魯迅到上海時接觸了大量從西方世界直接移植的文化現象。當時的上海都市文化呈現形神不一、斑駁不齊的文化景觀，「十裡洋場」成為特殊的時代記憶。但在「西式」文化現象的背後，許多中國傳統封閉的思想依然主宰著人們的觀念。30年代之前，伴隨著現代工業文明所建立成長起來的現代都市文化理念並沒有完全深植人心：而上海的大部分有新型教育背景的知識份子和職員雖然習得了新的思想，但「舊式社會傳下來的遺物」並沒有被他們徹底拋棄。上海表面上的多元政治結構，並沒有帶來真正多元的文化，其時的民主自由等現代觀念依然只是存在於虛幻中，與文化人所期望的文化圖景相去甚遠。在魯迅看來，當時的上海都市文化是「才子+流氓」式的文化，貶抑之意盡顯。

　　在這樣的政治格局和文化環境中，世俗政治和文化精神的權力關係已經發生了深刻的變更。人們的精神控制體系以新的形態在社會機制中得以展示，在新營構的市民公共領域內也產生了權力的對抗機制。所謂的公共領域就是公民自由討論公共事務、參與政治文化的活動空間[7]。在哈貝馬斯的理論中，公共領域是社會學的概念，但考察以閱讀為仲介，交流為中心的公共領域，我們可以發現公共領域在它所影響的範圍裡還起著推動文化發展的作用。海派繪畫精神在上海的擴散並成為上海都市文化的主流精神，與公共領域的存在有密切的聯繫。30年代上海的歷史環境使知識份子獲得了相對寬鬆的言說空間，由此佔據了文化的優勢，海派文化的多元性特徵逐步確立。這才是使始終沒有長期打算居住上海的魯迅最終留在上海的真正原因。而要獲得相對自由和獨立的知識份子品格，自由和獨立的存在形式是前提，由此，魯迅作出了放棄到學校做教授而專心在家作文的決定，直接面對當下社會，以知識份子立場進行社會批評和文明批評。自由職業者的社會角色，是魯迅鄭重的選擇。魯迅認為知識份子是不可能與社會現實相分離的，因力「知識和強有力是衝突的」，他名為《文藝與政治的歧途》的演講中認為，在現代社會情形下，文藝家，也即知識份子是不可能如原初社會的部落裡的成員，以酋長的吩咐作為「他們的標準」，在現代的社會中，知識份子無法安坐於象牙塔中的，他們「免不掉還要受政治的壓迫。打仗起來，就不能不逃開去」。更重要的是知識份子的特性使他們關注的不會遠離社會，所說的話「其實還是社會的話」，而且會「感覺靈敏，早感到早說出來」，同時「知識階級是不顧利害的」，「想到什麼就說什麼」（《關於知識階級》）。魯迅以為知識份子角色的實行主要是通過他的社會言說來實現的。

　　言說可以通過各種方式，同時也要依託不同的工具。直面社會的魯迅選擇了雜文為主要工具來進行自己的言說。五四運動掀起後，魯迅除以小說創作的形式表達自己觀點外，同時還著力為《新青年》撰寫隨感，即時地發表自己對各種社會現象的見解，這些隨感成為魯迅最早的雜文。上海時期，魯迅更是投入最大精力進一步擴展雜文的批評功能。在他看來，雜

7　參見哈貝馬斯：《公共領域的結構轉型》，學林出版社1999年版，第17-18頁，
　　23-24頁。

文「是感應的神經，是攻守的手足」（《〈且介亭雜文〉序》），能以最快的速度對他所感應的事件進行回應或闡發自己的思想和觀點。魯迅在上海十數年所寫的雜文，不僅形式多樣，而且包含了整個海派文化中的每一細小部分，共同指向求得人的個性的全面發展，以及要求提供達成這一發展的社會環境。他對存在於都市中的封建思想觀念的批評、對國民黨強權的批評、對文化現象的批評等等，無一不歸結於此。魯迅對海派文化發展的貢獻實在是體現在對海派文化的糾正能力上。

魯迅以雜文來表達他的文化理想，雜文的社會效用則是通過報刊這一大眾傳媒完成的。報刊是市民社會中人們的主要交流工具，中國現代思想的傳入就是通過報刊書籍來實現的。報刊雜誌在30年代上海文化場域的興盛絕非偶然，它既是意識形態重建的表徵，也代表了新的社會階層的文化訴求。30年代的上海，公共領域的現實平臺已經完成了由茶館到報刊的轉換，報刊可以使人在很短的時間裡接觸更多的思想，獲取更多的訊息，作出更接近真實的判斷。報刊的發達之所以成為評判一個社會的現代性的標誌之一，就是因為報刊理論上是個可以無限擴大的交流平臺，為更多的市民參與交流提供了多種可能，也使人們更易獲知比較切合實際或理性的要求。魯迅文化目標的實施就是依靠了當時已經在上海運作多年，以報刊為主要傳播工具的公共領域。

作為現代知識份子，魯迅的文化批判活動主要是通過市民公共領域中的閱讀交往得以展開的。20世紀30年代是海派文化的繁盛期，各種思想各種文化流派交相輝映，在整體的海派文化格局中找到了它們的安身之地，呈現出多元共生的局面。從公眾閱讀來說，海派文化主體也是由多層面組成的，粗略地說是擁有廣泛讀者群體的通俗文化和以精英知識份子所宣導的精英文化，精英文化的閱讀者大部分由知識份子本身所構成。魯迅所立足的就是精英層面，他的文章直接運用了精英話語，對大眾的直接影響並不明顯。當時，普通市民所喜愛的讀物仍是《啼笑因緣》、《霍桑探案》和《俠盜魯平》之類的作品[8]。雖然如此，精英層面的文化對整個

---

[8]　參見王德威：《文學的上海：一九三一》，《上海文學》2001年第4期。

海派文化的發展具有導航作用，但這影響不是一蹴而就，而是個漸緩的過程，在1937年攝製的《十字街頭》中主人公所居住的陋室裡已經掛有魯迅的肖像，這可以算是精英文化滲入通俗文化的一個側影。

對於魯迅以及當時的精英分子來說，他們並不是全然漠視大眾的存在，30年代的文藝大眾化的討論也說明瞭他們在大眾中擴大文化影響的努力。從魯迅的文章來看，他有些雜文設定的閱讀對象就是大眾，而不是與他處於同一階層的知識份子，雖然魯迅也知道他所希望的讀者不一定會看他的文章。因此，在30年代魯迅在關於大眾化的討論中認為真正的大眾化的實施，「必須政治之力的幫助，一條腿是走不成路的，許多動聽的話，不過文人的聊以自慰罷了」（《文藝的大眾化》）。雖在言大眾化問題，這實際上也是對自己在整個海派文化中的清醒定位，他的聲音絕大多數的情況下只限於他所處的知識份子階層範疇裡。

魯迅借用了30年代上海相對獨立的市民公共領域實現知識份子職責。但是他很清楚，中國的市民社會發展並不完善，也不純粹，在有限的公共領域內，他的言說空間也是有限的。他明確了自己的歷史「中間物」的地位，寧願「肩住了黑暗的閘門，放他們到寬闊光明的地方去」（《我們現在怎樣做父親》）。他從不認定自己的行動有什麼終極價值，在回答一個青年的信中就如此說：「不能答覆『人的最後目的和價值』」，「人是進化的長索子上的一環，木刻和其他的藝術也一樣，它在這長路上盡著環子的任務，助成奮鬥，向上，美化的諸種行動」（魯迅1935年6月29日致唐英偉信）。這種認識使他正視現實，並切實地進行著實現文化理想的工作。除卻直接言說外，他還通過實踐來拓展他的言說空間，主要有兩個方面，一是拓展在知識份子中的空間，通過創辦雜誌，二是拓展在市民大眾中的空間，提倡新興木刻。對於雜誌，魯迅早在北京時期就已進行，通過雜誌，魯迅結合更多的同仁，彙聚更多的相同聲音，以使對社會產生效力。而提倡新興木刻則是魯迅根據當時中國社會的現實採用的手段之一，「在現下的教育不平等的社會裡，仍當有種種難易不同的文藝，以應各種程度的讀者之需」（《文藝的大眾化》）。在魯迅看來木刻是面對大眾的最好宣傳工具，魯迅所提倡的現代木刻是有知識者所創作的新藝術，作者

在木刻作品中賦之以思想和理念，傳之於大眾並發生影響。魯迅的宣導木刻是他言說的延伸，當言說的效用受困於讀者的被教育程度時，他只能用具體的實踐來代替抽象的言說。言說的具象化不僅使精英文化有了滲入通俗文化的通道，而且可以使通俗文化提升，開拓通向精英文化的可能。魯迅在上海的文化實踐，還擴展到對連環畫的提倡，民間文學樣式的重視，以及書籍的裝幀等。

三、海派的文化特徵和魯迅個性的體現

　　海派文化是現代都市文化的分支，但它又是從傳統鄉村文化的土壤中萌生的，既有中國傳統文化的大背景，也有上海的吳越文化的小背景，它是隨上海城市的發展經過吳越文化的變異最終形成的。海派文化的肇始就是由旅滬的紹興籍的趙之謙、任頤等揭櫫並推廣的。海派文化的基本特徵，即創新性與吳越文化傳統有很深的淵源。吳越文化發端於長江三角洲，東臨大海，河流縱橫，交通發達，良好的地理環境，不僅使這一地區農業十分發達而且帶來了商業的繁盛。各地人員的頻繁往來交流使這一地區的居民具有相對開闊的視野，不拘泥於舊物。這一文化特點在上海開埠後被明顯的擴大，隨著國內和國外的移民不斷加入，各種地域文化在上海碰撞生髮，更加之於現代商業的推動，創新意識得到了進一步的張揚。創新意識在文化中就表現為上海成為30年代中國新潮文化的策源地，許多思想觀念和文藝形式都形成於上海而推廣至國內各地區。

　　海派文化形成於這樣一個特殊的氛圍，由西方資本主義國家帶來的都市商業文化氣息明顯地影響著上海都市文化的發展。由此在創新性基礎之上又形成新的特徵，這些新的特徵與普遍的商業理念和商業行為密切相關，首先是寬容意識，這是由「和氣生財」、「和為貴」等傳統的商業理念生髮而來的，隨著商業文化在上海各階層的深入的滲透，寬容意識成為海派文化的重要特徵。其次是實利意識，普遍的商業意識影響著人際交往。在商業意識的觀照下，使人們養成了普遍的實利意識，實利意識的最直接的表現就是等價交換原則，為人處事追求投入與產出的均衡。這種價

值理念從物質生產領域延伸到文化生產領域，直接影響了無形的精神資源的評價。第三是敬業意識，敬業是海派文化中最為突出的特徵，它源自於參與商業活動的第一線的職員，大規模的商業活動，造就了上海都市社會結構中的職員階層，商業競爭造就了商業的繁盛，反過來又加劇了競爭，敬業精神成為他們作為個體在激烈的競爭中生存的基本要素。

　　魯迅能在上海這一市民文化空間發揮其獨立的文化批判功能，是他作為個體的文化氣質與海派文化整體風格有許多契合之處。具有鮮明個性特徵的魯迅留居上海，並在海派文化中發揮了重要作用，這與海派文化的寬容特徵有很大關聯。雖在上海十年間，魯迅並不安心，但上海所提供的文化環境，卻是當時國內其他城市所無法比擬的。海派文化的商業性，並不是魯迅所刻意排斥的，從他本人來說，他在理想目標追求中所體現出的敬業意識是與海派文化相容的，而實利意識也是魯迅所能接納的，他之所以提倡木刻作為向大眾灌輸知識份子的價值觀念，理由就是木刻的簡單易行和它的價廉。他以自由職業者的身份謀生就是依靠著30年代上海文化的商業運作。但在商品化的社會中，經濟在突破傳統強權政治束縛的同時也產生了新的異化機制，個體容易變成「物化」的人，作為人的自主性被埋沒，人性被扭曲、異化。魯迅對上海都市社會中衍生的「惡俗」的批判就是著眼於此，都市的「惡俗」有些是都市發展本身所產生的，有些則是傳統鄉村文化被都市壓抑並異化後產生的。都市社會中「惡俗」的蔓延直接影響了健康人格的鑄造，如他所看到的上海兒童和上海少女，「精神已是成人，肢體卻還是孩子」（《上海的少女》），也有「頑劣、鈍滯」，「衣褲郎當，精神萎靡，被別人壓得像影子一樣」（《上海的兒童》），魯迅所觀察到的「阿金」這一形象則是鄉村文化被都市壓抑、異化後的一個典型形象。

　　具有寬容意識的海派文化對各種各樣的文化和社會現象包容為魯迅提供了可資考察、借鑒的文化資源。海派文化是一融合文化，它的寬容意識，在魯迅主要是表現了對傳統文化包括吳越文化的精華和外來文化的汲取。當然魯迅的汲取並不是全盤接受，他是以他對海派文化乃至中國文化的發展是否有利來考慮。寬容大度的文化意識和偏執深刻的文化態度卻是並行不悖的。魯迅在性格上時常表現出片面的深刻，也即「褊狹」和「不

寬容」，帶著明顯的紹興師爺文化的特徵。師爺文化是成長於紹興鄉村並
隨師爺而流布於全國，「尖銳鋒利的目光，精密深刻的頭腦，舞文弄筆的
習慣」[9]是紹興師爺文化特徵的刻畫，承受師爺文化與他的成長經歷和所
受的傳統教育是無法分離的。魯迅深受師爺文化的濡染，他的雜文常使人
有暢快淋漓的感覺，魯迅也自稱自己的雜文為匕首，這些都是師爺文筆所
呈現的特點。在現實層面，海派文化依託中國傳統文化，加之國民黨的強
權壓制，使人的扭曲、異化的表像形態不斷呈現出繁衍的過程，善於從表
像形態入手揭示人與社會不合理性的魯迅在批判揭示人的自主性喪失的過
程中，不得不隨著這些表像形態的繁衍而繁衍，這種對現象的跟蹤，使人
們往往不易覺察到魯迅的本意所在，而誤以為魯迅過於著意於一枝一節，
留下了魯迅「褊狹」和「不寬容」的印象。這種狀況對魯迅來說也是自覺
的，他有時也感到十分無奈，他不得不向人做些這樣的解釋：「我的雜感
集中，《華蓋集》及《續編》中文，雖大抵和個人鬥爭，但實為公仇，
決非私怨」（魯迅1934年5月22日致楊霽雲信）。「我和施蟄存的筆墨官
司，真是無聊得很，這種辯論，五四運動時候早已鬧過的了，而現在又來
這一套，非倒退而何。」（魯迅1933年11月5日致姚克信）等等。而真正
使魯迅「褊狹」和「不寬容」的還有深層的文化原因，在歷久的由鄉村為
基礎的傳統文化的中國面對現代理念時無法擺脫傳統文化的束縛，一方面
現代理念吸引著中國的有識之士趨向現代之路，另一方面根深蒂固的傳統
文化理念卻越來越成為實現中國社會現代的羈絆，現代性的最終目標是人
的全面發展，但在這走向目標時並沒有一個現實的而非理想化的標準可參
照，因此「試錯原理」成為現代化進程中的重要法則，其表現就是對多種
現實可能性的寬容性和批判性，而傳統的文化所造成單一的、理想化的思
維模式常會排斥多種現實的可能性而導引出大規模理性盲動主義。就魯迅
而言，他並非沒有寬容的自覺，但傳統文化的深刻影響以及當時社會現實
使他在追尋人性的全面發展的理想之路時，不期然地表現出「褊狹」和
「不寬容」的特徵。

---

[9]　參見蔣夢麟《新潮》，《西潮・新潮》，嶽麓書社2000年版，第336頁。

　　呈現在海派文化的寬容性特徵與魯迅「褊狹」和「不寬容」個性特徵表像是魯迅根本的痛苦所在，現代性的實現並不是一些表像之物的簡單引用，真正的現代性是人和社會現代性的實現，而這一目的實現的路途又牽涉了驅除原有傳統文化蒙昧，舊有文化和政治制度的根本改變，以及社會經濟現代化等諸多因素，即便把自己限定在文化層面，魯迅也不能完全承擔和解決中國在文化層面上的現代性的實現，除了他思想深處的傳統文化薰染與現代性追求的激烈碰撞外，還有現代性追求和現實之間的慘烈碰撞。宣佈「一個都不寬恕」的魯迅，在他死後獲得了由數萬市民參加的隆重葬儀，是海派文化的寬容性的體現還是反映了生活在上海的城市人對人性的全面發展的本能需求？這值得細細探討。

　　30年代上海文化的豐富、繁雜、多維展示和內在衝突給魯迅的文藝活動的順利展開設置了新的障礙。在這文化環境中，作為歷史文化「中間物」的魯迅，既表達了他的現代都市憧憬，又表現出基於鄉村的傳統文化的羈絆，其中文化的內在衝突和抵牾形成的張力加劇了魯迅內心的緊張，而對緊張和尖銳的痛苦的自覺承擔也正顯示了魯迅獨異的文化品性。

原載《魯迅研究月刊》2004年第7期

比較視閾

「個體」的生命力與烏合之「群眾」
——作為表現主義戲劇的《鑄劍》

工藤　貴正[1]

序章　表現主義戲劇的表現法與象徵性

筆者在《魯迅與西洋近代文藝思潮》（汲古書院，2008.9）一書中，對於《鑄劍》以比較文學影響關係的分析法為支柱，從各個角度進行了研究考察。其結果筆者確實感到可以得出如下結論：這部作品不僅是一部本來創作於設定了四個場面的戲劇，還是一部以表現主義手法創作的戲劇作品。

中國接受表現主義是由中國共產黨第一次代表大會（中共一大）上海代表的李漢俊（1890-1927），是他經由日本開始介紹與翻譯的。也就是說是從李漢俊1921年6月翻譯並刊登在《小說月報》（12卷6號）上黑田禮二的《雾飆（Sturm）運動》（《解放》3卷3號，1921.3）所開始的。之後，李漢俊在《小說月報》12卷7號上，以《後期印象派與表現派》為題說明了所謂「表現主義」或者「表現派」究竟是什麼。

在《後期印象派與表現派》中，迄今為止顯示出李漢俊對表現主義理解的根據性書籍為：黑田禮二的〈雾飆（Sturm）運動〉和山岸光宣的《近代德國文學性主潮》（《中央文學》5年3號，德國文化號，1921.3），梅澤和軒的《表現主義與新六法主義》（《新公論》36卷5號，1921.5）以及吉野作造編輯的《新藝術》（民友社，現代叢書，1916.10）

---

[1]　工藤貴正（1955-），男，日本仙台人，文學博士，日本愛知縣立大學教授。

的幾本撰著。此外，這部著作抓住了梅澤和軒《表現主義與新六法主義》的大意進行了解說：「一 俄羅斯表現主義的展覽會」、「二 表現派的種類」和「三 後期印象派就是表現派」的三個項目進行了解說。

然後，李漢俊在《小說月報》（12卷8號）「德國文學」的專欄中，對山岸光宣《近代德國文學的主潮》（《中央文學》5年3號，德國文化號，1921.3）以及金子築水的《〈最年青的德意志〉的藝術運動》（《早稻田文學》183號，1921.2）進行了譯介，並還在《小說月報》（12卷8號）上，山岸光宣撰著與程裕青翻譯的《德國表現主義的戲劇》（《早稻田文學》185號，1921.4）得以刊登，其中，程裕青介紹了Walter Hasenclever《兒子》（Der Sohn，1913）與《恩悌哥奈》（Antigone，1917），Georg Kaiser《卡蘭之市民》（Die Bürger von Caiais，1920），Fritz von Unruh《一個時代》（Ein Geschlecht.1918）、Reinhard Goering《海戰》（Seeschlacht，1919）的五部戲劇之後，對表現主義戲劇的特徵作了如下的譯介：

> 我所讀過表現主義的戲曲，大抵有二種：（一）通篇沒有幕之區別，由長篇科白而成；（二）全劇有幕之區別，有時還分作幾景，（缺譯a），此種戲曲，對於事件，沒有因為和結果，所以解決也很不自然，但表現主義的作家，卻善於遣用言詞，往往能夠掩過他們的缺點；他們句讀之間，音韻的巧妙，別人決不能追隨得上。（缺譯b）

只是在上述（缺譯a）的翻譯之處，加上了「場面與場面之間的關係非常弛緩，那種急劇地轉換真可謂是你方唱罷我登場」的說明，但在（缺譯b）之處加上的「特別是他們喜歡用的獨白收到了很大的效果」這樣一個重要的說明，譯者卻並未感到重要而被省略掉了。

在魯迅的《鑄劍》中，從「弛緩」轉換到「急劇」的場面屢次得以實現，「黑色人」的「獨白」使之產生了頗大的效果。

　　關於魯迅接受表現主義[2]，正如在拙著《魯迅與西洋近代文藝思潮》第2章《魯迅與表現主義》一文中已進行過考察的那樣，正式來說是從1924年9月22日起開始翻譯，於10月10日譯完廚川白村的《苦悶的象徵》（未名社、未名叢刊，1924.12初版）第1部《創作論》的第6章《苦悶的象徵》，對其進行解說時開始的。

　　其次可以舉出接受金子築水的〈德國藝術觀的新傾向（表現主義的主張）〉（所收於《藝術的本質》東京堂書店，1924.12，魯迅1925.3.5購買）之例。這部金子築水所著《表現主義的主張》由全4章構成，以面向一般讀者通俗易懂的內容解說了表現主義根本性特徵中具有的神秘的傾向之點。其中，表現主義為忘我陶醉的藝術，「藝術的特色既不是對自然的描寫，也不是對客觀性印象的寫實，而應該就是那種最深奧的神秘性忘我陶醉的表現」的這種表現主義的理論，被投射於購買此書後第二年創作的《鑄劍》一書中對眉間尺少年的金鼎的頭顱逸聞的描寫，從中可以看出魯迅表現主義理論性的一面。

　　最後，以翻譯片山狐村的《表現主義》（所收於《現代的德國文化及文藝》東京・京都文獻書院，1922.9，魯迅於1927.11.18購買，譯後1929.4收錄於《壁下譯叢》上海北新書局）與山岸光宣的《表現主義的諸相》（所收於《從印象到表現》東京玄文社，新演藝叢書1，1924.6，最初發表於《朝花旬刊》1卷3期，1929.6.21）的兩篇撰著，作為理論性上的接受基本得以完結。

　　魯迅翻譯的這篇片山孤村的《表現主義》與面向一般讀者的解說書有所不同，由於是身為一名德國文學研究者的片山運用了自己的專業撰寫成的論文，因此就對於表現主義的理解和解說書籍而言是最為傑出的。

　　其中此部著作的特點是使用了提波勒特《戲劇界的無政府狀態》（Bernhard Diebold: Anarchie im Drama, 1921），使之清楚地闡明了表現主義。

---

[2]　由於管見有限，有關魯迅與表現主義有如下論文：嚴家炎：《魯迅和表現主義——兼論〈故事新編〉的藝術特徵》（所收於《世紀的足音》作家出版社1999年版，初載《中國社會科學》1995年第2期）徐行言：《論〈故事新編〉的表現主義的風格》，《魯迅研究月刊》1995年11期。

　　而魯迅1928年3月16日從上海的內山書店購買了北村喜八所著《表現主義的戲劇——自我戰慄和觀念的搏鬥》一書是在執筆《鑄劍》之後。在這部作品的第2章《表現主義的方向與表現形式》之中和第3章的《自我告白劇——Ich-Drama》以及《叫喚劇——Schrei-Drama》之中具有收入了說明表現主義戲劇特徵的專案。

　　酒井府在他的《德國的表現主義與日本——以大正期的動向為中心》[3]的撰著中,列舉了在日本接受表現主義時,把北村喜八列舉為一個不僅正確地介紹了表現主義的本質與特徵,還對此進行了分析的人物,對他的功績給予了高度的評價。

　　正是那個北村,在《自我告白劇——Ich-Drama》中說明了「由於表現主義正視純真無邪和自我或是心靈,所以在這類戲劇裡,無法找到洋溢著抒情性的自我告白,或是適合於那種充滿了奔放的內在律動的形式,而就真正成了靈魂的吶喊,或是真正成了忘我陶醉所具有的動作,束縛性的語言和形式都被看作毫無必要」[4]。片山孤村為了理解北村的表現主義,提供了引用提波勒特的《戲劇界的無政府狀態》,把抒情性自我告白的戲劇稱為「Ich-Drama」,把心靈叫喚劇叫作「Schrei-Drama」,這些都是在理解表現主義戲劇上極其合適的名稱。然後,對「敘述自己的自我告白戲劇」的特點作了如下的說明:

> 換言之,這是一種跟「自我」和「與其相反的自我」之間所作的鬥爭。人說希望靈魂的清淨,卻又強烈地執著於肉體。以某種希望為目標,卻又出現屈服於違背這種希望的現實。即使燃燒起愛之火焰,也把憎恨之念深藏於胸懷。正因為如此,作為人不斷地以自我分裂而煩惱。以這種「自我」和「與其相反的自我」作為永恆的雙重性,自我告白戲劇就展現開來了。[5]

3　酒井府:《德國表現主義與日本——以大正期的動向為中心》早稻田大學出版部,2003.1。

4　北村喜八:表現主義的戲曲——自我戰慄以及觀念的搏鬥》藝術研究叢書,東京新詩壇社,1924.10,第67頁。

5　與備註(4)相同,第69頁。

　　此外這篇文章於1923年4月28日（一）和5月1日（三）、2日（四）初載於《東京朝日新聞》《Ich-Drama與抒情詩》，並於5月2日（四）根據提波勒特的概念作了如下所述：

> 這樣考慮時，只要抒情詩人具有嬰兒般的純真和樸實以及直感就足夠了。就是說他是一個神秘靈魂（Seele）之國的人。但是，戲劇詩人並且還需要具有「知識」。也就是說不能忘記精神（Geist）之國這一點。[6]

　　在此顯示的「跟『自我』和『與此相反的自我』作鬥爭」，另有作為觀念需理解的「靈魂（Seele）」與「精神（Geist）」，其分裂的神經和「愛」、「憎惡」以及「自我犧牲」都確實地表述在《鑄劍》作品的意境中。

　　此外在魯迅所譯《表現主義的諸相》中有介紹表現主義戲劇的部分，把其特徵如實地說明為「表現劇的人物，往往並無姓名，是因為普遍化的傾向，走到極端，漠視了個性化的緣故」，並還有如下頗有意思的內容：

> 和神秘底傾向相偕，幻覺和夢，便成了表現派作家的得意的領域。他們以為藝術品的價值，是和不可解的程度成正比例的，以放縱的空想，為絕對無上的東西，而將心理底說明，全都省略。尤其是在戲劇裡，怪異的出現，似乎視為當然一般。例如<u>砍了頭的頭子會說話，死人活了轉來的事</u>，就不遑枚舉。也有劇中的人物看見幻影的，甚至於他自己就作為幻影而登臺。[7]（劃線是筆者）

---

[6]　北村喜八：Ich-Drama與抒情詩》《東京朝日新聞》1923年4月28日（一），29日（二），5月1日（三）和2日（四），引用部分為5月2日。

[7]　魯迅所譯山岸光宣《現主義的諸相》，魯迅譯文全集》第8卷，福建教育出版社，2008.3。

　　《鑄劍》取自於古典傳說，雖然魯迅在故事情節上沒有作多大的改動，但可以說是一部在魯迅小說中最富有象徵性的作品，其中「哈哈愛兮歌」的象徵尤為突出。

　　1936年3月28日，魯迅在給增田涉的信中就《鑄劍》譯成日文提出自己的意見：

> 在《鑄劍》裡，我以為沒有什麼難懂的地方。但要注意的，是那裡面的歌，意思都不明顯，因為是奇怪的人和頭顱唱出來的歌，我們這種普通人是難以理解的。第三首歌，確是偉麗雄壯，但「堂哉皇哉兮嗳嗳唷」的「嗳嗳唷」，是用在猥褻小調的聲音。

　　魯迅說明的「但要注意的，是那裡面的歌，意思都不明顯，因為是奇怪的人和頭顱唱出來的歌，我們這種普通人是難以理解的」「哈哈愛兮歌」，正是跟達到忘我陶醉的頂峰時唱的「叫喚」有所相似的歌，在戲劇展開快慢等各個部分裡，魯迅的《鑄劍》都濃墨重彩地具有這種表現主義戲劇的特徵。

　　雖然此稿主要論述《鑄劍》不僅採用了作為表現主義戲劇的手法，而且作品隨處都加進了象徵性這點，但還將提及一下在此稿中未被多大論及到的在《鑄劍》中存在著《小約翰》的象徵性投影這一點。

　　魯迅在翻譯拂來特力克・望・藹所著《小約翰》（北京未名社，1928.1出版）的編後記中寫有「儘管是一條人性與其煩惱並存的困難之路，但是和他的同伴，他逆著凜烈的夜風，上了走向那大而黑暗的都市，即人性和他們的悲痛之所在的艱難的路」。魯迅通過在這部作品中登場的象徵性人物形象在編後記中作了如下解釋：

　　也就是說，「直到他自身中看見神，將徑向『人性和他們的悲痛之所在的大都市』時，才明白這書不在人間，惟從兩處可以覓得：一是『旋兒』，已失的原與自然合體的混沌；一是『永終』——死，未到的複與自然合體的混沌。而且分明看見，他們倆本是同舟⋯⋯」（《小約翰・引言》），以及跟這個「『旋兒』同舟的另一方存在的「永終」這樣一個死

亡的象徵，飄來的來自於「遙遠地方的大片夏雲」就是「黑色的形相」。
魯迅翻譯的「黑色的形相」，荷蘭語翻譯為zwarte gestalte，是指「黑色
的人影」。「黑色的人影」可以看作是存在於約翰內面的神，作為約翰的
「同伴」（德語：begleiter，荷蘭語：begeleider，魯迅翻譯成同伴）共
步於通向「人性與其苦難共存的大都會」。而其「黑色的人影」也就是所
謂「黑影」是投射於與《小約翰》的翻譯同時創作的《鑄劍》中「黑色
人」的象徵性意境。[8]

　　以上論述了在《鑄劍》中採用了表現主義戲劇手法，並作為戲劇手
法，為了有效地引伸出表現主義的特徵，隨處都嵌入了暗示的象徵性，
作為其中一例投射在《小約翰》的「黑影」上。魯迅作為廚川白村的
《苦悶的象徵》[9] 和菊地寬的《三浦右衛門的最後》、《一個討敵的故
事》[10] 的譯者以及長谷川如是閑的《血的悖論》[11] 和Oscar Wild著田漢所
譯《沙樂美》[12] 的讀者，對廚川白村的所謂「被象徵化了表現」之作品
相共鳴共感，「發見他自己的生活內容」、「不外乎自己發見的歡喜」
以及「就是讀者也在自己的心的深處，發見了和作者藉了稱為象徵這一
種刺激性暗示性的媒介物所表現出來的內生活相共鳴的東西了的歡喜」
這樣的文藝理論得以了接受。而這次魯迅自身作為一個作家，如廚川在
《苦悶的象徵》中所說的「文藝者，是生命力以絕對的自由而被表現的
唯一的時候」（魯迅譯）的那樣，重視「生命力」，也就是對重視「個
性」的「絕對的自由」進行了創作，以至於象徵性地投射出魯迅自身的
生命力。

8　工藤貴正：《5章 象徵主義與魯迅所譯〈約翰〉》，《第7章〈鑄劍〉論──〈小約
　　翰〉「影子」之投影」》，見《魯迅與西洋近代文藝思潮》汲古書院，2008.9。
9　1924年10月日譯完。未名叢刊之一，版權北新書局，自1924年12月初版至1935年
　　10月共計12版，約計發行2萬6千本。
10　《三浦右衛門的最後》1921年6月30日譯完，發表於1921年7月出版的《新青年》月
　　刊9卷3號，《復仇的話》譯出時間不詳，二文均收於1923年6月商務印書館《現代
　　日本小說集》。
11　收於1924年2月日本叢文閣版《真實的謊言》。據《魯迅日記》，1924年4月8日購
　　於東亞公司。
12　本稿引文摘於田漢譯《沙樂美》，少年中國學會叢書，上海中華書局出版的1930年
　　3月第5版（封面桔黃色）以及1939年8月第7版（封面灰色）。

　　為此在此稿中，通過「哈哈愛兮歌」進行分析而擬以考察對於精心運用了表現主義的戲劇技巧而在各種場面背後暗含的象徵性之意。

第一章　「先知先覺」之歌和「一個人」

　　《鑄劍》中有這樣的一段描寫，眉間尺拿起青劍自刎後，當頭顱落於地面的青苔上時，他就將青劍交給了黑色人。那黑色人一手接青劍手捏住頭髮，將眉間尺的頭顱提起，對著已氣絕但還有餘熱的嘴唇接吻了兩次。正如已被指出的那樣，這種描寫有比亞茲萊的《頂點》意象的影子[13]。繼而還描寫了餓狼舐盡眉間尺的血痕，黑色人唱起了「哈哈愛兮愛乎」之歌，這可以由魯迅與《沙樂美》的關係以及《沙樂美》在中國的傳播作解釋。

　　中國有關《沙樂美》的介紹，最初見於1921年3月15日少年中國學會出版的《少年中國》第2卷第9期，其中刊載了田漢翻譯的《沙樂美》（無插畫，上海亞東圖書館）。其次，田漢譯《沙樂美》，於1923年1月初版，後由上海中華書局編為「少年中國學會叢書」出版了單行本時，譯文有所修改，收入了16幅比亞茲萊的插畫，至1930年3月已出了5版，至1939年8月止共重印了7版。

　　1929年4月魯迅編選的《比亞茲萊畫選》[14]中，選入了比亞茲萊書面畫、插畫、裝飾畫等12幅，其中收入了王爾德獨幕劇《沙樂美》的插畫《頂點》。正如魯迅在《比亞茲萊畫選・小引》中所寫道的那樣：「他的作品，因為翻印了『Salomé』的插畫，還因為我們本國時行藝術家的摘取，似乎連風韻也頗為一般所識了。」那種刻意追求死的影子不斷地挨近，雖說是黑白色卻顯映出華麗高雅的性愛如「惡魔般的美麗」，這和比亞茲萊的畫風極為相符。所以，可以說田漢翻譯的《沙樂美》，自1923年1月初版以來至1939年8月止重版7次，是廣受歡迎的作品。

13　藤井省三：《魯迅的童話作品巡禮——〈兔和貓・鴨的喜劇・鑄劍〉小論》，櫻美林大學《中國論叢》13，1987.3，60-62頁。
14　1929年4月26日，朝花社選印，上海合記教育用品社發行，《藝苑朝花》第1期第4集。《比亞茲萊畫選・小引》4月20日收錄於《集外集拾遺》。

　　在《沙樂美》中，先知約翰一邊不斷地暴揭希律王和希羅底妃的獸性和情欲，一邊預言「我聽得宮殿中間有死神拍翼翅的聲音」，即「死」的來臨。其實，因為敘利亞少年愛慕沙樂美，而不堪忍受沙樂美只傾心於約翰，所以他在沙樂美與約翰面前揮劍自刎。由於沙樂美的「愛」不為先知約翰所接受，她「憤」而藉希律之手砍下約翰的頭，她自己卻遭到希律的「憎惡」而被殺。

　　魯迅曾在《摩羅詩力說》中，對「為預言者的詩人」的形象作了評價，即對於「獻媚者」、「虛偽和陋習」、「當政者」甚至於「上帝」，不具有「獸性」的，只具有「心聲」、「熱誠之聲」、「至誠之聲」進行「反抗挑戰」的人。

　　此外，魯迅《苦悶的象徵》中的〈為預言者的詩人〉那裡，讀出了「詩人云者，是先接了靈感，預言者似的唱歌的人；也就是傳達神托，將常人所還未感得的事，先行感得，而宣示於一代的民眾的人」，「也如預言者每不為故國所容一樣，因為詩人大概是那時代的先驅者，所以被迫害，被冷遇的例非常多」這樣的象徵性。

　　而且，《沙樂美》中所描寫的先知約翰懲戒「獸性」，不斷地呼喚著「死」的來臨，這對民眾來說，他是個狂人。筆者認為，從下述的歌中描述的黑色人唱出「不孤」的「青劍」的另外一個象徵意義，即示為獸性的青劍的描寫中，以及從預言王宮裡死的命運到來的描寫中，可以看得出先知約翰既暴露猶太王希律的獸性，又暗示「我聽得宮殿中間有死神拍翼翅的聲音」和預言「死」的來臨的描寫對其的投影。但值得注意的，是國王的頭被斬落，復仇走向完成之後，黑色人自己卻也揮劍自頸這一情節。以「死」為出發點，眉間尺與國王之間趨於平等，此後黑色人自刎以頭顱來做援助，這可又如何解釋？再換言之，即現世的死，為什麼不能以復仇了結？

　　他（黑色人）在暗中向王城揚長地走去，發出尖利的聲音唱歌：

　　[第一首歌（黑色人的歌聲）]

　　　哈哈愛兮愛乎愛乎！

　　　愛青劍兮一個仇人自屠。

夥頤連翩兮多少一夫。

一夫愛青劍兮嗚呼不孤。

頭換頭兮兩個仇人自屠。

一夫則無兮愛乎嗚呼，

愛乎嗚呼兮嗚呼阿乎，

阿乎嗚呼兮嗚呼嗚呼！

「仇人」、「青劍」和「一夫」的解釋

　　如果把考察黑色人所唱的這第一首歌的重點放在「雌雄」「互相追求的力量」這一暗示性的基本上，那麼「『仇人』即暗含了魯迅和許廣平的愛的意思」[15] 這一論述便可能成立。這裡的「仇人」更確切的是指兩個復仇者之間的互為「仇人」，與其說國王是「仇人」，還不如說是他們倆自己，即所謂「伴侶」之意。

　　筆者也以為「仇人」可以理解為「伴侶」之意，但還含有更抽象的意思，即「影子」、「分身」（由自身即原本的身體而分出的另一身體）和「同伴」的意思。這樣，「青劍」便具有兩層含義，「一把是沾滿著許多人的血的罪惡之劍，另一把是等待著用自身的鮮血淨化分身的血的日子，還沒帶血的乾淨的劍」[16]。可以說兩種「青劍」是《苦悶的象徵》中所闡述的，象徵著人的內心世界中存在的「要滿足欲望的力和正相反的壓抑力的糾葛衝突而生」的兩種互為矛盾的「生命力」，即象徵著一為自我犧牲換取人性（人道性）、愛他性、慈愛性和純真性，一為犧牲他人的獸性、利己性、暴虐性和淫蕩性。如果人所具有的獸性遠遠大於人性的話，「青劍」就象徵著獸性，所以，可以說「青劍」是心裡內部互為矛盾的人性和獸性的象徵。

　　此外，眾所周知，《孟子·梁惠王下》中認為，反仁義的暴君非君子而為「一夫」，據此，將「一夫」理解為「暴君」是已成定論

[15] 丸尾常喜浪：《復仇與埋葬——關於魯迅的〈鑄劍〉》，摘自《日本中國學會報》46，1994.10，207頁。

[16] 與備註（15）相同，第206頁。

的[17]。但是，魯迅在《三浦右衛門的最後·譯者附記》（1929.6）一文中認為，菊池寬作品中的所有人物，「他們都有最像人樣的人間相，願意活在最像人樣的人間界」，即具有「Here is also a man.」（魯迅譯為「這裡也有一個人」），即「一個人」，「是竭力的要掘出人間性（人性）的真實來」這樣的精神的人，並與之產生共鳴。另外，魯迅用日文發表的《在現代中國的孔夫子》[18] 中，對於林語堂所作的獨幕劇《子見南子》（1928.11）的孔子形象作了評價，即：「五六年前，曾經以為公演了《子見南子》這劇本，引起過問題，在那個劇本裡，有孔夫子登場，以聖人而論，固然不免略有欠穩重和呆頭呆腦的地方，然而作為一個人，倒是可愛的好人物。」雖然從日文原文來看，與其說亦光所翻譯的「不免略有欠穩重」，不如說譯為「稍微含有情欲性」，但是魯迅仍對孔子作出了「然而作為一個人，倒是可愛的好人物」的好評價。

　　根據魯迅這些論述，筆者認為，這裡描寫的「一夫」，是超越了所謂國王的的等第範疇，只是「一個人」的意思而已。而且這必定是一個被剝開了整個人性的赤裸裸的「一個人」。「多少」與「一夫」的詞序因為存有押韻的關係只是調換了詞序，所以語句上則又可前後互換。即「夥頤連翩兮一夫多少」這句詞從狹義上來說，含有「連綿不斷暴君何其多」的意思，但是，從廣義上來說，「連綿不斷一個人何其少」的意思。

　　基於筆者對作品的上述理解，再次對第一首歌詞作如下解釋。

　　第一首歌是黑色人所唱的「愛」之歌。筆者認為，「黑色人」就是可理解為「黑色的人影」的。「黑色的人影」就是指《小約翰》裡最後出現的人物形象，即縮稱為「黑影」，既是被約翰察覺到「愛」的存在，又是跟約翰一起走向人性和他們的悲痛之所在的「同伴」。「黑影」就是精神的象徵，並不是自己自身的「影子」的存在，而是讓互為矛盾的兩種精神

---

[17] 參見周振甫：《魯迅詩歌注》浙江人民出版社1980年版；葛新：《魯迅詩歌譯注》學林出版社1993年版；孔繁榮：《魯迅詩歌詮釋》百花洲文藝1997年版。據上述所說的也是最近的中國學者也是，；「一夫」解釋為「暴君」。

[18] 本文於1935年4月29日用日文作成，發表於1935年6月出版的日本雜誌《改造》月刊。後由亦光譯成中文，發表於1935年7月出版的《雜文》月刊第2期，收入《且介亭雜文二集》。

相抵消，走向始與源之混沌的狀態，並使其復歸再生的一個存在。「愛青劍兮一個仇人自屠」唱的是，為了愛而自我犧牲的一個「影子」的本身（指眉間尺）自刎了。「夥頤連翩兮多少一夫」這句詞倒過來可解釋為「連綿不斷一個人何其少」，即暗示人的心裡內部的獸性總是遠遠大於人性（人道性），真正的人是何等難覓的。「一夫愛青劍兮嗚呼不孤」暗示著真正的人、真實的一個人的精神也具有互為矛盾的兩種生命力。「頭換頭兮兩個仇人自屠」這一句詞，則預示兩個影子──一個是作為肉體上的分身即作為「影子」的眉間尺，另一個是作為精神上的分身即作為「影子」的黑色人──以自己的頭作為等價交換物而互為自頸。所以，「一夫則無兮愛乎嗚呼」則可以理解為，一個人──此指國王──不管是精神上的還是肉體上的，只要一方的「影子」消失，他便該成為「鬼」，可是現在肉體與精神的「影子」的雙方都已消失了，國王為何卻不死呢。在此也就預示了現世的國王的死，這種死是由「愛」來驅使而實現的。對於任何一個人為了把精神與肉體、肉體與肉體和精神與精神結合在一起，而需要「愛」的力量。這種「愛」遠遠超脫於現世的「死」的現實。

第二章　「愛」與「血」

[第二首歌（黑色人的歌聲）]

> 哈哈愛兮愛乎愛乎！
> 愛兮血兮兮誰乎獨無。
> 民萌冥行兮一夫壺盧。
> 彼用百頭顱，千頭顱兮用萬頭顱！
> 我用一頭顱兮血而無萬夫。
> 愛一頭顱兮血乎嗚呼！
> 血乎嗚呼兮嗚呼阿呼！
> 阿乎嗚呼兮嗚呼嗚呼！
> 第二首歌是唱「愛」與「血」之歌。

　　王爾德的《沙樂美》中所描寫的沙樂美由內心世界中兩種矛盾的欲望而產生的愛與恨（復仇），處於混沌不可分的狀態，即以象徵的手法將二者統一於死（即約翰與沙樂美之死）才得以平息有了結局的故事。同時，魯迅是否作了同樣的解讀這一點只限於推測，但他全面地提煉出「哈哈愛兮愛乎愛乎」那樣的「愛」卻是事實。正如已被指出[19]，魯迅以前論述了《摩羅詩力說》時，儘管對自己所取材的丹麥文學批評家布蘭德斯（Brandes）文學論中「復仇」的描寫產生共鳴，仍然有意識地捨棄了「愛」的感化的素材。

　　但是，在《鑄劍》的第二首歌中，魯迅明顯地表明對於「復仇」對峙的就是「愛」。而且，值得注意的是，以「愛」與「復仇」為主題的作品，還有《野草》中的《復仇》（1924.12）。魯迅說「因為憎惡社會上旁觀者之多，作《復仇》第一篇」[20]。《復仇》是描寫了男女倆赤身裸體、捏著利刃，對立於廣漠曠野上，將要擁抱，將要殺戮的情景，是「愛」與「復仇」的昇華之作。魯迅在給鄭振鐸的信函（1934.5.16）中曾這樣寫到：「我在《野草》中，曾記一男一女，持刀對立曠野中，無聊人竟隨而往，以為必有事件，慰其無聊，而二人從此毫無動作，以致無聊人仍然無聊，至於老死，題曰《復仇》，亦是此意。但此亦不過憤激之談，該二人或相愛，或相殺，還是照所欲而行的為是。」曾有論文指摘[21]，從魯迅《復仇》中所描寫的「血」的意象中，可窺見長谷川如是閑的《寫的悖論》對其的影響。

　　在《血的悖論》中，如下的描寫中可以看到魯迅所述的「愛」與「血」的意象的啟示：

---

[19] 參見北岡正子所著《〈摩羅詩力說〉來源考》第6回、第16回，日本雜誌《野草》16號，1974，《野草》28號，1981；《〈摩羅詩力說〉的構成——對於魯迅的救亡詩》《在近代文學上的日本與中國》汲古書院，1986.10。

[20] 《〈野草〉英文譯本序》1931年11月5日，收入《二心集》。

[21] 藤井省三：《魯迅——「故鄉」的風景》平凡社，1986.10，154-159頁。
　　　藤井指出，魯迅《真實的謊言》中的二篇《野豬的聖者》和《歲首》分別翻譯並發表在《旭光旬刊》第4期（1925.6.1）和《國民新報副刊》（1926.1.7）。《血的悖倫》收於《真實的謊言》，本稿所引《血的悖倫》的譯文，由譯者翻譯。

當鮮紅的血從皮膚中迸發出來的時候，人們不厭於彼此殺戮。

當鮮紅的血在白皙的皮膚下流淌，將其染成了淡紅色的時候，人們不厭於彼此擁抱。

這擁抱——被血的溫熱所蒸騰，除此擁抱之外，哪會有兩個人以外的另一個生命降臨於現世的理由。

血的兇暴，於強者面前會被平定，而無可平定的是愛的兇暴。

皮膚下流淌的血比皮膚外迸發出來的血更恐怖可怕。

那別無二致，只是同樣的「血」而已，那別無二致，只是同樣的「人」罷了。

在此，長谷川如是閒把「擁抱」（愛）與「殺戮」（恨）這兩個人類共有的互為矛盾的屬性，用產生這種「愛」與「恨」的力之源——血的存在形式，即流淌於皮膚下的血和迸發於皮膚外的血來加以解釋。

長谷川如是閒所描寫的「血」，即可以理解為是象徵了產生人類「愛」與「殺戮」這互為矛盾的屬性的源頭，還可以解釋為《血的悖論》的主題便是確立「血」的這種矛盾性[22]。此外指出，長谷川如是閒在表述「愛的兇暴」佔優勢的同時，基本上主張人們「不厭於彼此殺戮」和「不厭於彼此擁抱」是基於同一根源的「血」，象徵為「血」的「生命力」就是人的所有行為的根源，這裡有一種所謂「生命的哲學」[23]。

《復仇》的含義，正如魯迅在給鄭振鐸的信函中所表明的，「殺戮」並非指「復仇」，而是憎惡「旁觀者」，欲使其期待失望落空，予其一份「無聊」，並使其乾涸之意。但是，《鑄劍》中的「殺戮」這行為則是「復仇」。從這個意義上說，長谷川如是閒所著的《血的悖論》中論述的「血」的意象，大大影響了《鑄劍》中描寫的「血」的思想內容。《鑄劍》將存在於人內心世界互為對立的兩種欲望的根源，比喻為象徵「血」的「生命力」，因這種「生命力」存在形式的差異，便產生於「愛」與「復仇」（憎惡）這兩種不同的結果。絕對是「那別無二致」，那是「同

[22] 與備註（21）相同，157-158頁
[23] 片山智行：《魯迅〈野草〉全釋》東洋文庫541，平凡社，1991.11，60頁

樣的『血』和同樣的『人』」所作的。因此，在「血」這個客體的面前所站著的黑色人、眉間尺和國王是同一個存在，即是同一的「一個人」。

「愛兮血兮兮誰乎獨無」意為，「愛」中有其矛盾的一面，即「憎惡」（復仇），「血」中因其有存在形式的不同的兩種「生命力」，即以自我犧牲而換取的人性（人道性），又以犧牲他人而換取的獸性，這表明，在同一個人的內部具有這種難解難分的兩種「生命力」。「民萌冥行兮一夫壺盧」、「彼用百頭顱，千頭顱兮用萬頭顱」意為，現實上，因一個暴君的「血的兇暴」而實施的暴政，使萬人的「愛」被無視而草菅人命，其犧牲他人的獸性恣肆天下。「我用一頭顱兮血無萬夫」、「愛一頭顱兮血乎嗚呼」意為，要戰勝這種獸性，不是用比「血的兇暴」更兇暴的手段，而是以自我犧牲作為媒介的「愛的兇暴」這一手段完成「復仇」，在此，唱出了對用「一頭顱」即以自我犧牲換取人道性的「愛」與讚美。

> 隨著（黑色人的）歌聲，水就從鼎口湧起，上尖下廣，像一座小山，但自水尖至鼎底，不住地迴旋運動。那頭即隨水上上下下，轉著圈子，一面又滴溜溜自己翻筋斗，人們還可以隱約看見他玩得高興的笑容。過了些時，突然變了逆水的游泳，打鏇子夾著穿梭，激得水花向四面飛濺，滿庭灑下一陣熱雨來。一個侏儒忽然叫了一聲，用手摸著自己的鼻子。他不幸被熱水燙了一下，又不耐痛，終於免不得出聲叫苦了。

> 黑色人的歌聲才停，那頭也就在水中央停住，面向王殿，顏色轉成端莊。這樣的有十餘瞬息之久，才慢慢地上下抖動；從抖動加速而為起伏的游泳，但不很快，態度很雍容。繞著水邊一高一低地遊了三匝，忽然睜大眼睛，漆黑的眼珠顯得格外精采，同時也開口唱起歌來：……

描寫到這裡，有一個值得主意的，即眉尖尺的頭因黑色人的歌聲（咒語）而被招魂再生。魯迅在《故事新編》最後一篇作品《起死》（1935.12）中，描寫了莊子念幾句招魂復魄再生的咒文將已成了骷髏的

漢子起死回生的故事。其實，那時莊子把「司命」喚出來的咒語，無非就是用了《千字文》和《百家姓》的開頭幾首以及轉用刻板的漢代公文語句為道士所念的咒語刪減而成的。《起死》中，全篇以「油滑」這種魯迅文章的特有風格，並以輕妙的節奏而展開。因那個漢子起死回生，即被演出一場鬧劇陷入困境，可以說這是對莊子使無用之徒喚醒的「復仇」。而《鑄劍》中黑色人的「愛」和「血」的歌與《起死》中的咒語相比，其內容上相差甚遠，但讀者能猜想，眉間尺應和黑色人的歌聲而被招魂再生了。這以後直到第三章結束為止，作為行為著的「鬼」成了故事的中心，而作為旁觀者的「人」卻喪失生命力成了傀儡。於是，所謂的「人」被吐露「人性」的真實的「鬼」的行為和戰鬥場景中，只感到一種「皮膚上都一粒一粒地起粟」的「歡喜」和一種「夾著秘密的歡喜」，但也只能茫然地旁觀著，對其行為和戰鬥的意義全然不解。「人」們因為自己是旁觀著，所以察覺不到自己也是「復仇」的物件。被沸水所燙而慘叫的「一個侏儒」的滑稽相，是為了對讀者暗示旁觀者也是「復仇」的對象而安排的插入性的描寫，也是諷刺性的描寫。筆者認為，《鑄劍》中，眉間尺的頭「忽然睜大眼睛，漆黑的眼珠顯得格外精采，同時也開口唱起歌來」這一描寫的用意在於，眉間尺死後才顯現了一個真正的少年般的生動活潑的生命力，魯迅以人物的自我犧牲這一形式來塑造「一個人」的真實形象、一個活活生生的真實的人物形象。

第三章　「克服」與「結合」

[第三首歌（眉間尺的歌聲）]

> 王澤流兮浩洋洋；
> 克服怨敵，怨敵克服兮，赫兮強！
> 宇宙有窮止兮萬壽無疆。
> 幸我來也兮青其光！
> 青其光兮永不相忘。

異處異處兮堂哉皇！

堂哉皇哉兮噯噯唷，

嗟來歸來，嗟來陪來兮青其光！

　　第三首歌是眉間尺所唱的「鬼魂」歌，即「復仇」之歌。魯迅曾論述過「第三首歌，確是偉麗雄壯，但『堂哉皇哉兮噯噯唷』的『噯噯唷』，是用在猥褻小調的聲音。」據此論述，第三首歌就內容可分為前後二段。「克服怨敵，怨敵克服兮，赫兮強！」這首前三句正如魯迅所說的那樣「確是偉麗雄壯」，唱出了國王的博大無量的恩澤，無敵的威嚴光輝。不過，筆者察覺為是，「宇宙有窮止兮萬壽無疆」中含著揶揄。這一句當然可以認為這是比喻國王的威嚴及其無限的廣大。但是「宇宙」一語，據《莊子》外篇《知北遊》所云，乃天地四方上下及古往今來之意。「宇」為無限的空間與時間，故「宇宙」既是世界或一切存在的空間與時間，又是「真正實在的世界」中形成「真人」的空間[24]。如果照之以「世間虛假，唯佛是真」等的佛教思想，那麼，「宇宙有窮止兮萬壽無疆」這一句便可理解為是從天地自然的真實世界這個角度，對國王人性的嘲諷，因為他不能覺悟到這種天地自然的真實性。這樣也就和後五句的始句「幸我來也兮」相連。象徵眉間尺人性的「青光」的到來，是在尋求其「青光」的另一個的分身（影子）。「青其光兮永不相忘」和「異處異處兮堂哉皇」意為，「青光」對自己人性的分身的另一個「青光」（影子）與自己表示充分的理解，並且，作為同等的存在彼此相讚美。接著，「堂哉皇哉兮噯噯唷」則表示作為互為尊重的兩種「生命力」的存在被確定後，「噯噯唷」的陶醉於性的歡喜得到結合。這裡的「噯噯唷」的陶醉於性的歡喜的描寫，既受《沙樂美》中沙樂美手捧先知約翰的頭顱時所表現的比亞茲萊插畫《頂點》那樣的恍惚神情的畫境的影響，又受沙樂美在以下闡述的獨白後親吻約翰的嘴唇時充滿性的歡喜的描寫的影響：

---

[24] 福永光司：《莊子──古代中國的實存主義「真正實在的世界」「自由的人」》中央公論社，1964.3

嗳喲！我怎樣愛了你啊！我至今還愛你，約翰，我只愛你一個
人……我渴慕你的美；我饑求著你的肉；葡萄酒也好果子也好不能
滿足我這種欲望。我現在如何是好呢，約翰，河水也好海水也好不
能淹滅這種情熱。我本是公主，你輕蔑了我。我本是一個處女，你
把我心裡的貞操奪去了。我本是很貞潔的，你把我的脈管裡滿點著
情火。

嗳喲！我親了你的嘴了，約翰，我親了你的嘴了。你的嘴唇上
一種苦味，這是血的味嗎？……不然這或者是戀愛的味。……聽說
戀愛的味苦的。但是有什麼要緊？有什麼要緊？我親了你的嘴了，
約翰，我親了你的嘴了。

同時，也表現了《血的悖論》中所描寫的「這擁抱——被血的溫熱
所蒸騰，除此擁抱之外，哪會有兩個人以外的另一個生命降臨於現世的理
由」這種生命誕生始源的生殖性的結合，在此，被分裂的精神的兩個分身
即將結合。於是，精神上的分身與「嗟來歸來，嗟來陪來兮青其光」的招
喚走向統一。

末章　「混沌」與「復仇」的滲透

（第三首歌唱完後，）頭忽然升到水的尖端停住；翻了幾個筋斗之
後，上下升降起來，眼珠向著左右瞥視，十分秀媚，嘴裡仍然唱著歌：
[第四首歌（眉間尺的歌聲）]

阿呼嗚呼兮嗚呼嗚呼，
愛乎嗚呼兮嗚呼阿呼！
血一頭顱兮愛乎嗚呼。
我用一頭顱兮而無萬夫！
彼用百頭顱，千頭顱……

　　至此歌唱「愛」、「愛與血」到「克服與結合」的「哈哈愛兮歌」，將「克服與結合」的第三首歌作為折回點，一邊暗示著「愛與血」到「血」的對稱而重合地展開，一邊唱到這裡眉間尺的頭顱從遠處已看不見了。黑色人告訴國王頭正在鼎底裡作神奇的團圓舞，當國王到鼎邊窺視時，他已將背著的青劍抽出，在其背後閃電般地揮下。

　　仇人相見，本來格外眼明，況且是相逢狹路。王頭剛到水面，眉間尺的頭便迎上來，很命在他耳輪上咬了一口。鼎水即刻沸湧，澎湃有聲；兩頭即在水中死戰。約有二十回合，王頭受了五個傷，眉間尺的頭上卻有七處。王又狡猾，總是設法繞到他的敵人的後面去。眉間尺偶一疏忽，終於被他咬住了後項窩，無法轉身。這一回王的頭可是咬定不放了，他只是連連蠶食進去；連鼎外面也彷彿聽到孩子的失聲叫痛的聲音。

　　這部分描寫告訴讀者，即使國王的肉體已經死亡，但是復仇並沒有到此為止，以雙方的死為起點，眉間尺與國王在對等的條件下決戰，國王卻占了優勢，兩者的形象都被描寫得栩栩如生，這裡將真正的人的本來人性寫出來了。黑色人見國王占了優勢，彷彿有些驚慌，但面不改色地從容地將自己的頭砍下，為眉間尺助戰。

　　筆者認為，黑色人是作為眉間尺與國王的肉體的分身（影子）而存在的，眉間尺與國王則是作為黑色人的精神的分身（影子）而存在的。國王的頭被砍落，肉體的——換言之即現世的現實的——復仇被完成，而國王的頭顱佔優勢這一點即暗示讀者，在精神上，象徵獸性的陰的人性（人道性）比象徵人性的陽的純粹人性，總是不斷地佔優勢。黑色人自刎為眉間尺助戰，是被希望的精神上的，換言之即理想狀態上的人性的勝利。象徵獸性的頭顱一旦被消滅，便意味著復仇在肉體上和精神上的完成而告終。此外，魯迅曾在譯著《三浦右衛門的最後》中窺見赤裸裸的「一個人」和「人性的真實」，並在《三浦右衛門的最後・譯者附記》中說，「我也願意發掘真實，卻又望不見黎明，所以不能不爽然，而於此呈作者以真心的讚歎」[25]。筆者認為，雖然黑色人自刎後所展開的三個頭顱的決鬥的場

---

[25]　《三浦右衛門的最後・譯者附記》，發表於1921年7月《新青年》月刊第9卷第3號。

景，熾烈而殘酷，但這是充分顯露真實人性的描寫。

> 他（黑色人）的頭一入水，即刻直奔王頭，一口咬住了王的鼻子，幾乎要咬下來。王忍不住叫一聲「阿唷」，將嘴一張，眉間尺的頭就乘機掙脫了，一轉臉倒將王的下巴下死勁咬住。他們不但都不放，還用全力上下一撕，撕得王頭再也合不上嘴。於是他們就如餓雞啄米一般，一頓亂咬，咬得王頭眼歪鼻塌，滿臉鱗傷。先前還會在鼎裡面四處亂滾，後來只能躺著呻吟，到底是一聲不響，只有出氣，沒有進氣了。

其後所描寫的是眉間尺與黑色人的頭顱，「待到知道了王頭確已斷氣，便四目相視，微微一笑，隨即合上眼睛，迎面向天，沉到水底裡去了」，則以肉體上與精神上都得以達成復仇而告終。

筆者由此聯想到，眉間尺和國王及黑色人的三個頭顱則在一起煮燒潰爛而區分不了的描寫，即表示由於這三者本處於不可分的混沌狀態，所以在此肉體與精神，本身（即原本的身體）與分身（即由本身而分出的另一身體，即影子）得到統一結合，而且互為矛盾的欲望、生命力和人性被解除，並回歸於此欲望、生命力和人性而產生的愛與復仇的混沌的始源狀態中去。在第四章中，魯迅以毫不緊迫且較緩慢的筆調來描寫宮廷中的人鬥的狼狽和民眾的混亂，這是為了描寫出無聊的「旁觀者」的形象，他們不能理解眉間尺和國王及黑色人的存在和行為，毫不考慮地便將三個頭顱和一具屍體收殮於同一口棺材而埋葬。

在此有寓意地顯示著，「復仇」也涉及到「旁觀者」即「烏合之群眾」，即包括對「旁觀者」的「復仇」在內的所有「復仇」都已達成而滲透。

吉田　陽子　譯

原載《上海魯迅研究》10號（1999年10月），

後收錄工藤貴正著《魯迅與西洋近代文藝思潮》

（東京・汲古書院，2008年9月），對其中兩篇進行過補充與修改。

「荒原狼」：魯迅小說與黑塞小說互闡

張勐[1]

　　20世紀初，幾乎在同一時間，兩顆耀眼的孤星劃破東方與西方的上空，綻現出奇異的光芒——魯迅的《孤獨者》（1925）、赫爾曼・黑塞的《荒原狼》（1927）問世之初悄無聲息，如同它們的名字一樣孤寂，卻在隨後的數十年裡如沉鐘不時激起讀者的情感漣漪。「孤獨者」的魅影映入我們的內心，揮之不去，以至於一個世紀翻過，當「嘉年華」豔麗恢弘的群體交響開始在世界範圍回蕩，卻兀然重現一個個「孤獨者」的幽靈，在邊緣抑或內心深處時隱時顯，如影隨形。跨越時空的座標，兩部小說低沉地呼應著：魯迅的《孤獨者》，處處穿越著「荒原狼」的意象；黑塞的《荒原狼》，處處折射著「孤獨者」的投影。有鑒於兩位作者均未談及其創作曾受過對方影響，本文嘗試運用平行研究的方法，令其互為反光鏡，折射並照亮二作在思想主題、精神意象、哲學蘊涵諸方面的暗角。

一、「荒原」：孤獨者的命定絕境

　　夜幕降臨，荒原上便難覓生的氣息，狼的身影出現在荒原上，它仰天長嗥，陣陣「惡聲」撕破靜寂的荒原持久地迴旋激蕩。長嗥裡凝聚著悲的共名，投射出反抗、慘傷、激憤、哀痛以及一切人類的語詞難以言表的悲元素——在此，狼超越了生物學範疇中的野獸所指，而化身為一個詩性的精靈。這個精靈負載著孤獨者的靈魂，它那非人非獸的「無詞的言語」彷

---

[1]　張勐（1983-），男，上海市人，文學博士，浙江工業大學中文系講師。

彿能掠過此岸的世俗喧囂，直指彼岸的預設絕境，凸現出孤獨個體在面對絕望時仍蘊涵著強悍的野性生命。膽怯、心悸、恐懼、顫慄——一切孱弱意志的代名詞在它的面前四散迸裂，野性的生命力沖出軀體外化為低沉、有力、不息不止的長嚎。在《孤獨者》中，這種「無詞的言語」聯繫著魏連殳與敘述者「我」，他們在不同的時間親歷死亡的現場，欲從一種沉重的氛圍中掙扎出，終於都失聲「像一匹受傷的狼，當深夜在曠野中嗥叫，慘傷裡夾雜著憤怒和悲哀」[2]——一首一尾，兩聲長嚎遙相呼應，即此一次便已然昭示出「我」和魏連殳的內心相通、靈魂相契，泯滅了以往因話不投機曾浮現出的「兩類人」表像。在《荒原狼》裡，當哈里起身告辭教授，即喻示著他向「道德世界、學識世界、市民世界的最終告別」——哈里獨自負擔著絕望，「幸災樂禍的荒原狼高聲嚎叫」，他知道「荒原狼完全勝利了」，在這個人流熙攘的世界裡他再也找不到第二個靈魂，一起感同身受。他幽靈般地在小鎮來回遊蕩，短暫的時間裡閃過萬千個念頭，與其說哈里在理性上矛盾重重，不如說被絕望激起的野性的生命力在他的體內左沖右突，「我逃脫不了這個魔影」，它紮根在「我」的內心——「荒原狼」是兩篇小說疊現始終的精神意象，是野性生命力的詩性外化。

倘若說「荒原狼」蘊藉著一種天生難以匯入群體的孤獨氣質；那麼「孤獨者」身上也流淌著一種與「群體」氣息迥然相異的孤獨血液。「你實在親手造了獨頭繭，將自己裹在裡面了」，「也許如此罷」——面對「我」的判斷，魏連殳不置可否，他的內心想法無從得知，因為孤獨者的言語並非是內在的心聲，如同盧卡其所言「絕對孤獨的人的語言是詩性的、充滿抒情的，而在對話中，他過多負載了言語交鋒中的明晰和犀利並因此將它們淹沒了」[3]。然而縱觀魏連殳的一生，我們不難尋出答案。葬禮的哭聲如此的有別於眾人；想要親近孩子和青年卻始終未能得到他們的真誠的「喜歡」；最終與群體會聚一堂、喧鬧嬉戲，卻是自我心性的背反呈現——面對孤獨是親手造了獨頭繭的假設，魏連殳其實用自己的一生作出了否定的回答：並非如此，孤獨是他的宿命，是迥異於群體、血肉裡棄

---

[2]　魯迅：《孤獨者》，《魯迅全集》第2卷，人民文學出版社1981年版，第88頁。
[3]　盧卡奇：《盧卡奇早期文選》，南京大學出版社2004年版，第20頁。

之不去的魔障，除非全身換血，剔筋換骨。篇末，魏連殳將肉身拋入群體的眾聲聒噪中，透過「我」的恍惚的幻覺，魏連殳的靈魂分明在吃吃冷笑，「冷笑著這可笑的」肉身；冷笑這個不孤獨的肉身包裹下的深切的孤獨。不同於《孤獨者》敘述者的背反式斷言，《荒原狼》直接點出哈里身上揮之不去的孤獨宿命：「他自覺的把這種孤獨看作他的命運」，哈利身上流淌著與中產階級、市民階層的異質的血液，他並非自閉式的疏離群體，卻是在一次次地試圖親近、試圖融入中放大了自身與「群體」的差異。奉承客套、功利算計、單純的感官享受，一次次地備受煎熬讓哈里意識到體內的「人性」與「狼性」並非旗鼓相當，而是「荒原狼完全勝利了」。造成哈里和魏連殳孤獨宿命的根源是什麼？

二、真實：孤獨者的靈魂相契

　　或許純粹的真實已然與人類的內心絕緣，世間的每一個角落都沾染了虛偽的氣息，然而終會有魏連殳與哈里這樣的一類人，他們嫉偽如仇，站在真實的曠野上，向著虛偽的深淵發出近乎絕望的真誠呼喚；抑或他們自身就是虛偽深淵裡的稀零的火苗，在漫漫黑夜中微弱卻又倔強地閃爍跳躍。在《孤獨者》中，參加祖母葬禮的「在場」的人們可被視做是「虛假群體」的一次顯形，「其次是拜；其次是哭，凡女人們都念念有詞。其次入棺；其次又是拜；又是哭，直到釘好了棺蓋」[4]，魯迅寥寥數語，將哭的虛偽勾勒得讓人恐怖：這是一種哭的姿態，先前「竭力欺凌她的人們」在陪著落淚，裝著慘然；這是一次情緒感應，一些原本落不下淚的人們，在群體的情緒感染中自欺式的哭泣；這是一次為死者傷心的表證，不哭會引來眾人的「驚異和不滿」；這是一次遵循理性的儀式，幾時哭、幾時止、幾時再哭，時間、次序井井有條，哭聲、哭態極其類似——它們彷彿是一棟棟高矮不一的現代建築，在真實陽光的照耀下，投影出或多或少的虛偽的陰影。魏連殳的哭卻是一個不沾陰影的平面，他沉浸在回憶祖母

---

[4]　魯迅：《孤獨者》，《魯迅全集》第2卷，人民文學出版社1981年版，第88頁。

的恍惚中，全然忘卻時間與空間的維度；哭是屬於他的事，無需作為悲痛的證明，也無需匯入哭的合唱；他將祖母孤獨的一身縮在眼前，於是痛徹心肺的感覺瞬間在他的靈魂深處肆無忌憚起來，他發出了「老例上沒有的」靈魂的真切哭嚎，也印證了隱藏在魏連殳與群體背後的真與偽的深層隔膜。倘若將目光移向魯迅另一部寫作時間僅相隔四天的小說《傷逝》，不難發覺這層關係其實已經藉涓生的口道出：「我要將真實深深地藏在心的創傷中，默默地前行，用遺忘和說謊做我的嚮導」[5]——魯迅參透了「真實」在虛偽的曠野中的孱弱與無力，深知要在曠野中生存、前行，渴求真實的個體不得不慘笑著違背心性，拾起「說謊」的長矛。同樣是與群體的比照，《荒原狼》中的教授表徵著整個「學識群體」，他的虛偽如同暴風雨驟降前的鉛雲，層層疊疊，在哈里的內心越積越厚。客廳裡的容光煥發的歌德畫像終於閃電般劃開了不快的缺口，哈里叫喊出壓抑已久的真實的心聲，道出了對歌德的獨特的理解。他藉此超越了整個「學識群體」的虛偽，他的超越並非因為他的理解更接近「真實」的歌德，而在於哈里對內心的真實聲音的珍視，以及極力掙脫虛偽畫像羈絆的掙扎。倘若認同瑪律庫塞的理論，將意識形態理解為一種與「真實」不相符，卻能在一定的範疇裡詮釋意義，且不同程度地為社會群體所接受的思想觀念，那麼教授家的歌德畫像恰可看作是中產階級意識形態的一個物象：調和四方、中規中矩——「在無數的極端和對立面中尋求中庸之道」，畫像歌德的神情裡「神采奕奕」與「孤獨」共存，「莊嚴」與「悽楚」同歌，無數的不同內心傾向的個體畫師，在中產階級意識形態的羈絆下，有意無意地扭曲心聲，畫出如出一轍的作品，真實的心靈在類似的「繪畫複製」中漸行漸遠。

三、鏡像：孤獨者的複調思想

魯迅曾毫不諱言，寫魏連殳「就是寫我自己」——「短小瘦削的人，長方臉，蓬鬆的頭髮和濃黑的鬚眉占了一臉的小半，只見兩眼在黑氣裡發

5　魯迅：《傷逝》，《魯迅全集》第2卷，人民文學出版社1981年版，第130頁。

光」，不僅外形酷似，他更將思想、性情移入其中。還有一句話魯迅沒有明言，《孤獨者》中的敘述者「我」也是寫魯迅自己，魯迅小說眾多的第一人稱敘述者中，這個「我」有著最多的魯迅的成份——魏連殳和「我」恰似兩面變形的鏡子，在複調的對話中映現出魯迅靈魂的深度。類似於《孤獨者》，《荒原狼》有著更多的鏡像，然而不同於魏連殳和「我」幾近對等的敘述比重，赫爾米娜、帕勃羅、莫札特、歌德——這些亦幻亦真的鏡像以哈里為圓心悠然起舞，如同教堂殿頂斑斕各異的彩色玻璃，映照出一張張哈里變形後的面孔。魏連殳與「我」是兩個血肉豐沛的鏡像，他們如同活在人世的影子，擦肩而過的瞬間鼓蕩起讀者層層的情感波瀾；赫爾米娜、帕勃羅、莫札特、歌德是種種變形後的抽象理念的肉身，他們就像是低沉磁性的彼岸的聲音，幽幽明明之中低訴著一句句無意識的魔語。兩組鏡像的背後是一座現代虛無主義的磁山，在無數磁力線的發散與疊合中，鏡像們或多或少地吸納著，並化合為各自的異質元素。

　　《孤獨者》中的「我」體現著魯迅身上更為深邃冷靜的一面，他與魏連殳爭辯時的態度其實如同「吃素談禪一樣」。「我因為閑著無事……佛理自然是並不懂得的，但竟也不自檢點，一味任意地說」[6]，這段話有錢理群指出的「自嘲」意味，但更多的是一種對爭辯意義的消解，內蘊著「我」也並不確信駁斥魏連殳的話，重要的不是要魏連殳接受「我」的觀點，而是要打破他的確信姿態，讓他在認定中國的希望都在孩子上的「浩歌狂熱之際」「中寒」，在看透一切人情虛假的「無所希望中」「得救」。在對話中，「我」時常立場相對、觀點相反，看似內心充斥矛盾，其實「我」的心思並未停留在矛盾的爭鬥與糾葛中。「我」深知諸如「孩子的本性」之類的問題有著超出個體經驗外的思辯範疇，對於這樣的範疇，「必無」與「可有」式的爭辯終將陷入折服不能的窘境。於是，「我」的全部用心皆在劃出思維的一個領域，保留懷疑，並試圖將這樣的精神傳遞給魏連殳。與其說這是「敘述者矛盾心理的顯現」，不如說它是敘述者洞穿一切的懷疑思維的閃光。「我」的「懷疑」的觸角既指向世界

---

[6]　魯迅：《孤獨者》，《魯迅全集》第2卷，人民文學出版社1981年版，第91頁。

的和諧也深入世界的荒誕，是對和諧與荒誕的雙重的不確信。

　　倘若借用劉小楓的界說，將現代虛無主義概括為「生活世界由荒誕構成」，「任何價值信念都無法勾銷荒誕的事實；荒誕既來自人，也來自世界，荒誕正是這兩者之間的唯一聯繫」[7]，不難看出，現代虛無主義者並非否定懷疑一切，荒誕組成了他們的全部信仰。然而「我」卻極難歸入「他們」的行列，因為「我」對荒誕也保留懷疑。對於「我」而言，無地彷徨是必然的，而心靈詩意的棲居地是虛無的。不同於「我」的冷靜與深邃，魏連殳恰似一個在和諧與荒誕的精神大地上游走棲居的流浪者：做顧問之前，魏連殳的肉體孤立於這個世界，然而房東的孩子、落魄青年以及願意他活下去的人共同組成了他的精神上的安定，對這些人的確信匯合成精神大地的和諧。做顧問之後，魏連殳的肉體融入這個世界，然而願意他好好活下去的人蕩然無存，世界的全部荒誕出現在他的面前，他用一切違背心性的舉措印證荒誕。可以說，魏連殳從信仰的原點走向虛無的終點，從和諧確信走向荒誕確信，然而他的情感最終無法接受這個荒誕的世界，於是心靈在與荒誕的猛烈撞擊中走向毀滅。魏連殳以靈魂的全部熱切去探求「確信」、探求精神的棲居地，最終在這個過程中熾烈地燃盡自己。「我」可以生存在沒有確信的冷峭中，魏連殳只能生存在有所確信的熱度裡。冷峭的深邃與熱切的苦痛映照出魯迅靈魂中的兩極。「我在小小的燈火光中，閉目枯坐……雪羅漢的眼睛是用兩快小炭嵌出來的，顏色很黑，這一閃動，便變了連殳的眼睛」[8]——這是兩個鏡像間最深切的一次無語的對視，魯迅靈魂的兩極在這個瞬間同時顯現，體現出冷峭中的火焰色。在那個萬物枯寂的雪夜，燃燒的火焰燭照出作者靈魂兩極的共性：用生命的至誠看重這個世界，卻反被世界看輕、離棄。

　　如果說「我」與魏連殳只是輕縈著現代虛無主義的磁力線，那麼《荒原狼》中的莫札特、歌德、帕勃羅則被它緊緊纏裏，甚至自身也帶上了它的磁性。他們對荒誕充滿信仰：蟄伏在劣質揚聲器裡的神聖音樂，通俗與高雅曲調交匯的現代舞廳，穿著希望外衣的懷疑與焦慮——荒誕氣

---

[7]　劉小楓：《拯救與逍遙》，三聯書店2001年修訂版，第356頁。
[8]　魯迅：《孤獨者》，《魯迅全集》第2卷，人民文學出版社1981年版，第100頁。

息甚囂塵上地聒噪著，它的噪音讓哈里痛苦地捂住耳朵，卻讓前者泰然處之，因為在他們的信仰裡世界的本質即為荒誕，也恰恰是這些荒誕現象，構成對荒誕世界的真實揭露。於是，迥異於《孤獨者》中「我」的懷疑荒誕與魏連殳的情感上不認同荒誕，莫札特、歌德、帕勃羅對荒誕理念與情感上雙重認同。由此，他們可以擺脫附著在前者身上的生命重壓，輕盈地飄起來。除去現代虛無主義的纏裹，他們的言論中分明還透露著別樣的聲音——取消意義和填平深度。倘若暫且承認它們是「後現代」的表徵，那麼莫札特們的思想確實在現代虛無主義的枝幹上嫁接了後現代，於幽微的思辨光線中能夠瞥見兩者的區別：前者是對意義與深度的懷疑，但意義與深度的「存在」仍是現代虛無主義者懷疑時的先驗；後者進一步地顛覆了「意義」和「深度」的「存在根基」，他們不認為意義和深度先驗的存在，借用前者「虛無」的掘土機，他們在「意義和深度」的狹小土地上直鑽入底——透過莫札特們喧鬧聒噪、無所用心的語言表層，一個叫做「遊戲」的詞語逐漸從內底浮現，將「取消意義」和「填平深度」的層層關節豁然連通。這裡的「遊戲」體現著該詞的一般含義，意味著無窮的變幻莫測和偶然，沒有一次過程會全然相同。遊戲就其自身而言是永無止盡的，它的每一次結束都意味著新一次的開始，周而復始直至無窮，遊戲者的失敗和勝利也因著這種循環交替而意義盡失。倘若將遊戲態度移至人生，那麼後者的一切意義和深度也將隨之消失。莫札特們的「魔劇院」就是這種人生遊戲態度的象徵，它如同一個斑斕的太空艙，讓置身其間的每一個個體體驗姿態萬千的人生五味，且一次次地讓體驗者回到原點，重新來過。在某種意義上，魔劇院也是尼采筆下「永劫輪迴世界」的顯形，世界的一切意義在一次次地永劫輪迴中消逝，於是，愛情、嫉妒、殺人、死刑——一切具有沉甸甸分量的元素突然發覺自己在魔劇院的「意義真空」中失去了所有重力，似羽毛般輕舞飛揚起來，成為看重意義的哈里的永恆夢魘。人生意義的有無構成了哈里和莫札特們的最大分歧。在對話中，莫札特們看似在以智者的身份循循善導，其實他們的立場似滑動電車般遊移不定，他們藉此成為最高明的詭辯家，所有用心皆在試圖將哈里帶離「看重意義」的軌道，而滑入「取消意義」的終點。哈里的所有憤怒和不能承受都出於

這一點。在對意義的看重上，哈里在莫札特一類的鏡像中照不出一絲蹤跡，卻在赫爾米娜的鏡像中獲得全部的顯形：「我們身處同一國度」。他們果然是一類人，赫爾米娜是「言說」著的哈里，哈里情緒中的絕望與紊亂在她那裡有了清晰的語言傳達；哈里是「本質」上的赫爾米娜，赫爾米娜看似冷靜而安逸的生活表像在他那裡閃現出所有的絕望與無奈。哈里和赫爾米娜的差異只是思想與它的外化語言、「靜默」與「言說」間的差異。

倘若將兩組鏡像統而觀之，在複調思想的範疇裡，他們形成了心態等級的金字塔。莫札特們佔據金字塔的頂尖，他們在情感上完全認同自身的信仰理念，在現代和後現代虛無主義的柔絮和風中輕歌曼舞，羽化登仙；《孤獨者》中的「我」和赫爾米娜緊隨其後，前者懷疑一切、無所信仰，後者有信仰卻難以實現，他們用冷靜和忍耐冰鎮內心的痛苦；哈里和後階段的魏連殳處於心態金字塔的底層，他們的性格字典裡沒有忍耐的詞語，他們終不能如同前者那樣的超脫，只得浩歌狂熱地向著這個荒誕的世界發出了近乎絕望的反抗呼喊。

四、反抗：孤獨者選擇生存

隨著情節的深入，魏連殳與哈里同樣身陷絕境，這一看似偶然的結局其實揭示了某種必然：兩位「孤獨者」因著類似的性情和社會處境，必定落入絕望的羅網。他們共同成了《荒原狼》定義中的「自殺者」：「自殺是他們最為可能的死亡方式」[9]。是的，希望的光芒在魏連殳與哈里的絕望世界裡幽微渺茫，然而兩位最可能自殺的人卻全都摒棄自殺，選擇生存。在此，兩顆孤獨者的心靈再次擦亮交匯的軌跡，一個深邃的形而上命題在閃光處油然浮現：「自殺者」緣何選擇生存？無庸置疑，自殺並不意味著了無意義，海明威、傑克・倫敦、王國維、川端康成……藝術家的自殺恰似閃電劃過黑夜的雨幕，短暫瞬間綻現出耀眼的「形而上」光芒。然而置身魏連殳和哈里的絕境，不由發覺他們自殺時的處境絕不似前者：

9　黑塞：《荒原狼》，灕江出版社1987年版，第42頁。

仇視魏連殳的人落井下石，剝奪了他生存的物質根基，那些同樣的「不幸者」疏而遠之，抽空他的精神慰藉，魏連殳實在是被名為「眾人合力」的強勢一步步地逼入絕境；市民世界與學識世界以它的虛偽和媚俗將哈里放逐，哈里在無所依附的情感真空中陷入絕境——對於魏連殳和哈里來說，自殺是最沒有力量的，面對荒誕世界的無情，自殺是一種生命委頓，是一種靈魂屈從，彷彿湖泊中一粒灰塵的落入，不會激起任何波瀾。

因此，從某種意義上說，生存是哈里和魏連殳別無選擇的選擇。他們彷彿站在地獄與混沌的分水嶺上，地獄那邊是決然清晰的了無意義，他們只得跨向另一邊，儘管它的意義尚且幽明難辨。他們就這樣開始了「走」的歷程，魏連殳把肉身拋入熱鬧的群體喧嘩中，讓它和精神背反，於是，一股荒誕的反諷氣息彌散在「走」的每一步中。哈里同樣背離從前的自我，縱樂於舞廳的喧囂歡暢中，他不無悲哀地發覺，即便是瑪麗亞帶來的真實的感官快樂也不能帶給自己全部幸福，通向幸福的道路被再一次地印證封閉，於是荒誕氣息在魔劇院永劫輪迴的體驗中無盡彰顯——對於魏連殳絕境中的反抗姿態，汪暉把它視做是一種對「權勢者和不幸者的雙重復仇」。然而，倘若細加分析，成為權勢者的一份子無異於助紂為虐，決然不能對他們進行任何復仇；對不幸者的嘲弄和戲耍也只能加重他們屈從權勢的奴性，同樣毫無意義，魏連殳絕境中的反抗似乎因此被等同於一種孤憤情緒的發洩。他的反抗其實是對準整個世界的，正如前文指出，一股「眾人合力」的風將魏連殳逼入絕境。這股風來自世界，它包括權勢者、不幸者以及兩者以外的「他力量」，它並非這些力簡單疊加後的物理反應，而是他們凝聚滲透後的化學合成。這個「力的在場」彷彿是《復仇》中的「看的在場」；後者是眾人目光化合成的「賞玩顯微鏡」，曠野復仇者的每一個細微動作都將在「賞玩顯微鏡」中無限地斷裂、放大、變形，直至喪盡它的原初意義。於是復仇者只能以不動對抗「看的在場」——正如魏連殳只能以全然的「反意識」行動來對抗「力的在場」。他的行動不指向任何的具體群體，而是指向抽象合力，試圖讓自身脫離合力的願望軌跡。魏連殳肉身與靈魂、行動與意識的二律背反構成極端的反諷與荒誕，他形成了荒誕確信，卻在情感上不能接受世界的荒誕本質，這種「確信」

與情感上的不信在《荒原狼》的結尾裡表達得同樣觸目：「我總有一天會更好地學會玩這人生遊戲。我總有一天會學會笑。帕勃羅在等著我，莫札特在等著我。」[10] 這段話譯文序中將它理解為哈里嚮往莫札特們的「笑」，渴求「淨化自己的靈魂」，「求得心靈的和諧」，從而走向莫札特。這樣的理解忽視了莫札特並非真實意義上的莫札特，而是變形過的鏡像；也忽視了哈里與鏡像們的信仰的迥然相異。對於哈里而言，莫札特們取消意義式的人生遊戲正如他自己的話，是一個讓人「戰慄」的「內心的地獄」，因此「玩」這樣的人生遊戲恰是在地獄裡的無止境的心靈苦役。結尾的話語是一個反諷結構，表層充滿著學會「玩」和「笑」、走向莫札特的期待，裡層是一種永遠不可能學會、永遠無法走向的深切的痛苦與絕望。然而哈里決心絕望而痛苦地「走」下去，永劫輪迴，直至輪迴的輪迴。哈里「窮盡人生」的姿態連通了卡繆筆下的西西弗，「窮盡」是他們共同的「心語」。然而西西弗是幸福的，他在情感上接受荒誕；哈里是痛苦的，他在情感上無所依託：在滾石上坡的每一步的「走」中，西西弗感受著屬於他的「心人一體」的快樂；在窮盡生存的每一步的「走」中，哈里卻體驗著屬於他的撕裂般的痛苦。

　　哈里和魏連殳的悲愴命運最終也未能在反抗中解脫，靈魂的痛苦圖景似「受難十字」梗在那裡，久久不落，殘酷在這個瞬間瘋狂肆虐，一個旁觀者的目光稍作停留也會不忍何況是將自身血肉移注其中的作者！於是，一邊是疾病送終，一邊是魔幻輪迴，魏連殳和哈里的言語戛然而止，只剩下魯迅和黑塞靜默地佇立在文本外的孤獨中長久「無語」。他們幾乎同時踏進一片名為「個體孤獨」的空谷，留下各自的腳印，隔著層層密佈的野樹林，或許沒有聽見彼此的足音。直至一個世紀翻過，當一切阻隔被清夷，才發覺空谷中的兩對不同腳印，近在咫尺，赫然醒目，正向著「在場」的每一個人「無語」且無盡地言說著。

原載《魯迅研究月刊》2007年第5期

---

[10]　黑塞：《荒原狼》，灕江出版社1987年版，第206頁。

有意味的形式
——論《故事新編》與《神曲·天堂篇》

葛濤[1]

　　魯迅早在棄醫從文,創辦《新生》雜誌時就已深受但丁的影響,並且這一影響經過若干年的潛伏期後,又在《吶喊》、《仿徨》、《野草》中體現出來。魯迅晚年多次談到但丁及其《神曲》,他晚年的重要著作《故事新編》也深受但丁及其《神曲》的影響。《故事新編》與《神曲》的結構都是「有意味的形式」,暗含了作者的深刻寓意。本文試圖指出兩者之間的關係,進而探討魯迅晚年在思想上為何「沒有走向天國」。

一

　　魯迅在《陀思妥夫斯基的事》(1935年11月20日作)中自述「回想起來,在年青的時候,讀了偉大的文學者的作品,雖然敬服那作者,然而總不能愛的,一共有兩個人。一個是但丁,那《神曲》的煉獄裡,就有我所愛的異端在:有些鬼神還在把很重的石頭,推上峻峭的岩壁去。這是極吃力的工作,但一鬆手,可就立刻壓爛了自己。不知怎地,自己也好像很是疲乏了。於是我就在這地方停住,沒有能夠走到天國去。」[2]

　　這一表述也可視為是對魯迅一生精神歷程的一種概括。

　　珂德略來夫斯基在《死魂靈·序》(魯迅譯)中認為「果戈理是把自己想作一個從黑暗進向光明的但丁第二的,有一種思想,很深的掌握而且震撼著詩人的魂靈,是仗著感悟和侮恨,將他的主角拔出孽障,縱使不入

---

[1]　葛濤(1971-),男,安徽省淮北市人,文學博士,北京魯迅博物館研究館員。
[2]　魯迅:《陀思妥夫斯基的事》,《魯迅全集》(1981年版)第6卷,第411頁。

聖賢之域，也使他成為高貴的和道德的人。這思想，是要在詩的第二部和第三部上表現出來的，然而果戈理沒有做好佈置和草案，失敗了，到底是把先前所寫下來的一切，都拋在火裡面。所以完成的詩的圓滿的形式，留給我們的，就只有詩篇的第一部俄國人的墮落的歷史，他的邪惡，他的空虛，他的無聊和庸俗的故事。」[3]

　　周作人曾指出魯迅受到果戈理的很大影響，以至魯迅小說中的「人物角色除時地不同外，不就是《死魂靈》中的人物麼？」[4] 果戈理在《死魂靈》中所寫到的俄國黑暗的農奴社會是一種「地獄」，但不是但丁構想出的那種有形的「地獄」，而是人物的一種心理感受。正如艾略特所說「作品《神曲》提醒我們注意地獄不是一個地方，而是一種狀態……地獄只存在於感覺形象之中，人們可以想像它，經歷它閉。」[5] 魯迅在《吶喊》、《野草》等作品中也塑造了一種「地獄」式氛圍，試圖刻畫出自己的和國民的靈魂，這一點深受果戈理影響，但歸根結底是受但丁的影響。

　　魯迅晚年耗費大量精力翻譯《死魂靈》，他在《〈死魂靈〉‧第二部第一章譯者附記》中指出《死魂靈》「其實，只要第一部也就足夠，以後的兩部──《煉獄》和《天堂》已不是作者的力量所能達到了。」[6] 很顯然，魯迅是把《死魂靈》第一部視為《神曲》的第一部《地獄篇》了。魯迅翻譯《死魂靈》可能是想以果戈理摹仿《神曲》創作《死魂靈》的前車之鑒，為自己的創作提供參考，同時也為後人留下探究自己思想的指向標。

二

　　如果我們把《故事新編》與《神曲‧天堂篇》作一個對照，就會發現兩部作品在題材上的相似性，8篇小說所寫的題材與8層天分別所討論的

[3]　（俄）珂德略來夫斯基：《死魂靈‧序》，魯迅譯，《魯迅譯文集》第10卷，人民文學出版社，1973年版，第30頁。
[4]　周作人：《魯迅的故家‧〈河南雜誌〉》，轉引自周作人《關於魯迅》，止庵編，新疆人民出版社1997年出版，第161頁。
[5]　（英）T‧S‧艾略特《但丁》，轉引自王春元、錢中文主編，汪培基等譯《英國作家論文學》，三聯書店，1985年版，第479頁。
[6]　（俄）珂德略來夫斯基：《死魂靈‧序》，《魯迅譯文集》第10卷，第30頁。

話題可以一一對應。圖示如下：

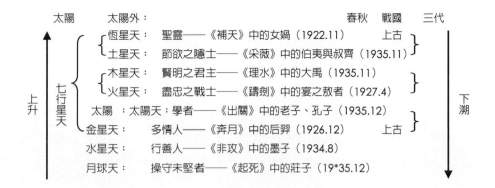

　　從上表[7]中可以看出，《故事新編》也以與《天堂篇》相似的人物構築了中國式的「天堂」，只不過但丁的「天堂」是共時性結構，而魯迅構築的「天堂」是歷時性結構。其實，兩部作品的結構也可以說是共時性與歷時性兼具的：《神曲·天堂篇》是在共時性的結構中包含了歷史性的內容；《故事新編》是在歷時性的結構中包含了共時性的內容。但丁從「月球天」一直上升到「水晶天」，這一逐漸探究基督教神學奧秘的上升過程是歷時性的；《故事新編》雖是從上古《補天》一直寫到戰國（《起死》），這一探究中國傳統文化奧秘的下溯過程是歷時的，但8篇小說也構成了中國傳統文化的共時性整體，是中國傳統文化中的儒、道、墨、俠文化等的共時性呈現。

　　下面對圖表中的各項再作逐一解釋。《天堂篇》第一層天「月球天」可與《故事新編》第八篇《起死》相對應。「月球天」寫貝雅特里采向但丁強調人的自由意志的高貴性，人不能因暴力的脅迫而改變自己的意志，要寧死不屈，同時也寫到了一些不能堅持自己意志的靈魂；《起死》寫莊子不能堅持自己的學說理論，暴露其表裡不一的本質，從而消解了莊子的「隨便」哲學。

7　參見王維克：《神曲·譯者序》，但丁《神曲》，王維克譯，人民文學出版社，1983年出版，第28頁；和張文江：《論〈故事新編〉的象數文化結構及其在魯迅創作中的意義》，《社會科學》（滬）1993年第10期。

　　第二層天「水星天」可與《故事新編》第七篇《非攻》相對應。「水星天」的「行善人」靈魂中曾有一位是帶領援兵幫助一小國抵禦外敵入侵的「靈魂」，這與《非攻》中援宋禦楚，主張「兼愛」、「非攻」的墨子很相似，但《非攻》的結尾寫墨子被宋國士兵連搜且募，想在城門洞躲雨卻被宋兵趕出，以致淋雨後感冒好多天的不幸遭遇，是對「施愛於無愛人間而不得所愛的墨子」[8]的莫大反諷，也是對墨子「兼愛」主張的消解。

　　圖表中只有第三層天「金星天」與《奔月》的秩序有點例外。《奔月》所寫時間為上古，理應上移到《補天》之下，但《奔月》寫失意的英雄后羿對刁妻嫦娥過分的愛（多情人），可對應於金星天中「多情人」，因為金星在西方文化中是愛情的象徵，所以把《奔月》挪到與金星對應的位置這只是空間上的位置變化，時間上沒有變化，而《故事新編》是以時間為順序的。《奔月》結尾寫嫦娥奔月，后羿付出許多的愛卻得不到回報，這無疑也是對「多情人」的反諷與消解。

　　第四層天「太陽天」可與《故事新編》第六篇《出關》對應。在「太陽天」中，學者（神學家）湯瑪斯‧阿奎那和聖菩那圖拉分別向但丁介紹了基督的「兩個王子，聖芳濟和聖多密尼克（這也是基督教的兩大支派），前者是「大天使，象徵仁愛」，後者是「第二位天使，象徵知識」。但丁很是推崇這兩位教派的創立者。《出關》中寫到我國傳統文化中兩大思想流派的創立者：老子（道家）和孔子（儒家），魯迅使用了「油滑」手法嘲諷了老子的「無為無不為」的哲學，也是對中國傳統文化中兩大支柱之一的道家哲學的消解。

　　第五層天「火星天」可與《故事新編》第五篇《鑄劍》對應。「火星天」居住著「盡忠之戰士」的靈魂，主要是一些十字軍東征時戰死的騎士的靈魂，此外，但丁還在此為自己被放逐辯白。《鑄劍》寫宴之敖者捨身代眉間尺復仇，魯迅是帶著尊敬的心理來刻劃這一俠客形象的（魯迅曾說「《故事新編》中除《鑄劍》外都不免油滑」但「復仇者的悲壯之舉不過是被『示眾』……至此，悲壯的復仇之舉完全被顛覆了。」）[9]尤為值得

8　陳方竟：《故事新編的深層意蘊》，《文藝研究》1993年第1期。
9　陳方竟：《故事新編的深層意蘊》，《文藝研究》1993年第1期。

注意的是，魯迅也為自己被逐出八道灣作了辯護：宴之敖者的「宴」就是表示被家中日本女人逐出來的意思。小說中眉間尺「賞玩老鼠」的細節及眉間尺「近來很有點不大喜歡紅鼻子的人」都暗示出人物身上有魯迅的影子。

第六層天「木星天」可與《故事新編》第三篇《理水》相對應。「木星天」居住著「賢明之君主」的靈魂；而《理水》則描述了中國傳統文化中賢明君主的代表之一大禹的故事（大禹是夏朝的建立者）。小說的結尾寫禹也開始講究做「祭祀和法事的闊綽」。對此，有學者指出「禹付出的犧牲一經標榜，相反導致自身價值的畸變，……從中可以讀出魯迅對自我生命形態的自嘲──繼承於中國傳統文化的『禹墨之愛』，不過是一副『虛空的重擔』。對此，魯迅已不再是承擔，而是還原──拆毀──並盡速剝落」。[10] 魯迅由此消解了歷史上的「賢明之君主」。

第七層天「土星天」可與《故事新編》第四篇《采薇》對應。《神曲・天堂篇》讚揚了基督教中苦修節欲的修士，批評了教會中貪欲的不良分子。《采薇》中的伯夷與叔齊在歷史上是以「義不食周粟」餓死在首陽山而流芳千古的，但在小說中卻欲食鹿肉，這就成了不節制欲望的隱士了。魯迅由此（也通過阿金對伯夷叔齊的質問）消解了歷史上有道則出無道則隱儒道合一的哲學

第八層天「恆星天」可與《故事新編》第一篇《補天》相對應。「恆星天」寫上帝造人及人對上帝的讚美（聖靈即「神愛」）；《補天》寫女媧的造人和死後被無恥之徒利用的結局。魯迅由此消解了創造者的創造。

可以說，魯迅把「天堂」的順序顛倒過來，他不僅從表面上或形式上顛筱了「天堂」：《天堂篇》是從寫人的靈魂逐步上升過渡到神，而《故事新編》是從寫神（女媧）到寫人；而且也從藝術上顛覆了「天堂」：但丁的《天堂篇》充滿著莊嚴肅穆的神學氣氛，是對基督教神學的讚美；而《故事新編》卻採用「油滑」手法對中國傳統文化中的代表人物肆意消解，在拆解正史敘述所建構的中國傳統文化的「天國」基礎上，重構了魯

---

[10] 陳方竟：《故事新編的深層意蘊》，《文藝研究》1993年第1期。

迅所理解的中國傳統文化的「天國」。（按此處「天國」是喻指各種偉大
人物所構成的文化空間。）

三

　　約瑟夫・肖認為「一個作家所受的文學影響，最終將滲透到他的文
學作品之中，成為作品的有機部分，從而決定他們的作品的基本靈感和藝
術表現，如果沒有這種影響，這種靈感和藝術表現就不會以這樣的形式出
現，或者不會在作家的這個發展階段出現」。[11]《故事新編》無疑從《神
曲・天堂篇》獲得了「基本靈感和藝術表現」形式：但丁按托勒密天文學
理論構築了「天堂」，不同層次的「天」居住著不同的靈魂，從而一步步
地理解了基督教神學並探討到神學的的奧秘；魯迅則按時間順序描寫了中
國傳統文化的古聖先賢，用「油滑」的手法逐步消解了這些古聖先賢所代
表的文化，從而更深刻地理解了中國傳統文化，並在消解正史的基礎上重
構了歷史，揭示出歷史的真面目。這樣，《故事新編》就在更高的意義上
與《野草》達到更加內在的契合，更深刻地體現了魯迅的哲學[12]，是魯迅
「總結一生所學」之作。

四

　　魯迅在《陀思妥夫斯基的事》中指出「在中國，沒有俄國的基督。
在中國君臨的是『禮』，而不是神」。魯迅投身文藝運動就是以「打倒吃
人的禮教」為旗幟的，並畢生堅持這一原則，所以在晚年沒有象但丁、陀
思妥耶夫斯基、果戈理那樣陷入神秘的宗教情緒中。而「陀思妥耶夫斯基
式的忍從，終於也並不只成了說教或抗議就完結。……人們也只好帶著

---

[11] （美）約瑟夫・T・肖：《文學借鑒與比較文學研究》，引自北京師範大學中文系
　　編：《比較文學研究資料》，北京師範大學出版社1986年版，第119頁。
[12] 陳方竟：《故事新編的深層意蘊》，《文藝研究》1993年第1期。

罪業，一直闖進但丁的天國」。[13] 魯迅晚年對於怨敵「一個也不寬恕」，拒絕陀思妥夫斯基的「忍從」，（李春林在《魯迅與陀思妥夫斯基》中指出陀思妥夫斯基的許多作品都是企圖引導人們經過「地獄」，「煉獄」而進入「天堂」，通過神宗教的力量，實現人的解放。）這固然與東西方文化的差異有關，但更與個人的自由選擇有關。中國缺少宗教傳統，魯迅本人的宗教信仰也很淡薄，他畢生反抗的是佔據社會思想統治階層的吃人的「禮」教，拒絕宗教的拯救，所以他不能也不願意象但丁、陀思妥夫斯基、果戈理那樣在思想上「走到天國去」，甚至顛覆了「天國」。

　　馬翰如在《我們為什麼走不進天堂》一文中指出：「這種通過審痛意識而形成的與古老祖先的精神溝通和對話，這種超驗的靈魂相遇，正是《神曲》中但丁與維吉爾以及諸多先哲人祖相遇的情節的潛在原型結構。但丁正是在審痛意識的形而上層次上從痛苦的地獄走進歡樂的天堂的」，然而「對於中國人來講，這種超越歷史時空的形而上的精神痛苦，這種由痛苦分娩出來的人的本真靈魂的新鮮感和欣悅感，這種傾聽古老靈魂的深情呼喚以及對人類精神生活漫長道路溯源的穿透力，早已被歷史化了的三皇五帝的厚厚的舊塵封埋了。」[14] 魯迅用「油滑」手法穿透「三皇五帝的厚厚的舊塵」，但仍沒有從痛苦中「分娩出寧靜的愉悅」，所以未能獲得精神上的「再生」，從而走到天國去。

原載《中國農業大學學報》1999年第3期

---

[13]　魯迅：《陀思妥夫斯基的事》，《魯迅全集》（1981年版）第6卷，第411頁。
[14]　馬翰如：《我們為什麼走不進天堂？》，《讀書》1990年第3期。

略論魯迅和嵇康孤獨意識的異同

季玢[1]

魯迅在其作品中曾多次稱頌憤世疾俗的「非湯武而薄周禮」的嵇康，並且陸續校勘《嵇康集》長達23年，校勘十餘次，是他整理古籍中校勘時間最長、次數最多、花費心力最大的一種，這足見魯迅對嵇康的喜愛和推崇。究其原因大致有二：第一，魯迅讚賞嵇康的反抗精神，同情他的不幸遭遇；第二，更重要的是他們在與黑暗的社會現實進行抗爭的過程中，都產生過孤獨感，並且隨著他們所遭受的挫折頻率的增加和文化意識的加強，形成了一種深沉的孤獨意識。這種孤獨意識積澱著他們的痛苦，使之備受苦難和挫折，同時也凝聚著他們的勇氣，促其不斷抗爭和奮起，使他們相距千百年的時空縮短，無怪乎曹聚仁稱魯迅是「千百年的嵇康、阮籍的知己」[2]。考察、分析他們孤獨意識的內涵以及形成、發展和形態的異同，對於全面深刻地認識魯迅意識的構成和把握其思想發展規律，具有重要意義。

一

孤獨作為生命間關係狀態的自我感覺，是隨著生命本體所遭受的挫折頻率的增加，進化到一定階段，積澱在本體的心理深層而形成的。嵇康和魯迅的人生之旅鑄就了他們所無法避免的深沉的孤獨意識。現代西方心理學認為，一個人在12歲至18歲之間是人格構建的重要階段。因此，從對人

---

[1]　季玢（1972-），女，江蘇東海人，文學博士，江蘇常熟理工學院人文學院教授。
[2]　曹聚仁：《中國學術思想史隨筆》，北京三聯書店1986年版，第179頁。

的性格形成具有巨大影響的早年家庭教養和濡染來看，他們孤獨意識的產生有著深刻的家教淵源。

　　嵇康的父親，督軍糧，為治書侍御史。當嵇康還在襁褓中時，其父即辭世。由於「早孤」，「母兄」對嵇康特別疼愛，「有慈無威」，嵇康因此而「恃愛肆姐，不訓不師」。這種被嬌寵情形一直持續到他成年以後：「爰及冠帶，馮寵自放，抗心希古，任其所尚」[3]。這對嵇康的人格發展產生了深遠的影響：一方面使他得以不受儒家經學的束縛而「托好老莊，賤物貴身，志在守朴，素養全真」[4]，形成了追求個性自由和精神解放的人生品格；另一方面，由於難於受封建禮教的羈絆，其任性驕狂與堅如磐石的封建社會形成了強烈的矛盾衝突。在這尷尬兩難的境地，他如懷湯火，時刻忍受著痛苦孤獨的咬噬。

　　魯迅也有個寬裕的童年，是個「王子」[5]。然而家道陡落、祖父入獄、父親早逝一系列倏忽變幻的人生遭際，使他在毫無防備的情況下體嘗到人間的陰晴冷暖。他說：「有誰從小康人家而墜入困頓的麼，我以為在這途中，大概可見世人的真面目」[6]。在為父親治病的日子裡，他幾乎每天要出入當典鋪與藥店，面對寒心的等待，敏感而自尊的少年不得不獨自咀嚼這份屈辱與不幸。而S城人的勢利與冷酷，叔祖們的欺凌與訛詐，不斷刺激與強化他心中陰暗的印象。積弊深重的黑暗社會張開血盆大口要吞噬他，然而，從野孩群中獲取的那種「野獸性」[7]，又偏偏使他不向黑暗勢力和封建禮教低頭。外力與內力的相互作用，使一種鮮為人知的惆悵與悒鬱、痛苦與悲傷的孤獨情緒油然而生。

　　青少年時期的人生際遇給嵇康和魯迅留下了寂寞與孤獨的精神印記。

[3]　嵇康：《幽憤詩》，魯迅校本《嵇康集》，《魯迅全集》第9卷，人民文學出版社1973年版，第23-24頁。
[4]　嵇康：《幽憤詩》，魯迅校本《嵇康集》，《魯迅全集》第9卷，人民文學出版社1973年版，第24頁。
[5]　薛綏之：《魯迅生平史料彙編》第4輯，天津人民出版社1983年版，第385頁。
[6]　魯迅：《〈吶喊〉自序》，《魯迅全集》第1卷，人民文學出版社1981年版，第415頁。
[7]　瞿秋白：《魯迅雜感選集·序言》，《瞿秋白選集》，人民出版社1985年版，第526頁。

這種寂寞與孤獨隨著環境的變化、人生經歷的發展而不斷深化加強，形成具有發展性、深刻性的孤獨意識。

「竹林七賢」是魏晉六朝這個動盪、紛亂、黑暗的年代的產物。魯迅曾評價說：「這七人中脾氣各不相同，嵇阮二人的脾氣都很大；阮籍老年改得很好，嵇康始終都是極壞的。」[8] 脾氣「極壞的」嵇康才與雲齊，志比天高，寄情山水，訴志詩琴，藉以抒發對功名利祿的蔑視，對爭權奪利的憎惡，對政治迫害的憤懣，對自己天生傲骨的堅持。但這一切也掩蓋不了知音難遇、心志莫屬的惆悵，揮棄不去懷才不遇、秋草不如的憂傷。而以後「竹林七賢」的分化，更加劇了嵇康的孤獨意識，使他成為一隻失群孤懸的雄鸞。

高平陵事變使曹魏大權旁落司馬氏，曹家女婿的身份迫使嵇康只有辭官隱遁。據韋鳳娟考證：嵇康於「西元251年-253年間從孫登游」[9]。登勸康長期隱居，不要出仕。但面對司馬氏的專權和淫威，嵇康終未聽從孫登的建議，又從山林回到他所憎惡的社會，從而成為他入獄後追悔莫及的一件事。穢時濁世不會垂青於一位「剛腸疾惡，輕肆直言」[10] 的名士，復出不久的嵇康，便因為《管蔡記》的寫作和對鍾會的侮辱，避難河東三載。「單雄翩獨逝，哀吟傷生離」，格外加重了嵇康的悲涼之感、孤獨之情。

西元260至263年，嵇康在內外交攻的情況下，痛苦地度過了一個可歌可泣的歲月。這期間，他的孤獨意識達到了高潮。《與山巨源絕交書》是嵇康最後歲月的第一闋華章。山巨源即山濤，與嵇康友情甚篤，為「竹林七賢」之一。司馬氏擅政時，他放棄隱居不仕的理想，出山做官，並舉康自代選曹郎。嵇康先發制人，寫下這封著名的絕交書，「亦欲標不屈之節，以杜舉者之口耳」[11]，並發出振聾發聵的「非湯武而薄周禮」的宣言。然而，在那個黃鐘毀棄，瓦釜雷鳴，毀譽顛倒，朋友叛道的年代，他

---

8   魯迅：《魏晉風度及文章與藥及酒之關係》，《魯迅全集》第3卷，人民文學出版社1981年版，第415頁。

9   韋鳳娟：《阮籍〈大人先生傳〉辨析》，載《文學遺產》，1983年第4期。

10 嵇康：《與山巨源絕交書》，魯迅校本《嵇康集》，《魯迅全集》第9卷，人民文學出版社1973年版，第47頁。

11 劉義慶：《世說新語‧棲逸》，注引《康別傳》，《世說新語校箋》，中華書局1984年版，第356頁。

超常的抗爭只能是上演了一場驚心動魄卻又無人欣賞的獨角悲劇。其時母兄的喪亡，更使嵇康陷入了孤獨失恃的窘境，他慘痛疾呼，悲愁不已。呂安事件，天下奇冤。嵇康仗義執言，疾書《與呂長悌絕交書》，斷然與「負心」之士絕交，這是他最後歲月的第二闋華章。但這件事再次增加了嵇康對人生的失望之情：「何意足下包藏禍心耶」。在人生的暮年，嵇康身繫牢獄，披枷帶鎖，回首走過的路，憂獨孤憤，蕭索落寞。

　　魯迅的一生，幾次高揚，幾次沉淪。在這高低起伏的人生旅途中，其孤獨意識亦得到迅捷的發展，而內涵之深廣，精神之偉大，又是嵇康的孤獨意識所無法比擬的。從「幻燈片事件」到辦雜誌《新生》失敗這段時期，魯迅的孤獨意識不斷加強。「幻燈片事件」使這個來自貧弱中國的留學生，親身體驗了民族歧視的恥辱。當他決定獻身於改變他們精神的文學事業時，《新生》雜誌的夭折和《域外小說集》的受冷遇，一時把希望的翅膀折斷了，「我感到未嘗經驗的無聊」，並有「如置身毫無邊際的荒原」的悲哀和寂寞。他便用書壘起一座荒塚，將自己埋葬；用書來排遣「如大毒蛇」般的寂寞，「來麻醉自己的靈魂」。他時時感歎著：「今索諸中國，為精神界之戰士安在？」[12] 這種情感並不僅限於青少年時期的那種性格、思想觀念簡單地與自身環境的脫節和不適應，這時期的魯迅已經衝破自我意識的狹小區域，開始對民族之未來進行思索，對「精神界之戰士」的自覺追求。

　　「五四」運動的興起，給魯迅排除孤獨和迸發生機帶來了契機。他逐漸在沉默中昂起了頭，又重新拿起了筆，成為中國現代文化的一隻火鳳凰。而新文化陣營的迅速解體、《新青年》同人的四處星散以及兄弟的失和、家庭的分裂、愛情的糾葛，都使魯迅感到孤獨，感到前途的渺茫，感到疲憊和勞頓，他的孤獨意識也因此而達到頂峰。在給友人的信中，魯迅曾坦言：「我總覺得我的靈魂裡有毒氣和鬼氣，我極憎惡他，想除去他，而不能」[13]。這一番自我剖析是嚴峻的、沉痛的、深刻的。它表明魯迅已

---

[12]　魯迅：《摩羅詩力說》，載《河南》1908年第2、3期。
[13]　魯迅：《240924·致李秉中》，《魯迅書信集》上冊，人民文學出版社1976年版，第61頁。

經開始審視自己，重新認識自我在歷史與現實中的位置和價值，他的心靈重新陷入痛苦的自我搏鬥的深淵。

上海的十年，是魯迅孤獨意識的淡化期。這時的魯迅從新的家庭生活和新的戰鬥集體裡獲取了前所未有的幸福和滿足。同時，他在思想上發生了質的飛躍，進化論思想的轟毀以及對馬克思主義思想和方法的吸收，使他先前那種近於封閉的孤獨意識有所淡化，但並不是完全消除。因為暮年的魯迅要時刻忍受疾病的摧殘以及來自社會各方面的壓力：既要狙擊正面論敵，又要時刻提防來自營壘裡的蛀蟲；既要遭受國民黨當局的「文化」圍剿，又常常被左翼成員誤解和攻擊。對此，魯迅憤激之至，「敵人不足懼，最可怕的是自己營壘裡的蛀蟲，許多事都敗在他們手裡。因此，就有時會使我感到寂寞，」[14] 同時又有「獨戰」的悲哀。因此，這時的魯迅雖然在許多根本性的問題上，已經具有馬克思主義的觀點或有了這種因素，但在精神深層，魯迅仍然保持著他對於中國社會和人生一貫所持有的敏感氣質、懷疑精神和憂患意識，而這種氣質、精神和意識都與孤獨意識有著千絲萬縷的聯繫。

二

在中國歷史上，被稱為「士」的知識份子一直是文化的自覺創造者和敏感的接受者，文化對他們的氣質、精神及人格的形成有重要的影響。因此，我們僅僅從人生經歷方面來探討嵇康和魯迅的孤獨意識的產生、發展及內涵是遠遠不夠的，還必須從文化意識方面對此進行剖析。

中國文化史有一個顯著的特點，即儒道互補。先秦以後，道學並不顯赫，直至充滿危機的魏晉，道家重要代表──莊子才被憂慮重重的士族提升為對話者。莊子地位的提高與魏晉時代玄學的興起有著直接的聯繫。魏晉二百年間，是中國歷史上最混亂的時期之一。尤其是魏晉變易之際，司馬氏集團千方百計要取代曹魏集團，一方面用恐怖手段來誅滅異己，另

---

[14] 魯迅：《341206·致蕭軍、蕭紅》，《魯迅書信集》下冊，人民文學出版社1976
年版，第677頁。

一方面又利用名教剪滅政敵。「天下多故，名士少有全者」[15]。知識份子處在人生無常、朝不保夕的悲劇時代，為了保全生命，他們大多談玄，清談玄理之風日熾。這時老莊的自然觀即那種消除物我對立，通過人與自然的圓融，進入精神的忘我狀態的思想，利用玄學趁機而入魏晉名士的理性認同之中，名教和自然成了魏晉名士和玄學的中心議題。莊子的隔代知音稽康第一個公開喊出「越名教而任自然」的口號，表明了他對真實自然人生的追求和對虛偽矯飾人格的抵制。為此，他在《釋私論》中提出了「無措」的法則。「無措」就是行為不拘於世俗的是非界限，要求人脫離人為的造作，返回到無意願的，無目的性的自然心態，一切是非、善惡、喜憂都被當作違反自然的東西而加以排除。這個法則實際上是把先秦道家思想中自由逍遙思想作為指導生活的最高原則，以對抗束縛人性、扼殺生命的名教。所以說，稽康追求的理想是為了與「道」相冥，也就是「不離其自然」。這與莊子解脫桎梏、回歸自然的主張是一脈相承的。稽康是個「口與心誓，守死不二」的人，他鄙視封建禮教，追求行為、價值、情感上的標新立異，表現出個性解放、自我實現、生命展開或正或負的兩極呼吸，而這些精神追求與干戈不息、血污飛迸的現實世界格格不入，造成錯位。隨俗不甘，拔俗不易，稽康必然會產生更大的痛苦、更深的孤獨。這種苦痛、孤獨標誌著他內在人格的覺醒和個體意識的萌芽，經過對儒家義理的否定之後，重新找到了「真」，即返歸自然，潔身自好。它們是在徜徉於山水之際，放蕩於形骸之外，縱赤情而蔑俗禮，任己性而隨意行之中顯現出來的。

以尼采和基爾凱郭爾為精神先驅，19世紀末20世紀初西方文化思想發生了由「外」向「內」的轉化：以存在及其規律為研究對象的理性主義文化思潮逐漸被一種充滿著深沉的孤獨意識的現代非理性主義文化思潮所代替。這股非理性主義的文化思潮把人的存在的根本問題置於哲學思考的中心，並成為哲學的基本問題和哲學研究的出發點。魯迅對此投以極大熱情。他非常敏銳地覺察到叔本華、尼采等人「以改革為胎，反抗為本」[16]

---

[15]　房玄齡：《晉書·阮籍傳》，中華書局1974年版，第136頁。

[16]　魯迅：《文化偏至論》，《魯迅全集》第1卷，人民文學出版社1981年版，第55頁。

的個體孤獨反抗的哲學在傳統哲學與現代哲學轉化過程中的作用，十分重視施蒂納的「自由之得以力，而力即在乎個人，亦即資財，亦即權利」[17]的觀點，極力稱頌基爾凱郭爾把「孤獨個體」看作是世界上唯一實在，把存在於個體內心的東西——主觀心理體驗看作是人的真正存在和哲學出發點的思想。[18]

正是在西方文化思潮的影響下，1926年魯迅反覆用文學和哲學的語言，表述了「歷史中間物」的觀點。這種「歷史中間物」指的一方面是與傳統和黑暗作絕望的抗爭，一方面又自覺意識到自己與傳統有著不可割捨的聯繫，「苦於背了這些古老的靈魂」的人。這種觀點使魯迅的孤獨意識具有更豐富的歷史文化意蘊。歷史常會使人顯得尷尬：一方面，他們要在傳統文化中擔任一個背叛與魔性的角色，而同時，歷史又是行動的枷鎖和不堪承受的心理重負。魯迅就是一位受傳統思想影響極深的「勇猛無畏」、「排眾言而弗淪於俗圍」的鬥士。他常把自己說成是抽了鴉片而勸人戒除的醒悟者，是「思想較新」的「破落戶」。在中國文明這場人肉的筵宴中，他視自己為「吃人者」的同謀。這種深刻的自省賦予他自身巨大的精神痛楚和纏繞啃齧了一生的懺悔意識。但換言之，只有對自我進行無情的審判，才能表達對新的價值理想、新的未來的忠誠，因為真正具有現代感的人，只能是反抗現世連同反抗自己的人。魯迅以否定性的方式表達了他與歷史的關係，從而深深地體驗著一個「現代人」的孤獨。因此，孤獨對於魯迅來說，其實並不僅僅是一種心理感受，而且也是一種生活方式和生存狀態，或者說，孤獨已經成為魯迅生命意識的一部分。魯迅的「中間物」意識「出現在社會危機尖銳的時代，即是在各種互相矛盾的強大的社會潮流影響下，俗語叫作『靈魂』的那個東西分裂成兩半或好幾部分的時代，」[19] 它所蘊含的懺悔意識、憂患意識和孤獨意識積澱著漫長而深厚的中國知識份子的精神史。

[17]　魯迅：《文化偏至論》，《魯迅全集》第1卷，人民文學出版社1981年版，第51頁。
[18]　徐崇溫：《存在主義哲學》，中國社會科學出版社1986年版，第45頁。
[19]　盧那察爾斯基：《論文學》，人民文學出版社1978年版，第198頁。

　　綜上所述，他們的孤獨意識是文化轉型的產物，反叛與孤獨構成了其基本的文化特徵。反叛（採取的方式不同）是他們行動的共同前提，是孤獨意識產生的邏輯起點。因為反叛者往往超越了現實性，滿懷希望子然前行。不僅前面荊棘叢生，無路可尋，而且後面也沒有隨從和同伴，感受的只能是曠野中蕭森的八面來風，是遠遠掉在後面的同類的詛咒的利箭。但是強烈的責任感又使他們一如既往，按照魯迅的話說，就是過於認真：說出來，送掉了生命；忍著，又咬噬了自己的心。另一方面，孤獨又會激起更強烈的反叛，使他們始終有一個動盪不安的靈魂，這是個循環深化的過程。嵇康的反叛是否定儒家式的「熱衷」意志力而回歸到道家式的清虛冷寂之中。他雖然站在反禮教的起點上，但其行為始終未越過反禮教的意識範疇，反叛只是傳統的輪迴。所以嵇康的孤獨意識僅僅是「道」與「儒」相鬥爭、相決裂過程中的心理反應，內涵比較狹小。魯迅也是以反禮教、反道德為起點的，《狂人日記》便是一篇宣揚反禮教的檄文。不同的是：魯迅把從嵇康身上汲取的反傳統、反禮教的精神與西方現代觀念融為一體，從而形成自己獨特的精神結構，並以「抉心自食」時刻努力地克服孤獨意識給自己思想發展所帶來的種種弊端，並對社會、民族之未來作深刻、執著、艱辛的探索。因此，他的孤獨意識具有開放性、先驅性和探索性，這是嵇康的孤獨意識所無法企及的。

三

　　從本質上說，孤獨意識是一種精神上的憂患，是一種人生的哲學態度。沒有如此的孤獨意識便不會有偉大的創造和完善人格，因為偉大獨立人格的確立必定是從生命體驗的高度，體驗了孤獨感的內涵而鑄造成的。在嵇康和魯迅的孤獨意識的背後站立著兩種不同的人格：一種是以「越名教而任自然」為基礎的潔身主義古典人格；一種是在個人與社會、個人與歷史的關係上，具有清醒的「歷史中間物」意識的現代人格。他們的人格精神正是其人生經歷和文化思想相融合的產物。而人格精神的不同，又促使他們作出不同的人生選擇。魯迅一直把嵇康當作神交已久的朋友，時時

與這位情之所鐘、思之所結的摯友作一次又一次主動的「對話」。由「嵇康的憤世，尼采的超人，配合著進化論」，然後「至於階級革命論」。魯迅是努力超越自我的樊籬和歷史的輪迴，由單純的個體意識上升為思想的峻嶺、人生的崇高境地，終成為一名精神界戰士；而嵇康則始終掙扎在個人的孤獨中，成了孤獨的犧牲品，造就了一個放浪形骸的隱士。

原載《徐州師範大學學報》1998年第2期

習以為常和迷茫不解處見醜惡與悲慘
——論劉震雲小說中的魯迅因子

趙鵬[1]

　　以寫實的筆墨描繪現實社會，以悲天憫人的情懷觀照芸芸眾生，劉震雲在當代文學史上跨新寫實主義和新歷史主義兩大文學潮流，描畫國人生存的本相，探尋民族命運的演進，構築起一個廣闊的藝術世界。他以極為冷靜的態度審視現實，展示世俗人生的灰色精神狀態，凸顯國人畸形的人格和心理，於不動聲色中揭示人性的瘡疤與荒謬。在他的作品中透露出如冰似鐵的冷峻和犀利，與魯迅在精神氣質上頗為相近。正如評論家摩羅所說：「劉震雲正是一位魯迅式的作家，一位魯迅式的痛苦者和精神探索者。像魯迅一樣，他在我們最習以為常、最迷茫不解的地方，看出了生活的醜惡和悲慘。」[2] 劉震雲本人也曾寫下《讀魯迅有感：學習和貼近魯迅》一文專門記述了他閱讀魯迅的感受，可見魯迅對其影響甚深。在對國民奴性和權力崇拜的批判與反思中，在冷峻的敘事風格的運用和敢於直面現實、直面人生的創作態度上，在對正統歷史觀的顛覆與戲謔的文體品格上，劉震雲繼承了魯迅精神的遺傳因子，顯示出與魯迅跨越時空的契合。

一

　　批判精神是貫穿魯迅全部創作始終的一根紅線。魯迅作為一名以筆作武器的戰士，始終把批判的鋒芒指向人的靈魂，尤其是人們習以為常的病

---

[1]　趙鵬（1981-），男，河南省新密市人，文學博士，商丘師範學院文學院教師。
[2]　摩羅：《大作家劉震雲》，《中國當代作家選集叢書・劉震雲》，人民文學出版社2000年版，第3頁。

態心理。正如魯迅自己所說：「我的習性不大好，每不肯相信表面上的事情」[3]，這種多疑而又反常規的思維方式使魯迅作品中具有一種內在的深刻性與說服力，更顯現出其批判鋒芒的犀利。這種批判精神首先體現在魯迅對中國傳統文化中根深蒂固的官本位思想的揭露上。在《學界的三魂》中，魯迅一針見血地指出「中國人官癮實在是深……總而言之：那魂靈就在做官，──行官勢，擺官腔，打官話」[4]，而這種「官魂」的實質就是權力崇拜。在封建等級社會中，官就是權力的象徵，所以《離婚》中大膽潑辣的愛姑，在「和知縣大老爺換帖」的七大人面前就完全喪失了反抗的勇氣，可見這種權力至上的觀念對人的毒害之深。另外在對奴性的揭露和反思上，魯迅是一切奴隸道德和奴隸文化的最堅決最徹底的叛逆者。他將中國幾千年的歷史歸結為「想做奴隸而不得的時代」和「暫時做穩了奴隸的時代」[5]，並從民族歷史上探究奴性的由來，認為「兩次奴於異族」，是國民奴隸性「最大最深的病根」[6]。對於現實社會中形形色色的奴役和壓迫，不管是民族的還是階級的，不管是奴役者還是被奴役者，魯迅都舉起了鋒利的手術刀，甚至就連自己也不放過：「我的確時時解剖別人，然而更多的是更無情面地解剖我自已。」[7]在魯迅這種尖銳批判的背後，滲透著他對民族歷史的深廣憂思和刻骨銘心的現實體驗，隱藏著他對這個民族，對這個國家深厚而廣博的愛。也正因如此，才更彰顯出魯迅精神對於中華民族的偉大意義。

　　劉震雲繼承了魯迅這種深刻而尖銳的批判精神，並將之貫穿在對官場生活的腐敗糜爛、官人靈魂的虛偽醜惡的冷靜敘述中，他用痛快淋漓的筆墨，批判了面對權力時人的尊嚴和價值的丟失。馬克思・韋伯認為「權力是把一個人的意志強加在其他人的行為之上的能力」[8]。中國長期以來的官本

---

[3]　魯迅：《兩地書・一○》，《魯迅全集》第11卷，人民文學出版社2005年版，第40頁。

[4]　魯迅：《華蓋集續編・學界的三魂》，《魯迅全集》第3卷，人民文學出版社2005年版，第220頁。

[5]　魯迅：《墳・燈下漫筆》，《魯迅全集》第1卷，人民文學出版社2005年版，第225頁。

[6]　許壽裳：《我所認識的魯迅》，人民文學出版社1953年版，第18-19頁。

[7]　魯迅：《墳・寫在〈墳〉後面》，《魯迅全集》第1卷，人民文學出版社2005年版，第300頁。

[8]　轉引自加爾佈雷斯：《權力的分析》，河北人民出版社1988年版，第2頁。

位文化和人治特色的社會結構造成了人們對權力的畸形崇尚和膜拜。為了獲取這種凌駕於他人之上的能力，劉震雲小說中的官人們勾心鬥角、爾虞我詐、拉幫結派。《官人》中正副局長們為了保官爭權，「明裡一盆火，暗裡一把刀，上面握手，下面使絆子」，可謂是費盡心機、醜相畢出。在劉震雲筆下，官場中透露出強烈的糜爛氣息，《官人》開篇第一句便是「二樓的廁所壞了」，「屎尿湧了一地。天氣太熱，一天之後，屎尿就變成了一群蠕動的蛆蟲。有人親眼看見了一個大尾巴蛆，正在往廁所對面的會議室爬」。劉震雲選擇「廁所」這個蛆蟲遍地臭氣薰天的意象來象徵作為權力機關的官場，可謂驚世駭俗，但卻極為準確地刻畫出官場生活的糜爛、腐臭、骯髒，「揭示了日常瑣事中令人震驚的事實」[9]。劉震雲還將鋒利的手術刀直指官人們的靈魂深處，剝離出其中的污泥濁水，不動聲色地嘲諷了這些失去獨立人格和尊嚴的官人們的卑劣醜態。《官人》中的副局長老張為了獲取權力，對雖然只是處級的副部長小秘書卑躬屈膝，「像下級見了上級一樣謙虛」，「逢年過節，老張也到小秘書家裡去看一看，隨便帶些隨意東西」。逢到星期天，老張就常拉小秘書和他的愛人、孩子一塊去釣魚，原因就是「人家雖然職務小，但占的地形有利」，真可以說是一部當代的「官場現形記」。劉震雲對官場弊病、陋習的揭露是毫不留情、一針見血的，從《單位》、《官人》、《官場》到《頭人》、《故鄉天下黃花》等，他對權力的批判具有著像魯迅一樣「不克厥敵，戰則不止」[10]的戰鬥精神。

　　如果說魯迅用雜文的筆法從理論的高度對國民的奴性心理和權力崇拜直接進行鞭撻，劉震雲則用藝術的手法演繹出一幅幅拜倒在權力面前的國民的奴隸相。奴性是對權力崇拜的必然結果，魯迅曾說過：「專制者的反面就是奴才，有權時無所不為，失勢時卻奴性十足。……做主子時以一切別人為奴才，則有了主子，一定以奴才自命；這是天經地義，無可動搖的。」[11]劉震雲在《故鄉相處流傳》用文學性的話語闡釋了與魯迅類似的

9　陳曉明《漫評劉震雲的小說》，《文藝爭鳴》1992年01期，第70頁。
10　魯迅：《墳‧摩羅詩力說》，《魯迅全集》第1卷，人命文學出版社2005年版，第84頁。
11　魯迅：《南腔北調集‧諺語》，《魯迅全集》第4卷，人民文學出版社2005年，第557頁。

觀點。三國時期權傾一方的主公曹成一旦失勢，馬上成為忠順的奴才，聽
說做了領袖的小麻子陳玉成「閒得無事，悶得心中發慌」，立即主動到縣
賓館去獻計，成立選美辦公室，為小麻子選美。有論者曾經指出，劉震雲
是1949年以來研究奴性最成功的中國作家。事實上，他的作品中到處都是
對國人奴隸相的展示。《故鄉相處流傳》中的敘事者「我」是「當代中國
一個寫字的」，他最大的驕傲就是為曹丞相捏腳，當有人不相信而羨慕的
問他「你真的是在給曹丞相捏腳嗎？」他馬上舉起右手：「看這手，看這
黃水！」曹丞相腳上的黃水，簡直「是人們爭相保存的雨露」。而這件事
傳開後，馬上就有人給「我」爹送豬頭肉、豬尾巴。這是一副怎樣奇特而
又悲哀的景象啊，劉震雲對國人這種奴性心理的鞭撻可謂深入骨髓，他不
但對那些身為奴隸而不自知的奴隸秩序的馴服者進行鞭辟入裡的批判，也
對身為知識份子的自己身上的奴性進行深刻而痛苦的反思。當這種奴性心
理成為一種集體無意識時，就會形成一種驕諂相結合的的奴性人格，在劉
震雲的官場系列小說中，這種奴性人格可以說屢見不鮮。

　　批判是一門真正的藝術，背後需要有深厚的情感及學養積澱做基礎，
否則很容易歪曲成市井潑婦無休止的爭吵和漫罵。在劉震雲批判精神的
背後隱藏的是同魯迅一樣強烈的社會責任感，氤氳在小說中的焦灼、憂
慮、憤恨體現著作家對人類的關懷與責任，包含著火熱的愛國激情和強
烈的憂患意識。他試圖採取批判的姿態敦促國人的反省和進步，推動歷史
的向前發展。這種批判精神在劉震雲的作品中達到了令人難以置信的廣度
和深度，它超越了普通的形而下的批判，上升到理性的層面，以一種歷史
的發展的眼光，對世界進行審視和體察。在「劉震雲的身上，和劉震雲的
小說中，凝聚著民族精神生活最重要也最痛苦的資訊。他把自己整個地楔
進民族生活的關鍵部位。在魯迅逝去半個多世紀之後，重新吹響了魯迅
的號角，向我們宣示了我們的全部恥辱、全部痛苦和獨一無二的出路所
在。」12 劉震雲把這些血腥、麻木、糜爛、卑劣的現實與歷史一一呈現在
我們面前，站在「草民」的立場上對統治者奴役人民踐踏人民的行為表達

12　摩羅：《大作家劉震雲》，《中國當代作家選集叢書‧劉震雲》，人民文學出版社
　　2000年版，第4頁。

了強烈的義憤，對被奴役的國民缺乏愛，人性被異化而表現出的冷漠麻木近乎絕望，從文本中我們可以清晰地感受到作家對底層生命所懷的深切關愛以及對正常人性的嚮往與追求。

二

魯迅作品如投槍匕首般的批判精神決定了其冷峻的創作風格。少年時家中所突然遭遇的變故使魯迅早早就體察到了世態炎涼人情冷暖，也形成了他那種桀驁不馴的反叛精神和冷峻的氣質。在其作品中透露出一股如冰似鐵的寒峭，即使是在某些親切溫和的篇章中，也時時可見其凜然風骨。魯迅的創作態度也是冷靜的，張定璜曾這樣評價他的創作：「魯迅先生的醫究竟學到了怎樣的一個境地，曾經進過解剖室沒有，我們不得而知，但我們知道他有三個特色：那也是老於手術富於經驗的醫生的特色，第一個，冷靜，第二個，還是冷靜，第三個，還是冷靜。你別想去恐嚇他，蒙蔽他。不等到你開嘴說話，他的尖銳的眼光已經教你明白了他知道你也許比你自己知道的還清楚。他知道怎樣去抹殺那表面的微細的，怎樣去檢查那根本的扼要的，你穿的是什麼衣服，擺的是那一種架子，說的是什麼口腔。」[13] 這種冷靜的創作態度使魯迅面對複雜的社會現象能夠保持清醒並作出深刻的判斷。在魯迅的作品中沒有金戈鐵馬的英雄氣概，沒有生離死別的情感糾纏，不以「崇高」、「悲壯」感動讀者，而是敢於直面現實、直面人生，將視線聚焦在底層百姓身上，將目光鎖定在廣博的社會生活中，描寫「誰都毫不注意的」、極平常的事情。雖然他的文字冰冷犀利、切中要害，但在冷峻堅硬的外表背後，卻又流露出對民族和國家熾熱迫切的情感，體現出強烈的憂患意識和社會責任感。

劉震雲作為一個新寫實主義作家，一定程度上繼承了魯迅冷峻的敘事風格。他認為魯迅「寫這些作品時，心情是冷靜的」[14]，因此在他的寫作

---

[13] 張定璜：《魯迅先生》，《1913-1983魯迅研究學術論著資料彙編》第1卷，中國文聯出版公司1990年版，第86頁。
[14] 劉震雲：《讀魯迅小說有感：學習和貼近魯迅》，《中國現代文學研究叢刊》1991

中，也習慣採用冷情演繹，冷靜敘事的零度敘述視角，即從不表露對現實世界的關注，只是以純客觀的態度，冷峻地呈現出生活的「原生狀貌」，以極其有節制的、冷靜的筆觸，掩蓋了作者敘事的主觀傾向性。如果說在劉震雲早期的小說《塔鋪》等作品中還顯露出一絲溫情，那麼在後來無論是官場題材還是故鄉系列的小說中，都徹底被人性的卑微與灰暗所覆蓋。《官場》中金全禮和陳二代兩個副專員為當專員而明爭暗鬥，副專員陳二代情急之下弄出了主動爭功要官的鬧劇，被撤職的縣委辦公室主任老鍾竟然要下跪感謝金全禮調回之恩，充分顯示出為角逐權力而扭曲人性的醜態。劉震雲以不動聲色、冷眼旁觀的姿態挑開了官場權力角逐的一角，揭示了人性中最為陰暗的一隅。《單位》中小林為了入黨而打掃衛生打開水，為了入黨而忍受女老喬的狐臭挨著身子與她彙報談心，卻不料因為送了女小彭一隻蟈蟈而被女老喬故意設置障礙沒能入黨，冷漠的敘述語氣中顯示出人物灰色的精神狀態。冷峻使得劉震雲的小說流露出新寫實小說中普遍存在的對生活的無奈感，在近乎純客觀敘事中隱匿情感，在不動聲色中還原生存本相，發掘現實生活中的瑣屑與無奈，揭露權力場上人性的卑劣與醜陋。

　　劉震雲小說中不僅有著魯迅式的冷色調風格，其外冷內熱的特徵也與魯迅極其相似。猶如魯迅筆下的死火，在冷峻表面的掩蓋下，劉震雲並沒有失落對於現實生活干預的熱忱。事實上，在貌似冷靜、客觀的筆觸中，劉震雲融進了自己對生活與現實獨特的理性思考。《一地雞毛》從小林家的一斤豆腐變餿了開始寫起，鋪開了主人公小林在日常生活中所遇到的一連串雞毛蒜皮、瑣屑而令人煩惱的事情，似乎描繪的全是困窘的日常生活以及瑣碎的生活細節，然而他卻通過對這些原生態生活的平靜敘述，把隱藏在這些平庸生活背後體制的壓迫不露聲色地傳達出來了。作者越是以貌似客觀、公正的立場來描寫日常的瑣碎和單調的重複，不加批判的展示庸碌，讀者越是能感受到其中冷靜而有力的譴責。《單位》敘事時故意冷漠的語氣反而彰顯出要求改變現實生活中庸俗現狀的強烈情感。小說結尾處小林面對消瘦了許多的女老喬，「忽然有些心酸」，不經意間流露出人性

的溫暖及其巨大力量。主體的情感完全被藏匿於對客觀生活的真實描述中，但這種藏匿和隱蔽卻絕非不帶任何情感的，在其冷漠的外表下，不難看出作家激情的湧動。尤其是劉震雲在對歷史政治進行解讀的故鄉系列作品中，表現了作為弱勢群體的大眾對權力的庸俗認同，顯示了對「五四」新文學國民性批判傳統的傳承，在機智嘲諷的背後隱藏著魯迅式的對生活的熱度，揭示出權力場上具有普遍性的生存悖論：人們在謀求權力的同時，也被權力所玩弄。劉震雲將深刻的思想力度蘊藏在耐人尋味的平靜敘述中，引起人們更多的遐想和深思，同時也透露出作家內心的焦慮、憤懣以及對歷史與現實的獨特思考和體驗。不過，與魯迅面對黑暗在絕望中奮起抗爭的態度不同，劉震雲在對歷史與現實的戲謔中更透露出一絲冰冷的絕望，其悲觀主義基調顯然更濃重一些。

另外，在冷靜的敘事風格的背後，劉震雲的作品中還鮮明地表現出魯迅式的敢於直面現實、直面人生的態度。作為我國現實主義文學之父的魯迅，他把目光深深地沉入現實生活的底層，在冷靜地觀察中洞悉生活的本質；作品中「反映的全是在這塊古老昏睡的東方土地上，幼稚不堪的革命和愚昧不堪的民眾之間的關係」[15]，在縱橫交錯的歷史畫面和平凡普通的人生中，揭示了廣闊的社會生活和深刻的社會矛盾。而在劉震雲的作品中，關注的同樣也是平凡社會中卑微人物的卑瑣人生，並將隱藏在這些背後的罪惡以凸鏡放大擺在讀者面前。在《新兵連》中，描寫了一群農村兵為了各自「進步」的欲望而勾心鬥角、爾虞我詐的故事，為了所謂的「進步」，對長官逢迎拍馬，與同伴你爭我奪，「隨之人與人之間的關係也緊張了，因為大夥總不能一塊進步，總得你進步我就不能進步，我進步你就不能進步」。劉震雲剝下了現實生活中冠冕堂皇的面紗下掩蓋的醜惡與黑暗，一切崇高、理想、正義和美好，都在他的筆下土崩瓦解，顯露出荒謬與消極的本質。這種真誠直面現實、直面人生、努力發掘平靜的生活表面下令人震驚的現實的創作態度，顯然與魯迅有著一脈相承之處。所不同的是，魯迅對社會歷史的批判大都立足於知識份子的精英立場，自覺擔當

---

[15] 劉震雲：《讀魯迅小說有感：學習和貼近魯迅》，《中國現代文學研究叢刊》1991年03期，第113頁。

起愚弱民眾的啟蒙者和拯救者，而劉震雲更多的是持「草民」的立場，對於一切居高臨下的意識形態化立場，也包括知識份子立場，都統統加以拒絕，顯然更能透切的揭穿權勢者的荒誕和卑瑣。

三

在魯迅的創作中，既有像《吶喊》、《彷徨》這樣的現實主義扛鼎之作，也有《故事新編》這樣古今雜陳、寓莊於諧、令人耳目一新的歷史小說。而劉震雲同樣在《塔鋪》、《新兵連》、《一地雞毛》等新寫實主義作品之後，奉獻出《故鄉天下黃花》、《故鄉面和花朵》等荒誕與哲理並存，沉痛與諧謔同在的創新之作。在歷史觀的選擇以及跨越時空、古今雜糅的歷史敘事手法等方面，劉震雲和魯迅之間有著明顯的契合之處，儘管沒有明顯的證據表明劉震雲在歷史小說的創作中受到過魯迅的影響，但在小說文本的比照中，我們仍然可以發現他與魯迅有著精神上的血脈相連之處，作品中有著魯迅的遺傳基因。

儘管魯迅曾深受進化論歷史觀的影響，但「見過辛亥革命，見過二次革命，見過袁世凱稱帝，張勳復辟，看來看去，就看得懷疑起來，頹唐得很了」[16]，由於思想上深刻的省察力和對現實社會的獨特感受，逐漸形成了魯迅歷史循環論的觀念。在他看來，幾千年的歷史演進不過是「演一齣輪迴把戲而已」，「試將記五代、南宋、明末的事情的，和現今的狀況一比較，就當驚心動魄於何其相似之甚，彷彿時間的流逝，獨與我們中國無關。現在的中華民國也還是五代，是宋末，是明季」[17]。魯迅認為傳統意識形態下的歷史書寫有很大的欺騙性，所謂的二十四史不過是為帝王將相做的家譜。這就形成了魯迅歷史觀的民間視闊：「我以為伏案還未功深的朋友，現在正不必埋頭來啃線裝書……倒不如去讀野史，尤其是宋朝明

[16] 魯迅：《南腔北調集〈自選集〉自序》，《魯迅全集》第4卷，人民文學出版社2005年版，第468頁。
[17] 魯迅：《華蓋集‧忽然想到》，《魯迅全集》第3卷，人民文學出版社2005年版，第17-19頁。

朝史，而且尤其是野史；或者看雜說。」[18] 劉震雲在歷史觀的選擇上與魯迅有著內在的一致性，在故鄉系列小說中所展現的同樣是這個民族苦難與血腥歷史的循環。《故鄉相處流傳》中從三國到文革時間跨度長達千年的歷史，只是奴役與殘殺的延續，只是你方唱罷我登場的權力爭奪的反覆。劉震雲曾談到：「《故鄉天下黃花》是寫一種東方式的歷史變遷和歷史交替。我們更容易把這種變遷和更替誇大得過於重要。其實放在歷史長河中，無非是一種兒戲。」[19] 這段話對他的其他作品也同樣適用。歷史地更替不過是兒戲，流露出與魯迅相似的歷史宿命感和循環論的意識。另外，劉震雲還表現出對民間文化的關注和民間立場的堅守。在談到自己的創作時他說：「我寫的時候強調的是文化。就是說在社會的整體框架中，到底是哪種文化更有生命力？更強大？是正統的力量大？還是一代代革命的思想力量大？還是民間文化的力量大？我看還是民間文化的力量大。」[20] 劉震雲的歷史小說從現實的生活經驗出發，以民間形式對歷史作出了陌生化處理，小說中的帝王將相被剝去了神聖莊嚴的形象，呈現出與市井村夫無異的面貌。他和魯迅這種對正統歷史的質疑和對民間歷史的書寫，撕去了蒙在歷史表層的意識形態化掩飾，發掘出歷史和人性的本真。

　　魯迅的《故事新編》開創了一種新的歷史小說體式，即在古典的歷史敘事中加入諸多現代質素，形成一種古今混融、中西雜糅的文體局面。於是《故事新編》中就出現了種種滑稽的現象：《理水》中大禹時代的文化山上，居住著一群滿口洋文，大談遺傳學、維他命、莎士比亞的學者；《起死》中「募捐救國隊」開進了春秋時的宋國，而莊子居然吹響了警笛！《奔月》中嫦娥抱怨每天都吃「烏鴉炸醬麵」。這些不同時代的玩意一起走上同一座表演的舞臺，演出了一幕幕令人啼笑皆非的鬧劇。這種歷史敘事手法既是魯迅天馬行空的藝術想像力的體現，也體現了他對意識形態粉飾塗抹下歷史的質疑精神，同時又和魯迅對當時社會現實的批判有

---

[18]　魯迅：《華蓋集續編‧這個與那個》，《魯迅全集》第3卷，人民文學出版社2005年版，第148頁。

[19]　劉震雲：《整體的故鄉與故鄉的具體》，《文藝爭鳴》1992年01期，第74頁。

[20]　劉震雲：《在虛擬與真實間沉思──劉震雲訪談錄》，《小說評論》2002年03期，第33頁。

關。劉震雲的《故鄉相處流傳》、《故鄉面和花朵》中也有大量的「古今雜糅」現象，例如三國時曹丞相可以騎馬挎槍，頭戴墨鏡；為丞相捏腳的「我」能每天晚上收看美國動畫片《貓和老鼠》；太平天國的小麻子陳玉成統治下的延津有著「選美辦公室」，「處理遺留問題辦公室」等，而且作品中的人物可以跨越幾千年的時空，雜然共處在各個不同的時代。透過這些表層的敘事空間，我們可以穿越歷史看透現實，歷史與現實在文本中呈現出交錯互融的現象，即劉震雲所關注和揭露的不僅是歷史及歷史文化傳統，同時也是現實社會中罪惡與苦難的反映。這些很容易讓我們聯想到魯迅的《故事新編》，儘管劉震雲的創作有所受西方新歷史主義文學觀影響的一面，但這種古今雜糅的敘事手法無疑也有著魯迅的《故事新編》的遺傳因子。

　　值得注意的是，劉震雲和魯迅的歷史小說創作都發生在現實題材作品的創作之後，這些作品的風格與以前相比也有了較大的改變，可以看做是他們對自身寫作狀態的一次調整或者突破。與相對嚴謹寫實的《吶喊》、《彷徨》相比，魯迅《故事新編》中的「油滑」，一直是人們爭論的焦點。魯迅在《故事新編・序言》中曾自道：「油滑是創作的大敵，我對自己很不滿。」我們當然不能對此作簡單的理解，這裡的「油滑」包含著幽默、滑稽、反諷、自嘲等幾個意思，是站在一個制高點對黑暗現實世界的一種蔑視。魯迅曾說過「用玩笑來應付敵人，自然也是一種好戰法，但觸著之處，須是對手的致命傷，否則，玩笑不過是一種單單的玩笑而已」[21]。在與強大的封建傳統歷史文化的戰鬥中，一味嚴肅的肉搏就會陷入猶如堂吉訶德大戰風車般的滑稽，而運用「油滑」的手法，可以保持相對輕鬆的心態，於談笑間撕破傳統文化虛偽的面紗，這也是魯迅對現實社會更深入理解的象徵。置身於九十年代狂歡化的文化語境中，劉震雲繼承了魯迅《故事新編》「油滑」的文體特點，並敏銳地將其與現代主義的調侃、荒誕、反諷的手法溝通連接，在精神上與魯迅同氣連枝。從《故鄉相處流傳》開始，劉震雲對小說的精神領域的開拓有了更大的信心，他改變

---

[21]　魯迅：《花邊文學・玩笑只當它玩笑》，《魯迅全集》第5卷，人民文學出版社2005年版，第548頁。

了以往從社會關係、人物行為等方面考察現實人性的創作方式，深入到人物精神意識領域，將歷史與現實、行為與語言、社會與個人糅合在一起，改用戲謔的方式展開了對中國傳統文化紛繁複雜的鏡像的深層剖析。《故鄉相處流傳》簡直就是一部鄉村鬧劇，曹操、袁紹、朱元璋、慈禧等歷史人物被加入了世俗化的想像與嘲諷，毫無偉大與神聖可言。魯迅的油滑筆法還僅限於虛構性的人物，而劉震雲則更為極端。在荒誕的戲謔情節中，權力的神聖性、歷史的正統性被消解殆盡。從某種意義上來說，這些人物也在劉震雲的筆下獲得了重生，給人以嶄新的面目。因此劉震雲說「從《故鄉相處流傳》開始，我才懂得了創作為何物。我想寫的就是『敘述中的傳說和傳說中的敘述』。使『虛擬世界的真實』和『真實世界的虛擬』渾然天成。」毫無疑問，劉震雲的「戲謔」和魯迅的「油滑」都是其在創作的「彷徨」狀態之後對認識世界的一次深度挺進。

　　魯迅精神的因子已經深深滲透在劉震雲的文學創作上。他曾對魯迅在寫作中陷入彷徨的狀態深有體會：「魯迅先生說的那種獨白彷徨的狀態，我現在特別能理解。如果說寫作有什麼愉快，是在這個地方，如果有什麼苦惱也是在這裡。」[22] 劉震雲認為「一個真正的作家寫作，不是為了寫而寫，寫作是他生命的一部分，他需要表達對這個世界的看法。」[23] 在九十年代以後文學日益商品化、娛樂化的文化語境中，劉震雲沒有單純將文學看作是消遣娛樂的工具，而是扛起了魯迅用文學改造國民精神的大旗，在對紛繁龐雜的日常生活的觀照中，賦予了文學一種既入乎其中又出乎其外的超越性意義，以對人類精神世界痛苦而又執著的探索，來表達著他對這個世界獨特的看法，這也算是他作為一個摩羅所說的「大作家」，與魯迅的共通之處吧。

原載《貴州師範大學學報（社會科學版）》2009年第5期

---

[22] 劉震雲：《在寫作中認識世界》，《小說評論》2002年03期，第28頁。
[23] 劉震雲：《在虛擬與真實間沉思——劉震雲訪談錄》，《小說評論》2002年03期，第35頁。

神性與魔性

——魯迅與陀思妥耶夫斯基精神氣質比較論

張勐[1]

眾所皆知，魯迅吝用溢美詞，然而評價陀思妥耶夫斯基時，他卻接連用了「天才」、「博大」、「偉大」、「太偉大」等一系列極端褒揚的詞彙，由此可見魯迅內心對陀思妥耶夫斯基作品的深深感動，他在寫作時有意無意地遙感陀氏的精魂並與之對話也自在情理中。本文試圖通過對兩位世界性作家及其文本的多維度比較，燭照魯迅與陀思妥耶夫斯基那不無契合、亦神亦魔的心理意識與精神氣質。

一、病態人物與病態視覺

此處所謂的「病態人物」，蓋指其身上獨具的與常人相悖的異質精神元素。中外文學史上，「病態人物」本寥如晨星，偶或零零落落地閃現於部分作家的作品中；然而，在魯迅與陀思妥耶夫斯基的筆下，他們卻呈現為集束彙聚的光芒。《狂人日記》、《藥》、《長明燈》、《孤獨者》等小說以及《野草》集中的部分詩篇，共同構築成魯迅筆下幽冥深邃的病態境界；與之相對應的是更為浩瀚博大的陀氏的病態人物譜系：長篇《被侮辱與被損害的》、《白癡》、《群魔》、《卡拉瑪佐夫兄弟》，加上《地下室手記》等中短篇小說，內中的人物幾乎都烙有一種極其深刻的「病態」印記，縱然混雜在常態的芸芸眾生裡，也讓人過目難忘。

「瘋狂」是病態的極端形態。若將陀氏筆下的病態人物置於精神病學

---

[1]   張勐（1983-），男，上海市人，文學博士，浙江工業大學中文系講師。

的語境中，自難逃貶義，病態的人及瘋子無論思維、言行都劣於正常人，都亟待經受治療。有意思的是，魯迅在論及陀氏著作的「病態」時，卻揶揄了上述科學理性的機械與冰冷：「醫學者往往用病態來解釋陀思妥耶夫斯基的作品。這倫勃羅梭式的說明，在現今大多數的國度裡，恐怕實在也非常便利，能得一般人們的贊許的。」緊接著魯迅筆鋒一轉，道出對陀氏病態人物的獨異理解與熱愛：「但是，即使他是神經病者，也是俄國專制時代的神經病者，倘若誰身受了和他相類的重壓，那麼，愈身受，也就會愈懂得他那夾著誇張的真實，熱到發冷的熱情，快要破裂的忍從，於是愛他起來的罷。」[2]

　　無獨有偶，魯迅的「狂人」與陀氏的「白癡」都直接攫取了現代醫學定義下的病人原型：一個係染病已久的「迫害妄想症」患者，一個為間歇發作的癲癇病人，然而均被作者賦予了超越現實的象徵性意蘊。

　　魯迅與陀思妥耶夫斯基筆下的病態人物，每每具有一雙「非天然視力」的眼睛。舍斯托夫曾這樣描述這類視力：在「普通人」的天然視力看來，「新的視力是不合乎規律的、荒唐的、幻想的幽靈或混亂想像力的錯覺」[3]。需要點明的是，此處所謂的「規律」即抽象於常人的全部經驗；而所謂的「荒唐」、「幻想」、「混亂」恰恰是以理性尺規衡量常態思想、系統以外的思維、知覺而下的定義。因此，倘若說是理性與經驗支撐了群體的「共有世界」，那麼擁有「非天然視力」的個體則無疑會被視為應被拋擲出「共有世界」之外的異端。然而，「共有世界」每每以為不言「自明」遂成盲點的視閾，卻大都能為「非天然視力」的犀利目光所感知洞見，移用魯迅的表述，所謂「於天上看見深淵。於一切眼中看見無所有」；而「狂人」恰是如此於每頁上都寫著「仁義道德」幾個字的中國歷史的字縫間，看出「滿本都寫著兩個字是『吃人』！」

　　有意思的是，陀思妥耶夫斯基出獄後，藉著「非天然視力」驀然發見「天空令人窒息，理想遭到禁錮」，監獄外的「整個人類生活，如同死

2　魯迅：《且介亭雜文二集‧陀思妥耶夫斯基的事》，《魯迅全集》第6卷，人民文學出版社1981年版，第412頁。
3　列夫‧舍斯托夫：《在約伯的天平上》，三聯書店1989年版，第25頁。

屋囚犯生活一樣」[4]；魯迅亦默契得似有遙感地因著一個藝術青年的無辜坐牢，進而穿透了牢外那個「現在已極平常的慘苦到誰也看不見的地獄來」。

是的，「非天然視力」能讓個體穿越死生境地，窺探虛無，洞幽「自明」假像，聆聽絕望心音。如果承認世界蘊涵著種種「自明」之外的未知，病態視覺就是在經意與不經意的凝視中，敞亮常態視角無法觸及的未知領域，並由此道出鮮為人知的真實，而這些深邃的病態者，則因此命定成為「為了人類具有更加高尚的健康而被釘在十字架上的犧牲者」。魯迅與陀思妥耶夫斯基對深邃的病態者的共同發現，透露了他們時刻警惕著世界上的種種「自明」觀念，並對「自明」的謊言咬定不放，深究到底的心性。

值得關注的是，「狂人日記」與「白癡」與其說是作者傾注想像演繹出的意識狂想曲，不如說是魯迅與陀思妥耶夫斯基試圖借助瘋人的病態視覺來管窺暗角處的真實世界的孔徑；是作者與病態人物的視域疊合；是天然視力與非天然視力的交叉錯位：狂人敏銳而纖細的感覺，神經質似的疑心與憂慮，偏激而又堅定的執念，對人對事熱到發冷的情感，都或多或少地植入了魯迅的視覺。文前那段小序言明的日記中「語頗錯雜無倫次，又多荒唐之言」，並非只是為了印證狂人的瘋狂，亦是在刻意地破壞語法規則中，凸顯魯迅話語一貫的奇峻詭異的美學效果與狂烈悖常的情感張力。

陀思妥耶夫斯基筆下的「白癡」也是一個雙重視力組合的聖靈。憑藉著視力的穿透性，「白癡」眼中的世界五色並馳，遼闊深遠，世界的種種自明與未明、經驗與超驗、感性與理性無盡繁複地疊映入「白癡」的眼中，衍化為他的綿延不盡的深邃話語──不難發現站在他背後的身影其實正是陀思妥耶夫斯基自己。陀氏將「白癡」幻視的深邃，環繞上了神性的光暈：在發病前的片刻「他的腦子會霎時間豁然開朗，洞若觀火」，「在閃電般連連閃爍的那些瞬間，他的生命感和自我意識感會增加幾乎十倍，他的智慧和心靈會倏忽間被一種非凡的光照亮」[5]。西哲勞特將此概括為「心靈的深刻的祈禱意向，心靈在精神愛中領悟到與上帝和一切存在物的

---

[4]　列夫·舍斯托夫：《在約伯的天平上》，三聯書店1989年版，第28頁。
[5]　陀思妥耶夫斯基：《白癡》，譯林出版社1994年版，第217頁。

聯繫」[6]。其中的中心詞應是「上帝」。病態人物的深邃與宗教的深邃合而為一，他的眼睛裡滿盛著上帝的光輝，後者是他的視覺深不可測的源泉。

二、魔鬼意識

魯迅的作品中，時常彷徨著一個屬於幽冥世界的影子，夜深人靜的當口或是現實隱遁的夢境，影子悄然而至，與「我」對話；陀思妥耶夫斯基筆下的眾多人物身上也隱約可感一個蟄伏在心靈一隅的幽靈，似有似無，揮之不去。或可將「影子」與「幽靈」分別視為魯迅與陀氏「魔鬼意識」的顯形。這裡的「魔鬼意識」蓋指心靈深處分裂的別一「自我」；是人物乃至作者內在多重「黑暗與虛無」意識的混血；是吞噬一切光亮的黑洞；也是暗紅、幻魅、折磨著作家創作神經的罌粟。

或許兩位作家都將夢境視作無意識最大敞開的時刻，文本中的「魔鬼意識」因此常出現在夢境的場域中。此時內心的「魔鬼」最易掙脫意識的羈絆，與人物形成了「深度結構」中冰與火式的複調對話，如《野草》中的「影」與「形」（《影的告別》）、「魔鬼」與「天神」的辯詰（《失掉的好地獄》）。但有時「魔鬼」亦會在白日幽然而至：死了的「孤獨者」穿戴著不妥貼的軍衣軍帽，口角「含著冰冷的微笑」，冷笑著可笑的自己，也冷笑著備感沉重的「我」……縱然死了仍「孤獨」依舊，魯迅的「魔鬼意識」獨有一種「濃黑的悲涼」。

如果說魯迅意在用綿密且充滿張力的詩化意象或形象呈現摩羅精神，那麼陀思妥耶夫斯基則試圖用博大而厚重的宗教哲學定義「魔鬼意識」。《卡拉瑪佐夫兄弟》裡，伊凡在夢魘中與魔鬼對話獨佔一章，卻絲毫不顯冗長，反而成為整部小說勘探人物靈魂深度的最出彩處。在現實層面中，伊凡拯救兄弟的純粹動機，在魔鬼（深層自我）的質詰下卻顯示出了它的不純。對話中，最瘋狂的欲念與最理性的思辨熔為一爐；此岸「真理」與彼岸信仰、道德價值與終極意義——種種形而上的命題有序地展開卻又纏繞著糾結。

---

[6]　賴因哈德‧勞特：《陀思妥耶夫斯基哲學：系統論述》，廣西師範大學出版社2005年版，第239頁。

　　值得關注的是，「魔鬼意識」在筆下人物的內心裡糾纏不休，來去無蹤，威力之大，有時竟悄然溢出文本，勾攝得兩位作家的心性中也隱隱透出「魔音」。為陀思妥耶夫斯基撰寫傳記的斯特拉霍夫在一封信裡這樣寫道：「我不能認為陀思妥耶夫斯基是好人和幸福的人，他很兇狠，是貪婪的、淫蕩的人，他一生都是在焦躁不安中度過的」，「同他最相似的人物就是《地下室手記》中的主人公斯維德里蓋伊洛夫和斯塔夫羅金」，「實質上他的全部長篇小說都是自我表白，都在證明，人本身就是能使任何卑鄙行徑同高雅行為和睦相處的東西」[7]。將陀氏的全部小說視為自我表白，按圖索驥搜尋其隱私中的某些蛛絲馬跡證之，然後對號入座將他視同於作品中的某些人物，如是方式未免失之偏頗；然而從中畢竟可以見出潛伏於這位偉大作家靈魂中的一些陰暗面，他筆下流注的魔鬼意識並非空穴來風，而是與作家本人的「魔鬼」性情緊緊相連。陀思妥耶夫斯基曾在書信中這樣懺悔自己：「最不幸的是：我的性格卑劣和十分狂熱，我在任何場合和一切方面總是走極端，一輩子都漫無節制。」[8]比照魯迅信中如下一段話：「我自己總覺得我的靈魂裡有毒氣和鬼氣，我極憎惡他，想除去他，而不能」，兩者同樣真誠地坦露著靈魂深處「魔鬼意識」祛之不去的糾纏。

　　如果說陀氏的「魔鬼意識」還包含了難拒魔鬼的誘惑——長達數周乃至數月輪盤賭，或自炫「同家庭女教師給他帶來的一個少女一起在澡堂裡洗澡」一類惡行[9]；那麼，魯迅的「心魔」則始終蟄伏於思想層面，可懺悔的唯有身負傳統「吃人」文化的「原罪」。亦因此，魯迅在兄弟失和、急欲拷問責罰自己以減輕萬難忍受的鈍痛之時，竟然師出無名，急切中只得藉筆下人物張沛君的手掌向弟弟的兒子劈過去，縱然如此，亦是在夢中。

　　是的，魯迅僅止在自己的作品前映照出「嗜血」的魔性鏡像：改編後的《鑄劍》，三個頭顱在沸湯中撕咬搏殺被表現得如此驚心動魄，暴虐與血腥的細節紛呈；《復仇》中想像著利刃一擊的殺戮的歡喜：「將見那鮮紅的熱血激箭似的以所有溫熱直接灌溉殺戮者」，透露著華豔的死亡美學；《女

7　列夫‧舍斯托夫：《在約伯的天平上》，三聯書店1989年版，第104頁。
8　陀思妥耶夫斯基：《書信選》，人民文學出版社1986年版，第174頁。
9　列夫‧舍斯托夫：《在約伯的天平上》，三聯書店1989年版。第104頁。

吊》更是將全部復仇心理化作厲鬼，向著一切兇手及其幫閒們，亮出其石灰一樣白的圓臉、漆黑的濃眉、烏黑的眼眶，猩紅的嘴唇，盡情渲泄著作者魔鬼意識的層層鬱結。自殺與殺人則是陀思妥耶夫斯基小說百試不厭的主要題材：如《罪與罰》、《白癡》、《群魔》、《卡拉馬佐夫兄弟》，沒有了這一選題，後期的長篇小說便失魂落魄。儘管自殺與殺人不失為於一種於生命極境處凸顯人物性格、拓深文本哲學意蘊的選擇，然而作者不無迷戀地對它們一再地演繹，不免透露出內心深處執迷於死亡的魔性。

　　兩位作家的「魔鬼意識」除去共有的嗜血性、虛無性外，亦有著一些不盡相同的特質。陀思妥耶夫斯基及其筆下人物的「魔鬼意識」時或會現身為「罪惡之魔」：他會突如其來地「著魔」，驀然陷身於黑暗的、狂暴的情慾中，並由於病態的極易激動而變得熾烈無比，然而，即便在那最造孽的時刻，罪孽亦會伴隨著眼淚與痙攣，羞恥感始終糾纏著他；魯迅的「魔鬼意識」則大都顯形為「反叛之魔」，有別於陀氏著魔的無意識、恥感意識，魯迅每每有意與「魔」共舞，自謂不掩飾自家「墳」中的毒氣與鬼氣，「就此驅除旁人，到那時還不唾棄我的，即使是梟蛇鬼怪，也是我的朋友」；儘管亦有「擺脫不開」的苦衷，但在某些當口，卻是有意以「偽惡」碰撞偽善，偏在太平世界自以為「中立」、自以為圓滿的敵手或庸人面前，「黑的惡鬼似的站著『魯迅』這兩個字」[10]，以此煞風景。

三、神性精神

　　陀思妥耶夫斯基「魔鬼意識」的陰冷一頭嫁接著基督教精神的熾熱，後者是他抵禦「魔鬼意識」的綿延不斷的力量之源。陀氏每每將筆下人物送上「犯罪，癡呆，酗酒，發狂，自殺的路上去」，任他們在萬難忍受的煉獄中歷經「精神底苦刑」，然後令其懺悔、蘇生，於無望中瞥見遙遠處天國的曙光。「走向天國」是個體最終皈依上帝的形象化表達，他們終於能夠感受到釘死在十字架上的耶穌所傳遞出的愛，那種以悲憫的眼光包容一切的大

---

[10]　魯迅：《兩地書‧九三》，《魯迅全集》第11卷，人民文學出版社1981年版，第241頁。

愛。他們的靈魂不再是漂泊無依的風箏，耶穌的手拽住了風箏的繩子。

陀氏不僅是「偉大的審問者」，亦是「偉大的犯人」。與其筆下人物一樣，「他早將自己也加以精神底苦刑」，直至拷問靈魂至死滅，經由「心獄」而通向天國，他終於堅信「沒有什麼比基督更美好、更深刻、更可愛、更智慧、更堅毅和更完善的了」[11]。魯迅靈魂深處亦有一個「心獄」。他曾如是說：「華夏大概並非地獄，然而『境由心造』，我眼前總充塞著重迭的黑雲，其中有故鬼，新鬼，遊魂……」[12]換言之，此語未嘗不可讀作：心由境生，身陷華夏那「極平常的慘苦到誰也看不見的地獄」中卻萬難破毀，漸而生成了魯迅的「心獄」。他拷問著筆下人物更幾近自虐地拷問著自己：「我願意真有所謂鬼魂，真有所謂地獄」，「地獄的毒焰將圍繞我，猛烈地燒盡我的悔恨和悲哀」（《傷逝》）；「有一遊魂，化為長蛇，口有毒牙。不以嚙人，自嚙其身」，「抉心自食，欲知本味」（《墓碣文》）……如果說，對於陀氏而言，心獄距天國僅一步之遙；那麼，魯迅卻「就在這地方停住，沒有能夠走到天國去」[13]。因著魯迅將天國誤讀為預言家空許的「黃金世界」而「不願去」？因著地獄中有「所愛的異端在」？因著魯迅僅止體驗了「地獄之大苦惱」卻未能像陀氏那樣「同時又領會天國之極樂」？

如果就此判定魯迅與神性無緣，未免過於武斷。即便在黑暗意識與虛無意識最濃郁的《野草》詩集裡，魯迅仍以《復仇（其二）》一篇著力凸現了耶穌被釘在十字架上的神性意境。儘管有意無意間魯迅在耶穌形象的塑造中融入了自身的獨異體驗與理解，甚至不無僭妄地將基督降格為「人之子」以便與其合而為一；但一定程度上畢竟可視為魯迅與神的靈魂的部分相契。「他不肯喝那用沒藥調和的酒」──似乎在照抄《聖經》，卻在詮釋時暗中注入了魯迅式的「清醒的現實主義精神」；「較永久地悲憫他們的前途，然而仇恨他們的現在」──似乎在描述耶穌，卻將神之子的大

[11]　陀思妥耶夫斯基：《書信選》，人民文學出版社1986年版，第64頁。
[12]　魯迅：《華蓋集・「碰壁」之後》，《魯迅全集》第3卷，人民文學出版社1981年版，第68頁。
[13]　魯迅：《且介亭雜文二集・陀思妥耶夫斯基的事》，《魯迅全集》第6卷，人民文學出版社1981年版，第411頁。

悲憫明顯作了「哀其不幸，怒其不爭」立場的改寫。尤為引人注目的是，為耶穌受難而憤憤不平的魯迅，特將文章題作「復仇」，意謂十字架上的大愛未嘗不可讀解為十字架上的大憎，讀解為耶穌以其清醒的玩味，向一切戲弄他、虐殺他、圍觀他的世人們的「復仇」。從中透露了魯迅筆下的耶穌其「神人」光華中業已融入了「超人」（亦即陀氏所謂的「人神」）魅影[14]；其立意並未逸出「超人」與「庸眾」對峙這一作者慣用的構圖範式。

在一篇譯文附記裡，魯迅曾寫下兩句頗為醒目的話：「人在天性上不能沒有憎，而這憎，又或根於更廣大的愛」，「俄國人有異常的殘忍性和異常的慈悲性」[15]。兩句話中自有一條邏輯鏈貫通，將其連著讀，未嘗不可讀作：異常的殘忍性又或根於更異常的慈悲性。此處，魯迅不僅深刻地揭示了俄羅斯民族的某種心性；亦在不自覺間透露出自身那魔性的憎，本質上或根於神性的愛。

魯迅深味著筆下「人之子」的絕望：如果說芸芸眾生只承受一己之苦難，且多被遲鈍的感覺麻醉；魯迅卻是時刻清醒著的，他將身內身外深廣久遠的苦難一絲絲、一縷縷地匯攏記取，直至艱於呼吸視聽。最悲苦的還是民眾的麻木不醒，每每令魯迅怒其不爭，恨意難消。

「我的思想太黑暗」；「我的作品，太黑暗了」——魯迅的內心浸染著地獄般的黑暗。因是，在《復仇（其二）》篇中，當寫及神之子的被釘殺，魯迅何其共鳴地寫下了「遍地都黑暗了」——《新約》中那句如此沉重、如此絕望的悲鳴！但黑暗不僅令魯迅一度「慣於長夜」、自甘為「魔」，更激起魯迅的反抗絕望。「自己背著因襲的重擔，肩住了黑暗的閘門，放他們到寬闊光明的地方去。」魯迅用極其類似的意象，走近了背負十字架的「神之子」。是的，《復仇（其二）》篇中意在向世人「復仇」的魔性，僅止是魯迅的精神表像；而那充盈於十字架上的因受難而更其悲天憫人的神性象徵，才是黑暗中魯迅與神相遇之靈光一現。

[14] 「神人」與「人神」說可參閱梅列日科夫斯基所著《托爾斯泰與陀思妥耶夫斯基》「引言」部分，遼寧教育出版社2000年版。
[15] 魯迅：《譯文序跋集·〈醫生〉譯者附記》，《魯迅全集》第10卷，人民文學出版社1981年版，第177頁。

　　綜上所述，魯迅與陀思妥耶夫斯基的精神氣質中，都有著「病」與「魔」的症候。陀氏的救主每每是基督（「神人」），在他以及筆下人物最黑暗最苦難的時分，便有救贖的光明閃現；而魯迅的救主則大都是反抗絕望的超人（「人神」），適如魯迅自況，身在中國語境中的他，心中「沒有俄國的基督」。

　　劉小楓《拯救與逍遙》一書卻因此將陀思妥耶夫斯基「神化」，執意凸現他的神性的一面，而對陀氏心中同樣存在的「魔鬼意識」略而不計；同時又將魯迅「妖魔化」[16]，卻無視其筆下其心中同樣存在的神魔交會、神魔交戰的內容。

　　毋庸諱言，如同劉小楓所針貶的，憎惡、怨恨、嘲諷、復仇的確是魯迅文本中不時交織著的情緒冷光；然而，冷光的背後仍不乏大愛的溫暖與神性的啟悟。《過客》中，身處曠野、無路可走的「過客」，不時聆聽到「前面的聲音」在催促他、呼喚他，那便是一種超驗的、神性的聲音。「在曠野有人聲喊著說『預備主的道，修直他的路』！」《新約》如是說。一時難以判明《過客》中的「前面的聲音」意象，是否簡接經由「不信，卻蒙聖靈之神恩」的尼采著述（如《查拉圖斯特拉如是說》）影響而生，抑或是魯迅直接從《聖經》文化中獲得的啟示？如果說，魯迅文本無涉上述影響源，那麼，如此神似的曠野呼告便更能印證魯迅內心仍不失天啟。這是絕境中魯迅與神的又一次遙感。

　　以往研究僅止將「過客」的意義歸納為「直面絕望（墳）──反抗絕望（走）」這一個體反抗精神；上述思考卻使「過客」的「走」平添了神性的意味：魯迅及其筆下「過客」執意不悔地走在那條佈滿荊棘的路、受難的路上，儘管未能走向天國，但其步步見血的尋索足跡，豈不仍可視同為「預備主的道，修直他的路」之先驅？

原載《魯迅研究月刊》2008年第6期

---

[16]　參閱劉小楓：《拯救與逍遙》，上海人民出版社1988年版；另見修訂本，上海三聯書店2001年版。

「變」與「不變」之痛

——芥川龍之介《鼻子》與魯迅《頭髮的故事》之比較

曹曉華[1]

　　1916年，芥川龍之介在第四次復刊的《新思潮》上發表了短篇小說《鼻子》。該小說當時就受到其師夏目漱石的激賞，成為了芥川的代表作之一。魯迅曾將《鼻子》譯成中文，收入與周作人合編的《現代日本小說集》。芥川對這本小說集的翻譯水準讚賞有加——「這本小說集比之目前日本流行的西方文藝譯著，也絕不遜色」[2]，儘管他誤將翻譯自己作品的魯迅當成了周作人。芥川後來在中國引起很大爭議的《中國遊記》在日本出版不久就為魯迅購得，魯迅晚年的創作《故事新編》也被認為受到芥川歷史題材小說的影響[3]，可見魯迅對這位日本大正文壇「鬼才」的關注程度（日本大正時期為1912年至1926年，正值中國「五四」新文化運動時期）。芥川《鼻子》中的禪智內供為自己鼻子的長短而惴惴不安，魯迅《頭髮的故事》中的N先生為捲入革命的頭髮向「我」大發感慨。「鼻子」和「頭髮」本是人身上平常的部分，但在兩位作家的筆下都成了剖析人性、暗示生存窘境以及昭示自己生存態度的巧妙設置。本文試圖借助格雷馬斯的語義方陣，比較兩篇作品深層的邏輯結構，並進一步分析芥川龍之介與魯迅精神氣質的異同。

---

[1]　曹曉華（1988-），女，上海市人，華東師範大學中文系博士生。

[2]　芥川龍之介：《日本小說的中國譯本》，《芥川龍之介全集》第3卷，山東文藝出版社2005年版，第440頁。

[3]　關於芥川龍之介歷史小說對魯迅《故事新編》的影響，可參見王向遠的《魯迅與芥川龍之介、菊池寬歷史小說創作比較論》（《魯迅研究月刊》，1995年第12期）；張軍、王澤龍的《從寫作發生學看〈故事新編〉的創作》（《徐州師範大學學報（哲學社會科學版）》，2007年第4期）等。

一

《鼻子》的故事取材於十二世紀日本的短篇故事集《今昔物語》。原來的故事十分簡單，芥川龍之介通過加入大量的心理描寫和性格刻畫，賦予了它更豐富的內涵。小說講述的是禪智內供天生長著一隻長及下巴的鼻子，這只鼻子不僅給他的日常生活帶來不便，還嚴重挫傷了他的自尊心。一次，內供的一位弟子用腳踏水燙的偏方治好了他的鼻子。然而正常的鼻子非但沒有使內供不再受人嘲諷，反而讓他遭到了更露骨的捉弄。內供甚至懷念起以前，那時人們還對他帶有一點同情。最終內供的鼻子自己恢復了原樣，他似乎又回到了原來「正常」的生活。

關於小說的主題，最普遍的觀點認為該小說旨在揭露「旁觀者的利己主義」，這是基於芥川在小說中的原話：「人心總是存在兩種互相矛盾的感情。當然任何人對別人的不幸都有同情之心。而一旦不幸的人擺脫了不幸，旁人又覺得若有所失。說得誇大一點，甚至希望這個人重新陷入和以前同樣的不幸。於是，就會不知不覺對對方產生某種——雖然是消極的——敵意。」[4] 如果借助格雷馬斯的語義方陣分析該小說的結構，會發現內供鼻子的困擾其實是一種人生困境的縮影，而忍不住在文本中大發議論的芥川，其實正陷入了人生的困境中。

整個故事圍繞內供試圖縮短鼻子即改善自己的處境的努力而展開，從消極地想像鼻子變短到積極地使用各種偏方，都是為了讓自己不再因為長鼻子而處處不便、遭人嘲笑。但是他遇到了改善的阻力，即周圍人越來越明顯的敵意。這敵意一直壓制著他，使他在鼻子正常時仍寢食難安，甚至希望回到原來鼻子不正常的狀態，以繼續博得旁人的一點同情。而故事的結局也正是屈從了這些阻力，內供的一切回到了原樣，也就是維持現狀不再做任何改變。根據以上的分析我們可以得出兩組對立，「縮短鼻子」與「維持現狀」，「旁觀者的敵意」與「旁觀者的同情」，從而推出一個

---

4   芥川龍之介：《鼻子》，《芥川龍之介全集》第1卷，山東文藝出版社2005年版，第40頁。

語義方陣（圖一），將四個矩點抽象後可得到一個更簡明的方陣（圖二）。

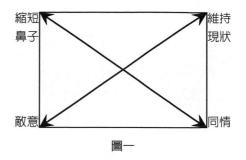

圖一

《鼻子》中內供左右為難的處境，可以看做是芥川面對非常時期非常態的人際關係時無奈心酸的曲折表達，也可以發現芥川對社會問題敏銳的洞察力以及面對社會痼疾時的消極姿態，而這些正是可以與同時期的魯迅相比較的地方。

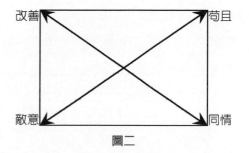

圖二

魯迅《頭髮的故事》最初發表於1920年10月10日的《時事新報・學燈》，後收入《吶喊》。對這篇小說的創作始末，魯迅說是聽到許羨蘇因短髮而被女子高等學校拒收，於是「隨口呻吟了一篇《頭髮的故事》」[5]。小說中的N先生向我講述了他剪辮、留辮的經歷，似乎「中國人只因為這不痛不癢的頭髮而吃苦，受難，滅亡」[6]，為革命奔走流血的青年們的墳頭卻在眾人的忘卻裡塌陷了。以血換來的革命在國人中的影響只停留在辮子的去留上，戲謔的背後帶著孤獨者沉重的歎息──「叫喊於生人中，而生人並無反應，既非贊同，也無反對，如置身毫無邊際的荒原，無可措手的了」[7]。人與人之間的隔閡讓奮起的勇士彷徨無措，油然而生的孤獨寂寞之情隱藏在調侃的筆調背後，這似乎與芥川《鼻子》中的孤獨之感有所聯繫。

頭髮在中國歷來是一個身體政治符號，「留髮不留頭，留頭不留髮」，頭髮成了政治觀念的外化。N先生留學剪辮的經歷中明顯帶有魯迅

[5]　魯迅：《從鬍鬚說到牙齒》，《魯迅全集》第1卷，人民文學出版社2005年版，第261頁。

[6]　魯迅：《頭髮的故事》，《魯迅全集》第1卷，人民文學出版社2005年版，第486頁。

[7]　魯迅：《吶喊・自序》，《魯迅全集》第1卷，人民文學出版社2005年版，第439頁。

在日本留學時「斷髮照相」以明志的影子，所以小說看似荒謬的「頭髮政治」是魯迅對當時社會獨特的觀察角度。N先生因為剪了辮子差點被停了留學的官費；沒了辮子的N回國後不得已戴了假辮，卻又差點被一個親戚告發。最終他索性去了假辮，帶著無盡的悲哀用手杖維護自己的尊嚴。N先生的生活似乎總是與「剪辮」「留髮」密不可分，一頭煩惱絲甚至與他的生死掛鉤（見圖三）。然而魯迅卻不願止步於僅向人們揭示個體的荒謬生

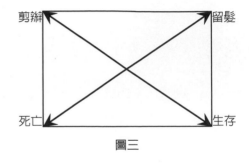

圖三

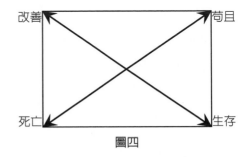

圖四

存境遇，他將日常生活習慣的改良（「剪辮」還是「留髮」）作為判斷一個文明是否進步、一個民族的生命力是否旺盛的標誌。在他看來，當時的許多國人們仍在鐵屋中沉睡不願動彈，他們從肉體到精神都掙扎在生死一線間。在圖三的基礎上，我們可再用一個方陣來表示「頭髮的故事」中隱含的變革與民族存亡的關係（圖四），這與芥川《鼻子》的方陣（圖二）有許多相似之處。

二

　　兩個方陣的第一組對立都是「改善」與「苟且」的對立。在《鼻子》的方陣中，「改善」與「苟且」的對立構成故事的主線。值得注意的是，內供並非一開始就在「改善」與「苟且」之間徘徊，他是在縮短鼻子的願望實現後才有了「早知如此，何必當初」的想法的，早知正常鼻子會使他的處境更難堪，當初還不如維持現狀。願望的實現非但沒有解決他的困境，反而逼迫他寧願選擇對立的另一極，也就是繼續做一個長鼻子的僧人。對於這種志

忐不安的矛盾心態魯迅有過精闢的概括——「希望已達之後的不安，或是正不安的心情」[8]。對於內供而言，「希望已達之後的不安」正來自於周遭愈來愈濃的敵意，武士古怪的表情，小和尚們的竊笑，內供的長鼻子不見了，眾人失去了笑柄，若有所失之感讓他們變得刻薄殘忍起來。對於《頭髮的故事》中的N先生而言，他同樣也陷入了兩難的境地——剪去辮子確實方便了，然而當時有許多國人對這種進步和文明不屑一顧。對N來說，以短髮示眾無疑是對留辮同胞的挑釁，不利於他在國內謀生，然而戴假辮又成了一種刻意的掩飾，更會給周圍人留下口舌，還差點招來殺身之禍。於是N去辮（生活習慣的進步，改善）也不是，留辮（衣著裝扮從眾，苟且）也不是，他和內供一樣在「改善」和「苟且」的兩極左右為難。歷史彷彿倒退回了N祖母所說的「洪楊」時期百姓遭遇的荒謬兩難中。

　　從《鼻子》的方陣來看，「敵意」和「同情」成為人性消極和積極的兩面，前者是對受難者的幸災樂禍，後者是對受難者的憐憫。「改善」與「敵意」、「苟且」與「同情」是兩組蘊涵關係。在小說中，試圖改變現狀就會遭受敵視，而維持現狀得過且過更容易得到別人的同情。然而，此處的「同情」是一種對病態視而不見、置若罔聞的麻木心態，也就是安於現狀、不做任何改善的努力。在《頭髮的故事》中，「同情」直接成了「生存」，而「敵意」激化為了「死亡」。同樣是寫人身上的平常部分引起的苦惱，魯迅不動聲色地對「同情」（麻木）、「敵意」的結果做了推演，最後得出的結論即是改革者，無論是多麼小的改變，在當時的中國遭到的不僅只是麻木漠然，不僅只是像內供所遭遇到的竊笑和指指點點，更多更可怕的是扼殺。且不說「叫喊於生人中」的孤寂無聊，會慢慢熄滅改革熱情的火焰，扼殺的方式有時甚至是對個體生命的直接剝奪。內供鼻子正常時遭遇的難堪N先生一件都沒少，但像N那樣因為辮子而差點被親戚告發送命卻並不在內供的經歷之列。

　　同樣是「改善」與「苟且」的對立，在《頭髮的故事》中「改善」意味著社會的變革，「苟且」直指民族的惰性，與《鼻子》中的那組對立相

---

[8]　魯迅：《〈鼻子〉譯者附記》，《魯迅全集》第10卷，人民文學出版社2005年版，第250頁。

比有了更深層的意蘊，而且同樣是身體的一部分，魯迅筆下的「頭髮」帶有更強烈的政治意味。兩個方陣最大的不同在於另一組矩點的關係，「死亡－生存」比起「敵意－同情」無疑要更為激烈，這不再是個體的困境，而是民族生死的較量。對於芥川而言，不排除「敵意」與「同情」的中間狀態，那就是「漠然」，即魯迅所憎惡的看客們的漠然；對於魯迅而言，「死亡」與「生存」間也有空白，而這空白地帶是留給將死未死之人的，行屍走肉與死無異，而這正是芥川無力在《鼻子》中揭示的地方。從總體來看，《頭髮的故事》的方陣可以視為《鼻子》方陣的強化版，這是一種魯迅式的矛盾激化，將個體的精神病灶放大，作為抨擊的樣本。《頭髮的故事》將頭髮與社會變革、人的進化聯繫在了一起。在當時的中國任何改革都舉步維艱，老大中國的步伐緩慢又沉重，「造物的皮鞭沒有到中國的脊樑上時，中國便永遠是這一樣的中國，絕不肯自己改變一支毫毛！」[9] 希望做出向善改變的人們，即使是最小的生活細節的改良（如因不便而剪去辮子），也會遭受無情的敵視和打壓，「即使搬動一張桌子，改裝一個火爐，幾乎也要血；而且即便有了血，也未必一定能搬動，能改裝」[10]。芥川筆下的內供不也只是想對自己的鼻子做出些改變嗎？一個細節的改變卻被刻薄的旁人抓著不放。魯迅把這些日常細節放大，與整個社會的變革聯繫在了一起。

三

《鼻子》表面上看是內供一個人的困苦，然而其深層結構卻流露出芥川對「變」的猶疑和痛苦。此處的「變」包含著兩層意思，一是向善的變革，二是人心的畸變。1914年第一次世界大戰爆發，日本在軍國主義道路上越走越遠，然而軍國主義的對外擴張建立在對國內民眾利益的壓榨之上。在這種情況下，人性的陰暗面就會在歷史的濁流中暴露出來，人心的畸變在所難免。這種畸變甚至打壓了積極的變革，讓芥川苦悶不已，「周

9　魯迅：《頭髮的故事》，《魯迅全集》第1卷，人民文學出版社2005年版，第488頁。
10　魯迅：《娜拉走後怎樣》，《魯迅全集》第1卷，人民文學出版社2005年版，第171頁。

圍的人們很醜惡。自己也很醜惡。目睹這些醜陋而活著是一種痛苦，而且
只能強迫自己這樣活著」[11]。與芥川不同的是，魯迅在《頭髮的故事》中
傳達出的卻是「不變」之痛。痛定思痛，求變而不可得，是當時包括魯迅
在內的中國現代知識份子的共同之痛。「變」與「不變」之痛，從兩篇小
說的情節安排和主人公塑造中可見一斑。

「五四」新文學時期主要受到超人哲學和進化論影響的魯迅，不止
一次為中國改革的艱難而憤慨，麻木庸眾猶如活在真空中，對周圍的一
切置若罔聞，「無問題，無缺陷，無不平，也就無解決，無改革，無反
抗」[12]。然而，「時勢既有所改變，生活也必須進化；所以後起的人物，
一定尤異於前，絕不能用同一模型，無理嵌定」[13]，內憂外患的中國需要
「變」。既然與死亡相連的苟且得了勢，就必須要有先覺者作出犧牲，
「自己背著因襲的重擔，肩住了黑暗的閘門，放他們到寬闊光明的地方
去；此後幸福的度日，合理的做人」[14]。《頭髮的故事》中的N先生，就
是這樣的一個革命者，從剪辮開始，試圖走出一條改變現實、稍有希望的
道路。然而，夢醒的吶喊者總是孤獨的，現實的重負似乎漸漸「磨滅」了
N先生的意志。同樣，對社會痼疾和人心異變痛心疾首的芥川，他筆下的
內供並不是什麼革命家，內供想做的只是治好自己畸形的鼻子，但從他對
治療鼻子做出的一系列努力來看，小人物的向善之心總會給人些許感動。
雖然與「夢醒者」、「吶喊者」、「先覺者」這些字眼無緣，小人物內供
的心裡總還帶著改善生活的美好嚮往，而這些恰恰是魯迅所贊許的，因為
這並不是維持現狀的苟且，內供的生活仍有動力。可是這一點向善的動力
被周圍的武士、小和尚們無情地打壓了，內供「今朝冷清歡淪落，昔日榮
華空相憶」[15]的想法十分無奈。而這樣帶著悔意的想法絕不可能出現在N

[11] 芥川龍之介：《一九一五年二月二十八日致恆藤恭》，《芥川龍之介全集》第5卷，
山東文藝出版社2005年版，第62頁。
[12] 魯迅：《論睜了眼看》，《魯迅全集》第1卷，人民文學出版社2005年版，第252頁。
[13] 魯迅：《我們現在怎樣做父親》，《魯迅全集》第1卷，人民文學出版社2005年版，
第141頁。
[14] 魯迅：《我們現在怎樣做父親》，《魯迅全集》第1卷，人民文學出版社2005年版，
第135頁。
[15] 芥川龍之介：《鼻子》，《芥川龍之介全集》第1卷，山東文藝出版社2005年版，

身上，這也是兩篇小說中的主人公最關鍵的不同所在。

面對打擊，N似乎從一個理想家變成了一個「委曲求全」的務實派。然而，N在勸說「我」這位革命的後繼者不要沒有「毒牙」還頭貼「蝮蛇」二字時，魯迅似乎更著力於表達這番勸說背後的血和淚。「人物『回想』自身經歷的過程，是把自己與『世故』『他們』『中國』『乞丐』對立的過程，是展示革命戰士得不到『迴響』的『寂寞』的過程，也是敘述者突顯革命理想的過程」[16]，N的回憶傳達著另一種資訊：希望還在，路也會有，只是「為了這希望，要使人練敏了感覺來更深切地感到自己的苦痛，叫起靈魂來目睹他自己的腐爛的屍骸」[17]，這是一種自我的拷問和折磨，也唯有如此才能使自我的精神昇華。這是具有戰士氣概的人物才會有的想法，可是在芥川的筆下卻找不到這種「絕望中的希望」。當內供向惡作劇的中童子甩去一個嘴巴的時候，很容易讓人聯想到魯迅筆下專「向孩子們瞪眼」的「孱頭」。「勇者憤怒，抽刃向更強者；怯者憤怒，卻抽刃向更弱者」[18]，N先生不會改變向「因循」抽刃的姿態，軟弱的內供卻徹底絕望了，以至於當鼻子一夜間恢復原先的畸形狀態時，他還在慶幸：「這樣一來，再也沒有人嘲笑我了。」[19]至此，內供的改善之心徹底死滅了。

在打壓和遺忘的雙重重負下，魯迅需要的是更有韌性的鬥爭，這樣才能從「求變」之痛中掙脫出來。反觀芥川，這種反抗的姿態正是他所缺乏的，他和內供一樣，選擇回到既定的生活軌道，成為了苟且因循的一份子。兩個小說人物對待醜惡的不同態度，其實也點出了兩位作家的不同立場。

四

一個是對「變」的痛苦和無奈，另一個是對「不變」惰性的痛心疾

第40頁。

[16] 任慧群：《「革命」的「回想」與「迴響」——試析魯迅〈頭髮的故事〉的價值取向》，《小說評論》2010年第2期，第78頁。

[17] 魯迅：《娜拉走後怎樣》，《魯迅全集》第1卷，人民文學出版社2005年版，第167頁。

[18] 魯迅：《雜感》，《魯迅全集》第3卷，人民文學出版社2005年版，第52頁。

[19] 芥川龍之介：《鼻子》，《芥川龍之介全集》第1卷，山東文藝出版社2005年版，第41頁。

首，從兩篇小說各自的方陣來看，從「敵意－同情」到「死亡－生存」，暗含了芥川龍之介和魯迅兩位作家的創作特點以及精神氣質的異同。

在紛繁多變的社會問題中抓住本質，一擊致命，是魯迅與芥川創作的共同點。芥川被稱為大正文壇的「鬼才」，他的「鬼氣」有一部分就體現在了一雙發現社會問題癥結的「銳眼」上，而以筆代刀剖析國民性的魯迅有著一雙「冷眼」，兩人都能「眾人皆醉我獨醒」。難怪魯迅對芥川的作品總是給予極大的關注，而且能產生共鳴。最典型的例子莫過於對芥川《中國遊記》的評價[20]。芥川曾因工作需要於1921年遊歷中國，由此寫成的《中國遊記》中多是描寫當時中國的混亂、骯髒，譯介到中國時又正值日本侵華而引起中國民眾的反感。但魯迅卻對芥川能夠揭開當時中國的瘡疤並且反省日本大正文人常有的理想化的「中國趣味」而給予肯定，他曾對增田涉說：「芥川寫的遊記中講了很多中國的壞話，在中國評價很不好。但那是介紹者（翻譯者）的作法不當，本來是不該急切地介紹那些東西的。我想讓中國的青年更多讀芥川的作品，所以打算今後再譯一些」[21]。對於魯迅而言，揭瘡疤是為了「引起療救的注意」，是為了給精神病灶下藥，在這個層面上他是支持芥川的。

有著「銳眼」的芥川和有著「冷眼」的魯迅都成了孤獨者。身為養子的芥川對人心惡的一面本來就極其敏感，從《羅生門》中在善惡間搖擺最後還是墜入行惡深淵的家將，到《鼻子》中因為畸形的鼻子陷入窘境最終選擇與周圍敵意妥協的內供，再到《竹林中》為了各自不同的目的而說出不同版本證詞的幾個人，無不是為惡所害又向惡妥協的。芥川寫道：「從某種意義上說，我也是在孤獨地獄裡受苦受難的一個人。」[22]他為此深感痛苦，甚至自我懷疑和自我憎惡——「據我體會，自我憎惡的最強烈的特色，就是從一切事物中看到虛偽。而且，我對此種發現毫無滿足

[20] 高潔：《「疾首蹙額」的旅行者——對〈中國遊記〉中芥川龍之介批評中國之辭的另一種解讀》，《中國比較文學》2007年第3期。
[21] 增田涉：《魯迅的印象》講談社1948年版，第236頁，轉引自高潔：《「疾首蹙額」的旅行者——對〈中國遊記〉中芥川龍之介批評中國之辭的另一種解讀》，《中國比較文學》2007年第3期。
[22] 芥川龍之介：《孤獨地獄》，《芥川龍之介全集》第1卷，山東文藝出版社2005年版，第45頁。

感」[23]。人心的隔膜使芥川陷入孤獨之境難以自拔,充滿了對自己和旁人的絕望,最終選擇了與苟且因循妥協。然而同樣面對孤獨,魯迅卻絕不向絕望妥協。如果說芥川和魯迅的作品都帶著自己的「毒氣」,那麼前者是已被黑暗同化,而後者則是吸收黑暗,為的是「反戈一擊」。我們只能為內供的命運歎息,但卻能聽出N先生勸說的話外之音。魯迅一直保持著戰士的姿態,舉起投槍擲向種種醜惡,包括自身的虛無和絕望。如果進化的鞭子還沒有抽到老大中國的脊背上,那麼魯迅就自己操起鞭子,抽打中國停滯不前的車輪。N先生的「妥協」只是爆發前的蟄伏,「地火在地下運行,奔突;熔岩一旦噴出,將燒盡一切野草,以及喬木,於是並且無可朽腐」[24]。要推翻吃人的筵席,怎麼能夠妥協?然而,芥川卻無奈地總結自己的處世之道:「最聰明的處事術是:既對社會陋習投以白眼,又與其同流合污。」[25] 這「同流合污」是魯迅難以接受的,這意味著因襲社會的陳規,而因襲的背後是奴性和惰性,是未老先衰的夢魘。可對芥川來說,「改善」與「苟且」的對立界限已不再那麼分明了,因為他從一開始就只是從「苟且」推演出了「敵意」而並非「死亡」。

　　《鼻子》和《頭髮的故事》的詼諧背後都帶著淚,不同之處在於前者帶著無奈的淚,唯有歎息,後者雖也滿腔悲憤,但卻暗藏一觸即發的力量,這似乎也暗示了芥川龍之介和魯迅不同的命運。1927年,芥川服毒自殺,枕邊還放著一本《聖經》,或許他在臨終前還在為如何安置自己的信仰而猶豫不決。而魯迅此時正在經歷進化論的轟毀,之後走上了另一條道路,顯然他已經發現習慣忘卻的人們中也有青年。執著於民族生死存亡的魯迅踏上了新的路途,芥川則永遠把光芒留在了自己所憎惡的世界裡,這不能不說是一種遺憾。

---

[23] 芥川龍之介:《我》,《芥川龍之介全集》第3卷,山東文藝出版社2005年版,第115頁。

[24] 魯迅:《題辭》,《魯迅全集》第2卷,人民文學出版社2005年版,第163頁。

[25] 芥川龍之介:《侏儒警語》,《芥川龍之介全集》第4卷,山東文藝出版社2005年版,第259頁。

從童話色彩看《秋夜》的生命哲思

——《小約翰》和《秋夜》之比較

郭夢瑩[1]

　　《小約翰》是魯迅早期在日本留學時接觸到的一本由荷蘭作家編寫的童話故事，《小約翰》雖然是一本充滿幻想色彩的童話故事，但因其有著與魯迅相似的人生價值理念、思想內核與童心特質，受到了魯迅的偏愛，進而在一定程度上影響了魯迅的創作。本文試結合童話故事《小約翰》，從「童話色彩」這一角度，與魯迅散文集《野草》裡的《秋夜》展開比較，進而體會《秋夜》蘊含的另一番韻味。

一

　　早在日留學期間，魯迅便在書店第一次接觸到在1887年發表的童話小說《小約翰》。《小約翰》以一個兒童的視角描寫了一系列奇特的境遇：一個名叫小約翰的男孩由於偶然的機會離開家庭，融入了大自然的世界中，為的是尋找一本「解讀人生所有疑問的大書」，在尋找的旅途中，小約翰由一名天真的兒童成長為一名懂得如何完成自己生命價值的男孩，並最終懷著對人類的愛回歸現實生活。其作家望·藹覃1860年出生於富裕的家庭，1886年於醫學院畢業，畢業之後的望·藹覃住在自己所造的一所鄉間幽徑的住所，為自己的創作提供了一個寂寞沉靜的環境，在工作閒暇期間，望·藹覃一直研習著自己喜好的文學。而魯迅剛好也有著學醫從文的兩種人生經歷，在相似的人生經歷影響下，望·藹覃和魯迅對作品藝術的表達傾向上、對人

——————————
[1]　郭夢瑩（1989-），女，雲南人，上海師範大學人文與傳播學院在讀碩士生。

生的思考方面在一定程度上都有很大的共性。所以，魯迅對《小約翰》裡所
闡釋的生命意蘊，表達的藝術手法有著強烈的認同感，《小約翰》被魯迅稱
作成人的童話。《小約翰》不僅以獨特的生命意蘊，奇異的表現手法吸引了
魯迅，其中暗含的童話色彩也契合了魯迅內心的童心特質，「魯迅博大的情
感世界不僅超越了『自我』的狹窄範圍，甚至超越了國家、民族的狹窄範
圍，昇華到了自我心靈與宇宙萬物（生物，非生物）的契合。這樣的境界
是兒童所有的⋯⋯」[2] 不僅如此，魯迅內心也一直堅守著一份對童真浪漫
的喜愛。魯迅認為：「孩子是可以敬佩的，他常常想到星月以上的境界，
想到地面下的情形，想到花卉的用處，想到昆蟲的語言；他想飛上天空，
他想潛入蟻穴⋯⋯」[3]。王乾坤曾說：「魯迅讚賞兒童所具有的非凡的想像
力，在魯迅的作品中，同樣也充斥著豐富的想像，擴大的聯想。」[4] 童心中
真充滿了真心，也許就是魯迅生命裡始終都擁有童心的一個重要原因。魯
迅曾說「我也不願意別人勸我去吃他所愛吃的東西，然而我所愛吃的，卻
往往不自覺地勸人吃，看的東西也一樣，《小約翰》即是其中之一。」[5]
出於對《小約翰》的喜愛，魯迅於1926年7月開始與齊宗頤合譯《小約
翰》，1928年1月由北京未名社出版，把《小約翰》正式介紹到了中國。

　　一直被奇異，純潔，善良的童心所吸引的內心特質在魯迅的作品中
自然而然地流露了出來，魯迅於1924年9月創作的散文《秋夜》，就是在
「童話色彩」映照下對生命哲理進行思考的典範。在此之下，兒童文學的
經典《小約翰》和魯迅的散文《秋夜》之間就有了比較的可能性。

二

　　諾瓦利斯曾說：「⋯⋯一篇童話有如一片不連貫的夢境，童話的長處
在於同真實世界完全相反，又同它十分相似。真正的童話必須同時是預言

的表現,理想的表現和絕對必然的表現……」[6] 因此,童話作為一種獨特的文學體裁,不僅具有真實中顯現著奇幻、奇幻中體現著真實的特點,還具有強烈的象徵意蘊和不斷的理想追求。

《小約翰》和《秋夜》首先體現出的是環境描寫的圖像化。這就像一本高品質的兒童手繪讀物,除了精簡凝練的文字能給予讀者無限思考空間以外,細膩的圖畫也同樣是該作品的閱讀亮點,它們能夠喚起讀者聽覺、視覺、觸覺的感受,有著獨特的魅力。《小約翰》中到處都是對大自然精緻的描繪,有一種「人在畫中」之感,那裡有紫花地丁、斑斕的蓮馨花;有用腐朽的枯木做成的亮如金剛石般的裝飾;麝香草做成的香料、蝙蝠做成的簾幕。這些描寫如同一幅幅精美的五彩圖畫,顯示著大自然大的智慧。如果說《小約翰》是一部瑰麗的油畫書,那麼魯迅的《秋夜》則是一幅兒童水墨畫。魯迅所描繪的這幅秋夜圖的空間絕大部分都留給了天地之間那一片淡藍色的空氣,只有仰頭才能看到幾十顆發著寒光的星星,更顯得秋夜的慘澹寂寥,只有在頁腳有限的空間裡,開著一片細小的紅花,它們雖然在寒冷的秋夜裡顯得那麼微不足道,但正因為它們的存在,給這幅以冷色調為主的圖畫增添了別樣的暖意。在這片野花叢中,還另立著兩棵形狀奇特的棗樹,它們盡自己的力量將枝幹伸向天空的最高處,如果說小粉花給圖畫增添的是一絲殘留的暖意,那麼,這兩棵棗樹則以向上的姿態給這幅圖畫增添了濃重的剛勁之力。魯迅用寥寥幾筆為我們勾畫出了這麼一幅兒童簡筆劃,因其寓意深遠,留得讀者細細回味。「象徵是童話創作把幻想和現實融合起來的一種重要方式,也是童話創造典型的常用方法。」[7] 這兩幅具有極強象徵意味的圖畫便具有了童話故事的特點。

「擬人是一種傳統的藝術手法,來源於童年時期人類的『泛靈思想』,這種思想廣泛地運用於童話創作中,符合了兒童的心理和氣質。」[8] 因此,在《小約翰》和《秋夜》裡,也有大量的「擬人體形象」。擬人體形象專指童話故事中那些被擬人化了的自然生物。在《小約翰》裡,有三

---

[6]　朱自強:《兒童文學概論》,高等教育出版社2009年3月版,第220頁。

[7]　浦漫汀主編:《兒童文學教程》,山東文藝出版社2000年版,第56頁。

[8]　浦漫汀主編:《兒童文學教程》,山東文藝出版社2000年版,第56頁。

個被遺棄在落滿灰塵的倉庫角落裡的火爐，它們用沉悶的聲調埋互相傾吐著懊惱，歎息的情緒，它們埋怨著人類對自己的忽視；有在熱鬧的慈善晚會會場門外孤零零的為往來賓客點燈的螢火蟲，在黑暗中的螢火蟲顯得那麼孤獨；有肩負著帶領小約翰走出童年虛幻世界，幫助小約翰走向成熟的智者黑蝙蝠——穿鑿，身為蝙蝠的穿鑿有著和人類一樣的大頭、大耳朵、瘦瘦的身軀和細細的腿。同樣，在《秋夜》中，也有一系列生動活潑的「人化形象」：有在寒冷的秋夜中忍不住瑟瑟顫抖的小花和小花臉上的微笑；有為了抗擊那一片虛偽不真實的秋夜而像戰士一樣挺直了身板直刺沒有盡頭的兩棵棗樹；有為著前方的光明奮力拼搏的小青蟲，它們用無畏的勇氣進行著自殺式的肉搏。在《小約翰》和《秋夜》中，這些動植物成為了童話中的主角，有了人類的情感，行為語言甚至是思維方式，它們雖然不是人類形象，卻在一定程度上是人類社會生活的縮影，代表了人類的意志情感。

　　兒童由於受著特定年齡段心智的影響，他們在觀察外界事物時便會不自主的把極具主體情感的自我中心傾向投射到外在事物上，從而使他們眼中的整個世界都染上人性化色彩。童話作品中「誇張」的藝術表現手法也來自於兒童這一特殊的觀察世界的方式。誇張，指的是借助作者豐富的想像力，將描寫的對象的某些特徵進行有意識的放大或縮小，或突破常規的思維界限，加以變形，以便突出作家創作的意圖。在《小約翰》裡，小約翰能夠在一瞬間變得和郊外的小野兔一樣大，自由地出入野兔的洞穴；能夠和旋兒一道，像一粒帶有羽毛的蒲公英種子，向天際飛去；而在常人眼中細小的繁密深綠的苔蘚對於小約翰來說竟然大的像森林一樣。在《秋夜》中，詩人和小粉花能夠跨越不同的生物種類進行著對話；魯迅能夠像聽眾一樣聽到瘦的詩人和小粉花的對話，能夠在沉寂的夜裡觀察到夜發出的吃吃的笑聲，就連周圍空氣附和著的笑聲魯迅也能夠聽到；還有那奇怪而高的天空變成了一張陰鬱的臉，天空的臉露著詭異的笑，這張臉上還有著幾十顆由星星組成的冷眼。在這兩篇作品中，作家衝破了人與自然、人與其他生靈的界限，進行著對話，誇張的想像力、誇張的創作思維，讓作品充滿了奇異的童話色彩。

三

　　與望・藹覃一樣，魯迅回歸兒童，選擇童年的親和美好記憶，藉童話體裁表達了對生命價值的終極關懷。但與望・藹覃的長篇童話故事《小約翰》不同的是，魯迅沿用了自己創作的一貫風格，用簡約、凝練的語言風格對《秋夜》的主題進行了很好的闡釋。魯迅曾這樣概括自己的經驗：「我力避行文的嘮叨，只要能夠將意思傳給別人了，就寧肯什麼陪襯也沒有……」[9] 魯迅短小精煉的文字有著時代的跳躍感和衝擊力，其簡練的語言風格有助於其在有限的文字中表達文章主題，突出文章主旨，同時，短小的篇幅能夠讓讀者在一定時間內通讀《秋夜》並抓住作者的創作意圖。

　　在這兩篇作品中，望・藹覃和魯迅都在反思什麼才是生命的真諦，如何才能獲得生命的最高價值。《小約翰》寫於望・藹覃校園時期，作者雖然也用童話的筆調寫出了自己對人生的思考，但生於富裕家庭的望・藹覃在校園環境之下寫出的童話色彩不可避免的染上了校園象牙塔的理想氣息。《小約翰》裡的小約翰、穿鑿、小精靈旋兒都沒有一個固定的指向性，它們揭露的是生命價值的普遍規律，因而是對外部世界在整體勾畫上進行的分析，游離於時代之外，與外界社會在一定程度上產生了隔離之感，這與魯迅所在的生活環境、所處的時代氛圍有很大的不同。《秋夜》寫於1924年9月，當時的中國社會正發生著各種變革，五四革命的餘波還影響著當時的一批有志之士，北京女子師範大學新校長楊蔭榆風波更是深深地刺激了魯迅。仔細讀了《秋夜》之後，我們會發現魯迅筆下的《秋夜》中的棗樹、小花、小青蟲這些童話意象都有很強的隱喻性，有著時代的烙印在裡面，棗樹直接刺向的是「公理正義的美名」和「正人君子」，小花、小青蟲體現的是新一代青年對新希望的渴求。不僅如此，「這些意向給讀者提供了一些線索，這些線索使讀者有把握地去瞭解魯迅對問題的

9　魯迅：《我怎麼做起小說來》，《魯迅全集》第4卷，人民文學出版社2005年版，512頁。

看法，同時，也使讀者直接看到他的思想和想像力是怎樣活動的。」[10] 由此可見，《秋夜》同時也是魯迅對自我思想的一種解剖，在棗樹，小花，青蟲的身上，流露出的是魯迅充滿韌性的奮鬥、抗爭和追求的精神。同樣是具有童話色彩的兩篇作品，魯迅的《秋夜》較望·藹覃的《小約翰》多了一層對時代潮流的把握和對自我內心的解剖，對當時的社會有著更為深刻的影響力，能夠很好地引起讀者與作者之間的共鳴。

四

在童話創作過程中，作家善於把自己熟知的事物推想到大自然其它生物群中，換句話說，這樣的創作思維就是童話創作的哲學根源「物活論」。人類如何介入自然，自然又如何用自己的眼光思維關照人類，既是童話的哲思，也是《小約翰》和《野草》思考的問題。

《小約翰》中那三個不甘於無事可做的空虛無聊火爐，渴望用生命的燃燒來親證自己存在的價值。在《野草》裡，那兩棵紮根在大地上的棗樹，它們把落完葉子的樹幹伸向了天空的最遠之處，挑戰著夜空的高寂，在孤寂中展現著自己頑強的生命力。聯想當時的魯迅，與傳統、與社會、與時代有著嚴重的隔膜和分離，這讓魯迅在惡劣的生存條件下產生了強烈的寂寞孤獨感，但孤獨寂寞之感越發刺激起魯迅更強大的生命力，與死一般沉寂的社會做著不懈地抗爭。就像那火爐，通過燃燒自己拒絕空虛；就像那棗樹，用傷痕累累的樹枝抗擊著空虛的夜。

當小約翰看到孤零零地站在黑暗中為往來賓客點燈的螢火蟲時，不禁問道：「你必須站在這暗路上麼？」火螢說：「這是本身的自由選擇。」從對話中我們可以發現，螢火蟲是用孤獨與黑暗換來了自己渴望的自由之夢。「魯迅孤獨的抗戰固然『苦極』，這不僅是為了自由而戰，同時本身也是其自由的選擇和表現，是人的存在價值最自由的釋放過程，綻放過程。」[11] 火螢用黑暗孤獨的「苦極」換來了真正的自由，火螢用獨特的方

---

[10] 隋清城：《魯迅小說意向主題論》，齊魯書社2001年11月版，第240頁。
[11] 王乾坤：《魯迅的生命哲學》，人民文學出版社2010年4月版，第209頁。

式選擇了讓生命的綻放。《秋夜》裡中的小花，她努力用自己弱小的身軀抵禦著嚴冬的寒冷。當詩人告訴小花真相後，小花只報一個微笑，在這微笑的背後，透露的是對生的強烈渴望，就算現實環境是多麼的冷酷，小花仍然堅守著自己內心那份希望，翹盼春天的到來。這是小花在正視了人生是永無止境的痛苦循環之後，以勇敢的心「在現實世界中支配自我命運的有限性」[12]。守夢本身是一個非常美的行為，而當今社會有幾人肯為心中的那一份夢想而奮力堅守？「無論人怎麼努力，都會在『無物之陣中衰老，壽終』……人只有在這個事實，這種命運的基礎上，在無路的地方走路，與沉淪做『絕望』的抗戰」[13]。堅守，這是螢火蟲對待黑暗、小花對待寒冷的方式，同樣也是魯迅對待絕望的方式。

　　長大之後的小約翰遇到了穿鑿，當小約翰偷懶不工作時，穿鑿搖撼他：「你瘋了麼？懶貨？夢是癡呆，你在那裡走不通的，人須工作思想尋見，思想——因此，他是一個人。」[14] 同樣，對於「到何處去尋找人生意義，以對付黑暗的人生」這一問題，魯迅的答案是：執著現在，執著地上，並把追尋「大地之意」，看作超越之途。在《秋夜》裡，那些用身體撞擊著玻璃燈罩的小青蟲同樣也是以生命的代價進行著光明的探尋，在生命的努力中，小青蟲感應著這個世界給予自己的希望，這是一種令人肅然起敬的不可為而為之的勇氣。魯迅對這種勇氣有著自己獨特的見解，雖然小青蟲這樣的追尋最終逃不出毀滅的結局，但魯迅仍然對這群青翠的小青蟲報以尊敬，因為我們在小青蟲對光明的追尋中感受到了生命沉甸甸的力量。

　　魯迅從敘述性的描寫、非哲理的語言中帶給了我們深刻的哲理反思。棗樹的隱喻，小花的隱喻，飛蟲的隱喻，帶給讀者無限回味的空間，因為兒童思維中具有「他們把自己天真的思想情感傾注於周圍有生命或無生命的物體中……」[15] 的特點，所以這些尋常的生物在童話色彩的映照下有了自己的人格特徵，有了生命的思考在其中。所以，那些常人看來難以把握

---

[12] 錢理群：《生命的探尋》，上海文藝出版社1988年版，第58頁。
[13] 王乾坤：《魯迅的生命哲學》，人民文學出版社2010年4月版，第184頁。
[14] （荷）F·望·藹覃：《小約翰》，魯迅譯，北京人民文學出版社1957年版，第81頁。
[15] 浦漫汀主編：《兒童文學教程》，山東文藝出版社2000年版，第59頁。

的生命意義在魯迅筆下卻以一種充滿神奇幻想的形式出現在讀者面前，給
哲理情思蒙上了一層清麗奇幻的意味，讓本是晦澀堅硬的生命哲學充滿了
愛、溫情和希望。楊格曾經說過：「一個天才的頭腦是一片沃土和樂園，
在那裡讀者可以『享受一個永恆的春天』」。在我看來，浸染了童話色彩
的《秋夜》則是在那「永恆的春天」裡開出的最美生命哲理之花，由此可
見，魯迅不愧是一位「創造新形式的先鋒」[16]。

原載《紹興文理學院學報》2012年第6期

---

[16] 錢理群：《中國現代文學三十年》，北京大學出版社2006年12月版，第34頁。

文學觀念

魯迅與曾今可及其他

巫小黎[1]

1933年6月6日上海出版的《社會新聞》登出一則題為《曾今可準備反攻》的消息說：

> 曾今可之為魯迅等攻擊也，實至體無完膚，固無時不想反攻，特以力薄能鮮，難於如願耳！且知魯迅等有左聯作背景，人多手眾，此呼彼應，非孤軍抗戰所能抵禦，因亦著手拉攏，凡曾受魯迅等侮辱者更所歡迎。近已拉得張資平，胡懷琛，張鳳，龍榆生等十餘人，組織一文藝漫談會，假新時代書店為地盤，計畫一專門對付左翼作家之半月刊，本月中旬即能出版。[2]

這則針對魯迅而來，帶有挑釁意味的消息究竟怎麼回事呢？魯迅和曾今可之間到底有什麼恩怨？本文試作梳理。

一、曾今可和他的「解放詞」運動

欲知其詳，還得先介紹一下曾今可（1901-1971，江西泰和人）。據曹聚仁說，曾是「一家錢莊的小開，和周扶九家有點淵源，小夥子想在上海闖天下，拿出點錢，辦個雜誌，如此而已。」[3] 曹聚仁這裏提到的「雜

---

[1] 巫小黎（1963-）男，廣東大埔人，文學博士，佛山科技學院中文系教授。
[2] 如：《曾今可準備反攻》，載《社會新聞》第3卷第22期，1933年6月6日出版。
[3] 曹聚仁：《談曾今可》，見《聽濤室人物談》第242頁，上海：上海人民出版社

誌」，指的就是文藝期刊《新時代月刊》。這份刊物1931年8月1日在上海創刊，曾今可自任主編，由新時代書局出版發行。創刊號上曾今可發表《隨便說幾句》一文，稱「《新時代月刊》是一個純文學刊物，她沒有什麼政治背景，也不談什麼主義。」因此之故，開始時刊物也受到一批新文學作家的關注，郁達夫、巴金、沈從文、麗尼、臧克家、何其芳等，都曾在上面發表過作品。

那時，曾今可是上海灘上十分活躍的人物，他喜歡結交名流，也能討得幾個知名人物的好感，同時又愛製造點文壇新聞，偶爾也來點異想天開的舉動，以引起文壇的關注，這種做法正是當時上海灘想出人頭地的年青人提高知名度的慣用手法，用今天的說法就是炒作。

眾所周知，中國現代文壇的「詩體大解放」讓一個剛從美國回來，叫做胡適之的年青人爆得大名，到上世紀三十年代，新式的自由體詩已經在文壇穩穩地站住了腳跟，並取得了驕人的成績，「詩體大解放」的宣導者也早已是功成名就的文化領袖，學術翹楚了。現在，從江西來到上海新進文壇的曾今可，或許從這裏得到了啟發，獲得靈感，也夢想著一舉成名的榮耀，成為胡適之第二。於是，他便邀集一批閒居上海的名流騷客、遺老遺少，如柳亞子、林庚白、曾仲鳴、章衣萍、徐蔚南、黃天鵬、華林、徐仲年、余慕陶、張鳳等搞了一次「詞會」，並寫了一篇熱情洋溢的《詞的解放運動》，發表了自己關於「解放詞」的「高見」，順便也略述一下此次「詞會」的「盛況」。後來，《詞的解放運動》一文交給《學燈》副刊的編輯黃天鵬。那時，經過淞滬戰事之後，文壇一片死寂，書業、出版界極其蕭條，黃天鵬也十分希望自己所編的《學燈》能夠在沉寂的上海文壇弄出一點新花樣來，刺激一下文人們被戰爭震得近乎麻木的神經。所以，曾今可的大作《詞的解放運動》很快就在1932年11月20日《學燈》上被發表出來了。

當年郭沫若的《鳳凰涅槃》就是在這家報紙上首次和讀者見面的。在某種程度上可以這麼說，是《時事新報》造就了郭氏的聲名。而今，曾今

1998年。

可也希望倚重《時事新報》悠久的歷史，巨大的影響和極高的社會聲望，成全其橫空出世、聲名遠播的夙願，一舉成為世人矚目的文壇新星。

然而，零敲碎打的發表作品，很難在光怪陸離、無所不有的海上文壇吸引讀者的眼球，深諳此道的曾今可便別出心裁地在自辦的《新時代月刊》上來一個集體亮相。

於是，1933年2月1日出版的《新時代月刊》（第4卷第1期）「詞的解放運動專號」就在這樣的背景下新鮮出爐了。

「詞的解放運動專號」刊有柳亞子、曾今可、張鳳、郁達夫、余慕陶、董每勘、褚問鵑、張雙紅、章石承、淑芬女士等人的文章。他們圍繞著詞應該如何「解放」、「鬆綁」高談闊論，涉及的問題有詞的平仄、押韻、調名的廢存與內容、意境的取捨等方方面面，他們在文中提出「填詞不用古典，完全用白話入詞」[4]，「絕對不用……比較深奧陳腐的文言」等主張[5]，認為當代人填詞要在內容上大膽革新，要善於「利用著舊的格式裝飾些新的情調」[6]，「要抓住了時代，而適應目前的環境」，「寫我們今日的事，說我們今日的話」[7]，「在不粗不細之間，……唱出自己的情緒」[8]，為詞找到一條新的出路。而且，他們還將「解放」了的詞稱之為「自由詞」[9]、「活體詩」等[10]。

同時，該刊還發表了一組「詞選」，編者的用意或許是想以此為進一步推動「解放詞」的創作提供某種示範。

「詞選」登有曾仲鳴、林庚白、柳亞子、劉大杰、王禮錫、章衣萍、曾今可等人的新詞將近20首。看似一件十分莊嚴的文學事件，壞也就可能壞在這些示範性的作品上。

---

[4] 柳亞子：《詞的解放》，載《新時代月刊》（詞的解放運動專號）第4卷第1期，1933年2月1日出版。以下未標明出處者同此。按，柳亞子的文章在《新時代月刊》目錄頁上的標題是《詞的我見》，本文根據原刊物內文標題。
[5] 曾今可：《詞的解放運動》。
[6] 余慕陶：《讓它過去吧》。
[7] 章石承：《論詞的解放運動》。
[8] 郁達夫：《唱出自己的情緒》。
[9] 董每勘：《與曾今可論詞書》。
[10] 張鳳：《關於活體詩的話》。

　　這些詞作，基本上是用白話或非常淺近的文言寫成，彷彿在認真地實踐著不講平仄、押韻，不用典的「解放詞」主張，在內容和意境上或鼓吹「相逢作戲，我也疏狂圖一醉」的及時行樂；或是面對山河破碎、國將不國的時局低吟「人生能幾，我又春秋添一歲。休道文章，亂世何如穀稻香」的感傷[11]。慣於在燈紅酒綠、醉生夢死中找樂的遊戲文人，任何時候都不會錯過聲色之娛的機會。所以，林庚白、柳亞子便直接拿吳曙天做填詞的素材，王禮錫以胡秋原夫婦之閨趣作《如夢令》，這些都使「解放詞運動」顯得更加妙趣橫生，極大地吸引了對軟文學情有獨鍾的市民讀者。

　　且看林庚白、柳亞子的《嘲曙天──浪淘沙》[12]：

　　本是老闆娘，變小姑娘。蓬鬆頭髮綠衣裳。低吟淺唱音嫋嫋，端的瘋狂。家世舊高陽，流轉錢塘，漫言徽歙是兒鄉。好把情書添一束[13]，看月迴廊。

　　與這首詞刊稱「雙璧」的是王禮錫所作《調胡秋原夫婦──如夢令》：

　　不相識時煩惱，一相識時便好，好得不多時，愛把邊紐兒鬧。別鬧，別鬧，惜取如花年少。

　　「解放詞」的發起人曾今可更是當仁不讓，也發表《新年詞抄》四首，即《如夢令》、《畫堂春》、《卜運算元》、《誤佳期》。其中《畫堂春》一詞最令人叫絕。

　　一年開始日初長，客來慰我淒涼；偶然消遣本無妨，打打麻將。都喝乾杯中酒，國家事管他娘；樽前猶幸有紅妝，但不能狂。

[11]　劉大杰：《醉歌──減字木蘭花》。
[12]　曙天，指吳曙天。
[13]　指章衣萍、吳曙天的通信集《情書一束》。

上舉幾例，讀者已經可以清楚地看到，「解放詞」的確是拋棄了使用典故填詞的不合時宜的老規矩，舊框框，而是改用個人隱私填詞了。而且，在曾今可的詞裏除了嗟歎「流光如駛又新年，怕向街頭去」，惋惜「遊春舊侶」「她已作人妻，我亦為人父」之外[14]，還可以打麻將、罵娘呢。

後來，曾今可又把他的「解放詞」結成一集出版，取名為《落花》，且為集子附上張資平、崔萬秋、徐霞村、趙景深、宗白華等所寫的短評，謂之「好評一束」。但想不到的是，愛挑剔的讀者又發現《落花》集裏居然還有李清照的作品。曾今可這種不要臉的做法，實在已經讓人忍無可忍，於是，有人用「曾詞人」詩詞中的句子作打油詩一首以贈之。詩曰：「『落花』『流水』見浮名，如此詞人如『此生』。『熱淚』何曾自眼底，『深情』枉作動『心旌』。剽來語語皆陳句，恨不篇篇說『舊盟』。『莫管他娘』管爾屁，伊誰逐臭罵卿卿」[15]。這麼一來，「『好評一束』便變做『笑話半打』」了，「曾詞人」因此被罵做「詞賊」、「詩賊」[16]。

魯迅對此雖然感到十分痛心，但沒有立馬予以抨擊，而是保持暫時的沉默。1933年3月9日，在「詞的解放運動專號」出版一個多月後，魯迅寫了一篇《曲的解放》，這篇雜文本來為熱河失守而寫，但下筆之際忽然想起曾今可等人的「解放詞」，便以此為「由頭」冷嘲熱諷地寫道：

> 「詞的解放」已經有過專號，詞裏可以罵娘，還可以「打打麻將」。曲為什麼不能解放，也來混賬混賬？[17]

這大概就是《社會新聞》裏所說的「曾今可之為魯迅等攻擊也，實至體無完膚」的證據之一。

---

[14]　曾今可：《新年詞抄‧誤佳期》。
[15]　詞人：《贈曾今可》，載《社會日報》，1933年6月10日。
[16]　次翁：《從「文賊」「詞賊」說到「小偷」和「大剪竊」》，載《社會日報》，1933年7月26日。
[17]　魯迅：《曲的解放》，見《魯迅全集》第5卷第53頁。北京：人民文學出版社1981年出版。以下所引魯迅文章，與此同一版本。

　　對此，魯迅這樣解釋：「那時我想，關於曾今可，我雖沒有寫過專文，但在《曲的解放》裏確曾涉及，也許可以稱為『侮辱』罷」[18]。或許就因為這幾句話，便把脆弱的「曾詞人」刺得「實至體無完膚」了！於是，趕緊「著手拉攏，凡曾受魯迅等侮辱者」迅速結成「統一戰線」，準備向魯迅開火。

二、魯迅：「我當永世記得他們的卑劣險毒」

　　慣於捕風捉影、造謠生事是《社會新聞》的一大特色，這條新聞也不能排除它有誇張造勢的之嫌，但曾今可在發動了「解放詞」運動之後，又在倒騰什麼「文藝漫談會」的確又是事實。而且，有了很大的社會反響。

　　事情原來是這樣。1933年農曆端午節前夕，曾今可就開始積極籌畫此事了。他先後向張資平、胡懷琛、張鳳、龍楡生、曹聚仁、黎錦明、招勉之等滬上作家發出正式邀請，準備在端午節期間，舉行一個「文藝座談會」。

　　在曾今可邀約的幾個人中，張資平是較為積極，也是與曾今可關係較為密切、親近的一位。所以，曾今可在5月25日給張資平發出邀請的同時，就要張資平轉請黎錦明、招勉之兩位。那天上午10時，張資平接到《新時代月刊》的邀請後，隨即就給黎錦明和招勉之分別寄去了明信片，請他們在27日下午參加曾今可以《新時代月刊》名義在南京路福祿壽餐館舉行的「文藝座談會」。

　　5月27日這天，是農曆五月初四，第二天是中國人的傳統節日——端午節，大街小巷熙來攘往，一片繁忙，藉著濃郁的節日氣氛，下午3時，「文藝座談會」在南京路福祿壽餐館如期開張[19]，到場的主要有張資平、黎錦明、傅彥長、徐蔚南、胡懷琛、張鳳、龍楡生、崔萬秋、招勉之、明

---

[18]　魯迅：《偽自由書·後記》，見《魯迅全集》第5卷第165頁。
[19]　張資平：《從早上到下午（備忘錄之一）1933年5月25日》，載《文藝座談》第1卷第1期，1933年7月1日出版；張資平：《望歲小農居日記》，載《時事新報》1933年6月21日。

耀五，丁丁，⋯⋯陳令儀女士等，而且，這些人後來都被尊為「文藝座談會」的發起人在有關媒體予以公佈。據稱，這個「文藝座談會」「除作家聯絡感情外，並漫談文藝範圍內一切問題，性質與筆會相似。但沒有筆會拘束。該會每兩個星期聚餐一次」，「除發起人外，新加入者有林微音，余慕陶，黃天鵬，沙蕾，嚴次平」等[20]。

　　本來，著作者們類似沙龍性質的聚會是很正常的事情。但這事被《社會新聞》用帶著很濃火藥味的措辭一炒就走樣了，事情也因此顯得複雜起來，更何況，1933年7月1日出版的「文藝座談會」之機關雜誌《文藝座談》第1卷第1期便赫然登出一篇署名「白羽遐」的文章《內山書店小坐記》，且又是專門為魯迅而作的。

　　文章說「內山書店是日本浪人內山完造開的，他表面上是開書店，實在差不多是替日本政府做偵探。他每次和中國人談了點什麼話，馬上就報告給日本領事館。這也已經成了公開的秘密了，只要是略微和內山書店接近的人都知道。」接著又拐彎抹角地扯到魯迅1933年3月15日發表在《申報·自由談》上的《文學上的折扣》[21] 一文，稱該文主要觀點是從對中國文化一知半解、似懂非懂的內山完造的閒談與聊天中抄錄而來的：

　　　　「中國的事情都要打折扣，文字也是一樣。『白髮三千丈』，這就是一個天大的誑！這就得大打其折扣。中國的別的問題，也可以以次類推⋯⋯哈哈！哈！」

　　　　內山的話我們聽了並不覺得一點難為情，詩是不能用科學方法去批評的。內山不過是一個九州角落裏的一個小商人，一個暗探，我們除了用微笑去回答之外，自然不會拿什麼話語去向他聲辯了。不久以前，在《自由談》上看到何家幹先生的一篇文字[22]，就是內山

---

[20]　雲裳（曾今可之筆名）：《文壇消息·文藝座談會訊》，載《文藝座談》第1卷第1期，1933年7月1日出版。

[21]　收入《魯迅全集》第5卷第56-57頁，北京：人民文學出版社，1981年版。

[22]　何家幹是魯迅為《自由談》寫稿時經常使用的筆名。

所說的那些話。原來所謂「思想界的權威」，所謂「文壇老將」，
連這一點這樣的文章都非「出自心裁」！[23]

這篇文章的出現，正好坐實了《社會新聞》上「反攻」之說。

文章說的雖是內山，但目標卻是對準魯迅。讀者知道，魯迅與內山完
造之間的關係非同一般，指出內山「實在差不多是替日本政府做偵探」，
那也「實在差不多」就等於說，與內山交往頻繁、關係密切，且在危難之
際還得過內山幫助的魯迅，很可能就是日本人的間諜，或者更乾脆些，說
他是漢奸也似無不可！

《文藝座談》炮製此文的目的，說穿了無非是想藉反日仇日的民族情
緒和左翼的力量置魯迅於死地！

在這個中日關係極度緊張，人人自危的年月裏，誰都不願意害怕與日
本人扯上關係。

故此，當參加「文藝座談會」的名單公開後，有人就緊張了。張鳳
說：「誰知道什麼座談不座談呢？他早又沒說，簽了名，第二天，報上都
說是發起人啦。」龍榆生則抱怨：「上海地方真不容易做人，他們再三叫
我去談，只吃了一點茶，就算數了；我又出不起廣告費。」龍榆生的言下
之意或許還有登個廣告，向不明真相的讀者澄清一下事實的必要，同時藉
此訴說自己因一時不慎而受騙上當的委屈。曹聚仁雖然收到請柬，但他卻
是「不曾與座談而遙領盛情」，事後十分慶倖地說：「我幸而沒有去吃
茶，免於被強姦」[24]。

這個「文藝座談會」後來因為「座主」強姦民意的做法不得人心，自
然無人與座也無人與談了。她的機關雜誌《文藝座談》也只出了4期就壽
終正寢了。但「白羽遐」的文章卻讓魯迅咬牙切齒，發誓「我當永世記得
他們的卑劣險毒」[25]！

對於「動輒要你生命」者流，魯迅的態度是「第一切戒憤怒，不必與

[23] 白羽遐：《內山書店小坐記》，載《文藝座談》第1卷第1期，1933年7月1日出版。
[24] 聚仁：《「文藝座談」遙領記》，載《濤聲》第2卷第26期，1933年7月8日出版。
[25] 魯迅：《331105致姚克》，見《魯迅全集》第12卷第256頁。

之針鋒相對，只須付之一笑，徐徐撲之」[26]。所謂「徐徐撲之」，即是靜觀其變，等待時機的到來，然後在對方得意忘形之時來一個出其不意的反擊。

　　根據魯迅的經驗，事情肯定不會到此為止，「好戲」開了頭，更好的往往還在後面。

三、序的解放

　　在「曾詞人」正為榮登「文藝座談會」的「座主」寶座忘乎所以之時，忽然與他的「哥們」崔萬秋鬧翻了臉，主張「徐徐撲之」的魯迅一下子找到了一個很好的機會。

　　1933年2月，也幾乎是在曾今可推出「詞的解放運動專號」的同時，出版了一本詩集《兩顆星》[27]。集子前面有一篇「代序」，署名「崔萬秋」。所謂「代序」，其實是蓄意奉承曾今可的胡謅。茲抄錄如下：

> 今可兄：
>
> 　　大作《兩顆星》已由弟譯出寄東京《詩與人生》雜誌發表。
>
> 　　你的《兩顆星》，虞岫雲小姐的《病中》，盧白兄的《秋聽說》、《你已來到》，為弟最得意之三種譯詩。巴金兄的《亞麗安娜》和盧隱女士的《危機》亦較有自信。
>
> 　　你的《兩顆星》被我譯出後，許多的日本朋友都想「先睹為快」。我已經請日本女詩人橫山喜代子用日文打字機打了多份，分送各友人。自從飯田雪雄教授把你的《愛的三部曲》譯成日文後，你的大名即深藏在此邦青年男女的心中。《兩顆星》自然也會同樣受到異國讀者們的熱烈的歡迎的……
>
> 　　　　　　　　　　　　　　　　　　　　弟：萬秋
> 　　　　　　　　　　　　　　　　　　　　十二月十日廣島

---

[26] 魯迅：《330708致黎烈文》，見《魯迅全集》第12卷194頁。
[27] 上海新時代書局1933年2月出版。

　　如此「代序」，明眼人一看便知道是替曾今可吹牛拍馬的胡謅。前面說過，崔萬秋和曾某本來也是「哥們」，5月份的「文藝座談會」上他們都還在南京路福祿壽餐館一起與之座談過。

　　可是，這位「詩人」、「詞人」兼《新時代月刊》主編的曾今可和崔君之間卻不知道因何翻了臉。崔萬秋便不顧一切地接連在《大晚報・火炬》和《申報・自由談》登出了內容相同的《崔萬秋啟事》，否認曾今可詩集《兩顆星》裏的「代序」為他所寫。以下是錄自《大晚報》副刊《火炬》的《崔萬秋啟事》：

　　　　近來許多朋友發現曾今可贈人之詩集《兩顆星》上面，有「代序」
　　　　一篇，洋洋大文。恭維曾君，無所不至。且內有女詩人橫山喜代
　　　　子，教授飯田雪雄之大名。而代序之作者，則署名「崔萬秋」。萬
　　　　秋無名小卒，從來不敢自稱作家，當然更不敢代人做序。雖在日本
　　　　時識一打字生名橫山喜代子，然並非女詩人。識一中學教員，名飯
　　　　田雪雄，然並非教授。然則曾君《兩顆星》之代序，當屬另一人之
　　　　手筆。萬秋不敢掠美，特此聲明[28]。

　　《申報》的《崔萬秋啟事》則刊登在1933年7月3日，內容完全一樣，一個字都沒有改動。

　　崔萬秋本來就是《大晚報・火炬》的編者，所以，他在刊登啟事之時，還專門寫了一篇雜文《文氓》，登在同期報紙的同一個版面上，將《崔萬秋啟事》繞排在該文的中間，以引起讀者的特別關注。《文氓》不點名地對曾今可極盡諷刺挖苦之能事，在此就不贅了。

　　這麼一弄，「曾詞人」可就十分狼狽了。按說保持沉默也可以躲過去。

　　但曾今可卻不。在《崔萬秋啟事》登出後的第二天，即是1933年7月4日，他也在《申報》上登出一則與崔萬秋針鋒相對的《曾今可啟事》：

---

[28] 摘自《大晚報・火炬》1933年7月2日。

頃承友人以本月二日之《大晚報》見示，見有崔萬秋君啟事一則，說拙著《兩顆星》詩集之「代序」非其所作，頗覺可笑，查《兩顆星》在本年二月出版，初版二千冊業已售完，崔君忽於此時聲稱該「代序」非其所作，雖頗費解，但其別有居心亦顯而易見，《兩顆星》出版時，崔君已由日返滬，我曾於其來訪時贈以一冊，崔君讀完他的「代序」即這樣問我：「為什麼不把我的譯詩製版印在書上？」我說：「因為打字機打出來的字是淡藍色，而且有些字不很清楚，不能製版。」他又笑著說：「等將來譯詩發表出來，再拿去製版吧。」（後來崔君用日文譯的《兩顆星》發表於日本東京《詩與人生》雜誌三月號，曾由新時代書局採作廣告，做成銅版，印在《新時代月刊》六月號裏封。）崔君的「代序」，乃摘錄崔君的來信，書出將近半年，現在崔君忽然聲稱該「代序」非其所作，是何用意，殊難猜測。鄙人既未有黨派作護符，也不藉主義為工具，更無集團的背景，向來不敢張狂。惟能力薄弱，無法滿足朋友們之要求，遂不免獲罪於知己，抱歉之餘，悵然於心。年來常被各小報及小報式的刊物藉機侮辱，以人皆知其小報之為小報也，故概置不理（雖自幸未嘗出賣靈魂，亦足見沒有「幫口」的人的可憐了！）但恐偶讀該晚報者見崔君啟事而有所誤會，是以不得不據實奉白，以明真相。此啟[29]。

本啟事所說「惟能力薄弱，無法滿足朋友們之要求，遂不免獲罪於知己」，據曾今可後來的解釋，是指崔萬秋曾向他借錢，他未曾答應，崔便來這麼一手[30]。

《曾今可啟事》登出後，《自由談》又發表署名谷春帆的文章《談「文人無行」》[31]。谷文大概是在讀了《崔萬秋啟事》後寫的，作者十分憤慨地斥責「曾某不僅是一個輕薄少年，而且是陰毒可憎的蛇蠍」，「他可以藉崔萬秋的名字為自己吹牛，甚至硬把日本一個打字女和一個中學教

---

[29] 摘自《申報》1933年7月4日。

[30] 凡夫：《文壇佳話‧文人言行錄》，載《社會日報》1933年8月5日。

[31] 谷春帆：《談「文人無行」》，載《申報‧自由談》1933年7月5日。

員派作『女詩人』和『大學教授』，把自己吹捧得無微不至」，甚至「用最卑劣的手段投稿於小報」，「把朋友公開出賣」，「這樣陰毒，這樣無聊，實在不能使我相信這是一個有廉恥有人格的『人』」，「對於這班醜類」新文學界「應當振臂奮起，把它們驅逐於文壇以外」，在文壇作一番「除穢」的工作。

同一天，魯迅為回應曾今可的所謂「崔君的『代序』，乃摘錄崔君的來信」，作《序的解放》一文。魯迅的文章，開頭便說：

> 現在是二十世紀過了三十三年，地方是上海的租界上，做買辦立刻享榮華，當文學家怎不馬上要名利，於是乎有術存焉。
>
> 那術，是自己先決定自己是文學家，並且有點兒遺產或津貼。接著就自開書店，自辦雜誌，自登文章，自做廣告，自報消息，自想花樣……然而不成，詩的解放，先已有人，詞的解放，只好騙鳥，於是乎「序的解放」起矣。
>
> 夫序，原是古已有之，有別人做的，也有自己做的。但這未免太迂，不合「新時代」的「文學家」的胃口，因為自序難於吹牛，而別人來做，也不見得定規拍馬，那自然只好解放解放，即替別人來給自己的東西作序，術語曰「摘錄來信」[32]。

可見，魯迅根本不去理會《曾今可啟事》中那副可憐兮兮的自畫像。到了這時，曾今可真的是「體無完膚」了。

「曾詞人」或許真的犯了眾怒，魯迅《序的解放》剛一發表，第二天《申報・自由談》又登出署名「田磊」的文章《從『文人』說到『瘋狗』》，對曾今可又做了一番差辱。今摘引一段：

> 曾某能作「序的解放」，能打起他人的招牌為自己捧場，能刪改他人的信作為「好評一束」，這樣妙想天開，我們不能不承認他是有幾分

---

[32] 魯迅：《序的解放》，載《申報・自由談》1933年7月7日。本文摘自《魯迅全集》第5卷第219-220頁。

「聰明」，有幾分「天才」。可惜的是他有此「聰明」與「天才」而眾人莫之知，社會莫之用，於是他的天才與聰明便終於只能用之於作「序的解放」與「好評一束」以及「打打雀將」等等的勾當。所以使天才淹沒固然是社會之過，而使天才亂用，社會亦不能辭其咎[33]。

崔萬秋釜底抽薪地揭出曾的老底，谷春帆、田磊嬉笑怒罵的羞辱，魯迅犀利尖刻的挖苦嘲諷，《社會日報》皮裏陽秋的歪詩，大概都是曾今可未曾料到的事情。

於是，曾今可實在已經招架不住了，只好暗暗地玩起告密的勾當，不知道什麼時候匿名向小報投去了一篇短稿。目標可是他原先的朋友崔萬秋。

崔萬秋加入國家主義派

《大晚報》屁股編輯崔萬秋自日回國，即住在愚園坊六十八號左舜生家，旋即由左與王造時介紹於《大晚報》工作，近為國家主義及廣東方面宣傳極力，夜則流連於舞場或八仙橋莊上云。

更加讓人料想不到的是，這篇小小的告密文章，卻十分不幸地落在崔萬秋的手裏，且又被崔在《中外書報新聞》第五號上發表了出來。

直到此時，「曾詞人」才在絕無退路的時候，豎起免戰的招牌，在7月9日《時事新報》上登出「啟事」，宣佈退出骯髒的「文學界」，從此「脫離文字生活」。《曾今可啟事》全文如下：

鄙人不日離滬旅行，且將脫離文字生活。以後對於別人對我的誣衊，一概置之不理。這年頭，只許強者打，不許弱者叫，我自然沒有什麼話可說。我承認我是一個弱者，我無力反抗，我將在英雄們的笑聲中悄悄地離開這文壇。如果有人笑我是「懦夫」，我只當他是尊我為「英雄」。此啟[34]。

---

[33] 田磊：《從『文人』說到『瘋狗』》，載《申報・自由談》1933年7月8日。
[34] 摘自《時事新報》1933年7月9日。

這則啟事一出，報紙記者馬上就有《驚聞曾今可退出新文壇》的文字見諸報端。

該文稱，曾今可是「我們文壇上少不得的一顆光亮亮的明星」，「不但善做解放詞，並且連序也解放起來」，還「把國家妖孽又搬上文壇來」，「在國難中發明瞭解放詞」，這種「救國不忘娛樂」的大無畏精神，簡直「不可一世」，令人景仰。他的「解放詞雖然做得不多，但皆成了不朽之作」。記者還說，如今「驚悉曾詞人決意要離開這文壇，我整整哭了三天三夜，痛惜我們文壇上這一個不小的損失。我們曾詞人不但道德高，人格亦好」，對「曾詞人暫時的『悄悄地離開這文壇』」深表惋惜，預言「我們的文壇上」肯定會因此而「暫時的沉寂」，且表示「三天不讀『打打麻將』『國家事管他娘』的妙句，嘴裏真要淡出鳥來，所以我特地竭誠挽留一下，曾詞人天下之大，你不要悲傷，有我在同情你」[35]。

短短的一個多星期裏，幾個文人在上海的多種大報上接二連三地刊登啟事，互相攻擊、謾罵，鬧得不亦樂乎，著實是海上文壇特有的一大奇觀，恐怕也是空前絕後的一幕。對此，魯迅不無幽默地說：「好像這時的文壇是入了『啟事時代』似的」[36]。

後來，魯迅把曾今可的這則「啟事」編入《偽自由書‧後記》，並感慨地說，「我以為文字是有趣的，結末兩句，尤為出色」[37]，還寫信對黎烈文說：「曾大少真太脆弱，而啟事尤可笑，謂文壇污穢，所以退出，簡直與《伊索寓言》所記，狐吃不到葡萄，乃詆葡萄為酸同一方法。但恐怕他仍要回來的，中國人健忘，半年六月之後，就依然一個純正的文學家了。」[38]

其實，曾某並未他去，而是一直就在上海[39]。沒多久，「脫離文字生活」的誓言尤在耳邊的「曾詞客」又活躍在文壇，繼續做他「新時代」的「文學家」了。當年10月出版的《新時代月刊》（詩的專號）第5卷第4

---

[35] 平凡：《驚聞曾今可退出新文壇》，載《社會日報》1933年7月17、18日。
[36] 魯迅：《偽自由書‧後記》，見《魯迅全集》第5卷第175頁。
[37] 魯迅：《偽自由書‧後記》，見《魯迅全集》第5卷第176頁。
[38] 魯迅：《致黎烈文》1933年7月14日，見《魯迅全集》第12卷第198頁。
[39] 凡夫：《文壇佳話‧文人言行錄》，載《社會日報》1933年8月5日。

期已經登出他的詩二首：《我並不孤獨》、《看》。難怪魯迅說：「我簡直以x光照其五臟六腑了。」[40]

魯迅曾說：「我與中國新文人相周旋者十餘年，頗覺得以古怪者為多，而漂聚於上海者實尤為古怪」[41]，「解放詞人」曾今可敢情就是「實尤為古怪」者之一。

原載《中國現代文學研究叢刊》2007年第3期

---

[40] 魯迅：《偽自由書・後記》，見《魯迅全集》第5卷第178頁。
[41] 魯迅：《致黎烈文》1933年7月8日，見《魯迅全集》第12卷194頁。

從《中國小說史略》看魯迅的小說觀

劉暢[1]

在中西文化交會衝突之際，「五四」先驅們高舉打倒孔家店的大旗，發出了振聾發聵的文學革命之聲，他們以除舊佈新為己任，提出「推倒雕琢的阿諛的貴族文學，建設平易的抒情的國民文學；推倒陳腐的鋪張的古典文學，建設新鮮的立誠的寫實文學；推倒迂晦的艱澀的山林文學，建設明瞭的通俗的社會文學」[2]。但是這並不意味著決然的拋棄，在「整理國故」的旗號下仍然彙聚了一批「五四」的弄潮兒：胡適完成了《中國哲學史》和《白話文學史》，魯迅寫出了《中國小說史略》，沈雁冰也有《神話研究》，北京大學成立歌謠徵集處和風俗調查會。面對現代白話小說的興起，他們並沒有棄置古典小說的資源，胡適在《論短篇小說》中就回顧了中國短篇小說的歷史，提出了短篇小說的繁盛是文學發展的必然趨勢[3]，魯迅則看到了古典小說加諸現代作家的桎梏，指出他們「往往留存著舊小說上的寫法和情調」[4]。

魯迅成長於文化底蘊豐厚的浙東，又師出國學大師章太炎門下，深受章門尊崇魏晉文章之風的薰染，從他早期的《文化偏至論》、《摩羅詩力說》、《破惡聲論》等文章中就可看出他並沒有一味地否定中國傳統文化，而是將批判的矛頭主要對準了宋明以來理學興盛所造成的「本根剝

---

[1] 劉暢（1982-），男，江西南昌人，文學博士，上海師範大學中文系講師。

[2] 陳獨秀：《文學革命論》，《中國新文學大系・建設理論卷》，上海文藝出版社1981年版，第44頁。

[3] 胡適：《論短篇小說》，《中國新文學大系・建設理論卷》，上海文藝出版社1981年版，第481頁。

[4] 魯迅：《中國新文學大系・小說二集導言》，《中國新文學大系・小說二集》，上海文藝出版社1981年版，第2頁。

喪」。在此思想基礎上，他對傳統小說進行了系統的梳理。《中國小說史略》原為他在北京大學授課時的講義，起自遠古神話，止於清末譴責小說共28篇。在《魯迅全集》中收錄了《中國小說的歷史的變遷》作為《中國小說史略》的附錄，本是魯迅1924年7月在西安講學時的記錄，可以看作是《中國小說史略》的補充，作者對中國古典小說源流的評述保持了一致性，只是將《中國小說史略》的內容縮為六講，其中略有增改，並將文言轉為了白話。

在《中國小說史略》和《中國小說的歷史的變遷》中，魯迅的意圖是要勾勒出中國小說的進化軌跡，他將史料鉤沉與論述小說流變結合起來，在構建小說史體系的過程中，體現出了自己的小說觀。

一、魏晉小說的「儉省」風格

魯迅偏愛魏晉文學，他在《中國小說史略》中論及魏晉小說，認為《世說新語》「記言則玄遠冷俊，記行則高簡瑰奇」，所指的就是魏晉志人小說言辭簡約，以精煉的筆法勾畫人物形象。他在論述清代的擬晉唐小說時，列舉了紀昀對《聊齋志異》的批評，其中包括「描寫太詳……而每每過於曲盡細微」[5]；評價其《閱微草堂筆記》稱「舉其體要，則在尚質黜華，追蹤晉宋」，「敘述復雍容淡雅，天趣盎然，故後來者無人能奪其席」。可見，魯迅推崇的是用寥寥數語傳神達意的敘述風格，他說：「要極儉省的畫出一個人的特點，最好是畫他的眼睛。……倘若畫了全副的頭髮，即使畫得逼真，也毫無意思。」[6]

他的小說創作沿襲了魏晉小說簡約淡雅的特點，在人物的塑造上追求「遺貌取神」即捕捉人物最具特徵的某一方面，如《故鄉》裡作者記憶中的少年閏土並沒有過多的外貌描寫，而是通過描繪一個場景就把一個充滿

---

[5]　魯迅：《中國小說的歷史的變遷·第六講》，《魯迅全集》第9卷，人民文學出版社1981年版，第334頁。
[6]　魯迅：《我怎麼做起小說來》，《魯迅全集》第4卷，人民文學出版社1981年版，第513頁。

活力的形象呈現在讀者面前：「其間有一個十一二歲的少年，項帶銀圈，手捏一柄鋼叉，向一匹猹盡力的刺去」；在《祝福》裡他抓住了祥林嫂在捐門檻前後麻木－恐懼－希望－絕望的歷程中眼睛神采的變化，從喪子後的「直著眼」，到柳媽告訴她死後要受罪她「兩眼上便圍著大黑圈」，再到捐門檻後「眼光分外有神」，最後到淪為乞丐後「那眼珠間或一輪」，一步步加強了對於蒙昧和禮教控訴。

不僅在人物的刻畫上注意遺貌取神的手法，作者還注重使用通俗淺易的口語，迴避了繁複冗長的敘述和藻飾，把小說的意蘊隱藏在儉省冷峻的文字中，同樣是《故鄉》，寫到中年閏土與「我」重逢時，「臉上現出歡喜和淒涼的神情；動著嘴唇，卻沒有作聲。他的態度終於恭敬起來了，分明的叫道：『老爺！……』」，作者用簡短的文字承載了凝重的內涵，人性的被扼殺與人際的隔膜都在一瞬間的神態和語言上得到了展現。

二、「婉曲」的諷刺

「五四」新文學的焦點之一是民族的劣根性和封建禮教對於人的束縛，「五四」知識份子在啟蒙主義的理想追求中，要求通過批判來驅散遮蔽思想的迷霧。在這一目的下，魯迅在其小說中往往以諷刺的手法展開對宗法社會和扭曲的人性的批判。在《中國小說史略》中，他針對清代的諷刺小說和譴責小說，提出了婉曲的諷刺風格。「婉曲」之說見於魯迅對《鍾馗捉鬼傳》的評價，他認為《鍾馗捉鬼傳》「詞意淺露，已同謾罵，所謂『婉曲』，時非所知」[7]，隨後又認為《儒林外史》「婉而多諷：於是說部中乃始有足稱諷刺之書」，指出「諷刺小說是貴在旨微而語婉的」[8]。所以，在談到清末的譴責小說時，魯迅批評這些小說「辭氣浮露，筆無藏鋒，甚且過甚其辭」，「其下者乃至醜詆私敵，等於謗書；又

---

[7]　魯迅：《中國小說史略》，《魯迅全集》第9卷，人民文學出版社1981年版，第220頁。
[8]　魯迅：《中國小說的歷史的變遷‧第六講》，《魯迅全集》第9卷，人民文學出版社1981年版，第335頁。

或有謾罵之志而無抒寫之才，則遂墮落而為『黑幕小說』。」婉曲實際上就是反對直露，尤其是反對將諷刺下降為謾罵。

　　他的諷刺往往就是以精練而誇張的描寫，洞穿事物的本相，迴避了作者主觀的褒貶，在文字的流瀉中看似不經意地用一兩句話驚起漣漪，使諷刺對象的荒謬自發地顯現出來，在平淡自然的語言和極具諷刺性的事實相互對照下愈發凸現了譏刺的深刻，就像他嘲弄革命的投機性：對於趙秀才與假洋鬼子來說，革命就是砸碎靜修庵裡的龍牌，「龍牌固然已經碎在地上了，而且又不見了觀音娘娘座前的一個宣德爐。」（《阿Q正傳》）

　　與之相對應的是第三人稱敘事視角，魯迅在談到《老殘遊記》時說：「其書即藉鐵英號老殘者之遊行，而歷記其言論聞見」[9]，這正是以老殘為視角人物的第三人稱限制敘事——作者拉開了與人物的距離，拒絕情感的滲入，保持著冷靜旁觀的姿態，使作品呈現出客觀化的傾向，賦予讀者一個主動的想像和判斷空間。對於文化山的學者（《理水》），四叔（《祝福》），四銘（《肥皂》），高爾礎（《高老夫子》）等人物，作者用簡約的白描手法勾勒他們的輪廓，由讀者自己去體味他們言行的荒誕和矛盾，達到了「無一貶詞，而情偽必露」[10]。在《孔乙己》裡魯迅始終把自己置於旁觀者的角度，透過「我」的眼睛看到了孔乙己一面潦倒到以偷竊為生，一面還死抱著舊知識份子的酸腐氣，在現實困境與人物行為的兩相映襯中，使讀者感受到作者對於科舉制度下畸變人格不出聲的嘲諷。

三、文學的「真實」

　　魯迅認為諷刺的關鍵是真實，他說：「『諷刺』的生命是真實；不必是曾有的實事，但必須是會有的實情。」[11] 不僅限於諷刺，他的文學思想

9　魯迅：《中國小說史略》，《魯迅全集》第9卷，人民文學出版社1981年版，第289頁。
10　魯迅：《中國小說史略》，《魯迅全集》第9卷，人民文學出版社1981年版，第223頁。
11　魯迅：《什麼是「諷刺」》，《魯迅全集》第6卷，人民文學出版社1981年版，第329頁。

一直是標舉真誠的：他曾呼喚「我們的作家取下假面，真誠地，深入地，大膽地看取人生並且寫出它的血和肉來的時候早到了」[12]。「真實」是「五四」時期建立新文學的共同訴求，同時也是魯迅小說的內在精神。他在《中國小說的歷史的變遷》中批判中國文學瞞和騙的問題時，以《西廂記》為例認為「中國人底心理，是很喜歡團圓的，……所以凡是歷史上不團圓的，在小說裡往往給他團圓；沒有報應的，給他報應，互相騙騙。」

　　對於什麼是真實，他列舉了《儒林外史》和《紅樓夢》，稱《儒林外史》「既多據自所聞見，而筆又足以達之，故能燭幽索隱，物無遁形，凡官師……皆現身紙上，聲態並作，使彼世相，如在目前」[13]，《紅樓夢》「蓋敘述皆存本真，聞見悉所親歷，正因寫實，轉成新鮮」[14]，「其要點在於敢於如實描寫，並無諱飾，和從前小說敘好人完全是好，壞人完全是壞的，大不相同，所以其中所敘的人物，都是真的人物」[15]。

　　因此，在小說中魯迅注重寫實，他所追求的「真實」絕非刻板地依循生活的原型，更是反對「靠事實來取得真實性」，相信「即使有時不合事實，然而還是真實」[16]。他筆下既有閏土這樣有明確原型的人物，更多的是阿Q這樣在現實中未必存在卻承載了國人劣根性的形象，他們是作者從生活裡具體、零散的人與事中提煉而成的，也就具有了現實的普遍性。他的小說直接指向現實問題，不僅是站在啟蒙的角度對於社會現實的深切審視，更是由此生發出的歷史性反思。《狂人日記》由吃人的事實引起了對於封建禮教的揭露，又更進一步地由「救救孩子……」觸發了對反禮教的困惑；《阿Q正傳》、《祝福》、《故鄉》等篇表現出鄉土中國的愚昧麻木；《藥》、《在酒樓上》、《孤獨者》則向啟蒙知識份子提出了質疑；《故事新編》中的作品看似超脫於現實甚至歷史，但最終還原為歷史與現

---

[12]　魯迅：《論睜了眼看》，《魯迅全集》第1卷，人民文學出版社1981年版，第241頁。

[13]　魯迅：《中國小說史略》，《魯迅全集》第9卷，人民文學出版社1981年版，第221頁。

[14]　魯迅：《中國小說史略》，《魯迅全集》第9卷，人民文學出版社1981年版，第234頁。

[15]　魯迅：《中國小說的歷史的變遷·第六講》，《魯迅全集》第9卷，人民文學出版社1981年版，第338頁。

[16]　魯迅：《怎麼寫》，《魯迅全集》第4卷，人民文學出版社1981年版，第23頁。

實的相互觀照。所以，魯迅的小說打破了古典小說依賴作者主觀喜好、追求大團圓的窠臼，《阿Q正傳》、《祝福》、《藥》、《明天》等都以悲劇結尾，加大了對於現實的揭露力度。

四、結語

魯迅的《中國小說史略》作為一部小說史著作，其中對古典小說、近代小說的評述顯示了作者本人的小說觀念。從魯迅的小說觀及其創作實踐可以看出，「五四」新文學並沒有完全撕裂它與傳統的聯繫，相反地在某些方面它延續和發展了中國古典小說、近代小說的寫作技巧和批判精神。

原載《河南廣播電視大學學報》2009年第2期

歷史語境變遷中的疊合與參差
——魯迅、陳映真文藝思想比較

高興[1]

　　陳映真曾經透露自己對魯迅有著「命運性的」精神接觸，認為魯迅「在文字上」的「語言」、「思考」給自己的啟發很大，影響了自己「對中國的認同」，使自己更加「理解了現代的、苦難的中國」[2]。或許正因為這一點，迄今為止學界過於關注兩者文藝思想上的相通卻很少談論兩者的差別，而在談兩者的相似處時又在一定程度上忽略了歷史語境的影響。結合歷史語境的特點來比較魯迅與陳映真文藝思想的異同，正是本文試圖解決的問題。

一、疊合：歷史意識與現實主義

　　「五四」前後，「立人」的啟蒙思想造成了魯迅早期文藝思想的豐富和駁雜，夢醒了無路可走的精神體驗使他當時的文藝觀感染了「世紀末」的非理性色彩。後來，社會現實的劇烈變動促使他重新反思社會和自我，尋找新的思想武器。在同創造社、太陽社展開「革命文學」的激烈論戰中，魯迅閱讀了大量的馬克思主義文藝論著，並親自從日文翻譯了普列漢諾夫的《藝術論》、盧那察爾斯基的《藝術論》、《文藝與批評》以及俄共（布）中央《關於党在文學方面的政策》的決議等。綜觀魯迅的一生，雖然在他的前期思想中也萌發了一些接近唯物史觀的因素，但最能煥發馬

---

[1]　高興（1978-），男，安徽樅陽人，文學博士、曲靖師範學院教師。
[2]　韋名：《陳映真的自白》，《陳映真文集·文論卷》，中國友誼出版社公司1998年版，第27頁。

克思主義思想之光輝的一系列重要文藝論文，可以說大都寫於他對普列漢諾夫、盧那察爾斯基等人的理論進行了一番研讀之後。魯迅非常贊同普列漢諾夫的「在一切人類所以為美的東西，就是於他有用——於為了生存而和自然以及別的社會人生的鬥爭上有著意義的東西」這個審美觀點，並認為「蒲力汗諾夫將唯心史觀者所深惡痛絕的社會，種族，階級的功利底見解，引入藝術裡去了」[3]。在文藝與社會生活的關係上，魯迅認為「文藝大概由於現在生活的感受，親身所感到的，便影印到文藝中去」[4]。關於文藝與經濟、政治的關係，魯迅「以為若根據性格感情等，都受『支配於經濟』（也可以說根據於經濟組織或依存於經濟組織）之說，則這些就一定都帶著階級性。但是『都帶』，而非『只有』」[5]。魯迅又有著異常深刻的歷史感，前期的魯迅吸收了達爾文的生物進化論思想，通過對老者奴役幼者、腐朽吞沒新生的中國社會停滯僵化之現狀的理性反思，發出了「彷彿時間的流逝，獨與我們中國無關」[6]的悲歎，對魯迅而言，進化論是被作為文化—歷史批判的思想武器來運用的，因此仍然不失積極意義。後期的魯迅在譯介普列漢諾夫時，注意到了理論視角上「須『從生物學到社會學去』，須從達爾文的領域的那將人類作為『物種』的研究，到這物種的歷史底運命的研究去。倘只就藝術而言，則是人類的美底感情的存在的可能性（種的概念），是被那為它移向現實的條件（歷史底概念）所提高的」[7]，其歷史觀中突出了社會因素和經濟因素的作用。1930年9月魯迅在談到蘇聯作家革拉特珂夫的小說《士敏士》時，注意從「人類的意識對於與經濟復興相衝突之力來鬥爭」說明社會史與人類心靈史的關係[8]。

---

[3] 魯迅：《〈藝術論〉譯本序》，《魯迅全集》第4卷，人民文學出版社2005年版，第269頁。

[4] 魯迅：《文藝與政治的歧途》，《魯迅全集》第7卷，人民文學出版社2005年版，第117頁。

[5] 魯迅：《文學的階級性》，《魯迅全集》第4卷，人民文學出版社2005年版，第128頁。

[6] 魯迅：《忽然想到四》，《魯迅全集》第3卷，人民文學出版社2005年版，第17頁。

[7] 魯迅：《〈藝術論譯本〉序》，《魯迅全集》第4卷，人民文學出版社2005年版，第268頁。

[8] 魯迅：《〈梅斐爾德木刻士敏士之圖〉序言》，《魯迅全集》第7卷，人民文學出版社2005年版，第381頁。

無論是前期還是後期的魯迅，非歷史的意識對他來說是不能同意的，30年代他之所以對朱光潛先生推崇的「和平靜穆」的美學旨趣提出批評，其實還是出於他對審美行為所包含的歷史與社會因素的堅守——「我總以為倘要論文，最好是顧及全篇，並且顧及作者的全人，以及他所處的社會狀態，這才較為確鑿。要不然，是很容易近乎說夢的」[9]。

陳映真談自稱「只是一個略有進步願望的小資產階級知識份子，在知識、思想水準和生活實踐上不夠格稱為左翼知識份子」[10]。誠然，與中國大陸20世紀二、三十年代的左翼知識份子相比，陳映真有著不同的生活環境、文化背景和社會經歷，但他與大陸的諸多左翼作家有著相似的精神遭遇：童年時期被魯迅的小說所吸引；六十年代冒險閱讀魯迅、巴金、老舍、張天翼等人的作品以及《政治經濟學教程》、《大眾哲學》、《聯共黨史》之類的「紅色」書籍，尤其是意外地獲得了《馬克思、列寧選集》[11]。陳映真在論析自己的文章中注意結合「現代社會的層級結構」[12]和家庭生活經歷，將其分為前後兩個時期：前期孤立感傷，放逐於現實生活之外，創作中滲透著「蒼白慘綠的色調」；後期結束感傷與自憐，呈現理智的、嘲諷的色彩和冷靜的現實主義格調[13]。儘管社會環境的逼壓使得陳映真的文學創作分裂為「自我傾訴」與「審視現實」這兩個不同的階段，但是從他發表的評論、雜文來看，他對文學及其社會功能的認識卻是統一的。在文藝與社會現實的關係問題上，他認為：「一個特定的歷史時代和社會情況，產生一個特定性質和內容的文藝。」[14] 又說「文藝是現實的反映，文藝是先天上離不開現實的。在一定的現實基礎上，才產生一定樣式

9　魯迅：《「題未定」草（六至九）》，《魯迅全集》第6卷，人民文學出版社2005年版，第444頁。

10　韋名：《陳映真的自白》，《陳映真文集‧文論卷》，中國友誼出版社公司1998年版，第33頁。

11　陳映真：《「馬先生來了」？》，《陳映真文集‧雜文卷》，中國友誼出版社公司1998年版，第562頁。

12　陳映真：《試論陳映真》，《陳映真文集‧文論卷》，中國友誼出版社公司1998年版，第130頁。

13　陳映真：《試論陳映真》，《陳映真文集‧文論卷》，中國友誼出版社公司1998年版，第136頁。

14　陳映真：《現代主義的再開發》，《陳映真文集‧雜文卷》，中國友誼出版社公司1998年版，第17頁。

的文藝」[15]。關於創作素材問題，他主張「生活和人是文學創作最豐富，也可能甚至是唯一的泉源」[16]。在文學與社會的關係上，陳映真認為，「文學像一切人類精神生活一樣，受到一個特定發展時期的社會影響，兩者有密切的關聯。因為一個時代有一個時代的『時代精神』」，而「一個時代的『時代精神』，一定有它作為時代精神的基礎的根源的，社會的和經濟上的因素」，當然，「文學和社會、政治、經濟的關係，並沒有這麼機械，這麼呆板」[17]。與魯迅相似，陳映真也有著強烈的歷史感，他對臺灣五十年代以後現代派藝術的「烏托邦」傾向感到不滿，因為它「不干涉生活；專事某些個人內心的矛盾、糾葛；不描寫歷史，在作品中根本是不看時間的變化」[18]，「抽離了一切人的、生活的、社會的、勞動的因素」[19]。

對於陳映真來說，塑成其文藝思想的理論資源可能是多方面的，但魯迅的文藝觀對他造成的精神作用顯然不能排除在外。陳映真之所以能夠對魯迅的文藝思想發生興趣和共鳴，除了個體的審美愛好和性格氣質的相近以外，可以說二者所處的歷史語境本身就存在著相似之處。

魯迅生活的十九末到二十世紀三十年代中期的中國大陸，和陳映真平生所閱歷的臺灣社會，都經歷著巨大的文明危機。在當時的大陸，先後經歷了晚清變革、五四運動、軍閥割據、異族入侵、國共對立等一系列社會事變，中國傳統文化在各種外來思潮中的衝擊下迅速裂變，在社會意識形態方面，復古派、自由派、革命派等各張其理，各行其道。而在陳映真生活的年代，臺灣社會也發生了驟變：從日本的殖民統治到國民黨的政治改造，再到工業經濟帶來的消費浪潮；從抵制「皇民化運動」到冷戰時期

---

[15] 陳映真：《現代主義的再開發》，《陳映真文集・雜文卷》，中國友誼出版社公司1998年版，第22頁。

[16] 陳映真：《作為一個作家……》，《陳映真文集・雜文卷》，北京：中國友誼出版社公司，1998年版，第166頁。

[17] 陳映真：《文學來自社會反映社會》，《陳映真文集・文論卷》，中國友誼出版社公司1998年版，第397-399頁。

[18] 陳映真：《文學、政治、意識形態——專訪陳映真先生》，《陳映真文集・文論卷》，中國友誼出版社公司1998年版，第53頁。

[19] 陳映真：《臺灣畫界三十年來的初春》，《陳映真文集・文論卷》，中國友誼出版社公司1998年版，第226頁。

的反共肅清，再到跨國公司的林立……社會形態的急遽演變也必然導致意
識形態領域的多向分化，從而形成複雜多變的知識份子與文人的精神生態
——有以「本省人」與「外省仔」的區分來助長臺灣分離主義的「輕狂的
小布爾喬亞知識份子」[20]，有「一大批和大國的國際資產階級有共同語言
和共同利益的買辦知識份子，或如法蘭滋·范農所稱的『鬼影知識份子』
（Phantom intellectuals）」[21]，當然也有堅持正義和良知，為人民福祉
而奮鬥的知識份子。無論在魯迅生活的大陸還是陳映真生活的臺灣都面臨
著湯因比所說的固有文明的「內部失和現象」：「這種失和現象，部分地
表現為社會的分裂，這種分裂使一個衰落的社會同時存在著兩個對立的方
面。一個縱的方面是在地理上出現了社會的隔離，一個橫的方面是出現了
在地理上的混居現象而在社會階級上則是隔離的現象。」[22]而社會「內部
失和現象」又會造成社會成員的精神危機：「為了追求一個烏托邦，放棄
了代替生活於宏觀世界而生活於微觀世界的努力。」[23]魯迅清醒地體察到
當時的知識份子文人所患的「烏托邦」式精神臆想症：「復古派」躲在
「瞞和騙的大澤中」[24]做著「大團圓」的幻夢，「自由派」一直嚮往紳士
和精英們據以高談人性、評點人間的西方沙龍，而「左得可怕」的激進分
子對未來「黃金世界」的無限憧憬中其實也隱伏著精神上的脆弱，在「汙
穢和血」面前「也很容易變成『右翼』」，甚至像俄國詩人葉賽林那樣碰
死在對革命的浪漫諦克的想像上[25]。故而魯迅認為這些具有「烏托邦」情
結的文人們是無法如實地揭示外部世界真相的，民眾的痛苦程度和實際需
要也不是他們最為關注的地方。這就需要一種文藝，它能清醒地審視並反

20 陳映真：《向著更寬廣的歷史視野》，《陳映真文集·雜文卷》，中國友誼出版社
　公司1998年版，第230頁。
21 陳映真：《「鬼影子知識份子」和「轉向症候群」》，《陳映真文集·雜文卷》，
　中國友誼出版社公司1998年版，第286頁。
22 [英]湯因比：《歷史研究（中）》，曹未風等譯，上海人民出版社1966年版，第
　156頁。
23 [英]湯因比：《歷史研究（中）》，曹未風等譯，上海人民出版社1966年版，第
　239頁。
24 魯迅：《論睜了眼看》，《魯迅全集》第1卷，人民文學出版社2005年版，第255頁。
25 魯迅：《對於左翼作家聯盟的意見》，《魯迅全集》第4卷，人民文學出版社2005
　年版，第238-239頁。

映中國社會的黑暗現狀，敏銳地捕捉和揭示中國歷史的運行軌跡，深入地體察與描繪中國百姓的人生苦難，於是，魯迅後來從馬克思主義文藝思想那裡找到了價值的共鳴和理論的迴響。同樣，在陳映真看來，無視臺灣與大陸歷史淵源、主張分離主義的知識份子，以及那些與西方資產階級狼狽為奸的「鬼影知識份子」[26]，作為中國人的主體性已經喪失殆盡，他們以嚴重歪曲事實的話語故意造成了歷史的混亂，遮蔽了社會的真相，抹殺了民眾的價值。放眼臺灣文藝界，陳映真認為有一部分作家「相信那種神秘的天才；他相信個性和個人的表達，是至高無上的。他認為社會、民族、國家──甚至道德、責任云云，在藝術中是沒有地位的，是非常俗氣的，可以不要管的」[27]。現代派的作家們躲進了藝術的「烏托邦」，而臺灣的某些文學批評家「還缺少從歷史的、發展的觀點看臺灣文學作家的作品；也還比較缺少階級的觀點吧」，「還看不見從『文學是什麼？為誰？為什麼？』這些基本的問題去重新建構新的批評系統，來建設文學的『藝術性』標準」[28]。對於陳映真來說，「寫作不是怡神養性；不是『高貴心靈』的享受」[29]。因此，由於歷史語境的相似，陳映真在深刻的反思中，也像他的大陸前輩魯迅那樣從馬克思主義文藝思想中找到了唯物史觀，汲取了反映論的精髓，又從魯迅的創作中獲得啟發，因而我們看到了兩者文藝思想的疊合現象。

二、差異：時代主題與藝術手法

　　魯迅和陳映真關於時代主題的把握以及藝術手法的見解有所不同。前期的魯迅從改造國民性的立場出發提倡人道主義，在作品中以各種方式傳

---

[26] 陳映真：《反諷的反諷》，《陳映真文集・文論卷》，中國友誼出版社公司1998年版，第480頁。

[27] 陳映真：《醫學和文學上的幾個共同思考》，《陳映真文集・文論卷》，中國友誼出版社公司1998年版，第117-118頁。

[28] 陳映真：《思想的貧困》，《陳映真文集・文論卷》，中國友誼出版社公司1998年版，第97頁。

[29] 陳映真：《關懷的人生觀》，《陳映真文集・文論卷》，中國友誼出版社公司1998年版，第419頁。

達「誠和愛」的人性主題；後期的魯迅則轉向了馬克思主義文藝思想，雖然他否定了當時一些過「左」的文藝工作者「一切文藝是宣傳」的偏激口號，但他畢竟旗幟鮮明地強調在當時的中國社會裡，「階級性」壓倒「人性」，「戰鬥」勝過「獨立」，這是他和梁實秋、「自由人」、「第三種人」的論戰中所反覆堅持的觀點。此外，即使前期的魯迅主張人與人之間的「愛」，他所理解的「愛」也不是基督教神學的抽象之愛，魯迅所提倡的「愛」其實仍然出自其歷史進化哲學和愛國救亡思想，即「用無我的愛，自己犧牲於後起新人」[30]。與魯迅相比，當代的陳映真開始將眼光延伸到國家現實政治之外，認為「文學家知道政治的限制」，提倡「為了人的解放的文學」[31]，因此，在陳映真那裡，人的階層歸屬、經濟地位、職業身份等外部因素都已經不是最重要的了，最切要的是「使人從物質的、身體的、心靈的奴隸狀態中解放的精神」[32]，這才是陳映真文藝思想的核心主題，也是陳映真不僅不排斥基督教思想，反而「在前進的基督教的神學理論中，理解到基督教在今天被壓迫人民尋求物質和精神的解放中所做的重要貢獻」[33]的內在依據。在藝術手法上，魯迅和陳映真都標舉現實主義，但魯迅的現實主義聚焦「人生」的「血和肉」[34]，致力於「將舊社會的病根暴露出來」[35]，為了讓現實主義更好地「顯示著靈魂的深」[36]而主張「內容的充實和技巧的上達」[37]，對於西方文化藝術魯迅一直堅持大膽的「拿來主義」，不排斥西方「『世紀末』的果汁」（例如王爾德、波德

---

[30] 魯迅：《我們現在怎樣做父親》，《魯迅全集》第1卷，人民文學出版社2005年版，第140頁。

[31] 韋名：《陳映真的自白》，《陳映真文集·文論卷》，中國友誼出版社公司1998年版，第36頁。

[32] 陳映真：《思想的荒蕪》，《陳映真文集·文論卷》，中國友誼出版社公司1998年版，第456頁。

[33] 陳映真：《一面嚴重歪扭的鏡子》，《陳映真文集·文論卷》，中國友誼出版社公司1998年版，第153頁。

[34] 魯迅：《論睜了眼看》，《魯迅全集》第1卷，人民文學出版社2005年版，第255頁。

[35] 魯迅：《〈自選集〉自序》，《魯迅全集》第4卷，人民文學出版社2005年版，第468頁。

[36] 魯迅：《〈窮人〉小引》，《魯迅全集》第7卷，人民文學出版社2005年版，第105頁。

[37] 魯迅：《文藝與革命》，《魯迅全集》第4卷，人民文學出版社2005年版，第84頁。

賴爾等人的美學旨趣）[38]。而陳映真將現實主義看成「藉著『反映社會現實』，來建設人間樂園的手段」[39]，因此他將作品「批判力、思想力」背後的「人間性和人間愛」視為最重要的評價因素，認為「技巧的問題」是「沒什麼好談」[40]；對於當代西方文化的強勢衝擊，陳映真保持著更加謹慎的心態，強調對其採取「批判的眼光」[41]，儘管他也認為「現實主義也要再解放」[42]，他最感興趣的卻是「南美文學的把『巫術』（magic）和現實結合起來」的「magic realism（魔幻現實主義）」[43]。

魯迅認為「生在有階級的社會裡而要做超階級的作家……在現實世界上是沒有的」[44]，他承認世界觀和階級立場的恆久影響，「以為根本問題是在作者可是一個『革命人』」[45]。而陳映真雖然有時候也斷言「有不同的人生觀或世界觀，就有相應的、不同的文藝觀」[46]，但是在另一些場合，他又主張文藝工作者「真正離開自己的階級、離開自己的工作與生活範圍，進入遼闊的生活現場，接觸更多的人生」[47]。在文藝與政治的關係問題上，處於階級鬥爭漩渦中的魯迅認為當時「在中國，無產階級的革命的文藝運動，其實就是惟一的文藝運動」[48]，「無產文學，是無產階級解

---

[38] 魯迅：《〈中國新文學大系〉小說二集序》，《魯迅全集》第6卷，人民文學出版社2005年版，第251頁。

[39] 陳映真：《關懷的人生觀》，《陳映真文集·文論卷》，中國友誼出版社公司1998年版，第419頁。

[40] 李瀛：《寫作是一個思想批判和自我檢討的過程——訪陳映真》，《陳映真文集·文論卷》，中國友誼出版社公司1998年版，第9-10頁。

[41] 陳映真：《臺灣畫界三十年來的初春》，《陳映真文集·文論卷》，中國友誼出版社公司1998年版，第231頁。

[42] 彥火：《陳映真的自剖和反省》，《陳映真文集·文論卷》，中國友誼出版社公司1998年版，第73頁。

[43] 陳映真：《陳映真的自白》，《陳映真文集·文論卷》，中國友誼出版社公司1998年版，第35頁。

[44] 魯迅：《論「第三種人」》，《魯迅全集》第4卷，人民文學出版社2005年版，第452頁。

[45] 魯迅：《革命文學》，《魯迅全集》第3卷，人民文學出版社2005年版，第568頁。

[46] 陳映真：《關懷的人生觀》，《陳映真文集·文論卷》，中國友誼出版社公司1998年版，第418頁。

[47] 陳映真：《作為一個作家》，《陳映真文集·雜文卷》，中國友誼出版社公司1998年版，第165頁。

[48] 魯迅：《二心集·黑暗中國的文藝界的現狀》，《魯迅全集》第4卷，人民文學出版社2005年版，第292頁。

放鬥爭底一翼」[49]。而在陳映真的視界裡，文藝和政治的關係已經被另一種意義上的關係所替代——「文學和政治，是文學和人生的關係吧」[50]。雖然陳映真不否認「這其中，自然有了政治」，卻又立即強調「文學畢竟不是政治」，並且引用了魯迅當年批判過的「自由人」胡秋原的話，稱文學「有獨立的、自由的、嬌潔的特點」[51]。

　　總之，如果說魯迅認為文藝對社會的作用是通過改造主體的精神世界來實現的，那麼陳映真則強調文藝對人間的道德關懷來實現它的社會作用。之所以會出現以上諸種差異，除了個體方面的原因之外，歷史語境的變遷及影響不容忽視。

　　二十世紀前半期的中國大陸，其外部危機主要來自於異族的軍事侵略而不是西方文化的統治，民眾所面臨的首要威脅是生存困境而不是文化霸權。國內資本主義經濟因素較為薄弱，現代西方世界的資本主義文明病並未構成中國社會的普遍現象。魯迅當時所要對抗的主要對象，仍然是幾千來遺留下的專制主義陰魂和封建思想流毒，以及他眼中的高蹈於勞苦大眾之上的、紙上談兵的西方自由主義觀念。固然，身處半租界的魯迅也批判了假借洋人勢力而自詡為高等華人的「西崽相」，但是「西崽相」的病因豈是源於西方資本主義「文明的壓抑」？實際上，魯迅從「西崽相」中洞察到的仍舊是封建奴隸思想在作祟，他認為這種現象「不全和職業相關，一部份卻來自未有西崽以前的傳統。所以這一種相，有時是連清高的士大夫也不能免的」[52]。更何況，魯迅提到的中國「西崽」們的職業只不過是洋人的「奴僕」而不是公司「雇員」。血與火的民族戰爭，白熱化的階級對抗，夾雜著主與僕的靈魂表演，這就是魯迅當時所處的社會環境。在這種歷史語境中，對已接受了唯物史觀和反映論的魯迅構成吸引的，不能不

[49] 魯迅：《對於左翼作家聯盟的意見》，《魯迅全集》第4卷，人民文學出版社2005年版，第241頁。
[50] 韋名：《陳映真的自白》，陳映真：《陳映真文集·文論卷》，中國友誼出版社公司1998年版，第36頁。
[51] 韋名：《陳映真的自白》，陳映真：《陳映真文集·文論卷》，中國友誼出版社公司1998年版，第36頁。
[52] 魯迅：《「題未定」草（一至三）》，《魯迅全集》第6卷，人民文學出版社2005年版，第367頁。

是普列漢諾夫、盧那察爾斯基、高爾基等蘇俄馬克思主義理論家帶有鮮明的階級鬥爭色澤的文藝思想。

陳映真所經歷的臺灣發展史則另有一番氣象。他生於日本在台的殖民統治強化期，中經冷戰思潮籠罩下兩岸意識形態的緊張對峙，又趕上了臺灣的資本主義經濟繁榮期。異族的嚴酷統治、國府的嚴密監控，加上美日等資本主義大國意識形態的強力滲透，馬克思主義要在臺灣的這樣的歷史語境中傳播可謂舉步維艱：「四十年來，臺灣的文化生活和知識生活中，馬克思的論述絕跡……」[53] 更為糟糕的是，隨著資本主義經濟的發展，臺灣社會也感染上了西方資本主義國家的各種文化病症，大眾消費社會成員的「異化」現象開始出現了，「消費人」閃亮登場，過度的物質化追逐使得「人變成隻會消費而不會創造、自主、思考的『單向度人』」[54]，生態環境「受到最深刻的挫傷」[55]，「科研的可能性，越來越局限於世界巨大的私人和國家獨佔資本的手中」[56]……在新的挑戰面前，不論陳映真在何種程度上繼承了魯迅的思想和精神，若延續魯迅當年的話語方式則勢必會造成語境的錯位。那麼，新的精神資源又出自何方呢？在資本主義經濟文化高度發達的西方世界，對革命觀念、科技衝擊以及人類文化危機的重新思考和選擇最終催生了西方馬克思主義思潮，也許這對陳映真不無啟迪。於是，我們可以在陳映真關於「單向度人」的異化現象的描述中，以及對於將人民「馴化為無夢、無力、無性的人種」[57] 的大眾消費文化的批判中看到了法蘭克福學派的瑪律庫塞關於「單面的人」的理解和解放愛欲的號召（在陳映真的小說中多次出內涵豐富的男根意象，如《第一件差事》、《萬商帝君》、《趙南棟》）。甚至，作為一種象徵性話語，陳映真在跨

53　陳映真：《「馬先生來了」？》，《陳映真文集・雜文卷》，中國友誼出版社公司1998年版，第560頁。

54　陳映真：《大眾消費社會和當前臺灣文學的諸問題》，《陳映真文集・雜文卷》，中國友誼出版社公司1998年版，第80-82頁。

55　陳映真：《我們做的，還不夠》，《陳映真文集・雜文卷》，中國友誼出版社公司1998年版，第103頁。

56　陳映真：《科技教育的盲點》，《陳映真文集・雜文卷》，中國友誼出版社公司1998年版，第112頁。

57　陳映真：《大眾消費時代的文學家和文學》，《陳映真文集・文論卷》，中國友誼出版社公司1998年版，第109頁。

國公司總裁、美國人麥伯裡所謂的「深得東方神髓的哲學」戲言——「東方像是個深情而又保守的寡婦」[58] 裡觸及到了薩義德所關注的東方主義話語問題：在西方人的想像中，「東方是非理性的，墮落的，幼稚的，『不正常的』」[59]。

　　歷史語境的不同也造成了不同性質的主體定位。魯迅將自己看成是文明斷裂期的「中間物」[60]，而陳映真則根據社會經濟層級結構自稱為「處於一種中間的地位」的「市鎮小知識份子」[61]。不同的主體定位便會造成不同的寫作策略和藝術風貌。同是用現實主義手法反映社會生活，前期的魯迅在小說集《吶喊》、《彷徨》中的刻畫的是像阿Q、閏土、祥林嫂這樣的中國農民的生存困境和麻木心理，以及像「狂人」、呂緯甫、魏連殳、「瘋子」、夏瑜等知識份子拯救群眾反而被群眾所敵視的靈魂悲劇，或者如傳統文人孔乙己、陳士成那樣在封建科舉制下的人生幻滅，後期的雜文則對中國社會的眾生百態進行窮形盡相的審視和剖析，在歷史事件鋪展的背後隱含著「人」史的演繹；而陳映真小說中所運用的現實主義手法，大多於用來揭示知識份子因道德理想在現實中的崩潰所導致的慘劇（如《我的弟弟康雄》、《鄉村的教師》、《文書》、《第一件差事》、《賀大哥》、《山路》等），或者在資本主義經濟體制統治下的人性扭曲（如《夜行貨車》、《上班族的一日》、《趙南棟》等）；至於對底層勞動者形象的刻畫，陳映真所側重的並不是他們如阿Q、閏土那樣的困窘無奈，而是通過他們的人生事件來顯現出某種道德意義和人間情懷來（如《面攤》、《將軍族》、《雲》等）。因此，魯迅的現實主義重在展示群眾的生存困境、剖析國人的靈魂世界，從中可以看出普列漢諾夫等人對社會心理的關注、對階級鬥爭的敏感以及廚川白村對生之苦悶的揭示；陳映

---

[58] 陳映真：《雲——華盛頓大樓之三》，《陳映真文集・小說卷》，中國友誼出版社公司1998年版，第411頁。

[59] [美]愛德華・W・薩義德：《東方學》，王宇根譯，生活・讀書・新知三聯書店1999年版，第49頁。

[60] 魯迅：《墳・寫在〈墳〉後面》，《魯迅全集（第1卷）》，人民文學出版社2005年版，第302頁。

[61] 陳映真：《試論陳映真》，《陳映真文集・文論卷》，中國友誼出版社公司1998年版，第130頁。

真的現實主義則既包含著對階級壓迫的社會現象的揭示，同時又吸收了瑪
律庫塞等西方馬克思主義者對資本主義世界人性異化和文明壓抑的批判。
魯迅的「苦悶」寫作和陳映真的「壓抑」寫作各自構成其所處的歷史語境
下的獨特風景。

　　任何歷史個體都是複雜的。文藝家們視野中的正統馬克思主義文藝
理論其實並不能涵蓋魯迅文藝觀的全部。同樣，雖然陳映真從西方馬克思
主義理論中吸取了思想的斷片，卻不可被納入「西馬」的陣營。瑪律庫塞
等西方馬克思主義理論家大多偏執於藝術形式和技巧，而陳映真向來認為
「技巧的問題，是每一個匠人應該具備的基本條件，沒什麼好談」[62]。畢
竟，在兩岸人民共受西方大國經濟挑戰、文化衝擊的時刻，有著強烈的人
間情懷和「中國」情結的陳映真不可能倒向「西馬」的「審美之維」。不
要忘記，少年時期的陳映真也曾「生吞活剝地讀盧那察爾斯基和普列漢諾
夫傲硬卻又沸騰人心的中文本子」[63]，雖然不像中年的魯迅那樣深究細讀
又能洞悉精義，但也不免受其影響。更何況在他的精神版圖裡，還屹立著
魯迅的精神豐碑。無論歷史語境如何變遷，陳映真和魯迅的文藝思想既有
參差，更有疊合。

　　　　　原載《武漢科技大學學報（社會科學版）》2010年第4期

---

[62] 李瀛：《寫作是一個思想批判和自我檢討的過程——訪陳映真》，《陳映真文集·
文論卷》，中國友誼出版社公司1998年版，第9-10頁。

[63] 陳映真：《鳶山——哭至友吳耀忠》，《陳映真文集·雜文卷》，中國友誼出版社
公司1998年版，第123頁。

論魯迅兒童觀與兒童文學觀

羅莉芳[1]

　　作為思想家的魯迅，他的一生是追求、探索「啟蒙」和「立人」的一生。受進化論和人道主義的影響，魯迅用他啟蒙者的視角發現了兒童的獨特世界，並給予了格外的關注和期待。兒童，成為他為之「吶喊」的又一群體。

一

　　「五四」前後，西方新思潮湧進中國，這其中也包括自18世紀歐洲啟蒙運動以來一直發展著的兒童觀。盧梭《愛彌兒》的譯介和資產階級民主改革家樹立的新的兒童觀的衝擊，在社會對兒童問題引起了極大的關注。與當時「人的解放」相呼應，1918年1月《新青年》刊登了徵求關於「兒童問題」文章的啟事。同年9月，魯迅率先在《新青年》上發表《狂人日記》，發出了「救救孩子」的呼聲。在新文化運動的強大推動下，兒童問題得到了前所未有的重視。尤其是1917至1921年，實用主義教育家杜威來我國講學，他提出了以「兒童本位論」為核心的西方現代兒童觀，主張兒童是起點，是中心，是目的。「五四」時期的先覺者都程度不同地受到了杜威思想的影響，這其中也包括魯迅。

　　由於受人性論、進化論思想的影響，魯迅相信：「後起的生命，總比以前的更有意義，更近完全，因此也更有價值，更可寶貴；前者的生命，

---

[1]　羅莉芳（1979-），女，浙江上虞人，文學碩士，上海市社會主義學院教師。

應該犧牲於他。」[2]。同時對中國社會兒童現狀有著清醒認識的魯迅，從人道主義出發認識到兒童命運的悲慘。他一針見血地指出：「大小無數的人肉的筵宴，即從有文明以來一直排到現在，人們就在這會場中吃人，被吃，以凶人的愚妄的歡呼，將悲慘的弱者的呼號遮掩，更不消說女人和小兒。」[3] 早在1915年的《兒童藝術展覽會旨趣書》裡，魯迅就指出：「人自樸野至於文明，其待遇兒童之道，約有三級。最初曰養育。更進，則因審觀其動止既久，而眷愛益深，是為審美。更進則知兒童與國家之關係，十餘年後，皆為成人，一國盛衰，有系於此。」[4] 此後，魯迅在《隨感錄二十五》中又一次寫道：「看十來歲的孩子，便可以逆料二十年後中國的情形；看二十多歲的青年，──他們大抵有了孩子，尊為爹爹了，──便可以推測他兒子孫子，曉得五十年後七十年後中國的情形。」[5] 繼而在《我們現在怎樣做父親》中，魯迅提出了這樣的思想：「子女是即我非我的人，但既已分立，也便是人類中的人。因為即我，所以更應該盡教育的義務，交給他們自立的能力；因為非我，所以也應同時解放，全部為他們自己所有，成一個獨立的人。」[6] 由此可見，魯迅一開始關注兒童問題，就是把兒童當作未來，當作發展，當作希望，把兒童問題由家族關係上升到人類關係。

　　為了「救救孩子」，魯迅先是從家庭這一社會最基本的細胞著手，主張先從父母解放各自的子女做起。封建傳統觀念從家庭本位出發，認為兒童只是成人的附屬品，無視其獨立的人格和新生命的價值：「他們以為父對於子，有絕對的權力和威嚴；若是老子說話，當然無所不可，兒子有話，卻在未說之前早已錯了。」[7] 父子關係成了統治與被統治的關係。而

2　魯迅：《墳・我們現在怎樣做父親》，《魯迅全集》第一卷，人民文學出版社1981年版，第132頁。
3　魯迅：《墳・燈下漫筆》，《魯迅全集》第一卷，人民文學出版社1981版，第217頁。
4　蔣風、韓進：《魯迅周作人早期兒童文學觀之比較──兼論中國現代兒童文學發展的魯迅方向》，《魯迅研究月刊》1994年第2期，第66頁。
5　魯迅：《熱風・隨感錄二十五》，《魯迅全集》第一卷，人民文學出版社1981版，第295頁。
6　魯迅：《墳・我們現在怎樣做父親》，《魯迅全集》第一卷，人民文學出版社1981年版，第136頁。
7　魯迅：《墳・我們現在怎樣做父親》，《魯迅全集》第一卷，人民文學出版社1981

魯迅認為父子關係只是一種自然的倫理關係。從整個人類生命延續的角度來看，父既是人之父，又是人之子，每個人「只是生命的橋樑的一級，決不是固定不易的。」[8] 他認為父親生養孩子談不上有恩，「前前後後，都向生命的長途走去，僅有先後的不同，分不出誰受誰的恩典。」[9] 因此，魯迅反對那種「責望報償，以為幼者的全部，理該做長者的犧牲」[10] 的思想。在他看來，父子關係是一種「離絕了交換關係利害關係的愛」，[11]「例如一個村婦哺乳嬰兒的時候，決不想到自己正在施恩；一個農夫娶妻的時候，也決不以為將要放債」。[12] 由此魯迅對封建社會倫理道德的「孝」給予了批判，指出其對人性的扭曲和摧殘。在《二十四孝圖》中，魯迅對其中的孝子事件給予了深刻、犀利的嘲諷。但魯迅並不抹殺親子之情，他以對子女、對父母的實際行動來說明要以相互的「愛」代替片面的「恩」的思想。

父子間既然是平等的，那麼「對於子女，義務思想須加多，而權利思想卻大可切實核減，以準備改作幼者本位的道德」。[13] 同時父親對子女具有不可推卸的責任，「應該健全的產生，盡力的教育，完全的解放」。將「對於一切幼者的愛」，[14]「更加擴張，更加醇化；用無我的愛，自己犧牲於後起新人」[15]。通過「理解」、「指導」將他們「解放」成一個「獨立的人」、「完全的人」、「超過祖先的新人」——「有耐勞作的體力，

　　年版，第129頁。
8　魯迅：《墳・我們現在怎樣做父親》，《魯迅全集》第一卷，人民文學出版社1981
　　年版，第129頁。
9　魯迅：《墳・我們現在怎樣做父親》，《魯迅全集》第一卷，人民文學出版社1981
　　年版，第131頁。
10　魯迅：《墳・我們現在怎樣做父親》，《魯迅全集》第一卷，人民文學出版社1981
　　年版，第132頁。
11　魯迅：《墳・我們現在怎樣做父親》，《魯迅全集》第一卷，人民文學出版社1981
　　年版，第133頁。
12　魯迅：《墳・我們現在怎樣做父親》，《魯迅全集》第一卷，人民文學出版社1981
　　年版，第133頁。
13　魯迅：《墳・我們現在怎樣做父親》，《魯迅全集》第一卷，人民文學出版社1981
　　年版，第132頁。
14　魯迅：《熱風・隨感錄六十三「與幼者」》，《魯迅全集》第一卷，人民文學出版
　　社1981年版，第363頁。
15　魯迅：《墳・我們現在怎樣做父親》，《魯迅全集》第一卷，人民文學出版社1981
　　年版，第135頁。

純潔高尚的道德，廣博自由能容納新潮流的精神，也就是能在世界潮流中游泳，不被淹沒的力量」。[16] 魯迅把父親分為「孩子之父」——只會生不會養，以及「人之父」——生了孩子，還想著怎樣教育其成為一個健全的人。作為「人之父」，他的使命就是「解放」孩子，「理解」是為支援他們，「指導」是為其具有自立自主的能力。所以魯迅認為：「覺醒的父母，完全應該是義務的，利他的，犧牲的，很不易做；而在中國尤不易做。」[17] 他號召人們：「自己背著因襲的重擔，肩住了黑暗的閘門，放他們到寬闊光明的地方去；此後幸福的度日，合理的做人。」[18]

　　圍繞「啟蒙」、「立人」思想，魯迅又在新的角度上認識到要真正做到「解放」孩子，光靠父母的「理解」、「指導」還不行，他在深入觀察社會現實後提出：「覺醒的人，愈覺有改造社會的任務。」[19] 1919年10月，他在寫作《我們現在怎樣做父親》時已經認識到杜威實用主義中的部分錯誤。他覺得教孩子「錮閉」或「惡本領」都不行。「此外還有一種，是傳授些周旋方法，教他們順應社會。這與數年前講『實用主義』的人，因為市上有假洋錢，便要在學校裡遍教學生看洋錢的法子之類，同一錯誤」[20]，「所以根本方法，只有改良社會」[21]。

　　對於中國傳統不合理的教育兒童的方法，魯迅在晚年又進行了深入的批判。他認為：「中國中流的家庭，教孩子大抵只有兩種法。其一，是任其跋扈，一點也不管」，「其二，是終日給以冷遇或呵斥，甚而至於打撲。使他畏葸退縮，彷彿一個奴才，一個傀儡。」[22] 但是「頑劣，鈍

---

[16] 魯迅：《墳‧我們現在怎樣做父親》，《魯迅全集》第一卷，人民文學出版社1981年版，第136頁。

[17] 魯迅：《墳‧我們現在怎樣做父親》，《魯迅全集》第一卷，人民文學出版社1981年版，第140頁。

[18] 魯迅：《墳‧我們現在怎樣做父親》，《魯迅全集》第一卷，人民文學出版社1981年版，第130頁。

[19] 魯迅：《墳‧我們現在怎樣做父親》，《魯迅全集》第一卷，人民文學出版社1981年版，第138頁。

[20] 魯迅：《墳‧我們現在怎樣做父親》，《魯迅全集》第一卷，人民文學出版社1981年版，第138頁。

[21] 魯迅：《墳‧我們現在怎樣做父親》，《魯迅全集》第一卷，人民文學出版社1981年版，第140頁。

[22] 魯迅：《南腔北調集‧上海的兒童》，《魯迅全集》第四卷，人民文學出版社1981年版，第565頁。

滯，都足以使人沒落，滅亡」。[23]「我們的新人物，講戀愛，講小家庭，講自立，講享樂了，但很少有人為兒女提出家庭教育的問題，學校教育的問題，社會改革的問題」。[24] 無論是「為兒孫作馬牛」還是「任兒孫做馬牛」，[25] 魯迅都是不屑的。

　　魯迅痛心地看到：「往昔的歐人對於孩子的誤解，是以為成人的預備；中國人的誤解，是以為縮小的成人。」[26] 按人的標準去培養教育兒童，並不意味著將兒童看作是成人。魯迅認為孩子的世界與成人不同，「他健康，活潑，頑皮，毫沒有被壓迫得瘟頭瘟腦」。[27]「但孩子在他的世界裡，是好像魚之在水，游泳自如，忘其所以的，成人卻有如人的鳧水一樣，雖然也覺到水的柔滑和清涼，不過總不免吃力，為難，非上陸不可了」。[28] 由於魯迅真切地瞭解兒童的生理、心理特徵，他十分重視玩具、遊戲和兒童讀物對兒童教育的重要性。在文章《玩具》中他極力稱讚製造玩具的天才。魯迅雖然不是兒童文學作家，但他提出的「以幼者為本位」的兒童觀，賦予了兒童文學獨特的文化價值和理論基點。大量的兒童文學形象的塑造又成為諸多「救救孩子」的時代呼聲中的一個最強音。

二

　　中國現代兒童文學崛起於「五四」前後的「新兒童觀」的宣導中，以魯迅為始作俑者，而以「文學研究會」的兒童文學實踐為中堅，其所追求的為人生、重教育的文學思想，被稱為是中國現代兒童文學發展的魯迅

---

[23] 魯迅：《南腔北調集・上海的兒童》，《魯迅全集》第四卷，人民文學出版社1981年版，第566頁。
[24] 魯迅：《南腔北調集・上海的兒童》，《魯迅全集》第四卷，人民文學出版社1981年版，第566頁。
[25] 魯迅：《南腔北調集・上海的兒童》，《魯迅全集》第四卷，人民文學出版社1981年版，第566頁。
[26] 魯迅：《墳・我們現在怎樣做父親》，《魯迅全集》第一卷，人民文學出版社1981年版，第135頁。
[27] 魯迅：《且介亭雜文・從孩子的照相說起》，《魯迅全集》第六卷，人民文學出版社1981年版，第80頁。
[28] 魯迅：《且介亭雜文・〈看圖識字〉》，《魯迅全集》第六卷，人民文學出版社1981年版，第35頁。

方向，與周作人為代表的注重娛樂的以兒童為本位的文學思想相輔相成。
1918年1月，改組後的《新青年》就開始注重婦女問題和兒童文學。主編
陳獨秀曾明確指出：「『兒童文學』應該是『兒童教育問題』之一。」[29]
茅盾在《關於「兒童文學「》中也認為：「『五四』時代的開始注意兒童
文學是把『兒童文學』和『兒童問題』聯繫起來看的。」[30] 由此可見，當
時對兒童文學的提倡，主要看重的是它的文藝形式便於關注社會問題和傳
播現代思想。深受杜威「兒童本位觀」的影響以及當時從發現「人」的目
的出發，魯迅對兒童文學的重視無疑是對中國傳統的兒童觀的嚴屬聲討與
抨擊，這恰好與五四新文化運動對傳統的綱常禮教的批判相呼應。

　　魯迅認為兒童讀物對兒童教育有著重要意義。在他早期的《擬播布
美術意見件書》中，魯迅指出宣導給兒童的文學，其目的在於「輔翼教
育」。[31] 在《兒童藝術展覽會旨趣書》中就更明確地指出兒童文學的功用
是：「觀察漸密，見解漸確，知識漸進，美感漸高。」[32] 20年之後，魯
迅仍關注著兒童文學，對於毒害兒童思想的兒童讀物，魯迅深惡痛絕。在
《我們怎樣教育兒童的？》一文中，他批判了現存的各種教科書，如《三
字經》、《幼學瓊林》等，其中不乏宣傳封建思想的糟粕。他感歎；「倘
有人作一部歷史，將中國歷來教育兒童的方法，用書，作一個明確的記
錄，給人明白我們的古人以至我們，是怎樣的被薰陶下來的，則其功德，
當不在禹（雖然他也許不過是一條蟲）下。」[33] 魯迅以為「人的戰士的任
務」應是「打掉製造打仗機器的蟻塚，打掉毒害小兒的藥餌，打掉陷沒將
來的陰謀」，[34] 從而使作品「有味」、「有益」；而被魯迅熱烈稱讚的葉

[29] 蔣風、韓進：《魯迅周作人早期兒童文學觀之比較──兼論中國現代兒童文學發展
　　的魯迅方向》，《魯迅研究月刊》1994年第2期，第66頁。
[30] 蔣風、韓進：《魯迅周作人早期兒童文學觀之比較──兼論中國現代兒童文學發展
　　的魯迅方向》，《魯迅研究月刊》1994年第2期，第66頁。
[31] 魯迅：《集外集拾遺補編‧擬播布美術意見書》，《魯迅全集》第八卷，人民文學
　　出版社1981年版，第49頁。
[32] 蔣風、韓進：《魯迅周作人早期兒童文學觀之比較──兼論中國現代兒童文學發展
　　的魯迅方向》，《魯迅研究月刊》1994年第2期，第67頁。
[33] 魯迅：《准風月談‧我們現在怎樣教育兒童的？》，《魯迅全集》第五卷，人民文
　　學出版社1981年版，第255-256頁。
[34] 魯迅：《准風月談‧新秋雜談》，《魯迅全集》第五卷，人民文學出版社1981年
　　版，第270頁。

紹鈞的《稻草人》無疑給中國的兒童文學開了一條自己創作的路。與此同時，魯迅的矛頭還指向那些鼓吹洋奴哲學的兒童讀物。1936年2月27日，正值民族危亡之時，《申報》兒童文學專刊上登載了《小學生應有的認識》一文，向孩子們大談所謂的「大國民風度」。魯迅當即寫下《立此存照（七）》，嚴厲譴責了其亡國奴思想的實質。

魯迅認識到只有適合兒童身心發展的特點、貼進兒童精神世界的兒童文學，才是值得提倡的。作品要「淺顯而且有趣」，「要Brehm的講動物生活，Fabre的講昆蟲故事似的有趣」。[35] 在《二十四孝圖》中，他覺得「真實性」對孩子們的重要性。「小孩子多不願意『詐』作，聽故事也不喜歡是謠言，這是凡有稍稍留心兒童心理的都知道的」。[36] 兒童具有愛圖畫的天性，魯迅呼籲為兒童創作一些有圖有說的書籍，像歐美、日本那樣。

在魯迅看來科學文藝對培養兒童進取心理很有幫助。早在1903的《〈月界旅行〉辨言》中，魯迅就強調科學小說「攝取學理，去莊而諧，使讀者觸目會心，不勞思索，則必能於不知不覺間，獲一斑之智識，破遺傳之迷信，改良思想，補助文明，……」[37] 晚年在給顏黎民的回信中，他仍規勸兒童要多看看關於科學及遊記之類的書，否則「你就得不到多方面的優點。必須如蜜蜂一樣，採過許多花，這才能釀出蜜來，倘若叮在一處，所得就非常有限，枯燥了」。[38]

魯迅極力提倡白話文，反對文言文，他要求兒童文學的語言「明白如話」。在《人生識字糊塗始》中談到：「倘要明白，我以為第一是在作者先把似識非識的字放棄，從活人的嘴上，採取有生命的詞彙，搬到紙上來；也就是學學孩子，只說些自己的確能懂的話。」[39] 魯迅在翻譯外國文

[35] 魯迅：《華蓋集·通訊》，《魯迅全集》第三卷，人民文學出版社1981年版，第25頁。

[36] 魯迅：《朝花夕拾·二十四孝圖》，《魯迅全集》第二卷，人民文學出版社1981年版，第255頁。

[37] 魯迅：《譯文序跋集·〈月界旅行〉辨言》，《魯迅全集》第十卷，人民文學出版社1981年版，第152頁。

[38] 魯迅：《書信·致顏黎民》，《魯迅全集》第十三卷，人民文學出版社1981年版，第357頁。

[39] 魯迅：《且界亭雜文二集·人生識字糊塗始》，《魯迅全集》第六卷，人民文學出版社1981年版，第296-297頁。

學作品時也注重這一原則。他一生翻譯了大量的外國兒童文學和科普讀物，如《愛羅先珂兒童集》、《桃色的雲》、《小約翰》、《小彼得》、《表》、《俄羅斯的童話》、《月界旅行》等。在注重語言和內容的淺顯易懂的同時，還精心為童話設計封面、尋找插圖。

在創作上，魯迅懷著對兒童的真摯關愛和無限的希望，通過對中國現狀和出路的深入思考，塑造了具有不同精神風貌的兒童形象，以此來喚起民眾的覺醒，實現「立人」的目的。大致來說，魯迅塑造的兒童形象可分為兩類。一類是率真、活潑、自然、純潔的兒童。如《故鄉》中的少年閏土，《社戲》中的雙喜、阿發等，甚至在《孤獨者》中的大良、二良都是天真、活潑兒童的寫照。另一類是從小被「吃掉」的兒童。如《狂人日記》中的妹子，《祝福》中的阿毛，《藥》中的華小栓，《明天》中的寶兒；也包括《風波》中的六斤，《孔乙己》中的小夥計，《示眾》中的胖小孩，《風箏》中的弟弟以及《長明燈》和《孤獨者》中分別對「瘋子」和魏連殳說「吧」與「殺」的小孩等等。魯迅還寫了從小受封建文化毒害的「我」。《從百草園到三味書屋》、《瑣記》、《二十四孝圖》、《狗·貓·鼠》、《五猖會》、《父親的病》等，都揭示了封建文化「吃人」的本質。

三

魯迅接受進化論是在日本留學期間，他早期的兒童觀、兒童文學觀即深受此思想的影響。「五四」時期，他的人性論、進化論思想有了進一步發展，認識到：「新的應該歡天喜地的向前走去，這便是壯，舊的也應該歡天喜地的向前走去，這便是死；各各如此走，便是進化的路。」[40] 立足於民族未來，在與封建傳統告別的過程中，他的反帝反封建的言論極具革命性。但他在進化論思想的影響下，把重點放在「救救孩子」身上，以改造國民性，完成思想革命，來達到改造社會的目的。這種過分誇大兒

---

[40] 魯迅：《熱風·隨感錄四十九》，《魯迅全集》第一卷，人民文學出版社1981年版，第339頁。

童的作用，過分看重啟蒙的手段，強調說服教育的觀點，一直延續到1925年初。事實上，人類社會的發展進步不是用生物進化的理論可以解釋清楚的。

　　1926年魯迅從北京南下，次年又到廣州，在與水深火熱的社會現實密切接觸後，他才明白了前期思想的偏頗。在經歷了1927年血的教訓之後，魯迅深刻體會到：「現在倘再發那些四平八穩的『救救孩子』似的議論，連我自己聽去，也覺得空空洞洞了。」[41] 他清楚地意識到：「在帝國主義的主宰之下，必不容訓練大眾個個有了『人類之愛』，然後笑嘻嘻地拱手變為『大同世界』。」[42] 在《聽說夢》裡魯迅已經深知階級鬥爭的必要性。如果不面對階級鬥爭的現實，光喊解放孩子、人類之愛都是空談。在30年代世界和中國形勢發生巨大變化的情況下，魯迅思想的邁進是有積極意義的。晚年，魯迅坦率地對自己進行了解剖和批判：「進化論對我還是有幫助的，究竟指示了一條路。明白自然淘汰，相信生存鬥爭，相信進步，總比不明白不相信好些。就只不知道人類具有階級鬥爭……」[43]

　　魯迅的兒童觀、兒童文學觀從民族未來的起點出發，雖然一開始走進化之路，主觀願望部分地脫離了現實實際，但隨著社會矛盾的加劇、階級觀念的深入，魯迅最終在「兒童本位」與「民族未來」的支點上，放棄了直接把希望寄於兒童身上的思想，選擇了更符合歷史實際的為兒童發展、民族進步而進行切實社會鬥爭的方式。這並不意味著魯迅放棄了對兒童的「愛」，相反，他找到更好的方式去愛兒童愛「人」，這是與魯迅一生的思想相通的。他晚年所作的這首《答客誚》：「無情未必真豪傑，憐子如何不丈夫。知否興風狂嘯者，回眸時看小於菟。」[44] 正是寄寓著魯迅對兒童的理解、熱愛和期待。對魯迅的兒童觀、兒童文學及其創作的深入研

[41] 魯迅：《而已集・答有恒先生》，《魯迅全集》第三卷，人民文學出版社1981年版，第456頁。
[42] 魯迅：《二心集・非革命的急進革命論者》，《魯迅全集》第四卷，人民文學出版社1981年版，第226頁。
[43] 馮雪峰：《回憶魯迅・觸到自己的談話片段（之二）》，顧明遠等《魯迅的教育思想和實踐》，人民教育出版社2001年版，第352頁。
[44] 魯迅：《集外集拾遺・答客誚》，《魯訊全集》第七卷，人民文學出版社1981年版，第439頁。

究，不僅有助於梳理五四前後的中國新文化運動以及由此開啟的中國新文學的部分脈絡，而且對理解魯迅性格熱情、柔和、寬容、執著的另一面，更全面地把握魯迅思想的深刻與矛盾有著十分重要的作用。

原載《江蘇教育學院學報》2004年第5期

論《野草》中的「個人無治主義」傾向

李亮[1]

一、私信裡抖落的秘密:「個人無治主義」

1933年4月,《兩地書》由上海青光書局初版,以信件彙集的方式見證了魯迅與許廣平的愛情。雖然魯迅曾在該書序言裡自謙說是「平凡的東西」,但仍以敝帚自珍的心態覺得這些信「有些特別,有些可愛似的了」。同時,他又坦然自白道:「我無論給誰寫信,最初,總是敷敷衍衍,口是心非」,「遇有較為緊要的地方,到後來也還是往往故意寫得含糊些」。的確,與信的原件相比,《兩地書》出版時對通信作了某些改動,但卻並不是僅僅如魯迅所說,改掉信中人名,「省得又是什麼『聽候開審』之類的麻煩」[2]那樣簡單。這些信件折射出魯迅人生觀念的更迭與內心靈魂的掙扎,書即將出版,要面對「偏愛我的作品的讀者」,對於信中他自己都無法確信的想法,魯迅「顧忌並不少」,也就「未嘗將心裡的話照樣說盡」[3]。因此,從《兩地書》與原信改動的縫隙裡,可以窺探出更為真實的魯迅。沿著這一思路,梳理其修改前後異同,是件大有裨益的事,而魯迅對1925年5月30日原信所進行的一處修改,頗引人注意,原文為:(括弧內為《兩地書》出版後所刪除部分)

---

[1] 李亮(1982-),男,廣東梅縣人,文學碩士,少年兒童出版社編輯。

[2] 魯迅:《兩地書》,《魯迅全集》第11卷,人民出版社1981年版,第5頁。

[3] 魯迅:《寫在〈墳〉後面》,《魯迅全集》第1卷,人民出版社1981年版,第283-284頁。

其實，我的意見原也一時不容易了然，因為其中本含有許多矛盾，教我自己說，或者是人道主義與個人（無治）主義這兩種思想的消長起伏罷。所以我忽而愛人，忽而憎人；做事的時候，有時確為別人，有時卻為自己玩玩，有時則竟因為希望生命從速消磨，所以故意拼命的做。

這是魯迅對人生觀的一次自述，原文「個人無治主義」為何物？是他自創的概念，還是借鑒別人的觀點？是魯迅對自己人生觀念的調整，還是有意遮掩？這些都值得思考。

「個人無治主義」一詞，源於魯迅《譯了〈工人綏惠略夫〉之後》一文，魯迅在文中評價阿爾志跋綏夫的小說《賽寧》：「這書的中心思想，自然也是無治的個人主義或可以說個人的無治主義。賽甯的言行全表明人生的目的只在於獲得個人的幸福與歡娛，此外生活上的欲求全是虛偽。……賽寧說：『我只知道一件事，我不願生活於我有苦痛。所以應該滿足了自然的欲求。』賽寧就這樣做了。這所謂自然的欲求，是專指肉體的欲，於是阿爾志跋綏夫得了性慾描寫的作家這一個稱號，許多批評家也同聲攻擊起來了。」[4]

到了1925年3月18日，魯迅寫給許廣平的信中提到了阿爾志跋綏夫筆下的另一個形象——綏惠略夫，他「要救群眾，而反被群眾所迫害，終於成了單身，忿激之餘，轉而仇視一切，無論對誰都開槍，自己也歸於毀滅」[5]。

按照魯迅的說法，無論是「賽寧」還是「綏惠略夫」，個人想救眾人都不得，反被其害，但「賽寧」進而變為自我滿足、消極的個人主義類型；而綏惠略夫則變為自我破壞的、攻擊的個人主義類型。換言之，「個人無治主義」有自我滿足的、消極的個人主義與自我破壞的、攻擊性的個人主義兩種類型，「在此，姑且把前者稱為『賽寧型』，把後者稱為『綏

4　魯迅：《譯了〈工人綏惠略夫〉之後》，《譯文序跋集》，人民文學出版社1977年版，第25頁。
5　魯迅：《兩地書》，《魯迅全集》第11卷，人民出版社1981年版，第20頁。

惠略夫型』」[6]。

可見，「個人無治主義」中的兩種類型，都表明了個體與眾人之間巨大的排斥性，那麼，魯迅既然和「個人無治主義」觀念產生共鳴，表明「他對自己原先出於人道主義信念分擔的種種責任，就必然要重新審視」[7]。但仔細比較，《兩地書》出版時所修訂的「個人主義」稱謂與原信的「個人無治主義」說法，又有很大差異，前者雖然也有個體自我滿足，排擠他人之意，但多傾向於消極向內的「賽寧型」；而後者除「賽寧型」之外，又增添了「綏惠略夫型」的意蘊，強調向外攻擊。魯迅後來刪去「無治」兩字，一方面是想在讀者面前，特意隱藏此前內心的想法；另一方面是魯迅在修訂《兩地書》時，心境愈加虛無，已沒有了「綏惠略夫型」的激憤心境，僅剩「賽寧型」的消沉，所以他籠統地稱之為「個人主義」。

而魯迅在通信中提及「個人無治主義」時候，恰巧正是《野草》創作期，這不禁讓人猜疑：《野草》裡面是否有「個人無治主義」的影子？這部灌注了魯迅「生命哲學」作品裡，雜糅了哪些「個人無治主義」類型？

二、《野草》的創作心態與「個人無治主義」

其實，《野草》顯現了魯迅「那難以透視的暗淡的心靈深層世界，這裡有魔鬼的身影遊蕩於衰敗荒廢的象徵圖景中」[8]。魯迅後來也說，他寫《野草》，「技術並不算壞，但心情太頹唐了，因為那是我碰了許多釘子之後寫出來的」[9]。究竟魯迅碰到過什麼「釘子」，從而影響到《野草》的創作心態？

從魯迅的經歷來看，「許多釘子」既包括兩次的啟蒙挫折（日本求學時期的第一次啟蒙失敗和《新青年》時期的第二次啟蒙失敗），又包括

---

[6]　丸尾常喜：《〈野草〉解讀》，《文學評論》1999年第5期。
[7]　王曉明：《無法直面的人生》，上海文藝出版社1993年版，第76頁。
[8]　李歐梵：《魯迅及其遺產》，《文學研究參考》1988年第2期。
[9]　魯迅：《書信・致蕭軍》，《魯迅全集》第12卷，人民出版社1981年版，第532頁。

1923年的「兄弟失和」事件，如果說前者只是魯迅內心陰鬱面潛藏發酵的話，那麼，後者就直接作為導火線，把魯迅壓抑已久的情愫完全引爆開來。

留日學求時期，魯迅遭受到了第一次啟蒙失敗。那時，魯迅思想雖臻於成熟，但《新生》流產，《域外小說集》滯銷，在《河南》雜誌發表的文章反映平平，魯迅啟蒙無果而終。而自1909年日本歸國到1918年發表《狂人日記》，魯迅整整沉默了十年。在這期間，雖也有對《越鐸日報》的短暫激情，對辛亥革命的瞬間期望，但他更多沉湎在孤寂的紹興會館，鈔碑文，讀古書，把生命消磨在對魏晉的遐想中，以致他後來也不得不承認「何嘗不中些莊周韓非的毒」[10]。這十年裡，軍閥更迭頻繁，他卻獨善其身，他對自己身份的認同，不在於作家的創作姿態（除《懷舊》等個別作品外），而僅僅局限於教育部僉事職務上。

已感到中年暮氣襲來的他，早已明白自己不是「振臂一呼應者雲集」的英雄，「俟堂」（待死堂）名號的自認，更是其悲觀心態隱喻，對「進化論」的懷疑，也使他不會輕信任何事情，他只是在徘徊，以這「必無的證明」，是否能推論出「絕望」的必然。所以，當「金心異」（錢玄同）勸他「吶喊幾聲」，寄以「萬一之希望」，「破毀」這「鐵屋子」時，他就沒有了之前斬釘截鐵「確信」。在慫勇蠱惑下，他「不恤用了曲筆」，「聽將令」地向《新青年》投稿，「從此以後，便一發而不可收」[11]，投身於新文化運動，作為文學家身份的魯迅也隨之而產生。

從《狂人日記》到《白光》，他一口氣創作了十多篇小說，用啟蒙主義的面具盡量遮蔽內心的陰鬱，從慷慨激昂對國民劣根性揭發，到大聲疾呼對家庭關係重視，伴隨著「隨感錄」系列雜文，魯迅表面上啟蒙姿態似乎逐漸突顯。但是，這不過是「硬幣」的一面，另一面卻是與日俱增的自我懷疑。跟《狂人日記》同一期發表在《新青年》的第四卷第五號，魯迅就曾用「唐俟」筆名發表過幾篇短文，反思這種啟蒙。發表在1919年8月19日《國民公報》的《螃蟹》，隱射那些藉「老螃蟹」幫助之名，行「吃

---

[10] 魯迅：《寫在〈墳〉後面》，《魯迅全集》第1卷，人民出版社1981年版，第285頁。
[11] 魯迅：《吶喊·自序》，《魯迅全集》第1卷，人民出版社1981年版，第419頁。

掉同類」之實的年青人。如果說剛開始魯迅還能平衡這兩者矛盾的話，那麼，隨著時間推移，他發覺衝突越來越難以控制。他起初認為「多有不滿的人的種族」，會「永遠前進，永遠有希望」[12]，為此，鼓勵青年們「應該歡天喜地向前走去」[13]；然而，當筆鋒轉向自身，禁錮在內心的「鬼氣」卻愈加沉重，情不自禁噴薄而出。《狂人日記》在揭發中國歷史「吃人」的同時，也發覺自己也無意「吃了妹子的肉」，「只好陪著做一世犧牲，完結了四千年的舊賬」[14]。其實，當魯迅喊出啟蒙聲音時，早已發覺自己言不由衷，《明天》裡單四嫂子的絕望，《頭髮的故事》藉阿爾志跋綏夫之口表明對「黃金世界」的質疑。到了《故鄉》，在「希望本無所謂有，本無所謂無」的自我嘲弄中，隱約透露出魯迅面對希望的無奈。這種「『罪』的自覺」[15]，使得啟蒙話語變得猶豫不決。他不得不寄希望於幼者，「自己背著因襲的重擔，肩住了黑暗的閘門，放他們到寬闊光明的地方去；此後幸福的度日，合理的做人」。這種「以幼者弱者為本位」[16]的「進化論」，不是通過弱肉強食競爭來奪取，而是通過「愛」讓位給幼者，這必須建立在幼者「性善論」前提下，假如這中間某一環節出錯，這近似於人道主義邏輯就會隨之分崩離析。

　　果不其然，「後來《新青年》的團體散掉了，有的高升，有的退隱，有的前進，我又經驗了一回同一戰陣中的夥伴還是會這麼變化，並且落得一個『作家』的頭銜，依然在沙漠中走來走去……」[17]，1918年到1921年的三年裡，魯迅總共才寫了八篇小說，似乎有些舉棋不定，但在1922年一年內，他卻匆匆完成了六篇類似題材的小說，魯迅明顯想儘快結束這種啟蒙的曖昧狀態了。

---

[12] 魯迅：《隨感錄・六十一》，《魯迅全集》第1卷，人民出版社1981年版，第59頁。
[13] 魯迅：《感錄・四十九》，《魯迅全集》第1卷，人民出版社1981年版，第44頁。
[14] 魯迅：《隨感錄・四十》，《魯迅全集》第1卷，人民出版社1981年版，第322頁。
[15] 孫玉石：《現實情懷、歷史視點與學術意識——讀丸山昇先生的〈魯迅・革命・歷史〉》，《魯迅研究月刊》2006年第1期。
[16] 魯迅：《我們現在怎樣做父親》，《魯迅全集》第1卷，人民出版社1981年版第130-133頁。
[17] 魯迅：《〈南腔北調集〉・自選集自序》，《魯迅全集》第4卷，人民出版社1981年版，第130頁。

　　的確，《吶喊》末尾三篇和現在收錄於《故事新編》裡的《不周山》（《補天》）等文章已經反映出「五四退潮」時期的「荷戟獨彷徨」心態，魯迅在1922年12月3日創作《〈吶喊〉自序》時，「在心境上已經進入了『彷徨』時期」，與啟蒙分道揚鑣了，它本身就是「糅合進了魯迅的第一次絕望和第二次絕望的有趣文本」[18]，可以說，1922年底魯迅跟啟蒙急促告別，是一種自覺的選擇，他心裡面知道，希望不過是子虛烏有的幻影而已，「壯烈和義無反顧等等，其實只了證明並宣洩這一點，即他的絕望和虛無感」[19]，當虛無緊扼得他無法喘息時，魯迅放下「啟蒙」的筆，重新修訂自己對人生的看法，魯迅的第二次啟蒙努力又一次徹底失敗了。

　　就這樣到了1923年，除了幾篇文章，以及跟友人的四封信，他的創作幾乎停滯，而1923年7月的「兄弟失和」事件，更直接擊垮了魯迅的精神信念。自留日起到新文化運動，兄弟倆都作為新文學舉足輕重的人物，他們相似的興趣愛好，手足情深的情誼，使得精神上能互相慰藉，在外面遭受打擊而內心傷痕累累的魯迅，有了兄弟、家庭的背後支持，也有了一絲絲欣慰，畢竟，在家裡面，他還能感受到溫暖。而魯迅也處處考慮到家庭，就是在北平八道灣買房時，特意看好其院落較大，以便周作人的孩子玩耍。可以說，家庭和兄弟情誼是支撐魯迅前行的信念，但現在兄弟之間斷然失和，無疑對他人生觀的又一次嘲弄，之前殫精竭慮的追求，瞬間化為泡影，他如同踩進無底洞，面對的只有：「空虛」，接二連三的「華蓋運」，使本來就孱弱的身軀再無法支撐，1923年10月2日、3、4、6、8、11、15、17日接連生病，到了11月8日，肺病復發。

　　身心俱損的魯迅，在這一年的年末（1923年12月26日），終於打破了沉默，前往北京女子高等師範學校，作了《娜拉走後怎樣》的演講，標誌他再次由「沉默」轉向「開口」，第二年的1月，又赴北京師範大學附中演講《未有天才之前》，2月7日，開始了《彷徨》的第一篇小說《祝福》的創作，在2月一口氣創作了四篇作品，3月又創作了一篇。

　　魯迅重新「開口」，抖落了啟蒙盔甲，一方面是魯迅重壓之後的輕

---

[18] 汪衛東：《魯迅的又一個「原點」》，《魯迅研究月刊》2005年第6期。
[19] 吳俊：《暗夜裡的過客：一個你所不知道的魯迅》，東方出版社2006年版第43頁。

鬆，另一方面是語言表達慣性挾持著他，使他已離不開「寫作」這種思想的表達方式。這次「開口」後的魯迅，減少了束縛，創作更接近了內心真實，但他必須要面對一個問題：如何言語逃遁，脫離別人的話語控制。

「魯迅這樣的精神界『戰士』所面對的是一個被壟斷的話語，其背後是一種社會身份與社會基本價值尺度的壟斷。」其中主要有幾個方面：別人的話語，自身婚姻與職務的忌諱。兩次「開口」與兩次「沉默」，魯迅切身感受到了別人對自己話語控制，他一旦「開口」，無可避免地陷入別人話語黑洞中，唯有靠他精神層面突圍，「但事實上他又生活『在』這社會裡，無論在社會關係上，還是在情感關係上都與這個社會糾纏在一起，如果他一開口，就有可能仍然落入社會既有的經驗、邏輯與言語中，這樣就無法擺脫無以言說的困惑，從而陷入『失語』狀況」[20]。與朱安的失敗婚姻，讓他禁慾中碾碎了對異性的青春萌動，與任何異性交往，都可能淪為他人的「流言」，所以，魯迅壓抑自己過著苦行僧式的生活。在職務上，魯迅也忌諱多多，連年軍閥混戰，在這腐爛的官僚體制下，一方面身為「僉事」，一方面又針砭時事，處於說話不自然的尷尬狀態，以致於被陳西瀅抓住這個把柄攻擊，魯迅也不得不為此辯解。

魯迅的這些心態，跟「個人無治主義」十分契合，存在著相互對峙的「個體」與「眾人」，並且「個體」想救「眾人」反被其害。在此情況下，魯迅急欲想擺脫這種狀況，經過1923年的沉默和1924年思考創作，他想通過一次短兵鏖戰，在這個崩潰的邊緣，徹底扭轉失控局面。魯迅為此嘗試他所諳熟的「個人無治主義」進行突圍，終於在1924年9月的一個「秋夜」，開始了《野草》的創作。

三、《野草》中的「個人無治主義」

「個人無治主義」的構成離不開幾個因素：一是主體必需有強大的社會影響力；二是主體要有著強烈的社會關懷，但又被關懷的對象所拋棄；

---

[20]　錢理群：《與魯迅相遇》，上海三聯書店2003年版，第282-286頁。

三是以復仇的心態對被啟蒙者進行打擊。

　　無論魯迅在任何時候，內心多麼陰鬱，但在社會的自我認同感上，他還是保留著相當的自信，這無疑借助之前他在文學界、學術界的重大影響力。對於《野草》，魯迅有著強烈的自我期許，「《野草》各篇各自獨立，在排列上也只是按照寫作先後的順序而成，但最初三篇一併發表於《語絲》時冠以『野草』這一總題，顯示了作者預先便感到了創作連續性作品群的衝動。」[21] 這種衝動，正是魯迅想通過一系列創作，達到排解自己的憤懣、又影響眾人的效果。

　　正如上文所說，魯迅以前所考慮的是思想啟蒙，擯棄了世俗生活，現在，他發現「我一生的失計，即在歷來並不為自己打算，一切聽人安排」，「後來預計並不確中，仍需生活下去，於是遂弊病百出，十分無聊」[22]。

　　既然外物不能相信，只能重新尋求自身，「報復，誰來裁判，怎能公平呢？便又立刻自答：自己裁判，自己執行；既沒有上帝來主持，人便不妨以目償頭，也不妨以頭償目」[23]。這時，「身體」開始「鮮明地進入魯迅的文學語言中」[24]，他試圖通過對自己「身體」的拷問，來達到思想的涅槃。《野草》正是這種「個人無治主義」心態的展示。

　　《題辭》以「當我沉默著的時候，我覺得充實；我將開口，同時感到空虛」開篇，隱喻著魯迅兩次啟蒙失敗後，對自身話語的極度不信任。在「沉默」與「開口」矛盾的二元對立循環中，魯迅意識到，只有人為切斷「過去的生命」的流程，才有可能在這種怪圈中突圍。接著，文中描寫了作為個體象徵的「野草」和「他者」象徵的「地面」一對矛盾體，「生命的泥委棄在地面上，不生喬木，只生野草」，這是「野草」的無奈，更是「地面」與「野草」之間張力的顯露，當「根本不深，花葉不美」的「野草」，生存時不僅要「遭踐踏」、「遭刪刈」，還要面對著「以野草作裝飾的地面」時，它情願用「自虐」的方式與「地火」一起「燒盡」，「於

[21] 木山英雄：《〈《野草》的詩與「哲學」〉，《魯迅研究月刊》1999年第9期。
[22] 魯迅：《魯迅、景宋通信集——兩地書原信》，湖南文藝出版社1984年版，第250頁。
[23] 魯迅：《雜憶》，《魯迅全集》第1卷，人民出版社1981年版，第233頁。
[24] 郜元寶：《魯迅精讀》，復旦大學出版社2005年版，第166頁。

是並且無可朽腐」，來達到目的。對於這不同於「沉默」與「開口」的第三種——以身體消亡為代價的「自戕」方式，「我」不禁感到「坦然，欣然」，「我將大笑，我將歌唱」，愉悅之情躍然紙上，並「希望這野草的死亡與朽腐，火速到來」。只有以此為代價，「我」才「藉此知道它曾經存活」，這跟「綏惠略夫型」的「個人無治主義」有異曲同工之妙。

　　《求乞者》裡，撲面而來的荒涼的是「灰土」，「我」不能逾越象徵權力秩序的「高牆」，只得在視野與生存空間極度壓抑的情況下，順著它「走路」。而隔膜、冷淡的人們，「各自走路」，無法在情感上溝通。如果文章開始還保留著對「高牆」後面旖旎風光某些幻想的話，那麼，「微風起來，露在牆頭的高樹的枝條帶著還未乾枯的葉子在我頭上搖動」就徹底把「我」的夢想碾碎，生命的枯燥、單調與窒息，不斷增強，在這種情形下，「我」開始面對著「求乞」。一個「並不悲哀」，「也不見得悲戚」的孩子，攔住「我」磕頭，「追著哀呼」，這虛假的「求乞」非但沒有勾起「我」的同情，反而讓人覺得「憎惡」，「我不佈施，我無佈施心，我但居佈施者之上，給與煩膩，疑心，憎惡」。「求乞者」挾持著「感情」資本勒索式進行「求乞」，魯迅從中看到了背後隱蔽的依賴和被依賴關係，他拒絕人間關愛被無情地蠶食，進而把責問矛頭指向自己，「我想著我將用什麼方法求乞：發聲，用怎樣聲調？裝啞，用怎樣手勢？……」，「求乞」和「佈施」本來是維繫人與人之間溫情、憐憫的方式，但在這裡，這兩者卻都指向「虛無」，故「我」斷然拒絕。「我將用無所為和沉默求乞」，這種「自戕式」報復，「將可能導致內心的軟弱的心理欲求（如佈施、同情、憐憫之類）、情感聯繫（如『佈施心』）通通排除、割斷，鑄造一顆冰冷的鐵石之心，以加倍的惡（『煩膩，疑心，憎惡』）對惡，加倍的黑暗對付黑暗，在拒絕一切（『無所為與沉默』）中，在與對手同歸於盡中得到『復仇』的快意」[25]。魯迅的這種「綏惠略夫型」選擇，「是一把雙刃劍：既對他的敵人有極強的殺傷力，而且毋庸諱言，也傷害了他自己，構成了他內在心靈上的「毒氣、鬼氣」的另一方面[26]。

[25]　錢理群：《與魯迅相遇》，上海三聯書店2003年版，第277-278頁。
[26]　李何林：《魯迅年譜》上冊，人民出版社2000年版，第229頁。

　　《復仇》裡，魯迅演繹著的「個人無治主義」式自虐，一對「裸著全身，捏著利刃」的男女，「對立於廣漠的曠野之上」，他們可能將要「擁抱」，或者是「殺戮」，但是，「看客式」的「路人們從四面奔來」，「拼命地伸長頸子」，要賞鑒這一景象。這些「看客」無非是魯迅筆下大眾形象的重複，啟蒙者在「被看」眼光的吞噬下，甚至能感覺到「看客」「舌頭上的汗或血的鮮味」。為此，他們採取不作為的行動，「他們倆對立著」，「捏著利刃」，既不「擁抱」，也不「殺戮」，情願通過「自虐」付出了巨大的代價，「圓活的身體」即使變得「乾枯」，也要讓這些「路人」沒有「看」的可能，讓「他們」感到「無聊」，最後「面面相覷，慢慢走散」，當看到「路人們」詭計無法實現時，「我」則「永遠沉浸於生命的飛揚的極致的大歡喜中」。

　　相比較，《復仇》（其二）則更為驚心動魄，「他自以為神之子」，以贖罪的心態「去釘十字架」，但是「兵丁們」戲弄他；「又拿一根葦子打他的頭，吐他」，他從「釘尖從掌心穿透」的苦痛中，「玩味著可憫的人們的釘殺神之子的悲哀」，作品重現了《聖經》中有關耶穌受難時所遭受的嘲諷、迫害的種種情形。之所以把這篇作品命名為《復仇》，其深刻寓意在於：無知、愚昧的人們極端血腥殘忍地謀殺了自己的「救世主」，而「救世主」也以自身的犧牲，使得那些愚蠢的人們墮入生命的苦海，永世不得超生。只有從「犧牲者的消亡正是劊子手的劫難之源」方式上理解，才能真正體會出魯迅為什麼會把耶穌的受難稱之為「復仇」。僅僅是自我的犧牲，並不能構成復仇；只有當自己的消亡給對立面造成沉重負罪感時，才可能構成復仇。可見，這種「綏惠略夫型」的「個人無治主義」強調對立雙方的互動，這樣就可以理解，魯迅為什麼對耶穌受難場景慢節奏地細膩刻畫，從而映襯出自己對於復仇勝利的喜悅。

　　《過客》中的「過客」也是某種帶有自虐傾向的形象。「過客」當得知路的前方是「墳」時，仍不顧規勸，走向前方的「死亡」。「受虐傾向的目的並不在於受苦……所追求的滿足並不痛苦本身，而是一種自我泯滅。」[27]

---

[27] 卡倫・霍妮：《我們時代的神經症人格》，貴州人民出版社1988年版第236頁。

魯迅曾說：「我只很確切地知道一個終點，就是：墳。……從此到那的道路，那當然不只是一條，我可正不知那一條好，雖然至今有時也還在尋求。」在《過客》中，魯迅藉「過客」之口說：「我怕我會這樣：倘使我得到了誰的佈施，我就要象兀鷹看見死屍一樣，在四近徘徊，祝願她的滅亡，給我親自看見；或者咒詛她以外的一切全部滅亡，連我自己，因為我就應該得到咒詛。」不久以後，魯迅在給許廣平的一封信中也說：「同我有關的活著，就不放心，死了，就安心，意思也在《過客》中說過。」[28] 顯然，這也是一種變相的自虐。因此，在《過客》中，「如果說魯迅表現出了一種虛無和幻滅心態的話，那麼導向這種心態的過程，則無疑帶有某種變態的自虐因素」[29]。通過自虐，達到一種自虐者和受虐者雙方的毀滅。

其實，《野草》的某些作品之前就有了雛形，比如《死火》，與1919年發表的在《國民日報》上發表的《火與冰》很相似，此文通過描述「流動的火」與「說不出的冷」的「冰」，藉此發出「人們沒奈何他，他自己也苦麼？」的感歎，結尾卻筆鋒一轉，「唉，唉，火的冰的人！」多少附著些哀歎自憐。而《野草》裡的《死火》除了保留《火與冰》的基本結構外，還增加了「我」想帶「死火」逃出「冰穀」的內容，特別是文章結尾處，「有大石車突然馳來，我終於碾死在車輪底下，但我還來得及看見那車就墜入冰谷中」。在同歸於盡之中，「我」感受到「你們再也遇不著死火」的喜悅。同樣的，在《墓碣文》中，也出現了墓中的「死屍」，「自齧其身」、「抉心自食」的自虐過程，從而達到「欲知本味」。在《野草》中，魯迅就常利用「自虐」的手段，實現「個人無治主義」性質的復仇。

可以看出，《野草》存在著許多「綏惠略夫型」的「個人無治主義」描述，但缺少「賽寧型」的「個人無治主義」，這是因為魯迅在《野草》裡，更關注精神層面壓抑的釋放，更側重以「自虐」方式來實現攻擊對方，在近似「綏惠略夫型」的瘋狂自虐中，看著自己的鮮血濺在敵方身上，能惹起別人的不快，魯迅感覺「還非空虛」，還有為復仇而存活下去的意義，他也因此在這種焦慮中得到些解脫。

---

[28] 魯迅：《兩地書》，《魯迅全集》第11卷，人民出版社1981年版，第5頁。
[29] 吳俊：《暗夜裡的過客：一個你所不知道的魯迅》，東方出版社2006年版，第98頁。

四、「個人無治主義」所處的階段及影響

在1918年之前，魯迅不可能產生「個人無治主義」。其中最為重要的原因就是當時魯迅並不以「文學家」的身份而出現，雖然在日本時期，魯迅的思想已日臻成熟，但《新生》流產，《域外小說集》滯銷，在《河南》雜誌發表的文章反應平平，並沒有產生多大的影響力，魯迅的第一波啟蒙的姿態無果而終。直至《狂人日記》等一系列作品出現，「個人」魯迅才嬗變為「公共」魯迅，魯迅身份符號才有所變遷，成為大眾心目中的公共話語權威。這時候，魯迅才可能通過其影響力，自虐來達到影響他人的效果。

回溯魯迅的創作歷程，可以看出，他的作品裡常常有兩種話語交雜其中，形成「複調」現象，一種是「聽將令」的啟蒙創作，另一種是對啟蒙的反思、對外界的不信任。從1918年至1922年，魯迅的文學創作，更多的出現是「進化論」、「國家」、「國民性」等話語，但另一個「鬼氣」魯迅也隨之愈來愈膨脹，不願受它們的蠱惑。經歷了1923年的沉默之後，魯迅逐漸從兩次啟蒙失敗走出來，消除了顧慮，《祝福》一文就講述了作為啟蒙者的「我」在祥林嫂詰問時的窘態，文中提到的「死後究竟有沒有魂靈」的疑慮，也是魯迅當時對「希望」不信任的隱喻。

緊接著，《在酒樓上》、《孤獨者》、《傷逝》等小說都帶有某種自敘色彩，包括裡面「遷墳」和「吃蕎麥」的故事，都緣於他自身的經歷。在寫下《野草》中《影的告別》與《求乞者》兩篇的1924年的9月24日，魯迅在給李秉中的信中談道：「我喜歡寂寞，又憎惡寂寞……我自己總覺得我的靈魂裡有毒氣和鬼氣，我極憎惡他，想除去他而不能。」[30] 魯迅當時的心態已漸虛無，但在《野草》裡面的內心焦灼裡，又流露出對被啟蒙者拋棄的悲哀，個人與大眾的對立。所以，就可以理解為什麼在《野草》裡面，會出現《復仇》、《墓謁文》、《死火》等表現「個人無治主義」

---

[30] 王得后：《兩地書研究》，天津人民出版社1982年版，第104-105頁。

的作品。其後，隨著魯迅1926年8月後到廈門、廣州等地教書，《野草》後期風格逐漸變化，《一覺》、《淡淡的血痕》等作品形象又趨於明朗化。

但是，這時候的魯迅仍未走出「個人無治主義」的影響，這種心態一直在《野草》中徘徊。「綏惠略夫型」的「個人無治主義」者固然對不可救藥的社會失去信任，但是對於孤獨的自己仍然抱有某種確信，他們認為自己是強者，在與外界社會的對峙中，只有瘋狂、猛烈地反擊，才可能體現自己的價值。但假如是一個對人生抱有虛無、絕望態度的人，結果可能並不如此，他會對任何事情都產生懷疑，包括自己，甚至包括仇恨本身，這就不可能像綏惠略夫那樣對外界社會產生強烈的報復衝動了。而魯迅這時候虛無感漸漸加深，仇恨激情也在喪失，故「綏惠略夫型」的「個人無治主義」影響也慢慢消退了。無論如何，「綏惠略夫型」的「個人無治主義」在魯迅思想發展中還是有著重大的意義，它使得魯迅在極其無助的情況下，尋找到了生命存活下去的價值，並寫出了一篇篇靈魂之作，魯迅這種反叛思維方式，迥異於常人，他雖然已經看出生命存在的本真，但仍以「知其不可為而為之」的心態，甚至通過自虐方式來達到目的，但「綏惠略夫型」的方式對魯迅來說，也是把「雙刃劍」，無論從身體上，還是在精神上，都深深地傷害了魯迅，讓他踏進了另一個無法自拔的「沼澤」。

如果說魯迅的「虛無感」是常態的話，那麼，「綏惠略夫型」的「個人無治主義」是一種特定階段的「變異」狀態，《臘葉》之後，魯迅就在「個人無治主義」和「鬼氣」的虛無中猶豫。雖在《臘葉》中對「病葉」的審視，隱喻了他自己對「病態」身心的重新認識。同年6月17日還寫道：「酒也想喝的，可是不能。因為我近來忽然還想活下去了。」但是，1926年10月，魯迅創作的《鑄劍》，黑衣人「黑鬚黑眼睛，瘦得如鐵」似乎就是魯迅的自況，作品最後寫道黑衣人與國王同歸於盡的場景，多少還帶有「個人無治主義」的痕跡。

直到一九二六年十一月，他給許廣平的信裡，想法才突然轉變：「常遲疑於此後所走的路：（一）、積幾文錢，將來什麼都不做，苦苦過活；（二）、再不顧自己，為人們做一點事，將來餓肚也不妨，也一任別人唾罵；（三）、再做一些事（被利用當然有時仍不免），倘同人排斥，為生

存起見，便不問什麼都敢做，但不願失了的朋友。第二條我已行過兩年多了，終於覺得太傻。前一條當先托庇於資本家，須熬。末一條則太險，也無把握（於生活）。所以實在難於下一決心，我也就想寫信和我的朋友商議，給我一條光。」[31] 魯迅在精神探求不如意的情況下，他宣稱：「我也決計不再敷衍了。……離開此地之後，我必須改變我的農奴生活。」[32]

事實上，從1926年的下半年開始，幻想破滅的魯迅更趨向於關注世俗的生活，比如他與許廣平的愛情就是這種情況下的結晶，而這時的魯迅恰恰與「賽寧型」的「個人無治主義」極其相似，都注重回歸日常生活。「賽寧型」雖以消極的姿態面對現實，但實質上，還具有復仇心態，不過是換成不作為的方式眼睜睜看著「社會」腐朽、坍塌。借助著「個人無治主義」觀念，魯迅成功完成了「綏惠略夫型」的精神突圍和「賽寧型」的日常生活突圍。

所以，可以這樣說，從1922年到1926年年底，魯迅受到「綏惠略夫型」的「個人無治主義」的影響，其重要結果是《野草》的產生。而在1926年底，在「賽寧型」的「個人無治主義」影響下，更趨於世俗生活，讓魯迅有了真正的愛情與家庭，體驗到生活樂趣，並因此深刻影響到他人生的後期。

---

[31] 魯迅：《兩地書》，《魯迅全集》第11卷，人民出版社1981年版，第285-286頁。
[32] 魯迅：《兩地書》，《魯迅全集》第11卷，人民出版社1981年版，第187頁。

小說天地

色彩：《吶喊》、《彷徨》的視覺隱喻

蔣進國[1]

　　《吶喊》和《彷徨》裡對色彩的使用頻率和色彩衝擊力在魯迅的作品集中並不是最高的，「《野草》是魯迅作品中情感最豐富，同時也是色彩感最強的一部」[2]。但是作為「在整個魯迅研究和中國現代文學研究中最有成績的部門」[3]，《吶喊》、《彷徨》的小說色彩藝術尚未得到專題探討。這兩部小說集的色彩，偏離正常的視覺心理，構成具有特殊意蘊的視覺隱喻。筆者試圖在對《吶喊》、《彷徨》的色彩資料及色彩性質的歸類基礎上，探索其獨特的色彩話語和隱喻世界。至今，魯迅苦心鐫刻的這兩本套色版畫，遠方遙望光影閃動，近處撫摸色彩依然。

一、色彩與情感：一份圖表的解讀

　　藝術領域裡，色彩大都裹挾著情感意蘊，但和繪畫作品不同，小說裡的色彩是文字描摹性質，不具有視覺直觀性，作家不會依據標準的色彩學概念去刻意的設色，色彩經過主觀過濾，構成文本隱喻。「在這個形象的世界裡，最重要的是視覺形象」[4]，色彩文本傳達的資訊，往往溢出文本的能指，五彩斑斕的色彩系統就是一個複雜的心理世界。《吶喊》、《彷

---

[1]　蔣進國（1980-），男，河南固始人，文學博士，中國計量學院教師。
[2]　朱文清：《魯迅色彩世界中的審美觀》，《長沙民政職業技術學院學報》2005年第9期，第123頁。
[3]　王富仁：《中國反封建思想的一面鏡子──〈吶喊〉〈彷徨〉綜論》，北京師範大學出版社1986年版，第1頁。
[4]　錢理群：《心靈的探尋》，河北教育出版社2005年版，第232頁。

徨》是繪畫集，獨特的設色，展現著魯迅作為美術家的一面，他在文本裡注入了思想家的警醒、文學家的才華和美術家的氣質，不僅用思想吶喊、而且用色彩沉思。他調動自己的色彩譜系，賦予作品塗抹豐富的視覺隱喻內涵。筆者對《吶喊》、《彷徨》的各篇色彩使用頻率和描摹對象進行分類（以下情況作一次統計，不重複計算：1、作品裡作為人稱指代而多次重複的色彩，諸如「花白鬍子」、「藍皮阿五」等；2、各類複合色，以主色為標準，諸如：紅黑、青黃等），統計結果如下表：

表一

（單位：次）

	篇目	白	黑	紅	黃	綠	青	藍	其他	小計	臉色	眉眼毛髮
《吶喊》	《狂人日記》	2	2				6			10	6	1
	《孔乙己》	2	1	2			1		1	7	6	
	《藥》	16	11	4		1		1		33	1	6
	《明天》	5	1	2						8	1	
	《一件小事》	1								1		
	《頭髮的故事》									0		
	《風波》	1	4	3	5			1		14	1	2
	《故鄉》		2	2	4	2	1	2	2	15	4	1
	《阿Q正傳》	2	3	2	2			2		11		
	《端午節》									0		
	《白光》	9	7		1					17	1	1
	《兔和貓》	2	4							6		
	《鴨的喜劇》	1				2			1	4		1
	《社戲》	5	5	2	1	2			2	17		2
《彷徨》	《祝福》	11	4	4	5			2		26	6	5
	《在酒樓上》	3	4	7	1	1	1			17	2	2
	《幸福的家庭》	3	1		1	4				9		
	《肥皂》	4			1	9				14		
	《長明燈》	3	1	3	2	2		1		12		
	《示眾》	5		1	2			2		10	1	
	《高老夫子》			1						1		
	《孤獨者》	8	8	1	4					21	4	5
	《傷逝》	6	4	3				1		15	7	
	《弟兄》	5	2	4		1	1		1	14	6	
	《離婚》		5	1	1		1	1	1	10	4	1
	總計	94	69	42	33	22	13	11	8	292	51	27

　　由此表可以看出：（一）25篇小說共用色292次，平均每篇11‧68次，色彩使用頻率最高的三篇依次為：《藥》（33次）、《祝福》（26次）、《孤獨者》（21次），三篇之和占總數27‧40%，這些篇章，情節細膩逼真，氛圍凝重遲緩，情緒內斂深沉，視覺衝擊和變換強烈。（二）色彩出現頻率及占總次數百分比前五位依次為：白94次（32‧19%）、黑69次（23‧63%）、紅42次（14‧38%）、黃33次（11‧30%）、綠22次（7‧53%）。與魯迅作品的總體風格相比[5]，白與黑這兩種「無彩色」[6]的比重明顯上升，占55‧82%；大於「有彩色」（紅、黃、綠、青、藍等），紅的比重下降，讓位於黑。（三）色彩關照的對象以人物為主，尤以臉色、眉眼、髮鬚為最，占總數的27‧78%，僅涉及臉色就有51次，占總數的17‧47%，即大約每三次用色，就有一次描寫人物，每五次用色，就有一次寫人的臉色。其中除了《離婚》中的七大人「腦殼和臉都很紅潤」外，多為非正常（病態、羞辱、絕望）的「緋紅」「通紅」「蒼白」「青灰」「灰黃」等。眼睛眉毛和髮色用色27次，其中鬍鬚多為「花白」，頭髮除了2次黃色（被人揪住的「黃辮子」的阿Q和《長明燈》裡上茶的「黃頭髮的女孩」）2次黑色（《風波》裡被剪去「絹光烏黑的辮子」的七斤和「光滑頭皮，烏黑髮頂」的趙七爺）之外，多為「全白」或「花白」。對於「肉食者」，魯迅不惜給與他們顯現身體健康的色彩，暗示營養充足甚至過剩；而那「哀其不爭，怒其不幸」的病態靈魂，魯迅在這群被損害的老中國兒女身上飽含悲愴憐憫、愛恨交織的複雜情感，他們總是被鑄上病態的烙印。

二、白與黑：可見世界與可知世界的雙重延伸

　　色彩意味著一種感覺和體驗，設色過程就是情緒、意識、心理等主觀因素投射過程。不同的藝術家，會呈現出不同的色彩傾向，這種傾向

5　　錢理群：《心靈的探尋》，河北教育出版社2005年版，第233頁。
6　　（日）潼本孝雄、藤沢英昭：《色彩心理學》，成同社譯，區和堅校，科學技術文獻出版社1989年版，第7頁。

受一定的社會習慣和社會文化的影響，也與藝術家個性氣質、作品主題、創作心境等因素有關。美術家的魯迅精通色彩，而且對白與黑這兩種無彩色有獨特的偏愛。他喜愛木刻，這種黑白分明的藝術有色無彩，靠線條、明暗、光影傳達審美意蘊[7]。木刻藝術也沉澱到文學作品中。「傑出的大師們在他們大部分的藝術生涯活躍期間，多數找到了並保持著一個相當狹窄的色彩範圍」[8]。魯迅對黑白的偏愛，與白與黑的雙重特質緊密相關。

　　白色反射所有的有色光，既是虛無的空白或者是「零」，又暗含無限的可能，它可以反襯一切色彩，又可以自我隱身。白色與圓形相似，是自我圓滿的綜合體，不展示它所擁有的內在力量，既是充實，又是虛無。「白色具有一種特殊的雙重性質。一方面，它是極度的充實，是由各種個別顏色合成的全部豐富性的綜合。但另一方面，它又是沒有色相的，因而是沒有生氣的。」[9]。白色一般讓人聯想起「雪、白雲」等事物，象徵著「純真、神聖、樸素」等意象。但《吶喊》、《彷徨》卻與一般的視覺心理發生偏移，而與孝衣、老人、寒冬、冷光等事物相連，隱喻著蒼老、疾病、壓抑、寒冷、災難和死亡等。在這兩部小說集裡，白色的關照對象前三位依次是衣物（14次）、毛髮鬍鬚（11次）、光（10次）、臉色（7次）。《孤獨者》的開場是魏連殳身穿白孝衣祭奠家人，落幕是親屬們穿上孝衣為魏連殳治喪；《藥》中寒冷的早晨，兩位半白頭髮的母親在墳前哭泣，空氣幾乎在顫抖中凝固；《白光》裡，閃爍在黑山背後的白光召喚著陳士成永遠無法安息的靈魂；子君「蒼白」的圓臉埋藏著涓生的「悔恨和悲哀」。「白色帶來了巨大的沉寂，像一堵冰冷的、堅固得和綿延不斷的高牆。因此，白色對於我們的心理的作用就是像一片毫無聲息的靜謐」[10]。的確，以白色為主色調的《藥》（16次）、《祝福》（11次）、

7　（美）李歐梵：《鐵屋中的吶喊》，尹慧瑉譯，嶽麓書社1999年版，第237頁。
8　馮能保：《眼睛的潛力——阿恩海姆〈藝術與視知覺〉導引》，江蘇教育出版社1990年版，第154、155頁。
9　（美）R·阿恩海姆：《色彩論》，常又明譯，雲南人民出版社1980年版，第39、40頁。
10　裔萼：《康定斯基論藝》，人民美術出版社2002年版，第59頁。

《孤獨者》（8次）、《傷逝》（6次）等篇章大都講述著悲涼、焦灼、憂鬱的故事，展現著病態孤獨的靈魂。

與白色相反，黑色吸收一切有色光，它包容所有的可能。黑色在某種意義上代表著光的真空，是不可見的世界。「正是為這個看不見的世界所吸引，人們孜孜以求地要把看不見的世界改造成看得見的對象，通過各種方式確立了看得見的世界至高無上的地位，以滿足自身理性的要求。」[11] 看不見的世界往往是可知客觀存在，不可見世界時刻反襯甚至解構著可見世界，證明可見世界的虛無性質。黑色和白色的虛無隱喻非常契合《吶喊》、《彷徨》的意義指向。「黑色的基調是毫無希望的沉寂」[12]，黑色也是雙重的，既是所有，又是空洞，隱喻著「寂靜、悲哀、沉默、嚴肅、罪惡」。黑色包裹著無法體查的潛流、無法預測的未來和無法證實的判斷，人們沉思、潛行、夢想，又莫名的恐懼，幻想一切，又懷疑一切，偷襲別人，又會被偷襲。「時代影響了魯迅，使他對幾千年來封建專制統治的黑暗有著更為深切的感受和認識」[13]。漆黑的夜，是《吶喊》、《彷徨》裡頻繁出現的意象，在黑氣裡發光的眼睛更是充滿痛苦、激憤和絕望。巧合的是，魯迅本人給人們的印象就是「一團的黑」[14]。「生活在已經走到了歷史盡頭的嚴冬季節的舊中國，敏感的魯迅處處感受著『冷』的威逼。幾乎是永不休止的時代的冷風事實使他感到滲入骨髓的寒氣」[15]。黑色不僅切中魯迅的悲憤，也契合當時社會場域特徵。

越是接近深層思考的人物，魯迅在其身上注入的個性就越多，其身陷黑暗包圍的程度就越深，其黑色符號就越醒目。這樣的人物有四個：狂人、夏瑜、陳士成和魏連殳。巧合的是，這幾篇小說的主要場景都在黑夜展開。《狂人日記》先後三次描寫月亮，一次描寫太陽，在日夜不分的環境裡，狂人看見「鐵一般青的」臉，縱然看清「吃人」的歷史擺開「人肉

[11] 李鴻祥：《視覺文化研究：當代視覺文化與中國傳統審美文化》，東方出版中心2005年版，第75頁。

[12] 裔萼：《康定斯基論藝》，人民美術出版社2002年版，第59頁。

[13] 傅勤德：《啟蒙主義：〈吶喊〉、〈彷徨〉的歷史價值》，上海師範大學學報（哲學社會科學版）1989年第2期，第41頁。

[14] 馬蹄疾：《許廣平論魯迅》，廣東人民出版社1979年版，第223頁。

[15] 錢理群：《心靈的探尋》，河北教育出版社2005年版，第159頁。

筵宴」，呼號聲卻淹沒在「絕無窗戶而萬難破毀」的鐵屋子裡。《藥》裡的黑色令人恐懼：「渾身黑色」的劊子手、「一陣紅黑的火焰」、「一碟烏黑的圓東西」。陳士成眼前「許多烏黑的圓圈，在眼前泛泛的游走」，「黑圈子」夾在小辮子中間跳舞。月亮隱去在「黑魆魆」的西高峰裡，召喚著落榜者邁出踉踉蹌蹌的死亡腳步。在黑暗中掙扎的「孤獨者」「濃黑的鬚眉」、「兩眼在黑氣裡發光」，絕望中，魏連殳在自己流血的傷口上再插上自殘的匕首。

黑與白都同時具有實體存在和虛無飄渺的雙重特質，隱匿在黑暗之中的存在反襯著強光照射下的虛無，黑與白的強烈對比，造成沉重的壓抑，魯迅對此也有察覺，「我的作品，太黑暗了，因為我覺得唯『黑暗與虛無』乃是實有，卻偏要向這些作絕望的抗戰，所以很多著偏激的聲音」[16]。當作者企圖反思的時候，恰好從一個側面說明其思想的徘徊和遊移。就像《吶喊》（自序）裡所說：「我雖然有我的確信，然而說到希望，卻是不能抹殺的，因為希望是在於將來，絕不能以我之必無的證明，來折服了他之所謂有……」他一直處於深感絕望又不甘放棄希望，卻又找不到曙光的矛盾狀態。這兩部小說集裡，先後三次出現「『灰白』的路」的隱喻。華老栓在秋天的後半夜起身，「街上黑沉沉的一無所有，只有一條灰白的路」，這條越走越明的路上，閃爍著拯救病人的一線生機，卻通向鮮血淋淋的殺人現場和愚弱民族麻木靈魂的展臺。《傷逝》結尾處接連出現的「灰白」的路不是涓生「新的生路」，幻化為一條長蛇，「自己蜿蜒的向我奔來，我等著等著，看看臨近，但忽然便消失在黑暗裡了。」夜沒有盡頭，涓生背負著心理重負「在灰白的長路上前行」，那路卻「又即刻消失在周圍的威嚴和冷眼裡了」。那條若隱若現的灰白之路，清晰而又模糊，涓生和魯迅都在苦苦探尋。消失的路依然存在，只是路人無法在路途中把握轉瞬即逝的不可回溯的生存方式，尤其是當路人期待著某種生存的希望和變革的意圖時，腳下的路立刻會變得更加飄渺無形。

---

[16]   魯迅：《致許廣平》，《魯迅全集》第十一卷，人民文學出版社2005年版，第466、467頁。

三、有彩與無彩：個人化的使用傾向

　　除了黑與白，《吶喊》、《彷徨》裡諸如紅、黃色、綠、青、藍等「有彩色」的使用，大都因關照對象、使用意圖的特殊需要而偏離色彩思維定勢，用最簡潔的色彩符號傳達最大的內涵，文本中的情緒、場景和整體基調被逐一著色，呼應著「無彩」的黑白主色調。

　　首先是技術層面的處理，即色彩提純和對象抽離。魯迅直接用色彩隱喻人和物，將其抽象化、符號化。這些色彩或者沒有明確的意義和修飾對象，成為一個符號和指代，諸如「藍皮阿五」、「紅鼻子老拱」、「白背心」、「花白鬍子」等；或者省略：「幾個紅的綠的在我的眼前一閃」；或者作副詞：「紅紅綠綠的晃蕩」。這使人聯想起梵古的畫作，他唯一深愛的東西就是色彩，輝煌的、未經調和的色彩，高度提純的原始色彩描繪出一個貌似誇張變形但卻精準深邃的世界。

　　其次，暖色調的冷用。紅色象徵著「喜悅、熱心、活潑」等，而《吶喊》、《彷徨》裡的紅色卻大多是疾病、殺戮、羞辱、憤怒的隱喻。色彩飽和度最高的一次是經夏瑜血跡浸染後「鮮紅」的饅頭，此外，諸如刑場上「暗紅的」號衣、孔乙己「漲紅的」臉、夏瑜墳頭上「紅白的花」、寶兒發燒昏睡中「緋紅」的臉蛋、七斤嫂被搶白羞辱而「通紅」的耳朵、陳士成緊盯榜單「紅腫的兩眼」等等，都因具體的語境而顯出晦暗壓抑。面對涓生的求愛，子君蒼白的臉，因幸福而「轉作緋紅」，但這只是曇花一現，「再也沒有見」。紅色，在《吶喊》、《彷徨》裡不再熱烈，不再激情，反而紅的黯淡和淒涼。《在酒樓上》有一點似火的「紅」：「鉛色」的天底下，廢園裡山茶樹「從暗綠的密葉裡顯出十幾朵紅花來，赫赫的在雪中明得如火」，其絕妙在於把色彩的時間、空間、色調和情感的對比發揮到極致。「任何色彩中也找不到在紅色中所見到的那種強列的熱力」[17]，白亮的雪、深綠的葉和鉛灰的天空同時佔據全部冷竣的色調空

---

[17] 王富仁：《中國反封建思想的一面鏡子——〈吶喊〉〈彷徨〉綜論》，北京師範大學出版社1986年版，第298頁。

間，這十幾朵紅花所傾瀉的強烈感情飽滿的從文字中溢出。一小簇堅強的紅花，一小撮孤傲的鬥士，抗嚴寒，伴風雪，縱然頃刻凋零，也要宣告生命的花開，宛如朵朵禮花歷經沉重上升之後綻放出的瞬間美麗。

同時，黃色也大多不是希望、發展、光明的隱喻，臉色「灰黃」的子君和閏土、「面黃肌瘦的」巡警、「臉色青黃」的祥林嫂，暗示著疾病和營養不良。《風波》一開場，「臨河的土場上，太陽漸漸的收了他通黃的光線了」，這裡的「通黃」，是焦躁情緒的外化，在一片暑熱中，黃色無疑是動盪不定的催化劑。《故鄉》的開頭：「蒼黃的天底下，遠近橫著幾個蕭索的荒村，沒有一些活氣」，「蒼黃」裡帶著淒涼和絕望。祥林嫂死後，「我」面對「發出黃光」的菜油燈，陷入沉思，「豆一般大的黃色的燈光」無法照亮悲涼的心緒，更無法刺穿茫茫雪夜。這盞掙扎燃燒的油燈，在《藥》裡淒冷的後半夜悄悄點燃，發出「青白的光」，又在《白光》裡燒盡殘油，「畢畢剝剝得眨了幾聲之後」熄滅，陳士成的生命之燈也跟著熄滅了。

此外，明快色調的歷時對比。《吶喊》《彷徨》裡集中渲染的幾處美妙場景，成為現代文學史上少有的佳篇和現代漢語的精彩母本，諸如雪後捕雀，瓜地刺猹，月夜行船等畫面，色彩變幻迅速，飽和度高，逼真傳神。如此少而精的點染，在小說集灰黯沉鬱的總體氛圍裡顯得彌足珍貴。不過，猶如「朝花夕拾」，這幾朵絢爛的記憶花瓣，慢慢凋落在夢境裡，那是身處異地的遊子對故鄉的一場舊夢神遊而已。一個內心嚮往童年快樂時光的紳士，對故鄉總懷有難以割捨的留戀和感傷。「深藍的天空」、「金黃的圓月」、「碧綠的西瓜」，美麗的記憶在現實面前不堪一擊，「紫色的圓臉，已經變作灰黃」，當年的閏土，如今木訥、遲鈍。輕快流暢的夜航美景，被二十年之後的北京戲臺解構，「淡黑的起伏的連山」，「大白魚」一樣的航船，也像燈火中回往戲臺一樣「漂渺得像一座仙山樓閣」。現實殘酷污濁，已經沒有人像魯迅那樣，擔負心靈的重荷，一次次固執的返回精神的家園。現代人的懷鄉之旅，充滿痛苦和煎熬，歲月阻斷回鄉之路，記憶過濾了雜色，只有用美麗的回憶給自己一份希望和慰藉，清新的色彩在魯迅的筆端盡情流淌。

　　「有一種聲稱說，視覺事物是決然不能觸通過語言描述出來的。」[18]
視覺的魅力並不在感知主體於能用語言精確轉述，而在於觀看主體此刻的
切身體驗。能夠看見的世界只是考察我們生存之謎的一部分形式，它和另
外一部分超越視覺的客觀存一起構成我們對世界的認識方式。可見世界與
可知世界之間的矛盾和補充，使得思想、情感以及美的存在和拓展有了無
限的可能。作為視覺的表現形式之一，色彩在文學作品中的意義，不在於
如何傳神的描摹事物的本真面貌，而在於傳達出人類可以感知的世界中除
可見部分之外的外延和內涵，這就是文學作品中色彩隱喻的意義。藝術家
的使命不是複製這個世界，而是用心表現這個世界，色彩就是藝術家表達
思想和情感最原始最具感染力的方式之一。魯迅用經過自己選擇創造的個
人化的色彩系統，用白色的線條勾劃虛無，用黑色的陰影營造氛圍，不時
點染上思考、記憶、掙扎、叩問的油彩，繪製一幅幅套彩版畫。翻開《吶
喊》和《彷徨》，魯迅苦心營造的視覺隱喻世界裡，鑴刻著愛、恨、希望
和絕望，依然浸染我們的心。

原載《東方論壇》2010年第5期

---

[18]　（美）R・阿恩海姆：《藝術與視知覺・前言》，滕守堯、朱疆源譯，中國社會科
　　學出版社1984年版，第5頁。

論《孔乙己》的戲劇性建構

陳永有[1]

　　魯迅的多部小說自發表後，近百年來被多次反覆改編成各種戲劇和影視作品。《阿Q正傳》曾先後被陳夢韶、王喬南、袁牧之、許幸之、田漢、陳白塵等改編成話劇劇本和電影文學劇本，還被改編成京劇、曲劇、滇劇、河北梆子、紹劇等，《祝福》曾被改編成越劇、京劇和歌劇等，《孔乙己》被改編成話劇、越劇和曲劇等，此外，《傷逝》、《藥》、《鑄劍》、《示眾》、《奔月》、《狂人日記》等小說也曾被改編為戲劇或影視作品。魯迅小說被如此頻繁和集中地改編，除了受魯迅知名度影響外，是否與其作品具備的某些戲劇性因素有關呢？《阿Q正傳》、《祝福》和《孔乙己》是被改編較多的幾篇小說，前兩篇小說有著容量上的明顯優勢，而《孔乙己》雖篇幅短小，卻包含了豐富的戲劇性因素。本文試以《孔乙己》為例，探究隱含在魯迅小說中的某些戲劇性建構。

一、繪聲繪色的場景設置

　　戲劇是一門對時間和空間有著嚴格要求的藝術，通過特定場景內角色之間的對話來交代情節。戲劇往往採用分場分幕（中國戲劇分「折」和「出」）和明暗場相結合的手法，在精心安排明場戲的同時，借助暗場戲來擴大敘事容量和表現力。

---

[1]　陳永有（1987-），男，浙江三門人，上海師範大學人文與傳播學院在讀碩士生。

　　《孔乙己》就吸收和轉化了這種戲劇常用的手法，表現出明顯的場景化。其中大致有五個明場，見表1。除明場1被「我」的旁白隔開外，其餘明場在小說中都獨立成段，也就是說，戲劇的場景在小說中以段落的形式得以體現。

表1

場景	主要情節	主要人物
明場1	孔乙己首次出場，被嘲笑竊書和沒有進學	孔乙己、酒客
明場2	孔乙己教「我」識字	孔乙己、「我」
明場3	孔乙己給鄰舍孩子分茴香豆	孔乙己、鄰舍孩子
明場4	掌櫃與酒客談論孔乙己偷丁舉人家的東西	掌櫃、酒客
明場5	孔乙己最後一次來喝酒，被嘲笑打斷了腿	孔乙己、「我」、掌櫃、酒客
暗場1	孔乙己偷何家的書，被吊著打	孔乙己、何家的人
暗場2	酒客背地裡談論孔乙己好吃懶做的品行	酒客
暗場3	孔乙己偷丁舉人家裡的東西，被打折了腿	孔乙己、丁舉人家的人

　　小說對這五個明場進行了精心的描繪，其中多用語言和動作描寫，而少作心理分析，這與戲劇對場景描寫的要求相吻合。其一，各場景中的語言凝練卻包含了很豐富的感情色彩，一些語調上的抑揚頓挫就能帶來富有戲劇性的效果。比如酒客對孔乙己竊書的質問與嘲笑：「孔乙己，你臉上又添上新傷疤了！」「你一定又偷了人家的東西！」[2] 兩句話中的「又」字一定被酒客重讀予以強調，而結尾是個感嘆號，進一步增強了語氣。孔乙己爭辯道：「竊書不能算偷……竊書！……讀書人的事，能算偷麼？」語氣上先是陳述，再是感歎，然後是反問，包含著人物感情的起伏，三段話中間用兩個省略號隔開，這兩處停頓更是意味深長。其二，各場景中的動作都是反覆斟酌的結果，是小說人物複雜內心活動的自然演繹。如孔乙己教「我」寫字，「我」先是「略略點一點頭」，再是「回過臉去」，最後「努著嘴走遠」，「我」對孔乙己的那種輕蔑與不屑躍然於紙上，既可愛又可悲，可謂傳神之筆。再比如孔乙己來酒店掏錢的兩個不同動作，首次出場時是「排出九文大錢」，末次是「摸出四文大錢」，就語言而言只

2　魯迅：《孔乙己》，《魯迅全集》第1卷，人民文學出版社2005年版，第457-461頁。下文論及《孔乙己》原文均出自同一版本，不再一一作注。

是一字之差，但付諸於行動表演其實差別較大，從中可見人物不同的處境。其三，各場景中為數不多的心理描寫，都可轉化為旁白處理。比如在明場2中，「我想」和「我暗想」的內容，就可看作是「我」對觀眾的旁白。適量的旁白加強了演員與觀眾的交流，反而更有戲劇性。楊義先生說：「李笠翁論劇，講究『機趣』，魯迅的詞采便是深得『機趣』之妙的。」[3]

　　五個明場都發生在小說開頭就交代的咸亨酒店裡，這種安排也符合戲劇對於舞臺佈置簡潔性與寫意性的要求。咸亨酒店的格局獨特又簡單，就一個曲尺形的大櫃檯，既簡潔明瞭，便於演出佈置，又有很強的寫意性。當這個曲尺形的大櫃檯一出現，酒店的氛圍就出來了。王富仁先生在其論著中多次提到：「一個曲尺形的大櫃檯，隔開了長衫顧客和短衫顧客。」[4]指出的正是這個大櫃檯的意向性。

　　孔乙己的故事並不都發生在咸亨酒店裡，有些至關重要的情節又不能省去不述，小說就借鑒了戲劇常用的暗場手法。小說中主要的暗場有三個，如表1所示。這三個場景都在暗場完成，卻分別通過酒客的取笑、「我」的旁白和酒客的談論轉述出來。這種把明暗場相結合的手法之於戲劇顯然是為了壓縮演出時間、簡化舞臺佈置和減少演員人數，而對於一部小說，這樣的處理可以使文本顯得短小精悍、結構緊湊。

　　楊義先生說魯迅「巧妙地對孔乙己一生的事蹟進行剪裁，運斤如風，鼻在堊除」，並指出有三剪，分別剪去了「孔乙己前半生的事蹟」、「孔乙己後半生的許多片段」、「他的住處和飲食起居的場面」。[5]這種剪裁使完整的故事情節被分隔成一個個場景，也就是小說場景化。各場景先後順序的安排也是作者巧妙佈局的結果。小說中孔乙己首次出場時，故事就已經進入了高潮階段，暗場1和暗場2的情節是通過明場中回顧式的敘述得以表現的。這種從故事高潮階段開始演繹的佈局方式顯然是借鑒了戲

3　楊義：《魯迅小說綜論》，陝西人民出版社1984年版，第120頁。
4　王富仁：《中國反封建思想革命的一面鏡子：〈吶喊〉〈彷徨〉綜論》，北京師範大學出版社2000年版，第257頁。相同意思的表述參見該著作中的第35頁。
5　楊義：《魯迅小說綜論》，陝西人民出版社1984年版，第226頁。

劇「鎖閉式結構」的結果。這一結構又被稱為「純戲劇式結構」，它的特點是：「具有經過嚴格選擇的，最低限度的登場人物，極其節約的活動地點和時間，以及直線發展的題材。這樣結構的戲總是從危機中開始的，一下子就跳到最緊張的戰鬥中去，而把過去有關的情節用回顧式的敘述方式在劇情開展中逐步透露出來。」[6] 易蔔生的《群鬼》、《玩偶之家》皆採用此種結構方式，因而可推斷魯迅對此結構方式是相當熟知的。這種結構的優點在於能使劇本情節集中緊湊，能把「內心動作和外部動作密切結合」，「人物較少，有深刻揭示人物性格和精神世界的各個方面的可能性」，「更宜於寫出有深刻哲理思想和深厚感情的好戲」。[7]《孔乙己》的精緻深邃，也與這種結構方式有關。

但是，與「鎖閉式結構」不同的是，《孔乙己》中各場景的內在結構是獨立的，場景間並不存在內在的因果聯繫。明場2不是明場1發展的必然結果，明場3也不是明場2發展的必然結果……它們是按照敘述者的敘述邏輯編排的，並不是直線發展的，這種組合關係與一般戲劇不同，卻與目連戲的結構有著某些相通之處。目連戲總的一個故事框架是關於目連救母，但中間「藉目連的巡行來貫串許多故事」[8]，這些故事構成一個個獨立的場景，可以隨意組合。「場與場之間，人不必相繼，事不必相續，大率一人一事為之一場，可多可少，多之不為贅，少之不為缺，各場具有相對的完整與獨立」[9]。《孔乙己》自然不像目連戲那般場景之間人事完全不同，但從小說各場景相對的獨立性中，還是能瞥見目連戲場景設置的某些影子。

《孔乙己》首先對完整的故事情節進行了巧妙剪裁，把小說場景化。在場景順序安排上借鑒了戲劇的「鎖閉式結構」，又像目連戲一樣保持各場景的獨立性，同時採用明暗場相結合的手法，對明場戲精雕細琢，注重場景的簡潔性與寫意性。從小說對場景的這種精緻安排中，可見戲劇對其的影響。

[6]　顧仲彝：《編劇理論與技巧》，中國戲劇出版社1981年版，第168-169頁。
[7]　顧仲彝：《編劇理論與技巧》，中國戲劇出版社1981年版，第173頁。
[8]　魯迅：《門外文談》，《魯迅全集》第6卷，人民文學出版社2005年版，第102頁。
[9]　羅萍：《紹興戲曲史》，中華書局2004年版，第53-54頁。

二、主次分明的角色安排

喬治・貝克說過，要寫好一個戲劇場面，「劇作者必須對這場的人物加以研究，直到把他們在這一場裡的感情全部挖掘出來為止」[10]。譚霈生也說：「選擇什麼場面，首先要考慮能不能充分展示你的人物性格，能不能吸引觀眾深入人物的內心世界。」[11] 可見戲劇對角色的重視。李漁有「一人一事，即作傳奇之主腦」[12] 的說法，「一本戲中有無數人名，究竟俱屬陪賓，原其初心，止對一人而設」[13]。這裡的「一人」也就是通常意義上說的主角，陪賓即是配角。戲劇往往著力於主角情感和性格的展示。

在《孔乙己》中，同樣存在這種主配角的分類。與傳統戲曲往往從戲目中就可以判斷戲的主角相似，從題目就可以看出，小說的主角是孔乙己，掌櫃、酒客、中年的「我」、12歲的「我」、鄰舍孩子等都是配角。以上提到小說分五處明場戲和三處暗場戲，之所以要這樣處理明暗場其實也與能否表現主角的性格有關。明場中，除了明場4是為明場5作鋪墊而存在外，其餘四個皆為孔乙己到店的場景，通過人物自己的言行舉止來展示其內心情感和性格。而三處暗場戲中，主角孔乙己都處於被動的位置上，要麼被打，要麼被談論。

小說中主配角主次分明，配角始終為表現主角服務。從戲劇的演員出場與退場的角度看這篇作品，總的來說，是配角先出場，主角再出場，然後是主角先退場，配角後退場。第一個出場的是中年的「我」，由他講述自己來酒店當夥計的經過並介紹長衫主顧與短衣幫待遇的差別，這一交代實際上是提前向讀者介紹主角所處的環境，有助於讀者去理解主角的心態與周圍人對主角的態度。最後一個離場的也是中年的「我」，他的延後退場交代了那次孔乙己來買酒是最後一次，而主角最後一次出場依然給在

---

[10] [美]喬治・貝克：《戲劇技巧》，餘上沅譯，中國戲劇出版社1985年版，第99頁。
[11] 譚霈生：《論戲劇性》，北京大學出版社1984年版，第217頁。
[12] 李漁：《閒情偶寄》，浙江古籍出版社1985年版，第8頁。
[13] 李漁：《閒情偶寄》，浙江古籍出版社1985年版，第7頁。

場的所有人留下笑聲，這種由大喜到大悲的轉化是由他的延後退場來完成的。事實上，中年的「我」退場時間延後越久，悲劇性越強。這樣我們就比較容易能理解小說最後，中年的「我」為何不對孔乙己的故事發表任何看法，這與他配角的身份是有關係的。當配角的功能作用完成以後，他應該跟著主角儘快離場，而不是獨自在舞臺上發表高見，這是傳統戲劇一貫的表演模式。事實上，在單個場景中也同樣存在配角先出場鋪墊，再延後退場的模式，比如明場5。

小說把中年的「我」作為敘述者，用酒店小夥計的眼光來看孔乙己的言行，本身就具有很強的戲劇性。喬治・杜亞美說：「有時候作家把敘述委託給一個虛構的人物去進行，他本身也以第一人稱來敘述。這種方法就複雜多了，它本身含有戲劇因素。」[14]

此外，小說開頭之所以交代「我」到酒店工作的來龍去脈，是受中國傳統戲劇開頭「自報家門」的影響。傳統戲劇在人物首次出場時，往往需要做自我介紹，恰如女吊出場後要唱「奴奴本是楊家女」[15]，對自己人生經歷要一一道來。而孔乙己首次出場前敘述者通過一段旁白來介紹他的肖像、服飾、說話方式以及名字的由來，其實也是「自報家門」的一種變式。

《孔乙己》借鑒了戲劇的角色安排方式，主配角出場前「自報家門」，各場景和配角都為了展示主角的性格服務。這樣安排不僅有利於突出主角性格，提升小說的藝術感染力，也符合中國觀眾的認知心理和期待視野，容易被讀者接受。

三、戲劇性的矛盾衝突

矛盾衝突是戲劇的突出特徵，所謂「沒有衝突就沒有戲」。托爾斯泰曾解釋說「任何戲劇的條件是：登場人物，由於他們的性格所特有的行

---

[14] [法]喬治・杜亞美：《長篇小說探討》，《法國作家論文學》，三聯書店1984年版，第106頁。
[15] 魯迅：《女吊》，《魯迅全集》第6卷，人民文學出版社2005年版，第641頁。

為和事件的自然進程,要讓他們處於這樣一種環境,在這種環境裡,這些人物因為跟周圍世界對立,與它鬥爭,並在這種鬥爭裡表現他們所稟賦的本性」[16]。「從實質上說,所謂『戲劇衝突』,就是『性格衝突』。」[17]「悲劇的戲劇性,一方面來自不同性格之間的衝突,也來自性格內部的衝突。」[18] 由於受演出時間的限制,戲劇比其他文學樣式的矛盾衝突表現得更為尖銳和集中,而且往往由人物性格的矛盾對立引起。

《孔乙己》就是依靠人物性格之間的差異和人物自身性格的矛盾性來構建衝突的,這種衝突就帶有一定的戲劇性。歸納起來講,小說中主要存在著兩對比較突出的矛盾衝突。

其一,孔乙己與咸亨酒店所有看客(包括酒客、掌櫃和「我」)的矛盾衝突。這些看客中,掌櫃和部分酒客直接用行動(言語)來揭孔乙己內心的傷疤,而更多的人雖沒有親自行動,卻默默分享了這一行動所帶來的興奮與快活,其內在心理機制是相同的,因此可以統稱為嘲笑者。這場衝突能得以建立的關鍵因素在於孔乙己的反取笑,當嘲笑者取笑他偷竊時,他藉「讀書人」的身份來試圖貶抑對方;當嘲笑者取笑他沒有考中秀才時,他是靠嘲笑者沒有能力聽懂的那套文言話語來予以還擊的,實質上是一種話語的炫耀。[19] 這種還擊雖然是無力的,但是正因為有還擊,才造成了戲劇衝突。

其二,孔乙己的個人理想與現實處境也存在著矛盾衝突。這對矛盾衝突在小說中有些是通過具體人物之間的行動得以展現的,比如孔乙己與鄰舍孩子之間的衝突,孔乙己善良的內心使他做出給孩子們分茴香豆的行動,這一行動所帶來的直接結果就是碟子裡的茴香豆所剩無幾,於是他「著了慌,伸開五指將碟子罩住」,這是現實處境反過來制約個人理想的結果;再比如孔乙己與小夥計「我」的衝突,孔乙己想通過教孩子識字來

---

[16] [俄]列夫・托爾斯泰:《論莎士比亞及其戲劇》,《莎士比亞評論彙編(上)》,中國社會科學出版社1979年版,第502頁。

[17] 譚霈生:《論戲劇性》,北京大學出版社1984年版,第81頁。

[18] 譚霈生:《論戲劇性》,北京大學出版社1984年版,第106頁。

[19] 這種話語選擊方式在現實生活中依然可見,如《大連晚報》2008年4月12日報導的新聞《兩名女子因小摩擦用中英法日4種語言飛機上對罵》。

展現學識和自我價值，這才有了教「我」寫「茴」字的行動，但「我」卻認為孔乙己「討飯一樣的人」不配教我，「努著嘴走遠」，「我」的行動（包括表情、語言）實際上代表的就是孔乙己現實處境對他理想的制約。有些則是通過人物自身的穿著言行來體現的，如孔乙己從不拖欠酒錢的誠信品格與最後還欠十九個錢就消失了的矛盾衝突，「讀書人」對仁義禮智信的要求與竊書、佔有別人的書的矛盾衝突，堅持穿長衫以提高自己的身份與長衫又髒又破有損形象的矛盾衝突……

別林斯基說：「如果兩個人爭論著某個問題，那末（麼）這裡不但沒有戲，而且也沒有戲的因素；但是，如果爭論的雙方彼此都想占上風，努力刺痛對方性格的某個方面，或者觸傷對方脆弱的心弦，如果通過這個，在爭論中暴露了他們的性格，爭論的結果又使他們產生新的關係，這就已經是一種戲了。」[20]《孔乙己》中的這兩對矛盾衝突就具備了這種戲劇因素，小說借用這種衝突充分暴露了主角孔乙己的性格，在一定程度上也展現了配角的內在心理。孔乙己的悲劇，既因為嘲笑者的取笑，也與孔乙己自己的反取笑有關，同時，也是他個人理想與現實處境相衝突的結果．

四、冷熱相間的舞臺氛圍

法國戲劇理論家薩賽提出過一個著名的命題「沒有觀眾，就沒有戲劇」，一部戲劇是否成功很大程度上取決於其能否被觀眾所認可和接受。因此，戲劇作品往往在構思時就需要調節場景之間的冷熱氛圍，以期達到最佳的舞臺效果，從而博得觀眾喝彩，「戲劇要以自身的節奏感來調劑觀眾的情緒，使觀眾的喜、怒、哀、樂之情，冷靜、熱烈之態都能隨著劇情進展得到變化、遞進與均衡。許多優秀的劇本大都能做到這一點」[21]。

魯迅曾多次去看戲，這種經歷讓他對觀眾接受心理有著充分的認知和把握，在《社戲》中就有比較具體的展現。《社戲》中先寫了「我」在北

---

[20] ［俄］別林斯基：《戲劇詩》，《古典文藝理論譯叢》第3卷，人民文學出版社1962年版，第148頁。
[21] 董健，馬俊山：《戲劇藝術十五講》，北京大學出版社2004年版，第137頁。

京兩次去看京劇的場景,但兩次看戲「我」都是中途退場,主要原因是受不了「冬冬喤喤的響」[22]。之後又重點寫了小時候「我」看好戲的場景:先是「捏著長槍,和一群赤膊的人正打仗」[23]的鐵頭老生,緊接著出來的是「咿咿呀呀」唱的小旦,之後出來的是一個很老的小生,再後來是那個讓大家振作精神笑著看的紅衫小丑,此後就是「我」和小夥伴們最怕的老旦。從「我」看到的和描述出來的情況看,這齣戲的大致順序是生、旦、生、丑、旦。丑戲是插在生旦戲中調節氣氛的,而生旦戲相互間隔其實也是在調節舞臺氣氛。如果某一個角色長時間出現在舞臺上,就會導致觀眾的厭煩情緒,比如老旦唱個沒完就導致了「我」和小夥伴們的離場。

在《孔乙己》中,各個場景的敘述順序就是充分考慮氛圍的結果,作者有意把沉悶場景與歡快場景間隔開來。以上已經分析過孔乙己的故事大致是通過「我」的旁白與5個場景來展示的,小說先是有一個序幕,交代「我」在咸亨酒店當夥計,專管溫酒的工作,這本來就是一份單調與無聊的工作,再加上「掌櫃是一副凶臉孔,主顧也沒有好聲氣」,可見這氛圍是很壓抑和沉悶的。此後展開的便是明場1孔乙己來酒店喝酒,他一出場「所有喝酒的人便都看著他笑」,再是「引得眾人都哄笑起來」,於是「店內外充滿了快活的空氣」。明場1被拆成了兩部分來敘述,出現了兩次眾人哄笑起來的場面。這中間插入了一段敘述者的旁白,回憶酒客背地裡談論孔乙己好吃懶做的品行以及「我」在店裡對孔乙己表現的觀察,「我」的敘述話語是比較嚴肅的,因而氣氛較冷淡。拆開一個場景,又插入一段旁白來調節氣氛,可見作者煞費苦心。明場2上接的是明場1下半部分的歡快氛圍,孔乙己教「我」寫茴字,由於「我」對孔乙己的不屑和反感,使得原本很有熱情的孔乙己心灰意冷,因而整個場面還是呈冷色調。明場3是孔乙己給一群孩子分茴香豆,場面比較熱鬧,使得店裡又充滿了笑聲。明場4是掌櫃與酒客談論孔乙己,由於沒有孔乙己的加入,氣氛也並不怎麼活躍。明場5是孔乙己最後一次來喝酒,孔乙己的遭遇特別淒慘,但掌櫃和酒客似乎並不以此為然,仍然取笑他,他的出現又引起了大

---

[22] 魯迅:《社戲》,《魯迅全集》第1卷,人民文學出版社2005年版,第587-588頁。
[23] 魯迅:《社戲》,《魯迅全集》第1卷,人民文學出版社2005年版,第593頁。

家的說笑聲。最後是一個尾聲，掌櫃念叨著孔乙己還欠十九個錢，而孔乙己沒有再出現過，因此，氛圍是比較淒冷的。

從以上分析可見，《孔乙己》的場景安排是按照冷熱相間的氛圍進行的，分別是冷（序幕）－熱（明場1）－冷（旁白）－熱（明場1）－冷（明場2）－熱（明場3）－冷（明場4）－熱（明場5）－冷（尾聲）。這樣一種安排使小說節奏跌宕起伏，可謂匠心獨運。單一的氛圍容易引起讀者的厭倦感，而變化的氛圍能使讀者保持興奮度；兩種氛圍的相間分佈容易形成對比，借助孔乙己這個悲劇人物來改善氛圍又加劇了小說的悲劇性。

無論從場景描寫、角色安排，還是從矛盾衝突和舞臺氛圍看，《孔乙己》中都包含了不容否定的戲劇性。在魯迅其他小說中，也或多或少能找到一些戲劇性的因素。《藥》、《長明燈》、《離婚》、《在酒樓上》、《頭髮的故事》、《示眾》等小說都有場景化的特點，《阿Q正傳》、《白光》、《祝福》、《高老夫子》、《孤獨者》等小說都著力於塑造主角阿Q、陳士成、祥林嫂、高老夫子、魏連殳的性格，《風波》中的七斤與七斤嫂、《阿Q正傳》中阿Q與王胡和小D、《肥皂》中的四銘與四太太、《傷逝》中的涓生與子君等都存在著性格方面的戲劇性衝突，《明天》、《故鄉》、《社戲》、《祝福》、《弟兄》等小說也很重視氛圍和節奏的變化。

儘管魯迅一再聲稱「對於戲劇，我完全是外行」[24]，「對於戲劇，我是毫無研究的」[25]，並且認為自己的小說《阿Q正傳》「實無改編劇本及電影的要素」[26]，但事實似乎並非如此，比如魯迅對於他從小就耳濡目染的紹興地方戲，特別是目連戲就有著濃厚的興趣，從《社戲》、《無常》、《女吊》等作品中都可看出。《社戲》中的「我」因為叫不到船去看戲而不高興，文末「我」感慨直到現在「不再看到那夜似的好戲了」[27]，可見他對那晚的戲念念不忘。《無常》中魯迅說要看出無常那可

[24] 魯迅：《臉譜臆測》，《魯迅全集》第6卷，人民文學出版社2005年版，第137頁。
[25] 魯迅：《答〈戲〉週刊編者信》，《魯迅全集》第6卷，人民文學出版社2005年版，第148頁。
[26] 魯迅：《致王喬南》，《魯迅全集》第12卷，人民文學出版社2005年版，第245頁。
[27] 魯迅：《社戲》，《魯迅全集》第1卷，人民文學出版社2005年版，第597頁。

愛來，「最好是去看戲」，「必須看『大戲』或者『目連戲』」[28]，而且
魯迅說戲臺上的無常形象「至今還確鑿記得」[29]。至於女吊，魯迅更是在
去世前一個月把它「紹介給全國讀者」[30]。周作人也說過，「魯迅在鄉下
常看社戲，小時候到東關看過五猖會，記在《朝花夕拾》裡，他對於民間
這種娛樂很有興趣」[31]。劉家思先生說，「紹興目連戲伴隨著魯迅的整個
人生，對他的主體心靈產生了很大的影響」，並且指出這種影響是「多向
度的」。[32] 除了紹興地方戲，魯迅對外國戲劇也有很大的熱情，他翻譯過
武者小路實篤的四幕劇《一個青年的夢》、愛羅先訶的三幕童話劇《桃色
的雲》、盧那察爾斯基劇本《被解放的堂‧吉訶德》的第一幕，並且很早
就向國人介紹了莎士比亞、易蔔生、蕭伯納等世界著名的劇作家。有論者
指出：「在戲劇方面，魯迅雖然沒留下什麼煌煌巨著，也沒有寫過系統的
戲劇理論文章，但他對傳統舊戲的批評、對新戲的引進、劇本的創作、演
員的角色創造和戲劇的演出等，都表達過自己精闢的見解。」[33] 那麼，即
便魯迅並不有意在小說中添加戲劇性因素，但從小開始積澱的中國傳統戲
劇修養以及此後通過介紹和翻譯外國戲劇形成的戲劇見解，還是會在意識
或潛意識中發揮作用，並自然而然地融入其藝術作品中。

　　將戲劇因素融入小說中，能提高作品的藝術魅力。別林斯基說：「戲
劇因素理所當然地應該滲入到敘事因素中去，並且會提高藝術作品的價
值。」[34] 也許正因如此，《孔乙己》才成為魯迅小說中的精品，並且深
受作者本人和李長之等諸多批評家的喜愛[35]。有論者指出：「如果稍作改

---

[28] 魯迅：《無常》，《魯迅全集》第2卷，人民文學出版社2005年版，第279頁。

[29] 魯迅：《無常》，《魯迅全集》第2卷，人民文學出版社2005年版，第281頁。

[30] 魯迅：《女吊》，《魯迅全集》第6卷，人民文學出版社2005年版，第637頁。

[31] 周作人：《看戲》，《關於魯迅》，新疆人民出版社1997年版，第164頁。

[32] 劉家思：《紹興目連戲原型與魯迅的主體意識》，《中國現代文學研究叢刊》
2006年第5期。

[33] 卓光平：《魯迅的戲劇活動和戲劇觀》，《瀋陽大學學報》2007年第3期。

[34] [俄]別林斯基：《別林斯基選集》第3卷，滿濤譯，上海譯文出版社1980年版，第
23頁。

[35] 據孫伏園回憶，魯迅最喜歡的短篇小說是《孔乙己》。李長之則認為《孔乙己》是
魯迅小說中最完整的八篇創作之一。分別參見：孫伏園：《魯迅先生二三事》，湖
南人民出版社1980年版，第16頁。李長之：《魯迅批判》，北京出版社2011年版，
第62頁。

編，他（指魯迅）的許多小說就可以變為可演性的劇本了。」[36] 這種創作手法值得當代作家借鑒，而在改編魯迅作品時，也應該充分挖掘和保留其作品中原有的戲劇性因素。

原載《上海魯迅研究》2012年冬

---

[36] 施軍：《借鑒 融合 創新——魯迅小說創作中對戲劇手法的運用》，《魯迅研究月刊》1995年第1期。

簡論魯迅小說的死亡敘事與色彩運用

趙春[1]

一

　　魯迅先生可謂是現代中國最沉重的文學家，他的作品大多帶有強烈的啟蒙意識和悲劇色彩，就以魯迅先生作品「死亡情節」的研究為例，魯迅作品中死亡故事較早被大陸學者解讀為「傳統壓迫」的悲慘遭遇，這種解讀進而成為構成「革命文學－政治性」研究範式的基調之一[2]。海外學者夏濟安先生較早注意到魯迅作品「死亡」的敘述與描寫[3]；稍後，李澤厚先生將魯迅作品中的「死亡情節」和魯迅先生本人「死亡情結」結合起來，他評論說：「魯迅這個『生』的魂靈總是在對『死亡』的意識中，在對人生極大的悲觀中，加深了存在的『強力意志』」[4]。這成為研究魯迅作品及其思想的一個極佳切入點[5]。對此課題的研究，前人「筆路藍縷、

---

[1]　趙春（1978-），女，山東曹縣人，文學碩士，中國延安幹部學院助理研究員。

[2]　以周作人先生的理解為例：周遐壽：《魯迅小說裡的人物》，人民文學出版社1957年第一版，1981年第二次印刷。

[3]　「魯迅無疑背負著某些鬼魂……甚至隱藏著一種秘密的愛戀。他對目連戲鬼魂形象的態度就是一種偏愛。很少有作家能以這樣大的熱忱來討論這些令人毛骨悚然的主題……。」夏濟安：《魯迅作品中的黑暗面》，轉引自樂黛雲編譯《國外魯迅研究論文集》，北京大學出版社1981年版，第375、378頁。

[4]　李澤厚：《中國現代思想史論》，東方出版社1987年版，第113頁。

[5]　作為美籍文學家的夏濟安先生和作為思想家的李澤厚先生雖然有著不同的文化背景和專業修習和人生經歷，但是卻都感受到了魯迅作為一個不是「存在主義者」的「啟蒙者」，對「生與死」話題的鍾愛與思索。正如李澤厚所說：「魯迅喜歡安特也夫，喜歡迦爾洵，也喜歡廚川白村。魯迅對世界的荒謬、怪誕、陰冷風對死和生的強烈感受是那樣的銳敏和深刻，不僅使魯迅在創作和欣賞的文藝特色和審美興味（例如對繪畫）上，有著明顯的現代特徵……使魯迅終其一生的孤獨和悲涼具有形

前驅先路」而各有創見[6]，為後人研究提供了很好的借鑒。

　　魯迅先生的思想複雜多變，是一個典型的矛盾綜合體，構成了一種悖論式的張力結構。魯迅先生的矛盾性在他的小說創作中，尤其是關於「死亡」故事的小說創作中有所體現。「死亡」是人類自我發展與自我挑戰的一個永恆課題，是一個互古常新的話題。從生與死這個相對性角度而言，人類對死亡的關注，乃是人類對生存的關注。作為試圖喚醒在「鐵屋子」中熟睡人們的啟蒙者，魯迅先生對「死亡」這一話題表現了超常的關注（夏濟安）[7]。因此，死生亦是糾結於魯迅先生心中的陰影，他以生死來構築他作品中人物的生存時空，為我們展示出一幕幕人間悲劇，開創了中國現代文學的「死亡敘事」這一文學創作模式。

　　筆者認為，「死亡敘事」首先是一種創作手法：魯迅先生通過對文學作品中人物／社會角色（Social role）所屬的生活的毀滅與生命的終結（Social role edged in Social drama and Death）的語言設計和情節鋪陳構建的一種文學創作模式[8]。

而上學的哲理意味。」《中國現代思想史論》第115頁。李澤厚的「魯迅理解」對文學界對魯迅及其作品是極有啟發意義的。

[6] 畢緒龍在其《死亡光環中的嚴峻思考——魯迅死亡意識淺探》（《魯迅研究月刊》1994年第7期）一文中較早地將「死亡意識」和「悲劇意識」自覺地區分討論；其後皇甫積慶《「死」之解讀——魯迅死亡意識及選擇與傳統文化》（《魯迅研究月刊》2000年第2期）一文，皇甫文以「現代理性主義」形成的思路梳理魯迅先生所有文字創作，並籍此分析、歸納了魯迅先生自身的「死亡觀」；曹斌《魯迅小說中死亡描寫的啟蒙意義》（《寶雞文理學院學報》2003年第6期）中首先就魯迅的小說作品中的「死亡描寫」提煉出來，將魯迅小說中描寫的「死亡」類型逐一分析，做政治性的解說；甘智鋼所著《魯迅小說死亡意識的形成和價值》（《湘潭師範學院學報》2004年第3期）一文將「死亡意識」做一種建構性的理性主義的分析，是具有啟發性的思路；袁盛勇在其《萌發與沉淪：自我意識與魯迅小說中的死亡》（《魯迅研究月刊》2005年第9期）一文劃分了三種瀕死狀態中的「自我意識」發生模式，並將魯迅對「國民」的構建巧妙的落實。

[7] 「各種形式的死亡的陰影爬滿了他的著作。有的出於一種難於捉摸的威脅，如《狂人日記》中狂人對死的想像的恐懼；有的表現為一種悄然消逝，如《祝福》中的祥林嫂；有的是源於恐怖的現實，如《藥》中被殺頭的殉道者和肺病病人；還有《白光》中追求虛幻的「白光」，終於淹死在湖裡的老秀才；《孤獨者》中臉上留著冰冷微笑的死屍；至於《阿Q正傳》中的「大團圓」，對一個無知的村民來說，死亡的來臨或者倒有其幸運的一面。」（夏濟安《魯迅作品的黑暗面》，轉引自樂黛雲編譯《國外魯迅研究論文集》，北京大學出版社1981年版，第373頁。）

[8] 社會角色與社會角色在社會戲劇中的邊緣化，其實也是馬克思主義學說中基礎性的構成要素：「人的本質不是單個人所固有的抽象物，在其現實性上，它是一切社會關係的總和。」《關於費爾巴哈的提綱》《馬克思恩格斯選集》第1卷，人民出版

　　「死亡敘事」形成了一種文學創作傳統：由魯迅先生小說的「死亡敘事」，構成了現代鄉土文學故事中人物敘述模式之一，並由此成為大陸現代鄉土文學的一個創作傳統。

　　魯迅先生小說創作中以死亡為結局的人物，可以劃分為三類：

　　第一類是神聖的殉難：如《藥》中的夏瑜[9]；第二類是無地彷徨的終結：如《祝福》中的祥林嫂、《孔乙己》中的孔乙己、和《阿Q正傳》中的阿Q[10]；第三類是絕望的湮滅：如《傷逝》中的子君、《孤獨者》中的魏連殳，和《白光》中的陳士成[11]。

二

　　魯迅先生在構建「死亡敘事」時運用了多種文學表現技巧，如「戲劇化場景設計」、「多種敘事人稱的轉換」以及「色彩的運用」等，本文試從「色彩運用」的角度對魯迅小說「死亡敘事」作初步分析。

　　從原始社會起，人類就懂得使用色彩來表達某種象徵意義。各種色彩都具有自身的基本特性，能夠表達人的感情，影響人們的情緒。色彩透過視覺進入知覺，能夠對人產生某種刺激，使人產生感情再到記憶，從而

社1995年版，第56頁。

[9]　夏瑜自身執著於自我的訴求，對抗他認為是腐朽、落後的強權，並不惜以個體生命為祭奠與犧牲。

[10]　《祝福》中的祥林嫂試圖皈依自己曾被容納的固有的生活，卻終究為固有的秩序所逐漸邊緣化，祥林嫂自己執迷於舊我的閾限而無計救贖，試圖獲取舊我依託的傳統的包容和接受，最後在絕望、畏懼中被舊我所附的傳統吞噬；《孔乙己》中的孔乙己作為曾經的鄉村知識份子一度屬於傳統基層社會的權勢中心的位置，卻終究為居於更為中心位置的舊式權力精英而排斥，逐漸喪失了自己的空間和話語、逐漸沒落、終究消失；而《阿Q正傳》中的阿Q的結局設計是最富有張力的，阿Q是居於舊式秩序的邊緣者，從來就希冀邁向中心卻在舊式的傳統中不能得償所願，新的契機中他一度有希望成為新的權勢集團的共謀者，到自我重新成為被邊緣化的落魄者之後，阿Q又試圖皈依拋棄過自己的舊有規則，遊走在新舊之間、無地彷徨，直至喪失自我。

[11]　子君和魏連殳都曾經反抗過舊有的存在，並試圖在新的潮流中覓得自我，個人卻在「亦新亦舊、不新不舊」的無所位置飽受排斥和壓抑，最後在絕望中湮滅；《白光》描繪的是落第知識份子陳士成的潦倒與狂想，他既認識不到由於自己的理想與實際生活不相適應而產生的喜劇性與荒誕感，更認識不到這種理想本身在當代生活中的荒謬，最終在狂想中葬送了自己。

使人產生許多心理感覺[12]。有人做過統計，魯迅三部小說集中出現的描述性色彩詞有五百處居多，其中最常用的三種顏色是白色、黑色和紅色[13]。白色是最純粹的顏色，黑色是最凝重的顏色，而紅色則是最熱烈的顏色，這三種顏色都屬於極端色。其它顏色諸如黃、藍等顏色也沒有超出這三種顏色包容的範疇。色彩有冷暖之分，不同色系具有不同的象徵意義，魯迅先生小說創作色彩運用上最明顯的特徵是喜歡用冷色調的黑色、藍色、白色、灰色等描寫來渲染、烘托氣氛，推動情節發展，為作品蒙上一股冰冷、凝重、壓抑的基調。

　　就魯迅小說「神聖的殉難」類型的「死亡敘事」來說，《藥》開篇就為夏瑜的殉難鋪設了陰冷的死亡氛圍：「秋天的後半夜，月亮下去了，太陽還沒有出，只剩下一片烏藍的天」「街上黑沉沉的一無所有，只有一條灰白的路，看得分明。」秋天後半夜「烏藍的天」、「黑沉沉的街」、「灰白的路」，這樣的冷色調很容易讓我們聯想到死亡，營造了肅殺蕭索的意境，為下文故事的展開埋下了伏筆。雖然作品並沒有正面描寫革命者夏瑜，但是他的悲劇卻通過給小栓治病及康大叔的言語中得到了充分的體現。康大叔「披一件玄色布衫，散著紐扣，用很寬的玄色腰帶，胡亂捆在腰間」。玄色即「黑紅色」[14]，紅色在中華文化裡是最為吉祥的顏色，但是「玄色」並非紅色，而是近似於黑色，魯迅先生巧妙的選用「玄」色將一個拿革命者鮮血愚弄百姓的劊子手刻畫得栩栩如生。描寫沾了殉道者鮮血的、為華小栓治癆病的人血饅頭，則運用「黑東西」、「烏黑的圓東西」來形容，黑色在西方文化裡代表著死亡和恐怖，在中華文化裡也意味著黑夜、死亡、邪惡、嚴肅、罪惡，加之文章結尾出現的象徵意象「烏鴉」，所有這些冷色系列創設的陰冷、凝重的氛圍，對夏瑜的殉難以及華小栓愚昧的死亡起到了很好的烘托作用，不僅增強了啟蒙者的悲劇性，也

---

[12] 聖・湯瑪斯・阿奎那（Saint Thomas Aquinas）認為：光和鮮明的顏色是美的三要素之一，鮮明的顏色是美作為光的最單純的表現。

[13] 金玲：《魯迅小說色彩與知識份子形象》，《魯迅研究月刊》2005年第9期。「我所分析的色彩取自魯迅的三部短篇小說集《吶喊》《彷徨》《故事新編》其中出現了色彩詞語的地方有526處。」

[14] 「玄」《說文》裡解釋為「黑而有亦色者為玄」，《小爾雅》解釋為「玄，黑也」。二者結合可以推斷「玄色」即為黑紅色。

契合了魯迅先生在辛亥革命失敗後失望、苦悶、迷惘的心緒。

「無地彷徨的終結」類作品在敘述小人物孔乙己、祥林嫂和阿Q的「死亡」歷程時，魯迅先生對於色彩的駕馭亦是遵循他一貫的風格——充分發揮冷色系在塑造人物、營造氛圍方面的特長。魯迅先生偏愛於運用象徵、暗示的手法，冷靜、含蓄、幽深地表達感情。魯迅先生受尼采、叔本華、安特萊夫、阿爾志跋綏夫以及西方存在主義和虛無主義等的影響，在精神氣質上有一種深刻的孤獨感和絕望的悲觀色彩，冷色調恰好最能表現他這種精神氣質。孔乙己第一次出場「身材很高大；青白臉色，皺紋間時常夾些傷痕；一部亂蓬蓬的花白的鬍子」，第二次出場時「他臉上黑而且瘦，已經不成樣子」（《孔乙己》）。孔乙己前後兩次來到咸亨酒店，透過敘述人小夥計的眼睛，將孔乙己放在「酒店」這一等級化的公共場景中活動。在這樣的場景中，作為知識份子的他，本該受到人們的尊敬，但是從作者使用的色彩「青白臉色」、「亂蓬蓬的花白鬍子」、「臉上黑而且瘦」，可以看出孔乙己是遭科舉制度壓迫社會最底層的、落魄的知識份子，他的地位在「酒店」這個公共場景中甚至比不上一個小夥計，其悲劇性命運可見一斑。因此正如前文所言，作為鄉村知識份子的孔乙己，他曾經一度屬於傳統基層社會權勢中心的位置，卻終究為舊式權力所排斥，逐漸喪失了自己的生存空間和話語權，遭到社會的壓迫與排擠，終於永遠消失在人們的視野中。魯迅先生自認為《孔乙己》是他最喜歡的小說[15]，或許正如他對孫伏園所說的「是在描寫一般社會對於苦人的涼薄」。《祝福》裡的祥林嫂第一次守寡來魯鎮做工時「頭上紮著白頭繩，烏裙，藍夾襖，月白背心，年紀大約二十六七，臉色青黃，但兩頰卻還是紅的」；再次守寡到魯鎮「五年前的花白的頭髮，即今已經全白，全不像四十上下的人；臉上瘦削不堪，黃中帶黑，而且消盡了先前悲哀的神色」，「她仍然頭上紮著白頭繩，烏裙，藍夾襖，月白背心，臉色青黃，只是兩頰上已經消失了血色」，「灰白色的沉重的晚雲中間時時發出閃光，接著一聲鈍響」（《祝福》）。曹禺先生在《雷雨》後續中說「宇宙是一口殘酷的

15　轉引自吳中傑：《吳中傑評點魯迅小說》，上海學林出版社2003年版。

井，我明知我的人物陷在裡面，卻不能讓他們出來」。寫祥林嫂，魯迅先生或許和曹禺的心情是一樣的苦悶、壓抑，所以他安排了人物的死亡結局，並且讓人物承受了人世間最為淒慘的遭際後生命才終結。祥林嫂初次登上魯鎮這個歷史小舞臺，作者運用「白」、「烏」、「藍」、「月白」、「青黃」這一組冷色調，為讀者描寫出了一個普通的貧苦農村婦女形象，但是，緊接著作者用了一個溫暖吉祥的「紅」與一組冷色調形成對比，筆鋒一轉告訴我們這時祥林嫂對未來是抱有憧憬的。魯迅先生說過「中國人向來沒有爭到過做人的價格，至多不過是奴隸」。祥林嫂重回魯鎮已是五年後再次守寡時，先前的「花白頭髮」已經「全白」，臉上「瘦削不堪，黃中帶黑，而且消失了先前悲哀的神色」，相同的服飾「只是兩頰上已經消失了血色，」作者全用冷色調，並且和祥林嫂初到魯鎮作了對比。如果說五年前祥林嫂為自己能在魯鎮覓得一奴隸地位而滿足，「兩頰卻還是紅的」，那麼這次祥林嫂「兩頰上已經消失了血色」說明祥林嫂連做奴隸的資格也失去了。「哀莫大於心死」，由此可以看出祥林嫂悲劇結局勢在必然。魯迅先生運用色彩對比為人物創設死亡情境，一步步將人物的悲劇命運展現在魯鎮這個舞臺，也顯示了他的深刻所在。

阿Q這個形象塑造是最富有張力的。對這一個人物形象及其命運的敘述，作者著色不多。阿Q和小D對峙映在錢家「粉牆上的藍色紅影」，阿Q在「白的牆壁和漆黑的門」的尼姑庵，阿Q走向刑場時穿的「洋布的白背心，上面有些黑字」（《阿Q正傳》），作者運用色彩的對比──「藍和紅」、「白和黑」描寫阿Q活動的三個歷史場景（分別代表了阿Q遊戲、愛的追求和悲劇結局）。和小D玩鬧時，「粉」「藍」、「紅」這三個熱烈色彩的運用表現出此時的阿Q是快樂的。但是潛意識深處阿Q也有愛的需求，而「白」、「黑」這一組在東西方文化裡象徵死亡和病態的凝重色彩的運用，正表現了他這一本能欲望的虛無性和悲劇命運的必然性。然而這個精神上富足的、在秀才老爺和假洋鬼子面前連姓氏都沒有的阿Q，卻因為「革命」而被拉到了刑場，不明不白地死去。「革命」本是紅色和光明的象徵，魯迅先生通過阿Q的卑微的「死」真實再現了「辛亥革命」後鄉村中國的現狀，從而表達了國民性批判的初衷。

　　魯迅先生在描述魏連殳、子君和陳士成這三個人物「絕望的湮滅」時同樣使用了冷色系。

　　三個人物的出場，作者運用冷色調重點描寫頭部。魏連殳「蓬鬆的頭髮和濃黑的鬚眉占了一臉的小半，只見兩眼在黑氣裡發光」（《孤獨者》）；子君「她臉色變成青白，後來又漸漸轉作緋紅」，「笑渦的蒼白的圓臉，蒼白的瘦的臂膊，布的有條紋的衫子，玄色的裙」（《傷逝》）；陳士成「涼風雖然拂拂的吹動他斑白的短髮，初冬的太陽卻還是很溫和的來曬他。但他似乎被太陽曬得頭暈了，臉色越加變成灰白」（《白光》）。魯迅先生分別用了莊重、肅穆的「濃黑」、「黑氣」形容久病不愈、瀕臨死亡或者長期營養不足者臉色的語詞「青白」、「蒼白」、「斑白」以及「灰白」等顏色。白色在中華文化中也是代表著死亡的顏色，給人一種空曠感和荒涼感，「青白」、「蒼白」、「月白」、「斑白」、「灰白」則加重了荒涼感，這些色彩很容易使我們聯想到荒誕戲劇《等待果陀》和魯迅散文《過客》所描寫的空曠、荒涼、邈遠的意境。再見面時敘述者眼中的魏大人「也許是傍晚之故罷，看去彷彿比先前黑，但神情卻還是那樣」，魏連殳死後「骨瘦如柴的灰黑的臉旁，是一頂金邊的軍帽」（《孤獨者》）；同樣當涓生鼓足勇氣說出「我已經不愛你了」之後，子君「她臉色陡然變成灰黃，死了似的」（《傷逝》）；陳士成「只有莽蒼蒼的一間舊房，和幾個破書桌都沒在昏暗裡。……比硫黃火更白淨，比朝霧更霏微」（《白光》）。描述人物的色彩隨著情節的發展不斷變化，變化的趨勢是更加陰冷，而人物命運也一步步接近死亡。魏大人在絕望中反抗，在反抗中絕望，久別再見，精神氣質沒有什麼改觀，彷彿一隻在曠野上遊蕩的、疲憊不堪的、孤獨的羔羊，無處停留，無地彷徨，只好「躬行於先前所憎惡的、反對的一切」，精神走向死絕。魯迅先生形象地寫出了以魏連殳為代表的「五四」啟蒙知識份子由精神覺醒到生存末路的心路歷程和知識份子共同的歷史宿命。子君「臉色灰黃」，再也不是那個宣佈「我是我自己的，他們誰也沒有干涉我的權力」的子君了，這是瀕死的人迴光返照之後的神情，用來描寫子君在失去心愛的人的之後的是再貼切不過，同時也寫出了接受個性解放思想之後女性仍然無法擺脫

的生存困境，終於帶著深深的遺憾和絕望消失在「無愛的社會」；青春年華在青燈長夜裡消逝，熬到了白髮蒼蒼仍然是落第的鄉村老書生陳士成，終於撲向銀光織就的夢幻世界。他內心的荒蕪或許正如「莽蒼蒼的一間舊房」，昏暗而毫無生機。魯迅先生運用色彩為人物消逝造境，使作品蒙上一股荒涼的氣氛，不僅揭示了主題，還增強了人物走向瘋狂的悲劇性。總之，無論是作為新式知識份子的魏連殳和子君，還是抱殘守缺的舊式知識份子陳士成，魯迅先生都通過色彩怵目驚心地揭示了他們精神的荒蕪和難於擺脫的歷史宿命，凸現了傳統中國社會人性的裂變與迷惘。

　　魯迅先生慣用冷色系展示人物的生命終結歷程，使得色彩也具有了生命。但是魯迅先生的「死亡敘事」偶爾也會出現紅色這樣的暖色，不是用來烘托喜慶氣氛的，往往給我們淒豔恐怖之感。如「鮮紅的人血饅頭」、「白麵的饅頭」（《藥》）。描寫凝結革命者的孤獨寂寞和群眾的愚昧的令人毛骨悚然的人血饅頭，作者運用了「鮮紅」這樣溫暖熱烈的色彩，達到了諷刺和批判的效果。「一條土黃的軍褲穿上了，嵌著很寬的紅絛，其次穿上去的是軍衣，金閃閃的肩章……」（《孤獨者》），用「紅」、「金」描寫魏大人的壽衣，魏連殳失去了崇高精神的追求也沒有保存住其生命的軀殼，這樣的結局不是更加淒絕恐怖麼。

　　魯迅先生以筆為旗，構建了色彩鮮明的文學世界，寄託了複雜的愛憎情感，在中國文化和文學史上具有開創意義。

三

　　作為現代中國最為沉重的文學家，魯迅先生懷著「哀其不幸，怒其不爭」的複雜心情，運用冰冷、凝重、壓抑的冷色調，描寫他視域中的老中國芸芸眾生孤獨絕望和愚昧麻木的生存狀態以及他們生命最終湮滅的悲劇結局，充分發揮了色彩烘托氣氛、推動情節發展、揭示主題的作用，使得文字因色彩而具有了生命，色彩因文字而具有了美感。其次，無論是祥林嫂「瘦削不堪，黃中帶黑」的臉、孔乙己「亂蓬蓬的花白鬍子」、子君「笑窩的蒼白的圓臉」還是阿Q的「洋布的白背心」，在人物生命終結的

「死亡情節」設計上，善於「白描」的魯迅先生都棄絕了重筆渲染的風格，將繽紛的世界化為自然蕭穆的單純色，為人物辛苦掙扎但最終難以擺脫的悲劇的、鬧劇的宿命精心創設死亡場景，增強了悲劇表現力，渲染了死亡的氣氛，從而使作品蒙上凝重、古樸而蒼涼的基調。正如阿恩海姆所說：「冷色有收縮性，顯得冷酷，讓人逃避。」[16] 魯迅先生通過對色彩的駕馭表現他構建的「死亡敘事」，展現出了回復自然純化的張力；這種張力內蘊的壓抑感和衝擊力正契合了他「鐵屋子」的意念世界，從而表達其自身「反抗絕望」的意志及其深層的內心矛盾和生命體驗。

作為五四啟蒙運動的參與者和舊式存在的批判者，魯迅先生從來沒有停止過批判和反思，包括對自己以及自己領過將令的「新文化」。魯迅獨白似的憬醒自己只是「中間物。」這種「歷史中間物」意識，使得魯迅先生在中國的現代化進程中，在對傳統的無意識留戀和現代意識的有意識接受的同時，靈魂經歷了痛苦的「分裂」。《吶喊》、《彷徨》中的很多篇章都是魯迅先生內心矛盾的真實寫照。魯迅先生通過構建「死亡敘事」，表達對固陋傳統的抗爭和吶喊，無論就其人物塑造、藝術表現技巧，還是內蘊的文化意義上說，都對後來的鄉土文學乃至整個的現代文學傳統產生了深遠的影響，成為很多人借鑒的範本。20世紀二三十年代的鄉土小說（代表作家是許傑、許欽文、魯彥、彭家煌、蹇先艾）直承魯迅衣鉢，在他們的文學世界中，描繪了一幅我們可以反省的鄉土中國草根階層的歷史畫幅，從而完成了「死亡敘事」的精神承繼。一如日本學者伊藤虎丸說的：「他（魯迅）憑藉絕望，事實上是開闢了一條真正繼承和再生作為民族個性的文化傳統之路」[17]。

原載《柳州師專學報》2007年第4期

---

[16]　魯道夫・阿恩海姆：《藝術與知覺──視覺藝術心理學》，滕守堯譯，北京：中國社會科學出版社1984年版，第461頁。
[17]　伊藤虎丸：《魯迅與日本人：亞洲的近代與「個」的思想》，李冬木譯，河北教育出版社2001年版，第172頁。

「使這世界顯得更真實」
——論魯迅小說中的色彩意象

陳魯芳[1]

在古往今來的文學作品中，五彩斑斕的色彩形成了一道靚麗的風景線。文人墨客常用色彩來寫景、狀物、造境、抒情，以豐富的色彩給人以美學上的享受。不同的色彩往往體現了作家的審美傾向和心靈世界，色彩烙上了作家的主觀印記。正如聞一多所說，「色彩即作者個性之表現」[2]，讀者在讀到文學作品的時候，看到的不僅是色彩本身，而且是其所傳達的作者的內心情感、精神氣質，因此我們不可忽略它的重要性。「在繪畫藝術表現上，如果說素描是屬於理智方面的，色彩則可以說是屬於情緒方面的。色彩能更多地喚起人們感情上的反響，這是素描所不能代替的。」[3]

在小說中，魯迅在黑白的冷色調上，點染上鮮紅和明黃，生命的無奈和存在的隔膜得到了絕佳的宣洩。這些色彩拓寬了敘事的深度，寄託了作者的真切情感。在以往對魯迅的研究中，也有不少涉及魯迅小說中的色彩研究，但多從語音學、色彩和人物特點等內容評論。本文以色彩的種類為切入點，試圖分析不同色彩在魯迅小說中的作用。

一、魯迅小說中的黑白畫映

張愛玲曾經說過：「顏色這樣東西，只有沒顏落色的時候是淒慘的；

---

[1] 陳魯芳（1986-），女，文學碩士，上海市清浦區鳳溪中學教師。
[2] 聞一多：《致梁實秋、吳景超》，《聞一多全集》第三卷，三聯書店，1982年8月第一版，第587頁。
[3] 克勞申：《色彩》，《美苑》，1983年第4期，第84頁中國

但凡讓人注意到，總是可喜的，使這世界顯得更真實。」[4] 統觀魯迅的小說，發現其作品的主要基調是黑白灰的冷色。

（一）黑色——「就死的悲哀」

　　就顏色本身的自然屬性而言，黑色有漆黑、烏黑、深黑、濃黑等，魯迅把黑色運用得淋漓盡致，他賦予黑色以強勁的力度，以至其筆下的人物構成了一個黑色家族。他的黑色有堅毅、沉著、冷漠、孤寂、絕望，在不同的小說中，魯迅用同樣的敏感詮釋了不同的含義。

　　在《狂人日記》中，他不惜筆墨，用濃重的黑色拉開了他小說創作的序幕。「黑漆漆的，不知是日是夜。」[5]「屋裡面全是黑沉沉的。」[6] 這是魯迅小說的兩大典型意象，即黑屋子和高牆。在《吶喊》自序裡，魯迅曾說，「假如一間鐵屋子，是絕無窗戶而萬難破毀的，裡面有許多熟睡的人們，不久都要悶死了，然而是從昏睡入死滅，並不感到就死的悲哀」[7]。在這個黑屋子裡，魯迅看到一切：在阿Q的渾渾噩噩的行動中，在祥林嫂無休無止的哭訴中，在閏土辛苦而麻木的狀態裡，在看客愚蠢醜陋的圍觀中，中國社會之苦、群眾之愚、壓迫之惡都迎面而來，叫他無法喘氣。藉《孤獨者》的口吻，他說自己「像一匹受傷的狼，當深夜在曠野中嗥叫，慘傷裡夾雜著憤怒和悲哀」[8]。另一方面，魯迅描述的黑漆漆的世界，其實是隔開的一堵堵厚牆，隔著白天和黑夜，隔著希望和絕望，象徵含義複雜而豐富。「牆，在他的哲學用語中，一者表明人是永遠的孤身，不相關懷，不相溝通，如《故鄉》中的『厚障壁』；二者表明某種被圍困的狀態，但又不見形影，三者是沒有出路的絕望的表示……」[9] 少年喪父、早年家道中落、青年日本學醫，這些經歷使魯迅感覺不到人與人之間的溫

4　張愛玲：《談音樂》，《張愛玲作品集》，北嶽文藝出版社2001年版，第567頁。
5　魯迅：《狂人日記》，《魯迅全集》第一卷，人民文學出版社2005年版，第449頁。
6　魯迅：《狂人日記》，《魯迅全集》第一卷，人民文學出版社2005年版，第453頁。
7　魯迅：《吶喊》，《魯迅全集》第一卷，人民文學出版社2005年版，第441頁。
8　魯迅：《孤獨者》，《魯迅全集》第二卷，人民文學出版社2005年版，第110頁。
9　林賢治：《存在：絕望的反抗》，《一個人的愛與死》，東方出版中心2006年版，第87-88頁。

暖，都如「高高的櫃檯」一般壓抑。他犀利地看穿這無形之牆，用小題材、淡筆墨勾勒人物，卻用濃墨堆砌這堵高牆，讓人深刻體會到那種愈來愈痛的冷漠。

在小說《藥》中，魯迅反覆用黑色渲染了冷漠、陰森、沉重的氛圍。「一個渾身黑色的人，站在老栓面前，眼光正像兩把刀，刺得老栓縮小了一半」（《藥》）[10]。這裡用「渾身黑色」勾勒劊子手的形象，黑色給人以壓抑、深層、神秘、詭譎，劊子手再加上黑色，既烘托出劊子手的殘忍麻木，又恰當表現出老栓忐忑不安的心理。在後文提到這個劊子手的時候，都用「黑的人」來指代，突出了黑暗的基調，這黑色既是當時冷峻嚴酷的現實環境，也是愚昧麻木的群眾心理。究其深層意蘊，也是魯迅心理的真實反映，他渴望喚醒沉睡的民眾，打破無邊的黑暗。文中還有多處細節用黑色點染，「他的母親端過一碗烏黑的圓東西……小栓撮起著黑東西，看了一會，似乎拿著自己的性命一般，心裡說不出的奇怪。」「店裡坐著許多人，老栓也忙了，提著大銅壺，一趟一趟的給客人沖茶；兩個眼眶，都圍著一圈黑線[11]」（《藥》）。這「黑線」鮮明地刻畫出給小栓買藥徹夜未眠的艱辛，「華大媽也黑著眼眶，笑嘻嘻的送出茶碗茶葉來……」華老栓兩口為了給小栓治病，費盡心機、勞心勞力。小說結尾處，「兩人站在枯草叢裡，仰面看那烏鴉；那烏鴉也在筆直的樹枝間，縮著頭，鐵鑄一般站著[12]」，卻是間接寫黑色，用烏鴉、枯草叢、樹枝這幾個意象烘托出荒原的氛圍，把冷寂、絕望、孤獨的心理形象地刻畫出來，這是先驅者的寂寞，也是愚昧者的冷漠。

色彩心理學認為黑色給人的感覺是收縮感、結實感、後退感、沉重感，黑色的大面積運用與魯迅的心理相契合。魯迅給他的小說塗上了一層濃重的黑色，表明了當時社會的底色是黑色的，渲染了人物沉重、悲哀的際遇。

---

[10] 魯迅：《藥》，《魯迅全集》第一卷，人民文學出版社2005年版，第464頁。
[11] 魯迅：《藥》，《魯迅全集》第一卷，人民文學出版社2005年版，第466-467頁。
[12] 魯迅：《藥》，《魯迅全集》第一卷，人民文學出版社2005年版，第471頁。

（二）白色──「淡漠的孤寂」

　　白色是最乾淨的顏色，純度極高，而魯迅不僅僅著眼於白色本身，在他的作品中曾出現過灰白、花白、慘白、青白、半白等，同時他用雪花、白天、月光、臉色、頭髮等具體的物質來修飾，豐富了作品的藝術魅力。在傳統的色彩美學中，白色代表著簡單、單純，也代表著淒清、蒼白、虛無、麻木、悲哀。對不同的小說而言，這些白色被賦予不同的內涵，表現為同一色彩的微妙差異，又給讀者鮮明的視覺感受。

　　同樣徵引《藥》中句子：「……茶館的兩間屋子裡，便彌滿了青白的光。」「街上黑沉沉的一無所有，只有一條灰白的路，看得分明。」[13] 青白的光顯示了夜的清冷，「灰白的路」暗含著老栓心裡的希望，四周全是黑暗，只有這條灰白的路指引著一線生機；而「灰白」同時也是他矛盾心理的寫照，對於即將要買的人血饅頭懷疑、害怕。「微風起來，吹動他短髮，確乎比去年白得多了。」「小路上又來了一個女人，也是半白頭髮，襤褸的衣裙……」「忽然間華大媽坐在地上看他，便有些躊躇，慘白的臉上，現出羞愧的顏色……」[14] 這裡的「半白」、「慘白」突出一個失去兒子的母親的蒼老、痛苦和艱難，悲戚和哀怨之情讓人動容。「──分明一圈紅白的花，圍著那尖圓的墳頂。」「華大媽看見他兒子和別人的墳，卻只有不怕冷的幾點青白小花，零星開著……」[15] 一個是夏家的墳前「紅白的花」，一個是華家墳前「青白小花」，二者在這裡構成了強烈的對比，色彩的一紅一青，色塊的「一圈」和「幾點」，在此處形成鮮明的比照。在這二者背後，隱藏著華夏兩家各自的悲劇，也是整個中華民族的悲劇。

　　另一方面，較之黑色之絕望，白色透露出希望的光輝。「夏天夜短，老拱們嗚嗚的唱完了不多時，東方已經發白；不一會，窗縫裡透進了銀白色的曙光。」「東方漸漸發白，窗縫裡透進了銀白色的曙光。」在《明

---

[13]　魯迅：《藥》，《魯迅全集》第一卷，人民文學出版社2005年版，第463頁。
[14]　魯迅：《藥》，《魯迅全集》第一卷，人民文學出版社2005年版，第470頁。
[15]　魯迅：《藥》，《魯迅全集》第一卷，人民文學出版社2005年版，第471頁。

天》裡，這道銀白色的曙光前後出現了兩次，給單四嫂子以希望，卻最終
讓希望破滅，暗諷了黑暗的舊社會，庸醫和神棍使眾多貧苦人家破裂，也
使無數美好的明天毀滅。「他現在知道他的寶兒確乎死了；不願意見這屋
子，吹熄了燈，躺著。[16]」單四嫂子不願意面對寶兒之死，她吹熄了燈，
因為在她的世界裡「明天」已經幻滅了，其眼中只有黑屋子，希望之光已
經熄滅。「銀白色的曙光」和「吹熄了的燈」前後呼應，作者用筆寓意
深刻，描繪出國人之痛，映照出封建社會和迷信思想的毒害，破除舊社會
日益變得迫切，藉「曙光」傳達改造國民性之希望。然而，白色雖然帶著
希望，但卻如此單薄，不夠形成一片燎原之勢，無法翻過黑色的篇章。如
魯迅所言，「這寂寞又一天一天的長大起來，如大毒蛇，纏住了我的靈魂
了。[17]」白色之冷寂和淡漠彰顯了啟蒙者的悲哀和無奈，簡練精準的色彩
詞彙恰如其分地揭示了作者的內心世界。

二、魯迅小說中的生命之紅和歲月之黃

（一）紅色——生命的慘烈

　　一般來說，紅色象徵熱情、喜慶、革命、奔放等，它是生命的色彩，
是我國民俗文化中崇拜的基本色彩。紅色的加入既構成了明亮和陰暗、頹
敗顏色的比照，宣示了藝術的魅力，也揭示出魯迅真正的生命底色是赤子
之紅，面對黑暗的社會，他用這筆濃重的紅色彰顯了生命的慘烈。

　　「那人一隻大手，向他攤著；一隻手卻撮著一個鮮紅的饅頭，那紅的
還是一點一點的往下滴。[18]」（《藥》）不僅用「鮮紅」來描摹，更用了
「滴」這個動作，鮮血在讀者面前就滲透開來。這裡採用「攤著」的大手
和「鮮紅的饅頭」作對比，一個是等待「交錢」的大手，一個卻是人血饅
頭，這裡的鮮紅突兀、驚人，加強了視覺效果。「一面整頓了灶火，老栓
便把一個碧綠的包，一個紅紅白白的破燈籠，一同塞在灶裡；一陣紅黑的

[16] 魯迅：《明天》，《魯迅全集》第一卷，人民文學出版社2005年版，第474頁。
[17] 魯迅：《吶喊自序》，《魯迅全集》第一卷，人民文學出版社2005年版，第439頁。
[18] 魯迅：《藥》，《魯迅全集》第一卷，人民文學出版社2005年版，第464-465頁。

火焰過去時，店屋裡散滿了一種奇怪的香味。」[19]（《藥》）此處出現了多種色彩，即碧綠、紅紅白白、紅黑，細緻地描繪出烤人血饅頭的情景，這些色彩明亮搭配，顯得詭異新奇，諷刺意味十足。本是革命者的鮮血卻被愚昧的群眾拿來做藥，這飽含了魯迅痛苦的吶喊，力圖挽救國人的生命和靈魂。再如《藥》中另一處紅色的描寫，「你要曉得紅眼睛阿義是去盤盤底細的，他卻和他攀談了。」（《藥》）[20] 這裡單用「紅眼睛」來勾勒這個獄卒的形象，彷彿兩眼放紅光，只認得「雪白的銀子」一樣，「紅眼睛」揭露出他殺人成性的本質，同時揭露出黑暗社會的監獄之黑、官場之腐。在魯迅的筆下，這「紅眼睛」遠不止一個，在華夏大地裡，千年的封建官僚制度下到處都是這樣的「紅眼睛」，每隻眼裡都只認銀子，每隻眼都唯讀得懂「吃人」二字。

（二）黃色──沉靜歲月的哀傷

　　魯迅善於用文字作畫，在小說中也用了不少亮色，如通黃的光線、金黃的圓月、松花黃的米飯等跳躍性很強的語句，繪出了充滿動感的風景畫。例如，「臨河的土場上，太陽漸漸的收了他通黃的光線了。[21]」（《風波》）用暖色調畫出江南農村傍晚的景色，逼真自然，襯托出一幅恬靜、安逸的鄉村生活景色。在這種背景之下揭開「風波」的面紗，具有強烈的反差效果。

　　另一處經典的黃色的出現，則是充滿了無力和蒼涼。「先前的紫色的圓臉，已經變作灰黃，而且加上了很深的皺紋……[22]」（《故鄉》）一副中年閏土的樣子勾勒出來，從紫色到灰黃，這之間忽略了顏色的漸變，其本質是從少年的親密突變到中年的冷漠，渲染了魯迅的「牆」的意象，突出了存在的隔膜感這一哲學命題。王乾坤先生曾說，在對童年的回憶中，

[19]　魯迅：《藥》，《魯迅全集》第一卷，人民文學出版社2005年版，第466頁。
[20]　魯迅：《藥》，《魯迅全集》第一卷，人民文學出版社2005年版，第469頁。
[21]　魯迅：《風波》，《魯迅全集》第一卷，人民文學出版社2005年版，第471頁。
[22]　魯迅：《故鄉》，《魯迅全集》第一卷，人民文學出版社2005年版，第506頁。

憧憬生命本來的純真，本來回憶裡的美好和單純，硬是被「高牆」隔膜開來了。藉閏土的話，他感慨道，「隔絕到這地步了[23]」，他希望閏土能像少年一樣充滿活力，可是中年閏土卻因為「辛苦麻木」的生活而變得「灰黃」。灰黃這個顏色暗淡無光、死氣沉沉，灰黃的閏土則體現了魯迅從希望到絕望的心理歷程。魯迅本來懷著希望來回憶兒時的生活，可是在灰黃的閏土道出那一聲「老爺」之後，他「忽然害怕起來[24]」，覺得黑暗與虛無乃是實有，希望只是「自己手制的偶像[25]」，只能作絕望的抗戰罷了。

三、魯迅小說中的其他色彩

魯迅小說善於運用各種對立因素，造成鮮明的對比和反襯，從而更強烈地表達作品的主題，揭示出現實的矛盾和殘酷。他在設色潤墨上十分考究，能根據不同場景需要，把不同顏色的詞語鋪排和調配，渲染出濃郁的藝術情境。

這些色彩有明媚歡快的部分，如「於是架起兩支櫓，一支兩人，一裡一換，有說笑的，有嚷的，夾著潺潺的船頭激水的聲音，在左右都是碧綠的豆麥田地的河流中，飛一般徑向趙莊前進了[26]」（《社戲》）。在魯鎮的回憶中，魯迅難得用這樣溫情的筆調敘寫故事，一抹「碧綠」，給人以生的希望和回憶的溫暖。

也有沉重痛苦的敘述，如「黑沉沉的燈光，照著寶兒的臉，緋紅裡帶一點青[27]」（《明天》）。幾組顏色鮮明對比，描摹出寶兒重病的情態，暗示了單四嫂子的沉重心情，正如「黑沉沉的燈光」一般，燈光本是柔和的，這裡卻唯獨用黑沉沉來形容，揭露了單四嫂子擔憂寶兒病情的心境。

除了明顯的色彩詞彙的運用之外，魯迅的小說中仍有不少間接用色彩來寫景、狀物、抒情的詞句。舉一例而言，「太陽漸漸顯出要落山的

23　魯迅：《故鄉》，《魯迅全集》第一卷，人民文學出版社2005年版，第510頁。
24　魯迅：《故鄉》，《魯迅全集》第一卷，人民文學出版社2005年版，第510頁。
25　魯迅：《故鄉》，《魯迅全集》第一卷，人民文學出版社2005年版，第510頁。
26　魯迅：《社戲》，《魯迅全集》第一卷，人民文學出版社2005年版，第592頁。
27　魯迅：《明天》，《魯迅全集》第一卷，人民文學出版社2005年版，第473頁

顏色；吃過飯的人也不覺都顯出要回家的顏色，——於是他們終於都回了家[28]」（《明天》）。魯迅沒有直接用具體的色彩來描述太陽落山的光景，而用「要回家的顏色」這種話語深刻地揭示出旁人在吃過飯後的冷漠神情，給人以無限想像空間。顏色在這裡不僅僅是色彩含義本身，而引申為情景、狀態。兩個顏色既相互呼應，又互成比照，太陽落山和吃過飯就回家這一簡單的邏輯關係明瞭起來，在這層關係背後好像根本不存在單四嫂子的家庭變故，單四嫂子的悲劇成了多餘的顏色。對於每個看客而言，別人的悲劇只是觀眾的一份閱讀材料。

人的安慰本在希望，魯迅似乎不需要任何慰藉，他決絕地打破一切希望，破碎了單四嫂的明天，打破了祥林嫂的夢想，使一切苟活著的卑微人群希望幻滅。他賦予其人物幾乎清一色的灰色命運，讓人不忍揭開人物背後血淋淋的悲劇。透過魯迅小說的這些色彩意象，我們能更好地體會到他的文學主題和人生命題。

原載《名作欣賞》2010年第11期

---

[28]　魯迅：《明天》，《魯迅全集》第一卷，人民文學出版社2005年版，第478頁

論魯迅小說中的「客子」形象

章萱珺[1]

　　二十世紀初的中國，正處於劇烈動盪的時期，舊有的秩序搖搖欲墜，新的思潮風起雲湧。為了尋求新的出路，一批人紛紛離開自己的家鄉，卻懷揣思鄉之情，他們在城市遙望故土，描寫思鄉、歸鄉的小說紛紛出爐。作為新文學的奠基人，魯迅的小說中也不乏歸鄉之作，特別引人注目的是其中的「客子」形象，如《故鄉》中的「我」、《祝福》中的「我」、《在酒樓上》的「我」與呂緯甫，《孤獨者》中的「我」和魏連殳等。他們大多是知識份子，早年「走異路，逃異地」，去尋求別樣的人生，回到故鄉是希冀在故鄉尋找到年輕時的夢以及精神上的避風港，但是現實卻讓他們不得不再次離開故鄉。與故鄉的隔膜疏離和夢的破碎讓遊子發出了最深沉的慨歎：「北方固不是我的舊鄉，但南來又只能算一個客子，無論那邊的幹雪怎樣紛飛，這裡的柔雪又怎樣的依戀，於我都沒有什麼關係了。」[2] 綜觀這一系列「客子」形象，我們可以感受到當中國社會處於轉型時知識份子對人生道路的探索與選擇，也能體會到魯迅對中國社會的深刻洞見和他獨特的人生哲學。

一

　　魯迅在《吶喊・自序》中說的：「我在年青時候也曾經做過許多夢，後來大半忘卻了，但自己也並不以為可惜。所謂回憶者，雖說可以使人

---

[1]　章萱珺（1980-），女，浙江餘姚人，文學碩士，上海市田林路小學教師。

[2]　魯迅：《魯迅全集》第二卷，人民文學出版社1998年版，第25頁。

歡欣，有時也不免使人寂寞，使精神的絲縷還牽著已逝的寂寞的時光，又有什麼意味呢，而我偏苦於不能全忘卻」[3]，在魯迅筆下，遊子始終牽繫著故鄉，他們的歸鄉帶有尋夢的意味。早年他們出逃異地，是為了尋求不同的人生，但是在異地「謀食」的生活「辛苦輾轉」，並不如意。遊子們只有在回首家園時，才能感受到片刻的溫馨，才得以在飄泊的時候有所牽掛、有所寄託。《故鄉》中的「我」滿懷深情地回憶起了那「深藍的天空」、「金黃的圓月」、「碧綠的西瓜」，而被月色籠罩下手拿鋼叉的小英雄閏土是遊子心中最美的風景；《在酒樓上》中讓呂緯甫牽掛的阿順純真、能幹，幾年前她給呂緯甫的一碗甜的難以下嚥的蕎麥粉讓遊子體驗到了久違的人情與鄉情；《孤獨者》中魏連殳懷念當時相依為命的祖母的愛。總而言之，遊子心中的故鄉洋溢著人情美、人性美和自然美。思鄉、戀鄉本就是人類的一種普遍經驗，而家道的衰敗和流徙的痛楚，更讓遊子時時牽掛著無憂無慮的童年和美麗的故鄉。故鄉是他們建構在頭腦中的精神家園和避風港，是遊子「最神奇的夢幻之境，成為對抗『絕望』的『希望』源泉」[4]，而歸鄉也因此被賦予了一種特定的意義，成為尋夢的儀式。

但是尋夢者的幻想卻被歸鄉後的現實無情地打破。《故鄉》中的「我」看到的是「蒼黃的天底下，遠近橫著幾個蕭索的荒村，沒有一些活氣」。回憶中故鄉的美麗與現實故鄉的黯淡形成的對比不禁讓「我」悲歎道：「啊！這不是我二十年來時時記得的故鄉？我所記得的故鄉全不如此。我的故鄉好得多了。」

如果說故鄉的凋敝讓遊子感到悲涼，那麼與故鄉人之間的隔膜則直接促使了遊子的再次離鄉。《故鄉》中的「我」期待兒時玩伴閏土的出現，對閏土的回憶讓「我」對美麗故鄉的記憶蘇生了。可當閏土出現在「我」面前恭敬地叫了的一聲「老爺」時，「我似乎打了一個寒噤」，意識到了他們之間已豎起了可悲的厚障壁。《祝福》中的「我」在新年時回到了故鄉，故鄉已沒有的家，「我」與大罵新黨康有為的親戚魯四老爺也話不投機，這裡的「愚昧、迷信和倫理氣氛」讓「我」在故鄉感到格格不入。

3　魯迅：《魯迅全集》第一卷，人民文學出版社1998年版，第415頁。

4　汪暉：《反抗絕望——魯迅及其文學世界》，河北教育出版社2000年版，第296頁。

《孤獨者》中的魏連殳一直被故鄉人視為異類。《在酒樓上》的「我」繞道回鄉，卻發現「舊朋雲散盡」，連地方都換了名稱和模樣，曾經的故地現在已變得生疏。曾有評論者指出《故鄉》的中心思想是悲哀那人與人之間的不瞭解，隔膜。而這也是所有歸鄉遊子的悲哀。當故土成為異鄉，當熟悉的一切隨著時間的流逝變得陌生，遊子們的精神家園已經在不知不覺中失落了。

　　尋夢的幻滅讓遊子再一次踏上了離開家鄉的道路。在《故鄉》中，「我躺著，聽船底潺潺的水聲，知道我在走我的路。」在《祝福》中，「無論如何，我決計明天要走了」。《在酒樓上》中的「我」，在聽到了呂緯甫的遭遇以後，感歎之餘，出門以後也在大雪紛飛之中踏上了自己的路。到故鄉尋求精神的家園，最後卻以再次去鄉告終，讓當年出逃的遊子沒有找到半點的希望得到分毫喘息的機會，最後的離開，讓他們徹底斷裂了與故鄉的繾綣之情。離開了故鄉的方向在哪裡？作者也曾試圖給我們答案，《故鄉》中的水生和宏兒，作者對他們也寄予了自己的期許：「我希望他們不再像我，又大家隔膜起來……」他希望他們走出一條自己從來沒有走出的路，尋夢破滅了的歸鄉者帶著這種對未來之路的期盼再次離開故鄉。

二

　　魯迅筆下的這代知識份子，早年離鄉背井，來到現代都市。他們在思想上經歷了現代思想的洗禮，舉起了「反傳統」的大旗，新文化與舊傳統在他們看來是無法調和的。但是現代都市文明將他們包圍時，他們又無法完全認同，覺得這裡並非自己的「精神樂園」。因此，對故鄉的懷戀又重新被喚起，充滿泥土清香的田園才是他們心中最美最值得留戀的家園。就像魯迅所說：「我有一時，曾經屢次憶起兒時在故鄉所吃的蔬果：菱角，羅漢豆，茭白，香瓜。凡這些，都是極其鮮美可口的；都曾是我思鄉的蠱惑。」[5]中國傳統的田園夢讓他們無比留戀，回鄉之旅成為他們的尋夢之旅。

5　魯迅：《魯迅全集》第二卷，人民文學出版社1998年版，第230頁。

　　但當他們回歸鄉土，面對傳統文化時，一種無法調和的痛苦困擾著他們。這些現代知識份子在返在回到故鄉時，不可避免地用啟蒙者的眼光觀照著故鄉，作為參照物的則是象徵著「進步」、「光明」與「希望」的西方文明，因此，他們面對的鄉村自然是「落後」、「黑暗」、「絕望」的代表，與他們心中的田園夢大相徑庭。而這裡卻是他們的生命出發點，他們無法否認自己與故鄉的聯繫。因此，當他們以啟蒙者自居來看待故鄉時，當他們要打倒這些舊風俗、舊偶像時，他們自身也意識到了他們與傳統中國無法割裂的痛苦。中國鄉村已經無法給予他們心靈避風港的功能，現代都市又不是他們真正渴望的皈依。「一種無家可歸的惶惑」讓他們發出了「北方固不是我的舊鄉，但南來又只能算一個客子」的慨歎。「客子」心態是中國現代知識份子在傳統與現代、鄉土中國與現代中國、傳統中國文化與現代西方文化的兩極碰撞下而產生的，體現了魯迅對當時知識份子心態的準確把握。

　　「客子」形象反映了知識份子在當時對道路的探索。經歷了「五四」時期的高歌猛進，五四退潮後只剩下「寂寞新文苑，平安舊戰場」。當年曾經鼓舞了他們前進的政治理想，現在已經在黑暗社會的包圍下離他們遠去，他們要重新面對何去何從的選擇。這些知識份子一部分在生活的重壓下，對黑暗勢力妥協了。呂緯甫這個當年敢於在城隍廟拔神像鬍子的具有反抗精神的青年，現在只能「敷敷衍衍、模模糊糊」地過日子，教起了四書五經。魏連殳也曾是反封建的戰士，可是當他無法撼動鐵屋子時，他只好用玩世不恭去對這個社會復仇。《祝福》中祥林嫂對「我」的追問更讓「我」感到不安。作為曾經逃離了故鄉，在外接受過現代啟蒙精神洗禮的知識份子，重返故鄉後卻在面對靈魂有無的問題時候「吞吞吐吐」，最後只能用「說不清」來應付，這無疑是一種諷刺，而「我」一想到祥林嫂的追問，就不能安住，無論如何，明天決計要走了。

　　呂緯甫曾有過這樣的比喻：「我在少年時，看見蜂子或蠅子停在一個地方，給什麼來一嚇，即刻飛去了，但是飛了一個小圈子，便又回來停在原地點，不過繞了一點小圈子。又不料你也回來了。你不能飛得更遠些麼？」昔日的壯志豪情已經幻化成「余亦等輕塵」的悲音。他們充分體現了五四退潮後一部分知識份子內心的苦悶與掙扎。

如果說上述這些形象代表了被囚禁在鐵屋子裡的苦悶靈魂，那麼魯迅筆下的另一些知識份子則代表了另一種人生道路。《故鄉》中的「我」雖然希望破滅而陷入了暫時的苦悶，但是最終依然相信希望的存在，他將希望寄託於將來，最後那一輪明月是他們心中最美好的祝願。《在酒樓上》中「我」最終與呂緯甫走上了不同的道路，《孤獨者》中「我」在月光下感到輕鬆、坦然，用魯迅自己的話來解釋，就是：「穿掘著靈魂的深處，使人受了精神底苦刑而得到創傷，又即從這得傷和養傷和癒合中，得到苦的滌除，而上了蘇生的路。」[6]魯迅掙扎在絕望和希望的交替中始終堅持著前行，反擊著一次又一次的絕望，也把更光明的「希望」留給了他身後的追隨者們。

十九世紀末、二十世紀初，救亡圖存運動的蓬勃興起使得這一代知識份子用無比的熱情加入到社會革命中去。但隨後辛亥革命運動、「五四」運動的潮起潮落讓他們陷入了又一輪「希望」與「絕望」的輪迴。「夢醒了無路可走」的絕望導致了二十世紀初期中國開始覺醒的知識份子精神上的迷惘與彷徨。而這種迷惘和彷徨中融合著的是先覺者和先驅者的孤獨與寂寞。他們懷著悲憫之心力圖啟發民眾，但他們回到故鄉時，面對的是依然處於愚昧狀態的故鄉人。從閏土、祥林嫂到魯四老爺，無一不顯示了鄉村依舊愚昧落後。當年遊子是抱著改革中國的理想踏上了離鄉之路，但是兜兜轉轉後，不光自己一部分同志已經脫離了隊伍，需要被啟發的民眾依然處於蒙昧的狀態，現代知識份子不僅無法而且無力啟發群眾，甚至招致了群眾的孤立、隔膜甚至排擠。魯迅在《吶喊‧自序》中不無悲涼地說道：「凡有一人的主張，得了贊和，是促其前進的，得了反對，是促其奮鬥的，獨有叫喊於生人中，而生人並無反應，既非贊同，也無反對，如置身毫無邊際的荒原，無可措手的了，這是怎樣的悲哀呵。」[7]

「客子」形象充分表現了「五四」運動落潮後，在「舊的」已經被打碎，「新的」卻還沒有建立的新舊交替時期，中國的部分已經開始覺醒的知識份子思想上混亂彷徨的痛苦情形。作為曾是其中一員的魯迅，他的孤

6　魯迅：《魯迅全集》第七卷，人民文學出版社1998版，第105頁。
7　魯迅：《魯迅全集》第一卷，人民文學出版社1998年版，第417頁。

獨與寂寞，不僅在於其思想和行動為一般民眾所不能領會，更在於在與他同行甚至並肩作戰的同志之間，也難覓真正的知音，但他最終擺脫了寂寞和悲哀的荒原感，用「走」來反抗那無所不在的絕望。

結語

賽義德指出：「流亡就是無休止，東奔西走，一直未能安定下來，⋯⋯而且更可悲的是，永遠也無法完全抵達、無法與新的家園或境遇融為一體。」[8]魯迅筆下的「客子」到故鄉探尋夢，而最終選擇了以離鄉為繼續探路前行的作為。暗夜沉沉，羅網重重，故鄉如棘地不能歸去，但是前途卻又不知蹤跡。在「客子」不可逃遁的漂泊感和虛無感中，隱藏的是魯迅對生活、國家前途希望渺茫的惆悵。但魯迅最終戰勝了孤獨、絕望與虛無，撕破身上的繭，告別了故鄉，堅定地走下去，用「路漫漫其修遠兮，吾將上下而求索」的韌性戰鬥精神進行著「絕望的抗戰」。

原載《安徽文學》2008年第11期

8　轉引自周怡、王建周：《精神分析理論與魯迅的文學創作》，廣西師範大學出版社2005年版。

悲情魯鎮

論魯迅雜文的自然意象

林雪飛[1]

　　自古以來，變化萬千的大自然都是文人墨客們不斷吟詠的對象。
「心之營構，則情之變易為之也。情之變易，感於人世之接構，而乘於
陰陽倚伏為之也。是則人心營構象，亦出天地自然之象也。」[2] 這種浸透
著心構之深味的物象是作家主觀情志與客觀物象高度統一的藝術結晶，
在文學中稱之為「意象」。自然意象是文學創作意象塑造的最基本類
型，具有悠久的歷史傳統和多姿多彩的形態。

　　魯迅，這位古代文學學養豐富的「現代文學之父」，以其「中間
物」的意識聯繫著古今，一方面，他與中國傳統文人一樣有著濃厚的自
然情懷，他曾由衷地讚歎：「皎潔的明月，暗綠的森林，星星閃著他們
晶瑩的眼睛，夜色中顯出幾輪較白的圓紋是月見草的花朵……自然之美
多少豐富啊！」[3] 另一方面，他又有著超越於古代文人的人文關懷，他的
文學更關注社會人生，不作純然的自然描寫。於是，魯迅將自己深邃的
情感和深刻的思想寄予自然之景，用獨特的自然意象來折射出其對社會
現實的感受和思考，藝術地表達出情感和哲理。

---
[1]　林雪飛（1975- ），女，遼寧瀋陽人，文學博士，瀋陽師範大學教師。
[2]　章學誠：《文史通義‧易教》，轉引自侯健：《文學通論》，北京大學出版社1986
　　年版，第124頁。
[3]　魯迅：《無題》，《魯迅全集》第8卷，人民文學出版社1981年版，第102頁。

一、自然意象的情感色彩

　　風沙彌漫下的荒野、慘白夜色中的孤村、荒涼的叢塚、佈滿荊棘的土路、叢生的野草、筆直乾硬的樹幹、寥落的怯怯犬吠……魯迅雜文中有著豐富的自然意象。但這夜是死寂黑暗的，路是崎嶇不明的，野花草有的還未發芽，有的已經枯萎，有的顯出生命的暗淡，有的帶著命定的荒蕪，它們總沒有完全的明朗，不能讓人有確定的光明信念，蘊涵著鮮明的悲劇色彩。

　　在魯迅看來，這種悲劇性極強的自然就是一個巨大的「荒原」。「荒原」是現代一個典型的悲劇意象，是現代人生存境遇和時代氛圍的隱喻。「『當』現代的體驗者置身於奴隸及其主人之中並體會到『緘默』的可怖與『吃人』的殘酷時，他們內心深處必然彌漫著一種不可抑制的身處荒原曠野之感。」[4]魯迅作為一位具有深刻悲劇感的作家，更有著深刻的「荒原」心態，「獨有叫喊於生人中，而生人並無反應，即非贊同，也無反對，如置身毫無邊際的荒原，無可措手的了，這是怎樣的悲哀啊，我於是以我感到者為寂寞。」[5]對於人生的孤獨寂寞，魯迅不同於古代文人吟唱命運的悲歌，而是具有更深刻的歷史感和現代意識，在對民族國家甚至人類的痛苦感同身受的同時，又能超越狹隘的悲觀，在悲劇感受中堅持生命的執著，帶著深沉的悲劇感表達出「知其不可為而為之」的達觀。因此，「曆觀國內無一佳象，而僕則思想頗變遷，毫不悲觀」[6]，堅信「新的生命就會在這苦痛的沉默裡萌芽」[7]。魯迅勇於承擔這種悲劇感，直面「慘澹的人生」來從事創作，描繪帶有悲劇色彩的自然與社會之象，並由此促使他對悲劇人生更為強烈的抗爭。所以，魯迅雜文的自然意象在顯示著鮮明悲劇色彩的同時，也帶有著強烈的抗爭色彩。

---

[4]　汪暉：《反抗絕望——魯迅及其文學世界》，河北教育出版社2000年版，第225頁。
[5]　魯迅：《吶喊·自序》，《魯迅全集》第1卷，人民文學出版社1981年版，第417頁。
[6]　魯迅：《致許壽裳》，《魯迅全集》第11卷，人民文學出版社1981年版，第354頁。
[7]　魯迅：《忽然想到（十一）》，《魯迅全集》第3卷，人民文學出版社1981年版，第95頁。

　　「夜」是魯迅十分偏愛的一個意象，它與光明相對，帶有著清晰的悲劇色彩。魯迅筆下「夜是造化所織的幽玄的天衣」，是一片「無邊無際的黑絮似的大塊」。在這濃黑的夜裡怕光的可惡的蚊蠅開始了肆虐，攪得人們無法安坐、無法入眠；夜「普覆」下的人們也似乎受到了縱容，「自己漸漸脫去人造的面具和衣裳」，開始了「赤條條」的表演……夜彌漫著「驚人的真的大黑暗」[8]，給人一種沉悶的壓迫，再「抬頭看看窗外，一地慘白的月色」，心裡更不禁「冰涼了起來」[9]。這裡，「夜」的意象已不再僅僅是社會現實的一種象徵符號，而成為了魯迅主觀精神情緒的體現，並折射出作家心靈深處的思想光輝。魯迅以「聽夜的耳朵和看夜的眼睛，自在黑暗中，看一切暗」[10]，「吐一口氣」，他會「覺得沁人心脾的夜裡的拂拂的涼風」[11]，魯迅善於在夜的黑暗中挖掘社會的本質，把握人生的真諦，揭示心靈的奧秘，但魯迅自己也不無痛苦地意識到：「我的作品，太黑暗了，因為我常覺得惟黑暗與虛無乃是實有，卻偏要向這些做絕望的抗戰，所以很多偏激的聲音。」實際上，黑暗蘊含著無盡的力量，魯迅的雜文正是作絕望抗戰的最有利的方式，它一方面用黑暗的色調表現他所看到的黑暗現實，另一方面也抒發自己內心的焦慮，他要「肩住了黑暗的閘門，放他們到寬闊光明的地方去」[12]，「只要不做黑暗的附著物，為光明而滅亡，則我們一定有悠久的將來，而且一定是光明的將來。」[13]正是為了光明的將來，魯迅堅定地在黑夜中前行，尋找「夜所給與的光明」[14]，迎接夜過去後斑斕的曙光。

　　現代精神分析學認為，作家的生活記憶和生命體驗對日後的創作心態會構成若隱若現的影響，甚至成為左右其創作的潛在文學內驅力，這種

---

[8]　魯迅：《夜頌》，《魯迅全集》第5卷，人民文學出版社1981年版，第193-194頁。

[9]　魯迅：《寫於深夜裡》，《魯迅全集》第6卷，人民文學出版社1981年版，第509頁。

[10]　魯迅：《寫在〈墳〉後面》，《魯迅全集》第1卷，人民文學出版社1981年版，第282頁。

[11]　魯迅：《怎麼寫》，《魯迅全集》第4卷，人民文學出版社1981年版，第18頁。

[12]　魯迅：《夜頌》，《魯迅全集》第5卷，人民文學出版社1981年版，第193-194頁。

[13]　魯迅：《兩地書（四）》，《魯迅全集》第11卷，人民文學出版社1981年版，第20頁。

[14]　魯迅：《我們現在怎樣做父親》，《魯迅全集》第1卷，人民文學出版社1981年版，第140頁。

內驅力通常會外化為作品的情感色彩。魯迅在成長過程中就常感到悲劇的陰影：一場突發的「科場案」將魯迅童年的一切亮色奪走了，祖父「斬監候」，家族隨之衰落，死亡的陰影始終籠罩在全家人的頭頂。父親的病更讓魯迅嘗盡了人間的世態炎涼，而怪異的藥方也無法挽回父親的生命，他親眼目睹死亡把親人從自己的身邊帶走，後來范愛農的死、劉和珍的死、柔石的死、韋素園的死……各種死亡的噩耗接踵而來，層層淤積起來，長久地纏繞著魯迅的靈魂，使他沉重地感受著人生的無常、生命的難以自主和死亡的壓迫，這已成為了魯迅精神世界悲劇感的基礎。而在此後更漫長的生活歷程中，現實社會更凜冽的壓迫，早已消除了魯迅對死亡的恐懼，他明確地表示，「我是詛咒『人間苦』，而不嫌惡『死』的，因為『苦』可以設法減輕，而死是必然的事，雖曰盡頭，也不足悲哀」[15]，真正的不幸是生命的無價值、無意義。現實中國民的愚弱、社會的腐朽、歷史的欺騙、未來的虛無是更大的悲哀。死的恐懼可以消除，悲劇感卻又寄託在新的事情上，永不可消除，由此魯迅又產生了更深刻的悲劇體驗。魯迅直言自己的「悲苦憤激」，而「這病痛的根柢就在我活在人間」[16]，所以魯迅一生思想上始終存著悲劇感，這種悲劇感也時時滲透在魯迅的文字中，使魯迅的文學表現出顯著的悲劇意識，描寫也帶著清晰的悲劇色彩。但魯迅並不因這種悲劇意識而感到悲觀，他始終悲壯地獨立於人生的沙漠，「即使被沙礫打得遍身粗糙，頭破血流，而時時撫摩自己的凝血，覺得若有花紋」[17]，甚至「魂靈被風沙打擊得粗暴，因為這是人的魂靈，我愛這樣的魂靈；我願意在無形無色的鮮血淋漓的粗暴上接吻。」[18] 現實中的失望更激勵了魯迅精神戰鬥的信念，他「專與襲來的苦痛搗亂」[19]，以堅毅地抗爭對抗悲劇感。所以，魯迅雜文中具有悲劇色彩的自然意象又具有抗爭色彩。

———————

[15] 魯迅：《兩地書（二四）》，《魯迅全集》第11卷，人民文學出版社1981年版，第79頁。
[16] 魯迅：《華蓋集·題記》，《魯迅全集》第3卷，人民文學出版社1981年版，第3頁。
[17] 魯迅：《華蓋集·題記》，《魯迅全集》第3卷，人民文學出版社1981年版，第4頁。
[18] 魯迅：《一覺》，《魯迅全集》第2卷，人民文學出版社1981年版，第223頁。
[19] 魯迅：《兩地書（二）》，《魯迅全集》第11卷，人民文學出版社1981年版，第15頁。

二、自然意象的審美意蘊

　　「藝術中使用的符號是一種暗喻，一種包含著公開的或隱藏的真實意義的想像，而藝術符號卻是一種終極意象——一種非理性的和不可用語言表達出來的意象，一種訴諸直接的直覺的意象，一種充滿了情感、生命和富有個性的意象，一種訴諸感受的活的東西。因此，它也是理性認識的發源地。」[20]魯迅雜文的自然意象既表達出鮮明的情感，又包含著深刻的哲理。

　　「野花草」的意象是魯迅雜文中一個具有豐富審美意蘊的自然意象，在日常生活中，魯迅自覺地關注它們的榮枯，在作品中也時常記述它們的形態，「黃色的細碎的野菊」[21]，「早枯了」的「荷葉」，「萎黃」的小草，「生在山中」的「野石榴」，「紅紅黃黃的永是一盆一盆站著」的「雞冠花」[22]，「不知道叫什麼名字」的「黃的花」[23]，「冬末就開白色或淡紅色的小花，來報告冬天就要收場的好消息」的「獐耳細辛」草[24]，「廢弛的地獄邊沿的慘白色小花」[25]，「至夜尤香」的「晚香玉」[26]，「無花的薔薇」[27]……它們「雖然不過野花小草，但曾經費過不少移栽灌溉之力」[28]，是愛花人心血的凝結，它們會「開出了鮮豔而鐵一般的新花」[29]，有著旺盛的生命力，給人以堅毅的力量，更是魯迅的精神家園。

20　蘇珊·朗格：《藝術問題》（滕守堯、朱疆源譯），中國社會科學出版社1989年版，第134頁。
21　魯迅：《並非閒話（三）》，《魯迅全集》第3卷，人民文學出版社1981年版，第152頁。
22　魯迅：《廈門通信（二）》，《魯迅全集》第3卷，人民文學出版社1981年版，第374頁。
23　魯迅：《在鐘樓上》，《魯迅全集》第4卷，人民文學出版社1981年版，第29頁。
24　魯迅：《〈小彼得〉譯本序》，《魯迅全集》第4卷，人民文學出版社1981年版，第152頁。
25　魯迅：《〈野草〉英文譯本序》，《魯迅全集》第4卷，人民文學出版社1981年版，第356頁。
26　魯迅：《薔花雜誌》，《魯迅全集》第8卷，人民文學出版社1981年版，第468頁。
27　魯迅：《天花的薔薇》，《魯迅全集》第3卷，人民文學出版社1981年版，第356頁。
28　魯迅：《〈譯文〉復刊詞》，《魯迅全集》第6卷，人民文學出版社1981年版，第491頁。
29　魯迅：《〈鐵流〉編校後記》，《魯迅全集》第7卷，人民文學出版社1981年版，第374頁。

魯迅曾深情地說：「世人愛牡丹的或者最多，但也有喜歡曼陀羅花或無名小草的」[30]，「野草，根本不深，花葉不美，然而吸取露，吸取水，吸取陳死人的血和肉，各各奪取它的生存，當生存時，還是遭踐踏，將遭刪刈，直至於死亡而朽腐」[31]，他更將自己的「全部哲學」蘊藏在「野草」中，成就了他的散文詩集。

「路」的意象在魯迅雜文中也表現著深邃的思想，魯迅曾說：「其實地上本沒有路，走的人多了，也便成了路」[32]，真正的路，「就是從沒路的地方踐踏出來的，從只有荊棘的地方開闢出來的」，「總是沿著無限的精神三角形的斜面向上」，「進步的，是樂觀的」，「在死的面前笑著，跨越了滅亡的人們向前進」[33]。因此無論在怎樣的路上，魯迅都堅持著「走」，如果遇到「歧路」，「是在歧路頭上坐下，歇一會，或者睡一覺，於是選一條似乎可走的路再走⋯⋯」如果遇到「窮途」，「我卻也像在歧路上的辦法一樣，還是跨進去，在刺叢裡姑且走走」[34]。但這路上沒有優美的風景，也不是平坦的大道，而總是充滿了荊棘的一個小路。

魯迅雜文自然意象的悲劇色彩契合了魯迅的心緒，又在悲劇意識中促發了更深刻的哲理思考，每一個意象都帶著魯迅的獨特特色，在生動的自然物象中寄予了深邃的情感內涵和哲理意蘊，具有深刻獨立的意象價值。但它們又不是各自孤立存在的，往往相互交融在一起，組成了一幅相對完整的自然圖景與縝密的哲思體系，具有豐富的審美意蘊。

魯迅用他自然意象組成了一幅「秋夜荒原圖」，給人以審美的享受，也渲染出一派孤獨寂寞的自然氛圍，含蓄地表達了自己作為一往無前的「過客」的艱難尋路的憂鬱而執著的心境，畫面和情感更為深沉。這些自然意象的描寫是魯迅情感的真實折射，其突出的悲劇色彩具有強大的審美感染力，使讀者感同身受的體驗著魯迅深沉的時代悲劇感，對他在荊棘中

---

[30] 魯迅：《廈門通信》，《魯迅全集》第3卷，人民文學出版社1981年版，第370頁。

[31] 魯迅：《野草·題辭》，《魯迅全集》第2卷，人民文學出版社1981年版，第159頁。

[32] 魯迅：《故鄉》，《魯迅全集》第1卷，人民文學出版社1981年版，第485頁。

[33] 魯迅：《生命的路》，《魯迅全集》第1卷，人民文學出版社1981年版，第368頁。

[34] 魯迅：《兩地書（三）》，《魯迅全集》第11卷，人民文學出版社1981年版，第15頁。

開闢新路的堅毅產生強烈的情感共鳴。審美感受有壯美和優美兩種，魯迅雜文中的自然意象體現了壯美的特色。它們沒有明朗的色彩、柔和的線條，總是幽暗、堅硬的，但也是疏朗、奮然的，在悲劇感中蘊含的哲理意蘊也給人以審美的教育。魯迅的文字是他作為思想家和文學家的雙重品格的體現，他總是力圖用生動的文字表達深邃的思想，其飛揚的情感和深刻的哲理借助於有力的形式和語言，影響激勵了一代又一代立志與黑暗和醜惡戰鬥的人們。

三、自然意象的價值

魯迅雜文是中國雜文領域的一座高峰，它為我們提供了一種「前不見古人，而後人絕不能追隨的風格」[35]，但「其實『雜文』也不是現在的新貨色，是『古已有之』的」[36]，中國古代文學也熱衷於自然意象的描繪，在那些自然意象之上也折射著文人內心的情緒，但那主要還是文人的個人情緒，不具有社會的普遍性，沒有反映出更廣泛的社會情感內涵，特別是某些個人的悲劇情緒甚至帶有某種文人「無病呻吟」的色彩。而魯迅雜文中自然意象的悲劇色彩則得自於社會現實，是一種社會的情緒、時代的悲憤，這超越了個人情感的狹小範圍，與廣大的歷史、現實和文化相連，反映了一代覺醒者奮戰前行的心路歷程，顯示出民族靈魂的苦悶和對悲劇命運的反抗。古代文人的悲劇感主要表現為悲苦和悲涼，而魯迅的時代悲劇感則表現為悲憤和悲壯，因此，魯迅雜文中悲劇性自然意象所蘊含的情感與理性，都遠遠高於傳統文學中的自然意象，「他的奇妙的語序所交織的紛繁而有限度的精神意象，已遠遠超過了古典的文言文的能指功能，這不能不說是『魯迅文體』的奇跡。」[37]

---

[35] 郁達夫：《魯迅的偉大》，《魯迅研究學術論著資料彙編》第二輯，中國文聯出版公司1986年版，第700頁。

[36] 魯迅：《且介亭雜文‧序言》，《魯迅全集》第6卷，人民文學出版社1981年版，第3頁。

[37] 孫郁：《魯迅小說的情緒底色》，《瀋陽師範學院學報》，1990年第4期，第54頁。

　　魯迅強調繼承、強調「拿來」，但這種繼承和「拿來」都是批判的，因此，魯迅在接受中西文化的過程中，也堅持著創新和發展。魯迅雜文中的自然意象與中國古代文學中的自然意象有著千絲萬縷的聯繫，其整體意蘊具有中國自然意象的典型特徵，又與西方文學中的某些意象有著共鳴，其現代性的悲劇感與西方現代主義文學一致，具有明顯的象徵意義，是魯迅把自然景象與自己對社會的情緒感受及哲理思考交織在一起組成的象徵意象，但它們決不等同於中國古代的自然意象，也決不是西方現代派意象的簡單描摹與照搬，它們是魯迅獨創的，既有傳統的民族性，又有現代的世界性。

　　魯迅雜文的自然意象是現代中國社會人生的自然折射，在形、情、智兼具的藝術形式中，將深沉的文化反思和強烈的現代意識注入現實景象，顯示出超凡的個性、民族性和世界性，也具有了現代「原型」意象的價值，為其後的文學創作提供著源源不斷的精神感召和藝術滋養，其鮮明的意象蘊含也不斷地被現代作家們所繼承，「當個體的人在一片無物之陣中陷入茫然而又不失意志的時候，人便不自覺地呈現出魯迅的那種意象來。」[38] 蕭紅的《生死場》中籠罩著巨大「死亡」陰影的荊天棘地的北方荒原；蕭軍《八月的鄉村》中走向了風雲變幻的雄渾粗獷的鄉村曠野；路翎筆下已幻化為野性的充滿蠻力的曠野；《水葬》、《慘霧》等作品中「秋夜的蕭殺」，都承繼了魯迅雜文自然意象奠定的現代傳統。以「田園將蕪」作為創作基本主題的鄉土派小說家，他們在對自然環境外在特徵的深刻感知中，敏銳地體驗著世態炎涼和人性的羸弱，與魯迅作品有著幾近相同的「荒原」氛圍，他們描繪「故鄉」景象便有了與魯迅色調相同或相近的自然意象。「反思」文學力圖進行全面的社會反思和文化反思，在歷史性的反思中尋找社會進步，民族發展之路，然而這種反思也時常是沉重的，可行之路並不會自動清晰地呈現在眼前，因此「反思」文學的自然意象描寫也常常帶著魯迅雜文的自然意象色彩，「分明近似魯迅的審美習尚」[39]。

---

[38] 孫郁：《百年苦夢》，群言出版社1987年版，第352頁。

[39] 昌切：《趙樹理與路翎──現實主義小說潮中的兩脈流向》，轉引自龍泉明、張小京：《中國現代文學歷史比較分析》，四川教育出版社1993年版，第411頁。

　　魯迅雜文的自然意象是脫俗的文學意象，它不僅具有獨特的壯美形象，而且真實地展現了處於時代變革中的文化巨人、思想先驅的情感世界與深邃的歷史、現實和文化思考，也完整地展示了一格民族由苦難邁向新生歷程中的心理現實和社會現實，具有現代的原型意義。「藝術的社會意義正在此，它不懈地致力於陶冶時代的靈魂，巫術般地喚回這個時代最匱乏的形式。藝術家那不得滿足的渴望，一直追溯到位於無意識深層的原始意象，而正是這些原始意象，極好地補償了我們時代的片面和匱乏。」[40] 魯迅雜文的自然意象也就成為了時代情感和社會哲思的傳達載體，具有豐富深刻的內涵。

　　魯迅雜文中的自然意象具有多重的價值，它屬於歷史，屬於現在，也屬於未來。

原載《山東師範大學學報》，2009年第2期

---

[40] 榮格：《追尋靈魂的現代人》，貴州人民出版社1987年版，第82-83頁。

悲情魯鎮

——魯迅鄉土世界中現代知識份子形象探究

陳冬梅[1]

以魯鎮為代表的鄉土世界在時間上是靜止的：此時的歐洲早已跨入工業文明時代，魯鎮卻還在封建社會裡徘徊。在空間上鄉土是封閉的：趙太爺進城就已是未莊人的談資。七斤，一個擺渡的艄公，就因常在城與鄉之間來回，在村裡就是見過世面的。在魯鎮，一切都生活在從前的規範當中，男尊女卑、寡婦守節、祖先崇拜、等級制度……接受現代觀念洗禮的知識份子與這樣的鄉土有著割捨不斷的聯繫，那是他們的根繫所在，他們成長的最初階段往往是在鄉土中度過的，而那些年的經歷形成了他們的性格特徵並影響了他們以後人生道路的選擇。這些在鄉土世界影響下成長起來的知識份子們有著不同的人生，卻無一例外地走在悲劇的道路上。

一、作為悲劇存在的知識者們

一類是以「我」為代表的歸鄉型的知識份子。「我」是遠離故鄉在外漂泊的遊子，記憶中的故鄉溫馨而美好。而事實上，「我」回到了相隔兩千餘里、闊別了二十多年的故鄉，目之所及的是「蕭索的荒村，沒有一些活氣」（《故鄉》）。比起故鄉面貌來，給「我」帶來更大衝擊的是故鄉人的變化：祥林嫂五年前花白的頭髮如今全白，她由一個勤快的女工變成了病弱的乞丐；楊二嫂由當年那個豆腐西施變成了擺成圓規姿勢的可怕自私的小市民；閏土的一聲老爺似乎是晴天霹靂驚醒了「我」，原來彼此間

[1] 陳冬梅（1987-），女，江蘇鹽城人，文學碩士，上海市松江區車墩學校教師。

已有著一層不可逾越的厚障壁。20世紀的一系列現代化的革命後，古老的中國農村依舊是封建傳統肆虐，「我」看到了許多由此而造成的悲劇，更為重要的是我沒有能力改變這樣的狀況，「我」同情祥林嫂的遭遇，但「我」不能使她獲得精神的解放，也不能改變周圍人對她的厭惡。「我」這代知識份子「無一例外地從自我的覺醒與傳統的分離開始，經由對外部世界的觀察、反叛和否定，最後又回歸到自我與現實的聯繫中」。[2]「我」的故鄉之旅是一次精神追逐，在眾多的打擊之下，最終還是破產了。

　　還有一類是以呂緯甫、魏連殳為代表的沉淪型知識份子。中國現代知識份子往往是一群充滿理想、有著強烈的憂患意識的人。呂緯甫為了破除迷信到城隍廟去拔過神像的鬍子，魏連殳常發表「沒有顧忌的議論」。可是中國的現實實在太黑暗了，就像魯迅曾經在《墳‧娜拉走後怎樣》說過，「可惜中國太難改變了，即使搬動一張桌子，改裝一個火爐，幾乎也要血；而且即使有了血，也未必能搬動，能改裝」。[3]所以「五四」的大潮退去後，他們的境況慘澹。呂緯甫去太原跟母親住在一起，教幾個女學生「子曰詩云」之類，幹著幫弟弟遷墳、給阿順送花等一些無聊的事。比起呂緯甫來，魏連殳的生存狀況更是糟糕，他遭遇了嚴重的生存危機。生活窘迫到買郵票的錢也沒有了，連最基本的生存都成了問題，絕望到極點的他內心生出了復仇的願望。他後來「躬行先前所憎惡，所反對的一切，拒斥先前所崇仰，所主張的一切」（《孤獨者》）。放棄了理想信念的他交了「好運」，做了某師長的顧問，向那些他曾經認為是必須要幫助的人進攻，在孤獨絕望中走向了生命的盡頭。

　　鄉土世界中，還有覺醒型的知識份子等，如《長明燈》裡的瘋子，他執意要熄滅那盞從梁武帝時就點起的長明燈，為此引起了整個吉光屯的恐慌，遭到了以鄉紳四爺為代表的全屯人的強烈反對，他們想出一個個方法阻止他熄燈，最終，不願妥協的瘋子被關進了廟中的閒置房中。《狂人日記》裡的狂人看似滿口狂言，卻深刻地揭露了整個吃人的本質，後來他還是被「治好」了，去某地候補了。《藥》中的夏瑜，為救中國於水深火

2　汪暉：《反抗絕望》，河北教育出版社2000年版，第190頁。
3　魯迅：《魯迅全集》第1卷，人民文學出版社1981年版，第164頁。

熱之中而犧牲了自己，在獄中還不忘對阿義進行革命宣傳，結果他的滿腔
熱血成了華小栓治癆病的藥引。他們同為覺醒了的知識份子，卻被視為異
類，終究無法撼動鄉土世界根深蒂固的封建傳統。

二、知識者的啟蒙悲劇

　　魯迅在《我怎麼做起小說來》一文中說：「自然，做起小說來，不免
自己有些主見的，例如，說到為什麼做小說罷，我仍抱著十多年前的啟蒙
主義，以為必須是為人生，而且要改良這人生……我的取材多採自病態社
會的不幸的人們中，意思是在揭出病苦，引起療救的注意。」[4] 啟蒙是五
四一代中國知識份子共同的意識，知識份子明白要使國家變得富強，對民
眾思想的改造是緊迫的。因此，故鄉中人們麻木的靈魂、封建的習俗、傳
統的觀念都成為他批判的對象，他對國民劣根性的改造也以此為切入點，
進而深入到整個中華民族的劣根性的批判。但在中國啟蒙並沒能改變國人
的國民性，在《藥》中，夏瑜為了救民眾於水深火熱之中，犧牲了自己的
性命，卻成為了被看被吃的對象，一堆「頸項都伸得很長像許多鴨一樣，
簇成半圓」的人看殺夏瑜的場景，華老栓為了給小栓治癆病，買了沾滿夏
瑜鮮血的鮮紅饅頭。這是啟蒙的悲劇，啟蒙的結果是被啟蒙的對象活活的
吃掉。

　　啟蒙會有這樣的結果，是因為啟蒙者生活在魯鎮這個傳統的世界裡，
整個社會的習俗、社會的規範，都沒有質的改變，人與人的關係是冷漠
的、等級深嚴的。《祝福》裡的魯四老爺是個講理學的老監生，他對祥林
嫂的死充滿厭惡，認為她是謬種，而殊不知他的對封建禮教的維護是導致
祥林嫂悲劇的重要因素。和「我」話不投機，還大罵康有為等新黨，而他
卻不知道此時的康有為已成為了保皇黨，「我」這樣受辛亥革命洗禮的知
識份子才是新黨，由此可見魯四老爺腐朽到何種程度。茂源酒店的主人趙
七爺，在辮子盤起和放下的細節中，流露的是保皇的嘴臉，他不甘心退出

---

[4]　魯迅：《南腔北調集》，人民文學出版社1980年版，第100-105頁。

歷史的舞臺，做垂死的掙扎。他們違背社會前進的步伐，成為逆歷史潮流而動的頑固派。他們都是鄉村中的士紳，也是鄉村中的統治階層，他們的言語和意志一直支配著社會的話語權，他們的骨子裡充滿了濃郁的宗法意識。這樣的封建頑固派統治下的鄉土世界必然是腐朽的。而現代知識份子深切同情的農民們，則或受壓迫生活在社會的最底層，或成為無知的看客，甚至用「精神勝利法」麻醉自己。而被看作中國社會希望的孩子們大良、二良為了要東西，可以學狗叫，可以磕響頭。現代知識份子的悲劇就在與他們處於魯鎮這樣一個獨立的小世界，而這個鐵屋子般的世界是萬難毀壞的，這便註定了他們悲劇的結局。瘋子終於沒能吹滅長明燈，狂人在經歷了與大哥、大夫的鬥爭後，終於還是治好了病去某地候補了，呂緯甫不再教授ABCD而教起了「子曰詩云」，魏連殳不但未能解救中國，反倒失去了自己的靈魂。

三、對知識者的文化批判

知識者「我」能夠意識到跟故鄉的不能融合，選擇的不是進行決絕的抗爭。「我」不敢對魯四老爺表示異議，面對讓人失望的鄉土世界，「我」選擇了逃避，逃避祥林嫂的追問，逃避已經變化了的閏土，逃避已經無法給「我」溫存的故鄉。這些也恰恰表明，知識份子們還未能真正的走出故鄉，走進現代平等的、自由的世界裡，因為面對故鄉的種種不如人意，面對故鄉的落後、愚昧，面對傳統的強大的力量，「我」無法像新文化運動的先驅們那樣，直面慘澹的人生，直面淋漓的鮮血，知識份子的這種軟弱和對責任的逃避都是魯迅所極力批判的。

魯迅為我們塑造的沉淪者形象系列不同於歸鄉者濃重的懷舊意識，寫作沉淪者系列時，「五四」的高潮已經過去，大革命失敗後知識份子階層漸漸分化。他們代表的是那部分曾經覺醒過、追求過、但終於失敗了的知識份子。他們如「一個蜂子或蠅子一般飛了個小圈子，又回來了」（《在酒樓上》）。呂緯甫給弟弟遷墳，把掘墳作為他「一生最偉大的命令」，因為墳象徵著他希望所在，但最終卻發現弟弟的骸骨「蹤影全無」，這證

明瞭他行為的無意義，充滿了荒唐的意味。這種虛空的感覺第二次出現是給阿順送花，他本想送花給賢慧能幹的阿順，卻不料阿順由於身子的勞損、大伯的挑唆，以至殞命。他卻只能把花送給了他的妹妹阿昭，一個鬼一樣的女孩，這樣送花的意義完全消失了。但文本中的另一個人物「我」體現著魯迅思想的另一個層面。文章的結尾告訴我們：「我」卻和他在門口分別了，「我」獨自向著自己的旅館走去，雖然會遇到寒風和雪片這樣的阻礙，倒覺得爽快，這樣的義無反顧才是魯迅希望看到的。

　　除了生存的困境，魏連殳的困境還在於個人的孤獨之感，他把那些窮困失意的青年引為同類，可那些青年在度過困難期後就離他而去，他的屋子又恢復了安靜的狀態。那個跟他沒有直接血緣關係但同是「獨頭繭」的祖母的去世使他跟這個世界又少一層精神聯繫。而他寄以深切希望的無辜孩子們同樣無情地拋棄了他。在一片荒原之上，沒有他愛的人，也沒有愛他的人，孤獨的個體面臨著的是整個群體的敵視，此時的他有的只是深深的絕望。當他連一個維持內心完整的「獨頭繭」都不能成為時，便想著去報復這個黑暗的社會而放逐自己，僅僅為了敵人而活，成了一個徹底的孤獨者、失敗者。不管這種自我放逐是由於社會的壓迫還是傳統的拋棄，魯迅都是持批判的觀點的。

　　面對知識者們的悲劇，魯迅認為他們該如過客一樣，「雖然明知前路是墳而偏要走，就是反抗絕望，因為我以為為絕望而反抗者比因希望而戰鬥者更勇猛，更悲壯」。[5] 如果屈服於自己的命運不作反抗，這樣的話，悲劇就絕對化了，只有堅持反抗悲劇、反抗絕望，才能夠找到自己的生存的意義和價值。因此，他希望知識份子們能夠拋棄因襲的重擔，在絕望中反抗。

原載《安徽文學》（下半月）2011年第6期

5　魯迅：《魯迅全集》第十一卷，人民文學出版社1981年版，第442頁。

論《故事新編》中英雄的境地與出路

劉昕[1]

　　《故事新編》在魯迅的小說創作中是一個獨特的存在。其整體創作歷時十三年（1922—1935），這是魯迅創作最豐、個人生活變動最劇的十幾年。雖然他一直有意於進行長篇小說的創作，但卻因多種原因沒能成型，終其一生只留下三冊並不算厚的小說集，而在他去世那年出版的《故事新編》，似乎能更多地表現出個體對於人生、社會的思考痕跡。本文擇取《故事新編》中的五位英雄人物，通過對他們不同境遇下的種種遭遇，面對內外壓力時的不同抉擇，以及最終結局的分析，梳理魯迅內心對於理想英雄人物的認知。《故事新編》並不是單純追求「立」的單向度虛構，魯迅一貫執著於對外在和自身進行質疑、拒絕和反叛——《采薇》、《出關》以及《起死》，對儒道聖賢的諷刺與鞭撻就是深入骨髓、釜底抽薪式的「破」。但縱觀整個文本，「立」的色調更加明朗和突出，本文只求從這一隅來窺探魯迅對此的應答。

一、始祖英雄：女媧

　　中國缺少鴻篇巨製的創世史詩，開天闢地、造人補天的神話在古代典籍中只有寥寥的記載。魯迅通過奇幻的筆法，在瑰麗神奇的遠古洪荒中重現了人類的始祖——女媧。她剛健質樸，不辭勞苦，不計毀譽，在「造人」和「補天」兩大宏偉工程中展現出創造的偉力。「傳說之所道，或為

[1] 劉昕（1980-），女，山西太原人，文學碩士，太原大學教育學院中文系教師。

神性之人，或為古英雄，其奇才異能神勇為凡人所不及」[2]。女媧的「奇才異能」不是神靈才能具備的令人敬畏的魔力，而是站在「人」的立場上的創造力的發揮。但隨著學仙的老道，包著鐵片或者不包鐵片的征伐者，「古衣冠的小丈夫」的陸續登場，人們的視線由「粉紅的天空」、「天邊的血紅的雲彩」、「斑斕的煙靄」轉向地面上的紛繁嘈雜。史詩形態的敘述發生了逆轉，充滿神異色彩的創世工程面對複雜的人世欲念，失卻了奪目的光彩，這使得讀者漸生荒謬之感，隨之陷入了局促和不安中。

女媧與所謂進入文明社會的人類的對話有三次。第一次是和求仙藥的老道，結果是「伊被他們鬧得心煩，頗後悔這一拉，竟至於惹了莫名其妙的禍」；第二次是和交戰雙方，所謂「人心不古」的堂皇大論使「伊氣得從兩頰立刻紅到耳根」，而那個從死屍身上剝取遮羞布的傢伙也只會明哲保身地重複女媧的話；第三次則是那個頂著長方板的猥褻小人，「含著兩粒比芥子還小的眼淚」斥責她的「裸裎淫佚」，「伊本已知道和這類東西扳談，照例是說不通的，於是不再開口」。女媧創造了人類，卻無法與之溝通、對話。文明世界拒絕了女媧的進入，她只能折回去，將剩下的神力施於自然。然而這個世界已然不可能再恢復了，它變成了傳說，消弭在世俗繁雜的欲望中。偉大的史詩世界消亡了，人類的始祖也將隨之逝去。歷史在嘲弄文明的同時，不得不眼睜睜地看著原初的生命無奈地消逝。史詩的形式與精神實質在面對人世現實時，竟然找不到適當的支點，所謂的解構變成了無奈之舉。在某種程度上，女媧和曹禺筆下的「北京人」有相似處，「充沛豐滿的生命和人類日後無窮的希望都似在這個人身內藏蓄著」[3]，他們都代表著創造的原點、力量的源泉，但女媧不是希望所在，而是希望破滅的代表。在魯迅筆下，神性的偉力在世人的攻訐下變得無比脆弱，先民的世界漸漸被殺伐聲、頌聖聲遮蔽。小說一開始仰望四極蒼天厚土的宏闊視角，終於被人世的暴力拖墜到了地面——環顧四周，不過是一群為了各自的利益相互征伐與詆毀的宵小，女媧作為神的視角已然失落。「人神統

[2]　魯迅：《中國小說史略》，《魯迅全集》，第九卷，人民文學出版社1981年出版，第18頁。
[3]　曹禺：《北京人》，人民文學出版社，1994年1月出版，第77頁。

一的神話最終轉化為人神隔膜、人神分裂、人累死神、人背離神的『反神話』」[4]。故事的最後，有人自稱是她的嫡系子孫，利用她屍體的膏腴飼養著自己的顯赫聲名；從秦始皇到漢武帝，方士們苦苦尋找海外仙山，希望得到永生。人們是多麼健忘啊，死去的創世英雄正是因為他們的貪婪而不得永生，人類反而自我臆想出這樣一個荒唐的關於永生的大夢。

然而，魯迅絕不是在歷史虛無主義中做悲歎。「生命的路是進步的，總是沿著無限的精神三角形的斜面向上走，什麼都阻止他不得。」[5]悲劇的結局並不意味著萬物的終結，女媧死後的時代，人類仍在不斷上演著相同的鬧劇，魯迅要把這真相揭示給人看。「上征在是，希望亦在是」[6]，魯迅抱著真誠與熱烈的心態，通過貌似史詩的敘述來追尋中華文化的源頭，向先祖們尋求力量和信心。那個熱烈地呼喚摩羅詩人出現的魯迅，將他的熱望與理想固定在了滿是荊棘的現實中，選擇了勇敢地直面人生。他要在神話破滅後重塑新的形體來承接遠古英雄的精神與偉力，將希望寄予虛妄但卻不能否認的未來，在堅硬的現實世界裡頑強前行。

二、復仇英雄：宴之敖者

《鑄劍》原名《眉間尺》，為了統一《故事新編》的整體風格而易名。但這兩個題目確有差別，《眉間尺》指替父報仇、名正言順的復仇者，以之做題，復仇之意明瞭；《鑄劍》則指事而言，是在人物對話中交代過的往事，是復仇的原因，在小說發展中處於背景地位，這個題目從具體層面上減淡了復仇的意味。那麼，復仇究竟是怎麼一回事？

復仇計畫的實際執行者是宴之敖者，而這個人物的出現很突然，說的一番話也有些莫名其妙，「我一向認識你的父親，也如一向認識你一樣。但我要報仇，卻並不為此。聰明的孩子，告訴你罷。你還不知道麼，我怎麼

[4]　董振昌：《〈故事新編〉與中國新歷史小說》，《中國社會科學》，2001年第3期。
[5]　魯迅：《熱風·隨感錄六十六》，《魯迅全集》，第1卷，人民文學出版社1981年版，第368頁。
[6]　魯迅：《墳·摩羅詩力說》，《魯迅全集》，第1卷，人民文學出版社1981年版，第64頁。

地善於報仇。你的就是我的；他也就是我。我的魂靈上是有這麼多的，人我
所加的傷，我已經憎惡了我自己！」對於這段話以及他之後的作為，有人
解釋為「人民對統治者和壓迫者的反抗」，「要為一切遭受苦難的人民報
仇」[7]。然而，對比小說所描寫的場景，這種結論實在容易讓人產生荒謬之
感，老百姓「都議論著國王的游山，儀仗，威嚴，自己得見國王的榮耀，以
及俯伏得有怎麼低，應該採作國民的模範等等」，「是一幅何等痛切的社會
習俗和社會心理的畫面啊，我們彷彿看到作者帶著含淚的笑在鞭打人們的麻
木和奴性。」[8]最後三人屍骨同鼎，合葬一處，滿城一片狂歡氛圍，進一步
將復仇的意義消解殆盡。這種同歸於盡又不為人知的復仇，意義又何在？

眉間尺的復仇純粹出於傳統倫理道德，是一己私仇。個人意願被宿
命色彩所遮蔽，個性的缺失使得復仇的宏大主題缺少了必要的內部支撐。
所以，他並沒有表現出英雄人物在陷入深仇大恨時應有的膽魄和智慧。如
果不是宴之敖者的出現，不僅報不了仇，連自己也難以生存，這種難以為
繼的復仇成為情節上的一個死結。宴之敖者的出現以及主動承擔起復仇
使命是扭轉整個故事的關鍵，提升了復仇的境界，使之由被動接受變為
主動選擇。宴之敖者是「人性中潛在的可能性，人類精神的化身，藝術層
次上的自我。他是眉間尺靈魂的本質，也是內心縈繞不去而又造被他殺死
的幽靈。」[9]眉間尺在遇到人生瓶頸時，他性格中堅毅決絕，甚至可以說
是殘忍無情的一面分化了出來。肉體雖滅亡，精神卻得到了新生，英雄的
特質才得以呈現。宴之敖者是與他一體的、超經驗層面上的英雄，是人在
困境中自我分裂的產物。但這裡還存在著矛盾，宴之敖者說，「我一向認
識你的父親，也如一向認識你一樣」。眉間尺是個遺腹子，他並不認識自
己的父親，這個單純的十六歲少年也無從因襲更多「靈魂上」的「傷」，
如果太過苛刻地把宴之敖者視為眉間尺的分身，這種超經驗實在超越得令
人費解。按照宴之敖者的自述，我們似乎覺得他更像是魯迅自己。作者借

---

[7]　王瑤：《魯迅〈故事新編〉散論》，《魯迅其書》，社會科學文獻出版社2000年
　　版，第166頁。

[8]　楊義：《中國現代小說史・第一卷》，人民文學出版社1998年版，第202頁。

[9]　殘雪：《藝術復仇——讀魯迅〈鑄劍〉》，《解讀博爾赫斯》，人民文學出版社
　　2000年版，第320頁。

助一個離奇的分身，將主體的介入最大化，將不可能化為了可能。他借用了眉間尺性格中隱藏的另一個自我的外殼，把獨特的復仇信念灌注進去，欣然進入了虛構的世界。他的復仇不是對外，而是向內的，此篇似乎更可看作是魯迅對自己的「復仇」。「這裡的復仇行為和任何古代的或現代的社會現實都沒有關係，本質上只是『思辨』的。如果必須從這個故事裡找出什麼意義來，我們就只能從魯迅個人對於生與死、生活與藝術等重大問題的觀點中求得線索。」[10] 這可以說是魯迅從現代性角度在小說創作上做的一種超前嘗試。同時，魯迅也在文本中設置了兩個具象來隱喻這種分身的意義，即雌雄雙劍。王手中的雌劍是「想用它保國，用它殺敵，用它防身」，這是文中對雌劍唯一的具體描述。雄劍作為重要道具，功用就是「復仇」，而且它的出場遮蔽了雌劍的一切鋒芒，使其連最基本的防身功能都無法發揮。宴之敖者之於眉間尺，雄劍之於雌劍，從主體到工具，復仇的主題掩蓋和吞噬了所有其他宏大的功能指向。

所有的生命最終都要歸於死亡，然而選擇同自己所憎惡的一切同歸於盡，是真實的、確鑿的復仇。從眉間尺到宴之敖者的轉變，表達了魯迅的人生立場：在濃黑的世界裡，怎樣走下去，怎樣突破，又怎樣結局？有為還是無為，不過是在「凍滅」或「燃盡」。「任人也逃不掉這宿命，只能在大前提下做出有限的選擇。」「魯迅寧『燒完』，看重的是生命過程。他對自我選擇又質疑，他從未將其賦予一種絕對的理想價值：宿命下極其有限的選擇，是無奈的魯迅對無為（凍滅）的拒絕貫穿其一生，絕望的反抗。」[11]

三、末路英雄：后羿

端木蕻良曾說，《奔月》寫的是「斬盡殺絕」[12]。一個被世人遺忘和拋棄的英雄，家人嫌惡，徒弟陷害，大眾把他看成招搖撞騙的傢伙。仿若由富驟貧之人，巨大的心理落差讓其無所適從。

---

[10] 李歐梵：《鐵屋中的吶喊——魯迅研究》，河北教育出版社2000年版，第33頁。
[11] 錢理群：《與魯迅相遇》，三聯書店2003年版，第284頁。
[12] 林斤瀾：《溫故知新——讀〈故事新編〉》，《讀書》1998年第9期。

　　后羿是一個先設的英雄形象，然而英雄應該怎樣繼續他的道路？在猛獸如林的洪荒時代，他尚有用武之地。然而，時代的變遷把他逼入了絕境。一個連自己的妻子也照料不周，整日裡想的不過是怎樣尋得比麻雀大些的獵物的人，如何再履行英雄的職責？雖然英雄也要生活，也有家長里短，但卻不能陷入「無物之陣」[13] 中磨平了銳氣，甘於平庸，失去英雄的本質。后羿曾經是大英雄，面對這樣為了獲取生活物資而拼命打熬的生活，並不見得喜歡，但出於責任感他仍能正面對待，將孤寂寥落隱藏在心底。然而，世俗的力量還是在慢慢侵蝕他的過去與未來。尤其是對於愛情的處理，后羿顯得十分笨拙和懦弱。他要處處觀察嫦娥的臉色，動不動就心中不安，甚而「覺得慚愧，兩頰連耳根都熱起來」。愛情和婚姻沒有給他新的力量，反而處處掣肘；家庭的責任感不能給他帶來自信，反而迫使他低頭向下，因不擅生活而備受白眼。作為英雄的個體陷入動輒得咎的尷尬處境中，「印證了在生存的艱難之時義只是一種虛妄，而利卻是實益要緊」[14] 的世俗真理。后羿對「利」的無知，使自己變成了被嘲弄和受欺騙的對象，也使之成為整個文本中與環境最格格不入的角色。他被環境孤立了，那種簡單的想靠真本領一刀一槍生活下去的理念與現實發生了巨大的錯位。

　　如果嫦娥甘心於清苦的生活，后羿的結局也是可想而知的，而嫦娥的背信，給了后羿一個刺激，積蓄以久的憤懣終於突破了臨界點，「他忽然憤怒了。從憤怒裡又發了殺機」，「他一手拈弓，一手捏著三枝箭，都搭上去，拉了一個滿弓，正對著月亮。身子是岩石一般挺立著，眼光直射，閃閃如岩下電，鬚髮開張飄動，像黑色火，這一瞬息，使人彷彿想見他當年射日的雄姿」。這是全篇對他唯一的外貌描寫，莊重威嚴，神氣凜然，當年的射日英雄終於揚眉吐氣了。然而月亮「卻還是安然地懸著，發出和悅的更大的光輝，似乎毫無傷損」。英雄的氣勢一現而褪，那種無以為繼的落寞和苦澀顯露無遺。往昔射日的英雄雖然還可以射月，但意義卻發生了徹底的轉變。

---

[13]　魯迅：《野草·這樣的戰士》，《魯迅全集》第2卷，人民文學出版社1981年版，第215頁。

[14]　尹慧慧：《〈故事新編〉：中國現代歷史小說的豐碑》，《北方論叢》2001年第3期。

當他為國為民彎弓射日時,是為人稱道萬古傳頌的大英雄,其因無奈和一時激憤的射月,只能得到些詞不達意的敷衍。英雄退出歷史的光圈,回到個人的凡俗生活中去,卻仍難以擺脫歷史的糾纏,所有的行動都被假以冠冕堂皇的阿諛,充滿了荒唐和無聊的意味。英雄要怎樣突破這樣無奈的境地?后羿做出了追上去的選擇。追上去做什麼呢?依著他的善良正直,對嫦娥不僅不會打殺,甚至連詰問都不太可能。要把她帶回來,繼續烏鴉炸醬麵的日子?似乎也不太現實。他追上去該講一番什麼樣的道理呢?一天之內的經歷應該使他不會再輕信他人了,人情世故的磨練使他不再是「只識彎弓射大雕」的武夫。但我們不免擔心,因為他還只是在婚姻、家庭的問題上打轉,不是為失去英雄的光輝而奮戰,而是為了挽救愛情和婚姻披掛上陣。他苦苦思索其原因,卻只能停留在「莫非看得我老起來了」這樣淺薄的層面上,英雄怎樣繼續成為英雄成了讀者一廂情願的期待。

《奔月》因關涉到魯迅自身的婚姻經歷,顯得比較特殊。「如果我們仔細體察《奔月》中反映出來的作者的人生況味,自然比較容易的看到魯迅對他人的批判和嘲諷,但讀者往往忽略的是,這篇小說同樣是魯迅對本人的自嘲」[15]。因為歷史環境和他本人的客觀局限,選擇這段新的婚姻會面臨很多我們今天難以想像的困難。魯迅最後所做出的「我可以愛」的選擇,似乎也不僅僅是針對愛情而言,亦可看作是對世俗力量的挑戰,是再次戰鬥的宣言。魯迅要擯棄的是后羿的不通世事、不善鬥爭,傳承的是他射日的理想與信念。作為符號的后羿可以消逝,但英雄的偉業還要在現實中繼續下去。

四、世俗英雄:墨子和大禹

墨子和大禹是魯迅在《故事新編》中著力描繪的兩個正面英雄人物。這兩個人有很多共同之處,他們都是踏實肯幹,為天下蒼生謀利,給世俗大眾帶來切實幸福的實幹家。在受到來自世俗的磨難考驗時,顯示出了更為耀眼的光輝與強大的人格力量。

---

[15] 朱崇科:《張力的狂歡:論魯迅及其來者之故事新編小說中的主體介入》,上海三聯書店2006年版,第250頁。

　　《淮南子》中有關后羿和大禹的記載並沒有坦言其偉大，反而模糊了他們作為個人的立場和人格。「堯乃使羿誅鑿齒於疇華之野」，「舜乃使禹疏三江五湖」，一個「使」字，突出的是高高在上的統治者，英雄們不過是為他們任意驅使的一件工具，是統治階級聖命的躬行者。而在魯迅的「新編」中，這種情形得到了徹底的顛覆。墨子和大禹面對緊迫的環境：戰爭、水患，主動承擔起救世之責。一個千里迢迢為民請命，「勞形苦心，扶危濟急」；一個長期埋頭勘測，治理水患，三過家門而不入。兩人都不因君王的使役而行動，而是真正的懷抱天下、堅定真誠地為自己的理想而奮鬥和努力，具有獨立人格和明晰個性的新型英雄人物。而且魯迅還很罕見地在小說中突出了英雄群像，「歌頌了在他們周圍真正和他們接近的禹的不知名的同事，墨子的門徒禽滑厘和管黔敖。根據藝術創造的要求，這些次要人物的出現，目的在於烘托禹和墨子的形象，但從魯迅創作當時的思想實際分析起來，這以群倒是他的思想的主體。因為無論是禹也好，墨子也好，作者都是把他們當作群眾的化身來刻劃的」[16]。此時的英雄不再是孤身一人，他們擁有了一定的支持者和後續者，能夠在統一的信念支撐下同舟共濟。然而，魯迅永遠不是單向度的樂觀，小說的結局還是讓人產生了無法排遣的荒謬感。辛苦歸來的墨子「一進宋國界，就被搜檢了兩回；走近都城，又遇到募捐救國隊，募去了破包袱；到得南關外，又遭著大雨，到城門下想避避雨，被兩個執戈的巡兵趕開了，淋得一身濕，從此鼻子塞了十多天」。大禹則被樹立為模範，「百姓都要學禹的行為，倘不然，立刻就算是犯了罪」。英雄光輝的外衣就這樣被粗暴地剝離了下來，他們退回民間或者高居廟堂，自覺不自覺地被掩蓋或者蛻變成一種符號。難道這就意味著英雄的永遠被疏離以及被腐蝕墮落麼？大禹「吃喝不考究，但做起祭祀和法事來，是闊綽的；衣服很隨便，但上朝和拜客時候的穿著，是要漂亮的」。生活習慣的改變並不意味著就是墮落，何況還是根據實際情況有所增減，並不是一味驕奢淫逸。墨子不也說「我其實也並非愛穿破衣服的……只因為實在沒有工夫換……」麼？天下太平，生活富

---

[16]　唐弢：《海山論集・故事的新編，新編的故事──談〈故事新編〉》，人民文學出版社1979年版，第208頁。

足，與眾同樂不也是很正常的麼？在國家危難時充分發揮作用，太平時也像大家一樣的生活，並不像「發了革命熱」[17]似的一味叫囂。智者不是總要抗拒來自生活的方方面面，而是要學會調整自己以適應社會，並在適當的時機予以改變。

　　這兩篇小說分別創作於一九三四年八月和一九三五年十一月，此時正值日本侵略者入侵中國。民族危難呼喚著那些「天下興亡，匹夫有責」的民族志士，魯迅也在以自己的方式回應著。大禹是民族記憶中拯救黎民於水火的救世英雄的典型代表，而墨子則是古代知識份子群體中最重實際行動的突出人物。這兩位英雄與前三位的最大區別就在於，他們脫離了神話色彩，立足現實，回歸世俗。迫在眉睫的現實危難使得英雄們逐漸平凡化了，世俗世界成為他們最大程度實現自我的舞臺。建功立業是萬世大業，為人詬病則是另外一回事，魯迅在小說中把這兩點截然分開了。在具體的歷史環境中，能夠做什麼以及怎麼做是第一位的，這是對始祖英雄女媧的繼承與回歸——將目的單純化，將生命功能最大。

五、兩難境地：轉向世俗

　　《故事新編》塑造的這些英雄人物有著鮮明的共性。他們都擁有強大的個人力量，始終以個人價值為核心，以覺醒的意識直面生命本體，雖然屢遭打擊、挫折與困境，仍能摒棄功利之心，承擔救世之責。這一系列的形象在整體演進中突顯出強烈的「外」向力量，即對世俗社會的回歸與部分的認同。或者說，是逐漸褪盡神話色彩的英雄人物在現實的兩難境地中的選擇。無論是在神人不分的上古時代的女媧，還是在自我分裂中出現的宴之敖者，都不可能永遠膠著於抽象的想像世界或精神世界中——這種玄虛只能以肉體死亡來予以結束，而以文學方式追溯英雄理想的魯迅終將在更為實際的層面上繼續追問——隨之而來的后羿、墨子以及大禹，無論處於怎樣的兩難境地，都紮根在了世俗世界裡。他們因歷史的暫時需要而被

---

[17] 魯迅：《三閒集·在鐘樓上（夜記之二）》，《魯迅全集》第四卷，人民文學出版社1981年版，第30頁。

利用，身前身後都免不了陷入寂寥與荒謬的境遇，不得不以單薄的個人身份對抗歷史宿命，在輝煌的功業背後進行不為人知的，甚至是無足輕重的掙扎。他們的使命和宿命緊緊相連，完成前者就意味著必須履行後者，無可退避。從女媧到大禹，英雄身上的神秘色彩減淡了，與他人以及社會的聯繫則緊密了。他們走出自我，回落凡塵，以強大的個人智慧和力量干預和改造世俗，最大限度實踐其歷史使命，同時也以更大的勇氣獨自面對歷史的二律背反予以他們的不公正待遇。這種兩難中的博弈多多少少遮蔽了人物內在的巨大虛無感，使得英雄的涵義包裹在莊嚴肅穆甚至帶有宿命感的氛圍裡，呈現出悲劇之美。這是人類文明史上曾經演繹過多次的故事，卻也是最具魅力的故事。

在改造國民性、尋找真英雄的文學歷程中，魯迅筆下的主角漸由農民和知識份子轉變為古代英雄人物。魏連殳、呂緯甫這種由於環境而絕望自棄、走向墮落和毀滅的覺醒者形象消失了，取而代之的是一群集結在真理旗幟下的自我犧牲者。魯迅希翼著「扮演著庸眾和犧牲者間的道德仲介」的「旁觀的知識份子」參與到歷史進程中來[18]，那些對社會「吃人」本質只有洞察力卻無革命實力的知識者實際上被棄置了，擁有行動能力和手段的個人被推上前臺。個人最終要在現世中實現其價值與理想，至於個體心靈深處那些難為人知甚至不敢為人知的東西，魯迅似乎有意把它們擱置了起來，作為一種高度的自我存在而拒絕他者的進入。但他所面對過的生命個體的疑惑在文學領域中做出的表達，仍可引起每個具有強烈人文意識的知識份子的共鳴。每一代力圖改造社會的知識精英們都或多或少地遵循了那些英雄人物的命運，棄置或者封閉作為本體存在的自我，投入世俗世界的兩難困境中。但這種人生觀和價值觀的適用範圍顯然很有限，因為過於鮮明的內外對立很有可能導致自我的分裂。魯迅筆下的英雄憑藉個體力量的強大似乎可以避免這種結局，但也只能停留在了文學想像的層面。

原載《山西青年管理幹部學院學報》2007年第2期

18　安敏成：《現實主義的限制：革命時代的中國小說》，江蘇人民出版社2001年版，第92頁。

遺失的美好情愫

——簡論《朝花夕拾》的情感抒寫與技巧

黃美蓉[1]

　　魯迅的作品憂憤深廣，抨擊時弊不留面子，給人以犀利如匕首的印象，但是完成於1926年的散文集《朝花夕拾》卻風格迥異，大多在回憶中充滿溫馨和思念。經歷1925年的北師大學生潮、「三·一八慘案」，魯迅撰文揭露反動當局的罪行，因而遭到通緝，1926年8月魯迅被迫離開北京，後抵達廈門大學任教。1935年魯迅在回憶《朝花夕拾》創作時的境況說：「一個人住在廈門的石屋裡，對著大海……心裡空空洞洞。而北京的未名社，卻不絕的來信，催促雜誌的文章。這時我不願意想到目前；於是回憶在心裡出土了，寫了十篇《朝花夕拾》……」[2]魯迅在大海邊回憶過往，這些「從記憶中抄出的」散文，以深情而舒展的筆調，憶寫了魯迅童年、少年、青年時代的生活，抒發了對美好童年和親朋師友的誠摯懷念。

一

　　魯迅將啟蒙民眾為其創作的基點，他以哀其不幸、怒其不爭的眼光打量這個多難的世界，他對肆意屠殺愛國學生和無辜群眾的反動派口誅筆伐，對生活在底層的勞苦大眾寄寓無盡的同情和溫愛。錢理群在談到魯迅時說：「這個人，有著最多的愛。」[3]《朝花夕拾》中展示了一個充滿溫情的魯迅，魯迅大多以回憶的視角，抒寫其對家庭、友朋、師長真摯深沉

---

[1]　黃美蓉（1986-），女，安徽肥東人，文學碩士，上海市松江區九亭中學教師。
[2]　魯迅：《故事新編·序言》，人民文學出版社2006年版。
[3]　錢理群：《心靈的探尋》，北京大學出版社1999年版。

的愛，在對芸芸眾生生存狀態的關注中，也呈現出社會批判色彩。

　　魯迅在《吶喊》自序中說：「有誰從小康人家而墜入困頓的麼，我以為在這途路中，大概可以看見世人的真面目。」[4] 魯迅少年時期親歷家庭變故，使他及早地涉世接觸社會，呈現出其情感的複雜性。魯迅不少作品都提到對父親的複雜感情。《五猖會》中的父親很讓人討厭，非要讓「我」背出難懂的《鑒略》，以至「我」對五猖會的興趣和盼望都減弱三分，呈現出嚴厲的父親對貪玩孩子的「專制」。在《父親的病》中，「我」為了父親的病，盡力地去尋找經霜三年的甘蔗、河邊的蘆根等做藥引子，希望能夠治好父親的病。後悔在父親咽氣時「我」的大叫，「卻是我對於父親的最大的錯處」。魯迅憶寫了對父親的複雜感情，這是父子之間情感的真切表達。

　　《范愛農》憶寫好友范愛農，回憶他們之間在日本時的隔膜、歸國後的交往，他們一起喝酒交談，一同去看了光復的紹興。魯迅要去南京，范愛農依依不捨卻又十分無奈。當魯迅得知他的死訊時，十分悲痛作詩紀念，並還牽掛著范愛農的女兒，袒露出朋友之間交往的真誠與真情。魯迅還憶寫了保姆阿長、無常等鄉村下層人物，阿長雖然睡覺時「擠得我沒有餘地翻身」，雖然有很多希奇古怪的規矩，但是她卻送給「我」十分喜歡的繪畫的《山海經》，這是一個平凡、勤勞、熱情的底層農村婦女形象，魯迅在阿長身上寄寓了他對千百萬勞動者的真深情。《無常》中的無常，「鬼而人，理而情，可怖而可愛」，他見阿嫂哭得傷心，就放了孩子還陽半刻，結果被大王捆打四十。魯迅由無常而發感慨：「要尋真正的朋友，還是他妥當」，「公正的裁判是在陰間」，針砭了現實社會的不公與炎涼。

　　魯迅在散文集中憶寫了影響其成長的兩位恩師。《從百草園到三味書屋》勾勒了嚴厲的私塾老先生鏡壽吾的形象，他讀文章時「面帶微笑，並且將頭仰起，搖著，向後面拗過去，拗過去」，神態十分陶醉。當學生問他，「怪哉」是什麼蟲子時，他「似乎很不高興，臉上還有怒色」描畫出一個思想古板但教學認真的舊式私塾老先生的形象。《藤野先生》中在仙

4　魯迅：《吶喊》，陝西師範大學出版社2009年版。

台醫專教學的藤野先生，性格正直、嚴謹，沒有絲毫民族偏見。他仔細地修改魯迅的筆記和解剖圖，還送照片給魯迅留念。魯迅一直將他視為精神導師，「在我所認為我師的之中，他是最使我感激，給我鼓勵的一個」，將藤野先生照片掛在牆上，以至「每當夜間疲倦，正想偷懶時，仰面在燈光中瞥見他黑瘦的面貌，似乎正要說出抑揚頓挫的話來，便使我忽又良心發現，而且增加勇氣了」。藤野先生高尚的人格魅力感染了魯迅、激勵了魯迅。

魯迅的《朝花夕拾》以溫馨的壁櫥，憶寫親情、友情、師長情，在對於不幸人們的同情中，也透露出對於黑暗社會邪惡勢力的針砭。《朝花夕拾》裡描述的故事和人物大多都以魯鎮為背景，魯迅將對故鄉的所有回憶和感情都寄託在魯鎮，人們往往越是遠離故土，對故鄉的牽掛就越濃。《朝花夕拾》以回憶的視角憶寫故鄉的人與事，可視作作為遊子魯迅的精神返鄉。

二

《朝花夕拾》裡林林總總憶寫了很多事件和人物，魯迅採用的是選取典型事例的方式，使其筆下的人物形象栩栩如生呼之欲出。在《長媽媽與〈山海經〉》裡，長媽媽告訴「我」正月初一吃福橘「一年到頭，順順流流」，她講驚悚恐怖的美女蛇和老和尚的故事，她說將女人脫下褲子站在城牆上抵擋大炮的說法，她將繪畫《山海經》買來送「我」。這些關於長媽媽生活事例的描寫，將長媽媽性格的善良和保守凸現出來。

《藤野先生》魯迅著重寫了藤野先生的三件事：細緻糾正魯迅筆記上的錯誤；關心魯迅的解剖實習；離別前送照片給魯迅。通過典型的事例，展示了他對中國青年的深切關懷和誨人不倦，也表現了藤野先生嚴謹認真實事求是的科學態度。

在《瑣記》裡，勾勒了衍太太這個尖刻狡黠的人物，魯迅用了幾個的事例：衍太太鼓勵孩子們冬天吃水缸裡的冰，她讓孩子們比賽打鏇子，看見家長進來，她卻立刻改口說「不聽我的話，叫你不要旋，不要旋」。當

她得知魯迅沒有錢用，支招說可以變賣家裡的東西，卻放風說魯迅偷了家裡的東西去變賣。寥寥數筆，使衍太太兩面三刀刻薄的形象就躍然紙上。

魯迅從回憶的角度，善於擇取過去歲月裡典型的事例，在憶寫親情、友情、師長情中，截取生活中的典型事例，如在發黃的老照片中，凸顯人物的神態與個性，抒發了魯迅對於往事、對於故鄉的牽念。

三

魯迅在《朝花夕拾》裡，常常採用欲揚先抑的筆法敘事抒情。《長媽媽與〈山海經〉》中，開頭說「倘使要我說句真心話，我可只得說：我實在不大佩服她」，因為「我的家裡一有些小風波，不知怎的我總懷疑和這切切察察有些關係。又不許我走動，拔一株草，翻一塊石頭，就說我頑皮，要告訴我的母親去了」。似乎長媽媽是一個令人厭惡的人物，她睡覺擺成「大」字，擠得魯迅沒有翻身的餘地；她封建思想濃重並遵守愚昧的封建禮教，這些都讓迅哥兒反感。長媽媽出人意料地把繪畫《山海經》送給「我」，魯迅激動得「遇著了一個霹靂，全體都震悚起來」，覺得「她確有偉大的神力」。魯迅對長媽媽有深深的懷念和祝福，希望她永安地母的懷抱。整篇文章的感情跌宕起伏，在欲揚先抑中呈現出魯迅對於下層人們的同情與關愛。

《藤野先生》開篇中的藤野先生「穿衣太模糊，有時竟會忘記帶領結」，冬天總是一件舊外套不修邊幅，藤野先生邋遢隨意聞名全校。藤野先生的細心地修改筆記、耐心指正錯誤、真誠贈送照片等，塑造了一個外表邋遢、性格和藹、治學嚴謹的恩師形象。《范愛農》中，魯迅懷著深摯的感情追憶了友人范愛農，他們在東京相識時，范愛農給魯迅的第一印象並不好，面對徐錫麟被殺事件，范愛農反對打電報到北京痛斥清政府慘無人道的罪行，魯迅覺得他是不敢承擔責任的人。回國後，他和范愛農再度相逢交往甚密，看到范愛農是一位對舊勢力毫不妥協、對革命熱情擁護的知識份子。欲揚先抑的筆法，使敘事抒情一波三折，增加了作品的藝術魅力。

四

　　魯迅在《門外文談》裡由夏天納涼聊天說到做文章，晚上「有些認識，卻不常見面」的鄰人們在門口乘涼閒談，「閒天的範圍也並不小：談旱災，談求雨，談吊膀子，談三寸怪人乾，談洋米，談裸腿，也談古文，談白話，談大眾語」[5]。這是一種任心閒談的自由，「不僅在題材上漫無邊際，而且是行文結構上的心之所至的隨意性」[6]。面對大海，心裡空洞洞的魯迅回憶往事，採取門外文談似的娓娓而談的閒話風，談天說地輕鬆隨意。

　　《無常》開篇說迎神賽會，引出活無常，卻引經據典地說《玉曆鈔傳》裡無常的形象：「身上穿的是斬衰凶服，腰間束的是草繩，腳穿草鞋項掛紙錠；手上是破芭蕉扇，鐵索，算盤；肩膀是聳起的，頭髮卻披下來；眉眼的外梢都向下，像一個『八』字。頭上一頂長方帽」，又介紹活無常有關的「死有份」。細緻勾畫作者記憶中的活無常形象，「眉黑如漆，蹙著」，「就是一條雪白的莽漢」。他的出場要打一百零八個噴嚏、放一百零八個屁，無常的鬼有人情味，讓百姓喜歡和期待。全文旁徵博引，歷史與現實交織，筆觸興之所至。

　　魯迅在談到翻譯時，曾經說「采說書而去其油滑，聽閒談而去其散漫」[7]，這似乎勾勒了一種閒談的文風。在某種程度上，《朝花夕拾》正是這種閒談風的實踐，在輕鬆隨意的往事憶寫中，表達其所思所想，在對親情、友情、師長情的敘寫中，寄寓其對於故鄉故人的懷念。

　　《貓·狗·鼠》開篇說仇貓，並用佛洛德的精神分析說來自圓其說，再由狗的配合說到有繁文縟節的人類婚禮，忽而又轉到日本傳說中的貓婆和中國古代的貓鬼，津津有味地介紹貓與虎的鬥智，並帶出了老鼠成親的傳說，可謂天馬行空天南地北，隨性而談、涉筆成趣。

5　魯迅：《門外文談》1934年8月24日《申報·自由談》。
6　錢理群等：《中國現代文學30年》，北京大學出版社2006年版，第40頁。
7　魯迅：《論翻譯》，《文學月報》第1卷第1號，1932年6月。

　　魯迅的《朝花夕拾》可以說是閒暇之作，那種在大海邊內心空洞洞而回憶往事的創作心態，使魯迅能夠以輕鬆的心態回眸過往歲月，從記憶中尋覓親人、友朋、師長的身影，憶寫其記憶中的往事與故人，從而寄寓其深深的思鄉之情，也表達了魯迅「長想在紛擾中尋出一點閒靜來」⁸，蘊涵著魯迅對於這個動盪社會中寧靜生活的嚮往。

8　魯迅：《朝花夕拾‧小引》，見《朝花夕拾》，北平未名社1928年印行，第1頁。
　　原載《文學界（理論版）》2011年第6期。

「冷」而有力的女強人
——論《故事新編》中的女性形象

王童[1]

　　自男性父權制社會形成以來，男權社會對女性的壓迫就一直存在。辛亥革命、「五四」運動雖為婦女解放做出貢獻，但社會上「還常常聽到職業婦女的痛苦的呻吟，評論家的對於新式女子的譏笑」[2]，女性飽受戕害的地位並無根本改變。目睹男權社會對女性的戕害，素來抱著啟蒙精神和為人生態度的魯迅先生代中國婦女發出反抗的「吶喊」。除塑造出單四嫂子、祥林嫂、愛姑等飽受壓迫的女性形象以「揭出病苦，引起療救的注意」[3]，寫就《我之節烈觀》、《娜拉走後怎樣》、《關於婦女解放》等文以揭示婦女的「奴隸」[4]地位、探討婦女解放問題以外，魯迅別出心裁地利用《故事新編》的廣闊想像空間，以「古人」原型為依據、以解放婦女為目的精心設計出「冷」而有力的女強人形象。魯迅以女強人的「冷」和「力」反叛女性「從來如此」[5]的附庸地位、諷刺總是嫁禍女性的委瑣男性、探索婦女解放的出路，使《故事新編》中的女強人成為中國現代小說人物畫廊中獨具個性的女性肖像。

---

[1]　王童（1987-），男，江蘇徐州人，上海師範大學人文與傳播學院博士生。
[2]　魯迅：《南腔北調集・關於婦女解放》，《魯迅全集》第四卷，人民文學出版社2005年版，第614-615頁。
[3]　魯迅：《南腔北調集・我怎麼做起小說來》，《魯迅全集》第四卷，人民文學出版社2005年版，第526頁。
[4]　魯迅：《南腔北調集・關於女人》，《魯迅全集》第四卷，人民文學出版社2005年版，第531頁。
[5]　魯迅：《吶喊・狂人日記》，《魯迅全集》第一卷，人民文學出版社2005年版，第451頁。

一、女性形象的「冷」與「力」

因為所占筆墨不多,《鑄劍》中的眉間尺之母(以下簡稱「眉母」)、《奔月》中的嫦娥和《采薇》中的阿金姐形象往往遭到讀者忽視;然而,她們正是魯迅精心設計的「冷」而有力的女強人,是複雜而具魅力的人物形象。

《鑄劍》中的眉母是一位冷靜決絕、充滿復仇力量的女性。她含辛茹苦地把眉間尺拉扯大,為的卻只是一個復仇的目的。當年眉間尺的父親作為鑄劍名工,為大王鑄就兩把寶劍。他預料多疑的大王將殺害自己,遂留下雄劍以待未出世的兒子為他報仇、僅將雌劍獻出。大王得劍後殺死眉父,眉母獨立撫養遺腹子眉間尺。在兒子滿十六歲的前夜,眉母冷靜嚴肅地將家仇和盤托出、將雄劍交與兒手,命其拋開牽掛一心報仇。眉間尺報仇未果反被告密,黑色人為其解圍。從談話中,眉間尺得悉黑色人早就認識父親和自己、知道自己的報仇計畫;眉間尺還得到黑色人為其報仇的承諾,但前提是交出自己的劍和頭。為了不讓母親失望完成報仇,眉間尺砍下頭顱交出雄劍。黑色人收好頭和劍,以獻藝為名入宮。他作法使眉間尺的頭顱在金鼎沸水中跳舞,吸引大王上前探看,黑色人手起劍落斬掉王的首級。目睹眉間尺的頭顱被大王的首級撕咬,黑色人毅然以劍劈下自己頭顱,眉間尺、黑衣人之頭合力咬死大王的首級。

作為「冷」而有力的女性,眉母之「冷」,「冷」在她的冷靜與決絕。為了復仇,她似乎拋棄了母親應有的溫情,代之以冷靜的計畫和決絕的實施。她「嚴肅」、「冷靜」地追述家仇,「低微的聲音裡,含著無限的悲哀」,使眉間尺「冷得毛骨悚然」。看到尚未成熟的「不冷不熱」的兒子,她為報仇無望而「歎息」,但仍舊決絕地發出無異於將兒子推上絕路的命令:「你從此要改變你的優柔的性情,用這劍報仇去!」她彷彿沒有舐犢之情,與兒子死別之際,道出的卻只是冰冷決絕的命令:「明天就上你的路去罷。不要紀念我!」眉母如雄劍般冰冷,又如雄劍般有力。她的「力」因慘痛家仇而生,是一股強大復仇力量。這力量滲透在她簡短的

話語中：「掘下去！」「看吧！要小心！」令人不容置疑。這力量隱藏在她「含著無限悲哀」的聲音裡，使眉間尺在「毛骨悚然」後「又覺得熱血在全身中忽然騰沸」。強大復仇力量使她由一個相信鑄寶劍立大功的「天真」女子，成長為抱定復仇信念的決絕女性；使她撐過夫死家貧的悲慘歲月，獨立撫養兒子成人……《鑄劍》中的眉母雖出場不多，卻處處顯得冷靜決絕、充滿復仇力量。從某種角度說，眉母的「力」是一切計畫得以實施的動力，沒有「力」的保障，報仇只是空談；然而最終使眉母放下舐犢之情、將兒子推上復仇之路的，則是她近乎「殘忍」的「冷」。

《奔月》中的嫦娥是一位冷漠絕情卻善於掌控命運的女性。為滿足嫦娥的口腹之欲，丈夫羿每天起早貪黑外出打獵，無奈大獵物遍地難尋，每次只能獵到幾隻烏鴉。一日，羿只帶回三隻烏鴉一隻麻雀做菜，嫦娥非常不滿，對羿冷臉相向、冷語相加，還刻薄地提出讓羿「走得更遠一點」打獵；體貼的羿連忙答應。翌日，羿跑到七十里外打獵，誤射農家老太太的母雞；羿答應賠償母雞後滿心歡喜地返程，想趕快給嫦娥做雞湯。未想半路遇到逢蒙埋伏誤了時間，到家時已是明月當頭。到家後，羿發現嫦娥失蹤；起初他怕嫦娥尋短見，後發現嫦娥原來是偷吃仙藥獨自奔月「一個人快樂」去了。大怒的羿連射月亮三箭希望追回嫦娥，但未成功，失落的羿準備再尋仙藥追上嫦娥。

作為「冷」與「力」的結合體，嫦娥的「冷」是一種冷漠絕情。自生活變得不如意後，她開始以冷臉對待丈夫，冷言冷語是其拿手好戲：明明聽到打獵歸來的羿的問好，卻「似理不理的向他看了一眼，沒有答應」；聽羿說出收穫不豐的消息，卻「將柳眉一揚，忽然站起來，風似地往外走」，嘴裡「咕嚕」出「我真不知道是走了什麼運，竟嫁到這裡來，整年的就吃烏鴉的炸醬麵」的冷嘲。她冷漠自利：常以冷漠的一聲「哼」應付羿的真情，「不大記得」羿的勞苦功高卻從不忘記要吃好的，毫不體恤地要求本已辛苦的羿打獵時「走得更遠一點」。「冷」嫦娥最終絕情地拋棄了丈夫，將其置於冷的絕境。除「冷」的一面外，嫦娥還有強勢有力、善於掌握命運的一面。她時時處於強勢地位，命令丈夫外出打獵、使喚使女端茶倒水，是家中說一不二的主宰。她獨立自主地謀劃人生，既不屈從欠

佳的生活、也不接受羿的「打算」，牢牢掌握自身命運。她堅決有力地實施計畫，不猶豫遲疑、不拖泥帶水，充滿行動力量。嫦娥的「冷」，使羿終日「支支梧梧」、戰戰兢兢，並最終陷入被拋棄後的「沉重」絕境；嫦娥的「力」，則使她保持一貫的強勢與獨立，得以自主謀劃人生、牢牢掌握命運。

《采薇》中的阿金姐既冷酷刻毒，又頗具影響他人的力量。她冷冷數語、「幾句玩笑」就斬斷了伯夷叔齊的唯一生路……伯夷和叔齊，本是遼西孤竹君的世子，因讓位逃到周文王的養老堂。文王死後，其子武王「恭行天罰」討伐紂王，伯夷叔齊為此沖入大軍斥責，好在姜太公把他們作為「義士」釋放。一夜，伯夷叔齊得知武王毀壞紂王屍體之事，認為這是「不孝不仁」，決計「不食周粟」，離開養老堂。他們投奔華山不成，改投首陽山，終日以薇菜果腹。未想伯夷走漏兩人身份和「不食周粟」的志向，引來村民圍觀議論。正當薇菜稀少伯夷叔齊不斷消瘦之時，參觀者阿金姐刻毒地指出薇菜也是聖上的。阿金姐的冷冷數語給伯夷叔齊以致命一擊，他們從此絕食、雙雙餓死。兩人死後，有人責怪阿金姐太刻薄；面對因已慘死的伯夷叔齊、聞聽村人的責怪，阿金姐毫不同情也不內疚，反污蔑伯夷叔齊是因貪吃鹿肉未果而活活餓死。聽了阿金姐的話，村民們都相信伯夷叔齊罪有應得。

如果說眉母「冷」在冷靜決絕、嫦娥「冷」在冷漠絕情，那麼阿金姐則「冷」在冷酷刻毒。面對終日吃薇菜維生的伯夷叔齊，阿金姐毫不同情，反而冷酷對之。她早就準備好「奚落」伯夷叔齊的話：「『普天之下，莫非王土』，你們在吃的薇，難道不是我們聖上的嗎！」然而為了使這句話具有最大殺傷力，精明冷酷的阿金姐忍著不在見面時就拋出此言；而是像貓逗老鼠一般，在一番明知故問中、在誘使伯夷說出「因為我們是不食周粟」的「宣言」後，才「冷笑了一下」，「大義凜然」、「斬釘截鐵」地將這個早已備好的「殺手鐧」祭出，使二老如逢「大霹靂」，從此絕食。二老絕食慘死後，本應有所悔悟的阿金姐卻比誰都刻毒。她惡毒地詆毀老人是「賤骨頭不識抬舉」，污蔑他們死於「自己的貪心、貪嘴」，阿金姐刻毒而富有蠱惑力的污蔑，使村民們誤信二老死於罪有應得，徹底

洗清了阿金姐自己的罪責。倘若不論冷酷刻毒，阿金姐還有能言善辯、長於影響眾人的有力一面。她善於辭令，懂得如何使語言發揮最大效力，僅憑三言兩語就擊中伯夷叔齊的「軟肋」，決定他們的命運；她能說會道，聽到他人的指責後，能有條不紊地為己開脫；她長於影響眾人，面對「有些人怪她太刻薄」的不利局面，僅靠一個「伯夷叔齊貪心殺鹿」的故事就成功左右眾人的判斷，輕鬆化解對己不利的輿論。阿金姐的「冷」，使可憐的伯夷叔齊失去了賴以生存的最後依靠，且在死後蒙受比死亡還可怕的侮辱；阿金姐的「力」，則使她長於影響眾人，在寥寥數語間決定他人命運，在鎮靜自若中挽救自身「危難」。

　　眉母、嫦娥和阿金姐就像花和刺共生的薔薇一樣，同時擁有著「力之花」和「冷之刺」，成為既美麗茁壯又頗能以牙還牙的一種奇花。薔薇姿態各異，三位女強人的形象也各有特點，如果說她們的「力之花」可能同樣美麗，那麼她們的「冷之刺」卻有著「無毒」和「有毒」的性質之別。

二、魯迅視野中女強人形象

　　以一般眼光來看，《故事新編》中的眉母將兒子推上不歸路，嫦娥背叛深愛她的丈夫，阿金姐「血口殺人」，她們都是危險的「妖婦」；其實，這是一種「男性視閾中的女性觀照」[6]，是僅從男性的眼光和角度出發，在沒有看到眉母的冷靜決絕乃是迫於血海深仇、嫦娥的冷漠絕情主要緣於糟糕的生活、伯夷叔齊的慘死更多歸於「不食周粟」的情況下，就根據「男權社會遺留的意識與見解」武斷判定三位女性是「妖婦」的不公正看法，這種看法中「顯然有著男性父權制社會意識對女性的苛求和歪曲」[7]。對於男性戕害女性的行為，魯迅歷來厭惡，因而他沒有採取男性視閾，而以全面的眼光看待筆下的眉母、嫦娥和阿金姐形象。在他眼

---

[6]　楊劍龍：《男性視閾中的女性觀照——讀魯迅的〈傷逝〉、葉聖陶的〈倪煥之〉》，《南開學報》2005年第5期。

[7]　楊劍龍：《男性視閾中的女性觀照——讀魯迅的〈傷逝〉、葉聖陶的〈倪煥之〉》，《南開學報》2005年第5期。

中，眉母、嫦娥和阿金姐不是妖婦，而是像花和刺共生的薔薇一樣，是
「力」與「冷」兼具的女強人。魯迅肯定她們的「力」，對她們不同性質
的「冷」抱有不同的態度。

倘從表現方式來看，眉母、嫦娥和阿金姐的「有力」表現各不相同：
眉母的有力表現為獨立撫養兒子、挑起報仇重擔，嫦娥的有力表現為獨立
謀劃人生、牢牢掌握命運，阿金姐的有力表現為能言善辯、影響他人命
運。雖然表現不同，但三位女性的「力」的核心是相同的，那就是，她們
同時擁有著獨立精神和行動力量。以魯迅讚歎女性的「幹練堅決，百折不
回」[8]、鼓勵女性爭取權利爭取解放的態度[9] 推斷，魯迅肯定眉母、嫦娥、
阿金姐的獨立精神和行動力量，肯定她們的「力」。不但如此，倘以魯迅
的立人思想為依據做出進一步推斷，則魯迅不獨肯定三位女強人的強健的
「力」，更將這種「力」視為中國女性的理想質素；他希望中國女性能夠
「有力」起來，能以獨立精神和強大行動力量「不斷的為解放思想，經濟
等等而戰鬥」[10]，從而爭取真正的解放。

「冷」是魯迅的色彩，「作為對冷酷的現實的反應，產生了魯迅特
有的冷峻的個性、人生態度、思維方式與情感表達方式」，「凡較多地傾
注了魯迅個性的人物，大都具有『冷』的特徵」[11]。魯迅的「冷」是對冷
酷現實的積極反應，是他反抗壓迫、同黑暗戰鬥的武器，是他的「主觀選
擇、歸趨」[12]；從這個角度講，魯迅肯定眉母的「冷」，因為她的「冷」
是對冷酷現實的積極反抗。當丈夫的慘死、嬰兒的年幼、家庭的貧窮、難
如登天的報仇任務統統壓向眉母的時候，眉母選擇擦乾眼淚，由優柔天真
走向冷靜決絕，以積極的「冷」反抗殘酷的現實。雖然，她把兒子推上復
仇路的「冷」近乎殘忍，但對身負血海深仇的眉間尺來說，豈有第二條路

[8]　魯迅：《華蓋集續編・紀念劉和珍君》，《魯迅全集》第三卷，人民文學出版社
　　　2005年版，第293頁。
[9]　參見魯迅：《墳・娜拉走後怎樣》，《魯迅全集》第一卷，人民文學出版社2005
　　　年版。
[10]　魯迅：《南腔北調集・關於婦女解放》，《魯迅全集》第四卷，人民文學出版社
　　　2005年版，第615頁。
[11]　錢理群：《心靈的探尋》，河北教育出版社2005年版，第160、157頁。
[12]　錢理群：《心靈的探尋》，河北教育出版社2005年版，第162頁。

可走？所以，眉母的「冷」不險狠、不扭曲、不含「毒」，它是對重重逼迫的反抗，是泰山壓頂時的堅強。

　　魯迅否定嫦娥的「冷」，因為它是對艱苦生活的消極反應。當往昔的熊掌、駝峰、野豬兔山雞在餐桌上消失，「一年到頭只吃烏鴉的炸醬麵」的生活到來，嫦娥選擇以冷言冷諷發洩不滿、以冷臉冷笑責難丈夫，以危害人生的消極的「冷」度日；當看到生存環境很難改善、得知羿並未打算將仙丹給她吃後，嫦娥選擇背叛丈夫、竊丹飛升，以消極的「冷」逃避眼前的困境。雖然，嫦娥的「冷」與眉母的「冷」都因惡劣環境的逼迫而生，然而眉母的「冷」是積極反抗現實的有益人生的「冷」，是克服困難的正路；嫦娥的「冷」是消極面對生活的危害人生的「冷」，是通往絕地的歧途。以魯迅推崇「敢於直面慘澹的人生」[13] 的猛士精神、主張為人生並且改良人生的態度推斷，魯迅否定消極的危害人生的行為，也即否定嫦娥冷漠對待丈夫、絕情拋棄丈夫的消極「有毒」的「冷」。

　　魯迅批判阿金姐的「冷」，因為它扭曲變態、危害巨大。如果說眉母的「變冷」是迫於血海深仇，嫦娥的「變冷」主要緣於糟糕的生活；那麼小說中阿金姐的「冷」則找不出環境逼迫的影子，彷彿出於本性。當伯夷叔齊的新聞傳到耳邊，阿金姐選擇主動上山奚落本已可憐的二老，她以冷酷的言辭、刻毒的污蔑將伯夷叔齊推入萬劫不復之境，使自己的「冷」在欺壓弱小上發揮最大效用，成為她「對於羊顯凶獸相」[14] 的變態扭曲的兇器。阿金姐的冷酷刻毒在欺壓弱小、落井下石的行徑上「大放異彩」，是扭曲變態、危害巨大的「冷」，魯迅對之抱以批判態度；這一點從他對「冷酷險狠」[15] 的北京女師大校長楊蔭榆的厭惡中可見一斑。1924年，「婆婆」校長楊蔭榆無理壓制女師大學生，學生強烈反對，女師大風潮爆發。楊蔭榆堅信「學校猶家庭」、作為「幼稚者」的學生應當「體貼」

13　魯迅：《華蓋集續編・紀念劉和珍君》，《魯迅全集》第三卷，人民文學出版社2005年版，第290頁。
14　魯迅：《華蓋集・忽然想到（七）》，《魯迅全集》第三卷，人民文學出版社2005年版，第64頁。
15　魯迅：《墳・寡婦主義》，《魯迅全集》第一卷，人民文學出版社2005年版，第280頁。

自己這位「尊長」[16] 的心。為維護自己的尊長地位，她或「在杯酒間謀害學生」[17]、「和一些狐群狗黨趁勢來開除她私意所不喜的學生們」[18]、或「率打手及其私黨⋯⋯凶擁入校」[19] 解散學生，以「婆婆」的權威決定「童養媳」（女師大學生）的「暗淡的命運」[20]，「陰沉」而「毒辣」[21]⋯⋯楊蔭榆的冷酷險狠、「猜疑陰險」[22] 與阿金姐的冷酷刻毒、扭曲變態都是「含有劇毒」的「冷」，魯迅痛恨前者，對後者也必然抱以批判的態度。

作為「冷」與「力」並存的女強人，眉母、嫦娥和阿金姐有著一致的獨立精神和行動力量；但她們在「冷」上產生分歧，眉母以「冷」反抗黑暗現實，嫦娥以「冷」消極度日，阿金姐以「冷」欺壓弱小。以魯迅的生活經歷和人生態度推斷，魯迅讚賞女強人的「力」，肯定眉母的「冷」、否定嫦娥的「冷」、批判阿金姐的「冷」；魯迅心中的理想女性形象應是既有火一般的「力」、又有反抗黑暗的「冷」，既「幹練堅決，百折不回」、又能「橫眉冷對」魑魅魍魎的強大女性。

三、如何看待《故事新編》中的女強人形象

在《故事新編・序言》中，魯迅指出《故事新編》的敘事「有時也有一點舊書上的根據，有時卻不過信口開河」[23]。《故事新編》中既有言必

16　魯迅：《華蓋集・「碰壁」之後》，《魯迅全集》第三卷，人民文學出版社2005年版，第73、72、73、73、73頁。

17　魯迅：《華蓋集・「碰壁」之後》，《魯迅全集》第三卷，人民文學出版社2005年版，第77頁。

18　魯迅：《華蓋集・忽然想到（七）》，《魯迅全集》第三卷，人民文學出版社2005年版，第64頁。

19　魯迅：《華蓋集・「碰壁」之餘》注釋6，《魯迅全集》第三卷，人民文學出版社2005年版，第128頁。

20　魯迅：《華蓋集・「碰壁」之後》，《魯迅全集》第三卷，人民文學出版社2005年版，第76、76頁。

21　魯迅：《墳・寡婦主義》，《魯迅全集》第一卷，人民文學出版社2005年版，第282、282頁。

22　魯迅：《墳・寡婦主義》，《魯迅全集》第一卷，人民文學出版社2005年版，第280頁。

23　魯迅：《故事新編・序言》，《魯迅全集》第二卷，人民文學出版社2005年版，

有據之筆，也有有意為之之墨；以眉母、嫦娥、阿金姐為代表的女強人形象的「冷」與「力」，即屬魯迅的有意為之。在史料中，眉母只被記載了兩個絲毫看不出「冷」與「力」的行動，嫦娥只有「盜食之（仙藥），得仙，奔入月中，為月精也」[24] 的舉動，阿金姐的人物原型除當面詰難伯夷叔齊外再無他為；事實上，《故事新編》中三位女性的「冷」與「力」幾乎都是魯迅的有意為之，她們「冷」而有力的女強人形象也都出自魯迅的有意塑造。在這種有意的塑造中，魯迅傳達出深刻的用意與思考。

封建社會把女性當作男性的附屬品，要求女性溫良恭順、逆來順受，辛亥革命、「五四」運動雖在一些方面為婦女謀得解放，使女性得以「從閨閣走出，到了社會上」，然而女性「還是靠著別人的『養』」的地位沒有得到根本改變，女性往往成為裝點門面的「花瓶」[25]。魯迅關心婦女解放問題，提倡女性以充滿韌性的戰鬥擺脫被養的地位。因此，他塑造出「冷」而有力女強人形象，以女強人的獨立精神和行動力量，挑戰把女性作為「男人的所有品」[26] 的封建社會制度和不良社會風氣；以真正做到了「我是我自己的」[27] 的「冷」而有力的女強人形象，衝擊充斥於封建文學中的逆來順受任人擺佈的女性形象。可以說，以眉母、嫦娥和阿金姐為代表的「冷」而有力的女強人形象，是對女性附庸地位的某種逆反。

魯迅在《逃的辯護》的開篇寫道：「古時候，做女人大晦氣，一舉一動，都是錯的，這個也罵，那個也罵。」[28] 這是因為封建男性父權制社會把女性「擠成了各種各式的奴隸，還要把種種罪名加在她頭上」[29]，

第354頁。

[24] 魯迅：《故事新編‧奔月》，《魯迅全集》第二卷，人民文學出版社2005年版，第382頁。

[25] 魯迅：《南腔北調集‧關於婦女解放》，《魯迅全集》第四卷，人民文學出版社2005年版，第615、615、614頁。

[26] 魯迅：《南腔北調集‧關於女人》，《魯迅全集》第四卷，人民文學出版社2005年版，第532頁。

[27] 魯迅：《彷徨‧傷逝》，《魯迅全集》第二卷，人民文學出版社2005年版，第115頁。

[28] 魯迅：《偽自由書‧逃的辯護》，《魯迅全集》第五卷，人民文學出版社2005年版，第11頁。

[29] 魯迅：《南腔北調集‧關於女人》，《魯迅全集》第四卷，人民文學出版社2005年版，第531頁。

長久以來，女人都在「替自己和男人伏罪」[30]，甚至「歷史上亡國敗家的原因，每每歸咎女子」[31]。「五四」運動雖在婦女解放問題上取得一些成績，但男性父權制社會「苛求與歪曲女性」的現象仍屢見不鮮，國難期間「跳舞，肉感等等，凡是和女性有關的，都成了罪狀」[32]。在魯迅看來，男性之所以總把責任罪名推給女性，在於他們委瑣屢弱、無力鼓起勇氣承擔責任，在於他們雖無反抗外侮之力，卻有嫁禍弱於自己的婦孺之能。為諷刺這些「一錢不值的沒有出息的男人」[33]，魯迅塑造出「冷」而有力的女強人形象；他以女強人的強健幹練諷刺男性的屢弱怯懦，以女強人的敢做敢為嘲諷男性的膽小怕事，以女強人對身邊男性的控制擺佈「回敬」男性的欺壓與嫁禍。從這個角度看，「冷」而有力的女強人形象是對總把罪責推給女性的委瑣男性的諷刺。

雖然魯迅在《故事新編》中對眉母、嫦娥和阿金姐著墨不多，且以魯迅的人生態度推斷，魯迅對三位女強人抱以不同的態度；但是，這三位「冷」而有力的女強人形象是魯迅以小說形式探討婦女解放問題的實據，魯迅借助著墨不多但寓有深意的女強人形象，借助看似隨意點染實則精心設計的故事情節，形象而理性地探索婦女解放的出路。具體來說，魯迅在並不抹殺男女生理和心理差異的前提下，在對女強人的「力」的設計中，揭示女性獨立精神和行動力量的重要；在對三位女強人身上不同性質的「冷」的無形比較中，說明女性反抗黑暗的「冷」的必要；在對三位女強人的言語行動的對照中，探求較為理想的婦女形象。可喜的是，魯迅的這種探求有了結果：某種程度上，既具堅決的「力」、又具反抗黑暗的「冷」的眉母身上較多傾注了魯迅的生命哲學，已經接近魯迅對理想的中國婦女形象的想像。

[30] 魯迅：《花邊文學・女人未必多說謊》，《魯迅全集》第五卷，人民文學出版社2005年版，第446頁。
[31] 魯迅：《墳・我之節烈觀》，《魯迅全集》第一卷，人民文學出版社2005年版，第128頁。
[32] 魯迅：《南腔北調集・關於女人》，《魯迅全集》第四卷，人民文學出版社2005年版，第531頁。
[33] 魯迅：《且介亭雜文・阿金》，《魯迅全集》第六卷，人民文學出版社2005年版，第208頁。

　　在《故事新編》之前的《吶喊》和《彷徨》中，魯迅以「揭出病苦，引起療救的注意」為目的，以現實主義手法塑造了一系列的女性形象，她們多為飽受封建社會和封建禮教壓迫的可憐女性，縱有反抗者如祥林嫂、子君和愛姑，卻終免不了失敗的結局。在《故事新編》中，在不影響故事主題的前提下，魯迅以「古人」原型為依據、以解放婦女為目的「精心設計」、「精心想像」出一類新的女性形象：「冷」而有力的女強人。這類女強人不再是柔弱無力的單四嫂子、不再是苦苦反抗卻無法解脫的祥林嫂，而是既有獨立自主的行動力量、又有「禦敵」反擊的「冷」的本領的眉母、嫦娥和阿金姐；她們以強大的力量、以不同性質的「冷」真正做到了「我是我自己的」。從這個角度講，魯迅以「有的放矢」的想像和虛構手法使「古人」「起死」，塑造出既有「舊書上的根據」、又具理想色彩和現代元素的「冷」而有力的女強人形象，從而實現對以往作品中的女性形象的突破。也正因如此，《故事新編》中的「冷」而有力的女強人成為中國現代小說人物畫廊中獨具個性的女性形象。

跋

　　桃紅柳綠，春寒料峭。

　　窗外對面的一幢大樓正在大拆大修，每天衝擊鑽的聲音突突突地不停。我卻專心致志地在編選這本論文集，昨天晚上做到12點半，今天一早又開始做，將論文的字體、標點、注釋等統一，還將簡體轉為繁體。

　　在該論文集中還選編入了幾篇未發表的論文，如李亮、王童、曹曉華的，這些論文也經過我的指導與修改的，其實都已經達到了發表的水準，只是尚未拿出去發表而已。

　　我的從教生涯始於我在江西山區插隊之時，那時我在那裡做了大隊民辦教師。後來我讀江西師範大學，畢業後留校任教，又考入揚州師範學院攻讀碩士學位，分配到上海師範大學任教，又在華東師範大學在職攻讀博士學位，我先後與4個師範大學有關聯，大概註定了我當教師的命運。現在回首，我已帶了20多位博士、50多位碩士、5位博士後，指導學生成為我生命中的重要內容，從這本魯迅研究的論文集，就可以見出我與學生之間的關係。不少學生已經畢業了，雖然天各一方，但是師生的情感仍然維繫著，編輯這本論文集，我的眼前又呈現出一張張生動的面孔，讓這部論文集留下師生合作與情感的記憶。

楊劍龍

2013年3月21日

文學視界45　PG1056

魯迅的焦慮與精神之戰

作　　者／楊劍龍
主　　編／蔡登山
責任編輯／王奕文
圖文排版／楊家齊
封面設計／陳佩蓉

發 行 人／宋政坤
法律顧問／毛國樑　律師
出版發行／秀威資訊科技股份有限公司
　　　　　114台北市內湖區瑞光路76巷65號1樓
　　　　　電話：+886-2-2796-3638　傳真：+886-2-2796-1377
　　　　　http://www.showwe.com.tw
劃撥帳號／19563868　戶名：秀威資訊科技股份有限公司
　　　　　讀者服務信箱：service@showwe.com.tw
展售門市／國家書店（松江門市）
　　　　　104台北市中山區松江路209號1樓
　　　　　電話：+886-2-2518-0207　傳真：+886-2-2518-0778
網路訂購／秀威網路書店：http://www.bodbooks.com.tw
　　　　　國家網路書店：http://www.govbooks.com.tw

2013年9月　BOD一版
定價：420元
版權所有　翻印必究
本書如有缺頁、破損或裝訂錯誤，請寄回更換

國家圖書館出版品預行編目

魯迅的焦慮與精神之戰 / 楊劍龍著. -- 一版. -- 臺北市：
　秀威資訊科技, 2013.09
　　面；　公分. --
　ISBN 978-986-326-158-2(平裝)

　1. 周樹人　2. 文學評論

848.4　　　　　　　　　　　　　　　102014561

讀者回函卡

感謝您購買本書,為提升服務品質,請填妥以下資料,將讀者回函卡直接寄回或傳真本公司,收到您的寶貴意見後,我們會收藏記錄及檢討,謝謝!
如您需要了解本公司最新出版書目、購書優惠或企劃活動,歡迎您上網查詢或下載相關資料:http:// www.showwe.com.tw

您購買的書名:_____

出生日期:_____年_____月_____日

學歷:□高中 (含) 以下　　□大專　　□研究所 (含) 以上

職業:□製造業　□金融業　□資訊業　□軍警　□傳播業　□自由業
　　　□服務業　□公務員　□教職　　□學生　□家管　　□其它_____

購書地點:□網路書店　□實體書店　□書展　□郵購　□贈閱　□其他

您從何得知本書的消息?

　□網路書店　□實體書店　□網路搜尋　□電子報　□書訊　□雜誌

　□傳播媒體　□親友推薦　□網站推薦　□部落格　□其他_____

您對本書的評價:(請填代號　1.非常滿意　2.滿意　3.尚可　4.再改進)

　封面設計____　版面編排____　內容____　文╱譯筆____　價格____

讀完書後您覺得:

　□很有收穫　□有收穫　□收穫不多　□沒收穫

對我們的建議:_____

_____

_____

_____

11466
台北市內湖區瑞光路 76 巷 65 號 1 樓

秀威資訊科技股份有限公司　　　收

BOD 數位出版事業部

....

（請沿線對折寄回，謝謝！）

姓　　名：＿＿＿＿＿＿＿＿　年齡：＿＿＿＿　性別：□女　□男

郵遞區號：□□□□□

地　　址：＿＿＿＿＿＿＿＿＿＿＿＿＿＿＿＿＿＿＿＿＿＿＿＿＿

聯絡電話：(日) ＿＿＿＿＿＿＿＿＿＿＿　(夜) ＿＿＿＿＿＿＿＿＿＿

E-mail：＿＿＿＿＿＿＿＿＿＿＿＿＿＿＿＿＿＿＿＿＿＿＿＿＿